N&K

Eduardo Mendoza

DAS DUNKLE ENDE
DES LAUFSTEGS

Roman

Aus dem Spanischen
von Kirsten Brandt

Nagel & Kimche

Titel der Originalausgabe: *El secreto de la modelo extraviada*
2015 Seix Barral, Editorial Planeta, S.A., Barcelona
© 2015 Eduardo Mendoza

1 2 3 4 5   21 20 19 18 17

© 2017 Nagel & Kimche
im Carl Hanser Verlag München
Herstellung: Rainald Schwarz
Satz: Satz für Satz
Druck und Bindung: CPI books GmbH
ISBN 978-3-312-01015-8
Printed in Germany

TEIL 1

I
EIN TÜCKISCHER HUND

Im Großen und Ganzen ging es mir gut. Ich war gesund, mein Gedächtnis funktionierte bestens, und auch sonst war alles in Ordnung. Unter den gegebenen Umständen und nach meinen zahllosen Abenteuern hätte ich also ein beschauliches Leben führen können, und das tat ich auch – bis ein Hund mich biss und die ganze Geschichte ins Rollen brachte. Ich ging gerade sorglos und ohne auf meine Mitmenschen zu achten die Ronda de San Pablo entlang, auf dem Weg zum Bus, um eine Bestellung auszuliefern. Schon seit einiger Zeit arbeitete ich bei einem Chinarestaurant, ein Job, den ich zum einen ergattert hatte, weil ich aus Barcelona kam und die Stadt kannte wie meine Westentasche, zum anderen, weil ich – für den Fall, dass die Polizei mich anhielt – nachweisen konnte, dass mit meinen Papieren alles in Ordnung war. Zwar waren unter diesen Papieren auch welche, auf die ich gut hätte verzichten können, aber immerhin war es besser, vorbestraft zu sein, als zur Heerschar der Illegalen zu gehören wie die übrigen Angestellten, die Anteilseigner des Restaurants, die Lieferanten und ein Gutteil der Kundschaft. Ursprünglich hatte eine ehrbare Familie das Restaurant in den Räumlichkeiten eröffnet, die vor langer Zeit einmal mein bescheidenes Geschäft beherbergt hatten, einen im übertragenen wie wörtlichen Sinn lausigen Friseursalon. Die Übertragungsmodalitäten des Lokals enthielten unter anderem, dass ich Teil der Restaurant-Belegschaft würde, und als die besagte Familie einige Monate später das Geschäft an eine große Chinarestaurant-Kette übergab, übergab sie mich gleich mit, als Geschäftsführer, Koch, Lagerist, Buchhalter, Maître und Animateur für die Bunten Abende; all das natürlich nur dem Namen nach und wegen der bereits erwähnten Papiere, denn in Wirklichkeit war ich Laufbursche, Putzfrau, Säuberer verstopfter Abflussrohre, Müllmann, Kammerjäger und Rattenmatador. Ich bezweifle, dass irgendetwas davon den Hund bewog, mich zu beißen, abgesehen von dem Geruch, der aus den Pappschachteln aufstieg, die ein Kunde telefonisch bestellt hatte. Zwar empfinde ich Hunden gegenüber Abscheu und Angst, und der Köter, der mich hinterrücks anfiel und in die Wade biss, war ziemlich groß, aber eigentlich war das Ganze nicht weiter schlimm, da meine Arbeitgeber mich aus Werbegründen zwangen, die Auslieferungen im Kostüm eines Xi'an-Kriegers vorzunehmen und mich die Rüstung – wenn sie auch aus billigem Plastik statt aus Terrakotta war – vor den Fängen des Hundes schützte, sodass er verwirrt von mir abließ und offenbar keine Lust hatte, einen zweiten Anlauf zu starten. Nur fielen mir vom Schreck und dem Stolpern die Pappkartons herunter, und der Inhalt einer Schachtel ergoss sich auf den Bürgersteig. Da es sich um eine Vorspeise namens «marinierte Miesmuscheln Pow Pow» handelte, konnte ich sie alle (bis auf eine, der es gelang, sich auf einen Baum zu retten) mühelos wieder einsammeln und in der Schachtel verstauen, ohne dass sie in Aussehen oder Geschmack Schaden genommen hätten.

Bei dieser Tätigkeit überraschte mich eine gutgekleidete Dame mittleren Alters, die eine Hundeleine hinter sich her zog. Gereizt rief sie aus: «Darf man wissen, was Sie meinem Hund angetan haben?»

«Ich? Gar nichts», antwortete ich. «Ich kann Hunde nicht ausstehen.»

Diese Antwort schien sie hinsichtlich meiner Absichten zu beruhigen, denn sie wandte sich an den Hund: «Böses Tier.» Und dann wieder an mich: «Ich weiß nicht, was ihn an Ihnen gereizt hat. Bisher hat Paolo immer nur Kinder gebissen, nie Erwachsene, und schon gar nicht irgendwelche komischen Gestalten. Paolo, entschuldige dich bei diesem Herrn.»

Paolo spreizte die Hinterbeine und pinkelte auf das Pflaster.

«Nun gut», sagte sein Frauchen, «damit wäre die Angelegenheit ja dann wohl erledigt. Und kommen Sie nicht auf die Idee, uns anzuzeigen. Paolo ist nicht geimpft, und das Ordnungsamt könnte ihn mir wegnehmen. Wenn Sie mir versprechen, dieses unbedeutende Ereignis zu vergessen, wäre ich bereit, Sie für den erlittenen Ärger zu entschädigen. Geben Sie mir Ihre Kontonummer, und ich werde Ihnen etwas überweisen, sobald ich zuhause bin.»

Vor langer Zeit hatte ich einmal ein Konto bei der Sparkasse eröffnet, aber es war gleich nach der Eröffnung von der Sparkasse selbst gepfändet worden. Also sagte ich: «Mir wäre eine Barzahlung lieber.»

«Ich habe nur lächerliche neun Euro dabei.»

«Geht in Ordnung.»

Sie holte ihr Portemonnaie aus der Tasche, klaubte einen Schein und ein paar Münzen heraus und gab sie mir. Dann ging sie, gefolgt von Paolo. Kaum war sie fort, ging ich zu einer leeren Bank und ließ mich darauf nieder. Alle Gedanken, die mich bis zu diesem Augenblick beschäftigt hatten (Fußball), waren wie weggefegt, stattdessen wirbelten Erinnerungen und Ideen durch meinen Kopf, dass ich völlig verwirrt und wie betäubt war. Wie von Zauberhand sah ich mich an einen anderen Ort und in eine lange vergangene Zeit zurückversetzt, als eine Reihe widriger Umstände mich in eine Einrichtung verschlagen hatte, in der – eher zwangsweise als freiwillig – Menschen hausten, die mangelndes seelisches Gleichgewicht und strafbares Verhalten mit der wiederholten Unfähigkeit verbanden, die Justiz von ihrer Unschuld zu überzeugen …

Eines Morgens in aller Frühe, noch vor Dusche und Frühstück, war ich in den Innenhof dieser Anstalt gegangen, um die Müllsäcke meines Pavillons in den entsprechenden Container zu werfen, als ich Toñito auf mich zukommen sah. Dass Toñito zu dieser frühen Stunde frei herumlief, war ungewöhnlich, aber an Toñito war alles ungewöhnlich, deshalb maß ich dem Ganzen weiter keine Bedeutung bei, nicht einmal, als er an mich herantrat und sagte: «Jemand fragt nach dir. Im Foyer.»

«Was?»

Toñito war schwer zu verstehen. Irgendwann hatte mal jemand zu ihm gesagt, als er vor sich hin geträumt hatte: «Toñito, niemand reißt sein Maul so weit auf wie du.» Toñito hatte das irgendwie missverstanden als «niemand reißt die Fraun und Weiber auf wie du» und lief seitdem Tag und Nacht mit offenem Mund herum, was seine Aussprache natürlich nicht deutlicher machte. Deshalb fragte ich nicht weiter nach, sondern lief ins Foyer, um nachzusehen, ob dort tatsächlich jemand auf mich wartete. Das Foyer war ein kahler Raum, in dem die wenigen Besucher, die einige der glücklicheren Insassen empfingen, warten mussten, bis sie vorgelassen wurden. Die Neonröhren, die als Beleuchtung dienten, waren nach und nach kaputtgegangen, sodass der Raum stets im

Halbdunkel lag. Dort, wo früher ein Francobild gehangen hatte, hing nun ein leerer, windschiefer Rahmen an der Wand. Einige Jahre zuvor hatte Doktor Sugrañes, der Leiter der Anstalt, seine königliche Majestät samt Gattin und der ganzen Familie eingeladen, ein Wochenende in seiner Einrichtung zu verbringen. Die Antwort des königlichen Sekretärs war nach Doktor Sugrañes' Empfinden eher diplomatisch als überschwänglich ausgefallen, woraufhin er beschlossen hatte, kein Bild des Königs im Foyer aufzuhängen, bis dieser seiner Einladung Folge geleistet haben würde. Und dabei war es geblieben. In dieser heimeligen Umgebung traf ich nun auf einen Mann, den ich nie zuvor gesehen hatte. Er war jung, kräftig und gutaussehend, mit einem dichten Schnauzbart, dessen Enden weit über den Mund hinausragten, und einem Blick, der durchdringend gewesen wäre, hätte ihn nicht eine dunkle Brille verdeckt. Er trug ein gelbes Jackett, ein dunkelviolettes Hemd und eine gepunktete Krawatte. Sicher trug er auch noch weitere Kleidungsstücke, doch noch bevor ich mich dessen vergewissern konnte, nahm der Unbekannte meine gesamte Aufmerksamkeit mit den Worten in Anspruch: «Bitte entschuldigen Sie, dass ich Sie bei der Erfüllung Ihrer therapeutischen Pflichten unterbreche, aber das Anliegen, das mich hierher führt, ist wichtig und duldet keinen Aufschub. Gestatten Sie mir aber zunächst, mich vorzustellen: Mein Name ist Rupert von Blumengarten. Eigentlich heiße ich José Rebollo, doch da ich der Geheimpolizei angehöre, benutze ich immer einen Decknamen, und Kommissar Flores hat mich auf die Suche geschickt – nicht nach einem Decknamen, sondern nach Ihnen.»

«Möge sich himmlischer Segen über ihn ergießen!», rief ich, ließ mich auf ein Knie nieder, breitete die Arme aus und hob das Gesicht zu der mit Spinnweben behangenen Zimmerdecke.

Um der Wahrheit die Ehre zu geben: Hätte ich damals einen einzigen Wunsch im Leben frei gehabt, ich hätte mir gewünscht, dass Kommissar Flores zusammen mit einer Tarantel und einem Kaiman in einen Termitenbau gesperrt würde, und das aus gutem Grund. Mein Leben und das von Kommissar Flores waren unterschiedlichen Linien gefolgt, die sich aber an einer Stelle gekreuzt hatten: Er war aufgestiegen, während ich abgestiegen war, und diese Korrelation war alles andere als zufällig, denn er hatte seinen Erfolg meinem Scheitern zu verdanken. Aber da zum damaligen Zeitpunkt Macht und Schlagstock unweigerlich in seinen Händen lagen und von seinem Eingreifen eine Revision meines Urteils abhängen konnte, rief ich mit mehr Hingabe als Abneigung aus, immer noch auf einem Knie: «Und über den, der in seinem Namen kommt!»

Der Fremde bedeutete mir, mich zu erheben, verzog die Lippen zu einem kaum merklichen Lächeln und antwortete: «Ich weiß, dass Kommissar Flores alle Gefühle, die Sie für ihn hegen, voll und ganz erwidert. Über meine Gefühle darf ich keine Auskunft erteilen, schließlich bin ich Geheimpolizist. Ich freue mich aber über Ihre Bereitwilligkeit, denn Kommissar Flores möchte Sie mit einer Mission betrauen. Da es sich um eine Geheimmission handelt, werde ich dich von jetzt an duzen. Und wenn uns jemand erwischt, fangen wir einfach an zu knutschen.»

Es war nicht das erste Mal, dass Kommissar Flores in seiner unsäglichen Niedertracht meine Dienste in Anspruch nahm. Er hatte es getan, bevor ich in die Anstalt eingeliefert wurde, in der ich nun verrottete, indem er mir gedroht hatte, mich andernfalls in den Knast zu bringen, und selbst, als er seine Drohung schon wahr gemacht und mich in die besagte Anstalt gebracht hatte, hatte er meine Hilfe erbeten und mir dafür Belohnungen und Erleichterungen in Aussicht gestellt, aus denen dann nie etwas geworden war, obwohl ich meinen Teil der Abmachung unter Mühen und Risiken erfüllt hatte.

Nun war ich ein gebranntes Kind, und meine erste Reaktion auf diese erneute Bitte war, mich umzudrehen und mich beim Überbringer damit zu entschuldigen, ich hätte soeben eine Panikattacke erlitten. Oder plötzlich Durchfall bekommen. Oder gar nichts zu sagen, schließlich galt ich sowieso als irre. Aber ich unterdrückte diesen Impuls und fragte ihn stattdessen, worin der Auftrag bestünde.

«Ich werde es dir erläutern, sobald wir aus dieser Anstalt heraus sind; wir können gleich gehen, denn in Erwartung deines Einverständnisses habe ich bei Doktor Sugrañes, dem ehrenwerten Leiter dieses vorbildlichen Einrichtung, deine Entlassung beantragt und erhalten.»

Er zog ein maschinengeschriebenes, unterzeichnetes Blatt Papier aus der Tasche, zeigte es mir, und ich befand es für gut. Ich hatte keinen Grund, daran zu zweifeln, dass Doktor Sugrañes mit der Polizei unter einer Decke steckte, und eigentlich war mir der bürokratische Teil der ganzen Sache völlig egal. Zwar rechnete ich nicht damit, dass der Mann mir einen Vorschlag machen würde, den ich nicht ablehnen konnte, aber andererseits hatte ich auch nicht viel zu verlieren, und in einer kurzen Zeit der Freiheit mochten sich mir Möglichkeiten bieten, die ich nicht haben würde, solange ich hier eingesperrt war. Also gingen wir ohne ein weiteres Wort zur Tür, die aus dem düsteren Foyer in den sonnenverbrannten Garten hinausführte, und über der in gotischen Lettern auf einem

Transparent das Motto dieser noblen Institution prangte: HIER BEKOMMST DU EINEN TRITT IN DEN ARSCH. Mein Begleiter öffnete ohne Weiteres die Tür, was mich überraschte, weil sie sonst immer verschlossen war; wir traten hinaus, gingen den Pfad entlang, der je nach Witterung eine Staubpiste oder ein Schlammloch war, und durchquerten ebenso mühelos das Eingangstor. Draußen wartete ein schwarzer Wagen auf uns. Wir stiegen ein. Der Fahrer trug keine Livree, hatte einen Bart und dichte Augenbrauen. Mein Begleiter nahm auf dem Beifahrersitz Platz, ich setzte mich auf die Rückbank. Die Türverriegelung klickte unheilverkündend. Auf ein Zeichen meines Begleiters nahm der Fahrer Bart und Augenbrauen ab, und wir fuhren los. Erst da fiel mir auf, dass ich mich nicht von meinen Mitinsassen verabschiedet und keine Gelegenheit gehabt hatte, anständige oder zumindest saubere Kleidung anzulegen.

2

AUF DER SUCHE NACH TOBY

Der Wagen hielt vor einer hohen Steinmauer, hinter der – wie sich aus den dichten grünen Baumwipfeln erahnen ließ, die sie überragten – der weitläufige, gepflegte Garten einer Villa lag. Wir befanden uns in einer steil ansteigenden, abgelegenen Straße des vornehmen Stadtteils Pedralbes, in den ich bisher kaum je einen Fuß gesetzt hatte. Die Straße war beiderseits von ähnlichen Mauern gesäumt, die ähnliche Gärten und Villen umschlossen, und endete vor dem Eingang zu einem öffentlichen Park. Der Fahrer schaltete den Motor aus, und im Innern des Wagens war es still bis auf die Stimmen der beiden Polizeibeamten, die eine tief, die andere hoch, was dem Zwiegespräch eine Lebendigkeit verlieh, die sich schriftlich nur schwer wiedergeben lässt.

«Hier, in Haus Nummer 9 dieser Straße, hinter Mauern vor den Blicken der Öffentlichkeit verborgen», begann der erste und wies mit dem Daumen auf die Steinmauer, «liegt die Villa Los Carlitos, Wohnsitz von Don Carlos Linier, dem Eigentümer der Firma Haushaltsgeräte Linier und Fornells, einem Mann mit vornehmer Herkunft, bester gesellschaftlicher Stellung und einem beträchtlichen Vermögen. Bereits in jungen Jahren heiratete Don Carlos eine Dame namens Carlota mit einem langen Stammbaum, doch begrenzten finanziellen Mitteln, und dieser Ehe entstammen drei Söhne, die auf die Namen Carlos, Charles und Karl getauft wurden, wie es bei Leuten geschieht, die zwar Fremdsprachenkenntnisse, aber wenig Phantasie besitzen. Vor etwa zehn Jahren scheiterte diese Ehe nun aus einem ebenso natürlichen wie nachvollziehbaren Grund: Señor Linier ließ sich mit einer Zwanzigjährigen ein, die zufällig ebenfalls auf den Namen Carlota hörte. Auf das Drängen des Mädchens, das Verhältnis in geordnete Bahnen zu lenken, bat Señor Linier um die kirchliche Annullierung seiner Ehe, da damals die Scheidung in Spanien noch nicht erlaubt war. Als Begründung führte er den sündigen und zügellosen Lebenswandel eines der Ehegatten an, in diesem Fall des Antragstellers selbst. Tatsächlich wurde die Ehe rückwirkend für ungültig erklärt, womit Señor Linier von allen Verpflichtungen seiner ehemaligen Gattin gegenüber entbunden war und diese als ehrlos galt. Von der Gesellschaft geächtet, von Freunden und Verwandten verstoßen und völlig mittellos, wurde sie kurz nach der Annullierung tot in einer schäbigen Pension im Barrio Chino aufgefunden. Die Umstände ihres Todes lassen vermuten, dass sie Selbstmord beging, denn auf dem Nachttisch fand sich eine Nachricht für ihren Mann, welche lautete: ‹Idiot.›»

Jetzt setzte der zweite Polizist die Erzählung fort: «Nachdem die Verstorbene unter der Erde und Señor Linier mit der zweiten Señora Linier verheiratet war, die jetzt die erste war, ging das Leben in Los Carlitos weiter wie zuvor. Die Villa war Schauplatz zahlreicher gesellschaftlicher Ereignisse, Treffpunkt für Magnaten, Würdenträger, berühmte Intellektuelle, Künstler und Sportler, die vom überwältigenden Charme der neuen Señora Linier und der Pracht und Fröhlichkeit der Feste angezogen wurden. Das Einzige, was die Freude des Hauses trübte, war die Anwesenheit der drei Söhne aus der ersten Verbindung, die jetzt Bastarde waren und den Hass gegen ihre Stiefmutter offen zur Schau trugen. Diese erwiderte ihren Hass unverhohlen, beschimpfte und erniedrigte sie privat wie öffentlich. Dennoch leben die Jungen bis heute im Hause der Familie, zum Teil, weil alle drei Tagediebe sind, zum anderen, weil die böse Stiefmutter unbestätigten Gerüchten zufolge mit einem der drei hinter dem Rücken ihres Ehemannes ein Affäre unterhält, mit welchem, weiß man nicht.»

«Da siehst du, welche Zustände in diesem Haus herrschen», sagte der erste Polizist.

«Aus diesen Zutaten könnte man mit ein wenig Talent einen Agatha-Christie-Roman machen», bemerkte sein Kollege.

«Oder eine Miniserie», sagte der andere.

Ich nickte, während ich versuchte, mir die Daten zu merken, um zu ergründen, um welches Verbrechen es sich handeln mochte. Im Geiste erstellte ich ein Organigramm dieser Lotterwirtschaft, und als meine Begleiter mit ihrer Beschreibung dieses ebenso klassischen wie phantasieanregenden Panoramas zu Ende waren, fragte ich: «Und wer ist nun der Tote?»

Die beiden musterten erst mich, dann einander, ließen die Scheiben herunter, spuckten beide gleichzeitig aus und riefen wie aus einem Munde: «Bist du verrückt? Hier gibt es doch keinen Toten.»

«Und was habe ich dann hier zu suchen?»

«Pass auf: Die jetzige Señora Linier besitzt ein Hündchen. Gestern Abend hat ein Dienstmädchen den Hund ausgeführt, und er ist weggelaufen. In ihrer Verzweiflung hat Señora Linier beim Verteidigungsminister angerufen, und der hat sich an uns gewandt.»

«Wir würden den Fall nur zu gern übernehmen, aber heute

Morgen wurde im Stadtteil San Gervasio eine junge Frau ermordet, und wir müssen uns darum kümmern. Eine üble Sache: ein Verbrechen ohne erkennbares Motiv. Anscheinend war das Opfer Model, jung, hübsch und leichtlebig ... Diese Mädchen geraten immer in Schwierigkeiten und nehmen oft ein böses Ende», sagte der erste der beiden Polizisten.

«Aber das ist nicht deine Angelegenheit», warf der zweite hastig ein. «Deine Aufgabe besteht darin, das Hündchen zu finden und es gesund und unversehrt seiner Herrin zurückzubringen. Wenn dir das vor Einbruch der Dunkelheit gelingt, wird man dir einen Imbiss anbieten und dir die flüchtige und zweifellos knauserige, aber nicht zu verachtende Dankbarkeit einflussreicher Leute gewähren. Wenn nicht, polieren wir dir die Fresse und schicken dich zurück ins Irrenhaus. Du hast die Wahl.»

«Wo ist das Ganze passiert?», fragte ich schicksalsergeben.

«Der Hund ist in dem Park am Ende dieser Straße verloren gegangen. Wahrscheinlich versteckt er sich dort noch irgendwo. Bestimmt ist es eins dieser Schoßhündchen, die alleine nicht zurechtkommen. Nach dem Phantombild, das unsere Experten erstellt haben, ist er klein, braun und hört auf den Namen Toby.»

Sie entriegelten die Autotüren, ich öffnete den Schlag, stieg aus und ging grußlos die Straße hinauf in Richtung zu dem von einer Steinmauer und einem hohen Metallzaun mit scharfen Spitzen umgebenen Park. Ein Schild wies darauf hin, dass das Tor bei Einbruch der Dunkelheit geschlossen wurde. Jetzt stand es weit offen.

Ich war erst ein paar Meter gelaufen, als ich hörte, wie der Wagen angelassen wurde. Er wendete, dann verlor sich das Brummen des Motors allmählich in der Ferne. Ich drehte mich um: In der leeren Straße hörte man nur das Zwitschern der Vögel und das Rascheln des Laubs in der leichten Brise, die in vornehmen Vierteln immer weht. Dann machte ich mich wieder auf den Weg zum Park, erreichte das Tor und ging hindurch. Eine Treppe führte zu einem Plateau hinauf, das der Kindheit und ihren unschuldigen Spielen gewidmet war: Überall standen Schaukeln, Wippen und Rutschen, und der Boden war von Hundehaufen, Glasscherben und Spritzen übersät. Von hier aus wand sich der Pfad zu einer zweiten Ebene hinauf, auf der der eigentliche Park lag, mit weitläufigen Beeten, verschlungenen Spazierwegen und zahlreichen Bäumen, die in ihrer noblen Aufgabe als Chlorophyllproduzenten eine Augenweide und Balsam für Seele und Lunge waren. Von dieser Anhöhe aus hatte der Besucher einen Ausblick über ganz Barcelona, über den Hafen und die dort ankernden Schiffe, strahlend weiße Strände, geschäftige Fabrikkonglomerate und weiter hinten fruchtbare Felder, dicht gedrängte billige Wohnblocks und die breite, verschmutzte Mündung des Llobregat. Das Meer glitzerte im Licht der hoch am Himmel stehenden Sonne. Für einen kurzen Moment genoss ich das Schauspiel, einen etwas längeren Moment erwog ich, hinunter in die Stadt zu laufen, so schnell mich meine Beine trugen, und mich im Gewirr schmuddeliger Gassen und dunkler Winkel zu verlieren, deren Bewohner nichts hören, nichts sehen und nichts reden. Aber ich verwarf den Gedanken gleich wieder. Ich hatte keinen Ort, an den ich gehen, niemanden, an den ich mich wenden könnte, und keine einzige Pesete in der Tasche. Unter diesen Umständen würde mich die Polizei mühelos aufspüren, und dann würde sich mir vielleicht nie wieder die Möglichkeit bieten, dass mein Fall neu aufgerollt und das Urteil aufgehoben wurde, sodass ich meine Freiheit und meine Ehre wiedererlangte. Fand ich hingegen den Hund und brachte ihn seiner Besitzerin zurück, würde ich sicher eine saftige Belohnung kassieren, mit der ich die richtigen Leute schmieren und so die langsamen Mühlen der Justiz beschleunigen könnte, oder hätte wenigstens ein bisschen Kohle, um stiften zu gehen. Und wenn ich bis zum Abend den Hund nicht gefunden hatte, war es immer noch Zeit, sich im schwindenden Licht der Dämmerung aus dem Staub zu machen.

In den reichen Vierteln beginnt das Leben nicht schon bei Sonnenaufgang. Es war gegen zehn Uhr, und trotzdem war im Park keine Menschenseele außer mir, der ich etwas benommen war, weil ich nicht gefrühstückt hatte. Ich gratulierte mir zu dieser Einsamkeit, die meine Suche erleichterte, aber ich durfte keine Zeit verlieren, sonst würde mir der wachsende Strom von Besuchern alles verderben. Ich dachte, dass der Polizist sicher recht hatte und ein verwöhntes Hündchen allein verloren war, und begann, die Spazierwege im Park abzusuchen, drang in Büsche vor und durchsuchte mögliche Verstecke, wobei ich immer wieder mit honigsüßer Stimme rief: «Toby! Toby!»

Nach einer Stunde hatte ich nichts weiter erreicht, als dass ich zerstochen und zerkratzt war und mit einem Fuß in einem mit Seerosen überwucherten Teich getreten war.

Schon begann ich ernsthaft an meiner Methode zu zweifeln, als mir auf dem Weg ein Mann mittleren Alters in Sportkleidung entgegen kam, der allem Anschein nach an einem Wettrennen teilnahm; allerdings war weit und breit kein Konkurrent zu sehen, und der Mann schien es auch nicht besonders eilig zu haben, ins Ziel zu gelangen. Ich stellte mich ihm in den Weg, um ihn zu fragen, ob er nicht einen kleinen

Hund gesehen habe, und als er meine Absicht erkannte, wedelte er heftig mit den Händen, um mich zu verscheuchen.
Also trat ich beiseite, und er lief in gleichbleibendem Trott an
mir vorbei. Vermutlich ein Irrer, dachte ich und setzte meine
Suche fort. Kurz darauf erspähte ich einen weiteren Läufer,
der dem ersten glich, aber diesmal von der anderen Seite kam.
Dieses Mal versuchte ich gar nicht erst, ihn aufzuhalten, sondern fragte ihn einfach nur, was er da tue.

«Ich jogge», antwortete er.

In den letzten Jahren war es in Mode gekommen, ganz
allein durch die Gegend zu rennen; in der Anstalt hatte ich
zwar davon gehört, aber nie Gelegenheit gehabt, das Phäno-
men aus der Nähe zu betrachten, geschweige denn, es selbst
auszuprobieren, da unter meinen Mithäftlingen jede sport-
liche Betätigung verpönt war, bei der man den Konkurrenten
nicht ordentlich verdreschen durfte.

Mir kam der Gedanke, mir dieses merkwürdige Hobby zu
Nutzen zu machen, und so zog ich mir, hinter einem Busch
vor neugierigen Blicken verborgen, die Hose aus. Meine Unterhose war ursprünglich einmal weiß gewesen, aber vom vielen Waschen und verschiedenen Unglücksfällen mittlerweile
grau meliert, sodass sie als Sporthose durchging, was man von
meiner übrigen Bekleidung nicht behaupten konnte. Aber
ich hatte keine Zeit, mir darüber den Kopf zu zerbrechen,
denn kaum hatte ich meine Hose im Gebüsch versteckt, erschien schon ein dritter Jogger. Ich ließ ihn vorbeilaufen,
dann schloss ich zu ihm auf.

«Ich jogge für mein Leben gern!», rief ich, während ich versuchte, mit ihm Schritt zu halten.

«Ich auch!», antwortete der Jogger keuchend. «Wie viele
Meilen hast du schon geschafft?»

«Hundertzwanzig», sagte ich aufs Geratewohl, da ich keine Konkurrenz dulde, «und ich hätte noch mehr geschafft, wäre mir nicht ein kleiner Hund in die Quere gekommen. Ihnen ist nicht zufällig etwas Ähnliches passiert?»

«Nein.»

«So. Hier lege ich mal kurz eine Pause ein.»

Ich hielt an, um Atem zu schöpfen, und wiederholte das Ganze noch mit zwei weiteren Joggern. Der vierte war ein dicker Mann, der aussah, als würde ihn gleich der Schlag treffen, doch auch er hatte bei seinem angestrengten Lauf keinen Hund gesehen. Die fünfte Person war eine junge Frau. Da sie ein eng anliegendes T-Shirt trug, sodass man bei jedem ihrer leichten Schritte das Auf und Ab ihrer Melonen sah, bekam ich nichts von dem mit, was sie sagte. Als der nächste Jogger vorbeikam, stand ich zusammengekrümmt am Wegesrand. Meine Filzpantoffeln hatten der Dauerbelastung nicht standgehalten, die Zehen lugten frech durch die Löcher, und das Gummiband meiner Unterhose war so ausgeleiert, dass ich sie beim Laufen mit einer Hand festhalten musste. Ganz zu schweigen von dem Nimbus aus Schweiß, Spucke, Rotz und anderen Körperflüssigkeiten, der mich umgab.

«Ich jogge für mein Leben gern», stieß ich mühsam hervor.

«Und ich erst», antwortete er.

«Sie haben nicht zufällig einen Hund gesehen, der mich daran gehindert hat, noch mehr Meilen zu laufen?»

«Ich habe nur einen kleinen Hund gesehen, der angeleint war.»

«An einem Laternenpfahl?»

«Nein. An der Skulptur.»

In diesem Augenblick rutschte mir die Unterhose herunter

und brachte mich zu Fall. Als ich mich wieder aufgerappelt hatte, war mein Gesprächspartner schon hinter einer Wegbiegung verschwunden. Ich spuckte den Kies aus, den ich im Mund hatte, und beschloss nachzusehen, ob der Hund an der Skulptur der war, den ich suchte.

Ich fand beide mühelos. Die Skulptur bestand aus drei unregelmäßigen Betonblöcken mit einer Bronzeplakette, auf der zu lesen stand:

AM 8. MÄRZ 1980
HAT DIE GESAMTE STADTVERWALTUNG
DIESE SKULPTUR EINGEWEIHT,
INDEM SIE GEGEN DEN SOCKEL PINKELTE

Auf der Rückseite entdeckte ich einen kleinen Hund, der an einem Vorsprung festgebunden war. Da nicht anzunehmen war, dass er versucht hatte, sich zu erhängen, schloss ich, dass irgendjemand ihn aufgegriffen hatte, als er durch den Park streunte, und ihn hier angeleint hatte, um zu verhindern, dass er aus dem Park herausflief und von einem Motorfahrzeug angefahren wurde. Er trug kein Halsband und war mit einer ganz gewöhnlichen Kordel festgebunden. Ich ging langsam auf ihn zu und sagte: «Toby?»

Der Hund öffnete das Maul, ließ die Zunge nach einer Seite heraushängen und wedelte mit dem Schwanz. Ich trat näher, und das Schwanzwedeln verstärkte sich. Doch bevor ich ihn losband, stellte ich klar: «Hör zu, Toby», sagte ich, «du bist mir völlig egal, und ich kann Hunde nicht ausstehen, aber ich sitze in der Tinte, und dir geht es nicht anders, also sollten wir uns zusammentun. Wenn du brav bist, bringe ich dich nach Hause und tue damit einen vielleicht bescheidenen, aber nicht unwesentlichen Schritt in Richtung Revision meines Prozesses, der mich aufgrund von falschen Deutungen und Formfehlern in meine missliche Lage gebracht hat.»

Der Hund schien mir interessiert zu lauschen, und als ich mit meiner Rede zu Ende war, hing ihm die Zunge bis zum Boden. Ich löste die Schnur und zog sie im Gehen hinter mir her. Toby folgte mir fröhlich. Als erstes ging ich zurück zu der Stelle, an der ich meine Hose versteckt hatte, und suchte sie eine ganze Weile lang. Vergeblich. Entweder hatte jemand sie mitgehen lassen, oder ich hatte mich im Gebüsch geirrt. Inzwischen war es fast Mittag, und der Park füllte sich nach und nach mit Frauen und kleinen Kindern, einige auf den Armen ihrer Mütter, andere in Babykörbchen, wieder andere im Kinderwagen oder auf ihren eigenen kurzen Beinchen tappend. Vor diesem Publikum konnte ich nicht als Sportler durchgehen, und so beschloss ich, die Hosen Hosen sein zu lassen und meinen Auftrag schnellstmöglich zu beenden. Keine drei Minuten später standen der Hund und ich vor der Gegensprechanlage der Linier'schen Villa.

3

ÄRGER IM HAUSE LINIER

Es meldete sich eine säuselnde Stimme, die fragte, wer geklin-
gelt habe und warum, und als ich antwortete, ich habe etwas
für die Dame die Hauses, schnappte das Schloss auf, und das
Gartentor öffnete sich quietschend einen Spaltbreit. Ich stieß
es auf, und wir traten ein. Ein schmaler Kiesweg führte zwischen Blumenrabatten auf die Haustür zu, wo uns ein Dienstmädchen oder eine Zofe in schwarzem Rock und schwarzer
Bluse mit einer weißen Schürze und einem gestärkten Häub-
chen erwartete. Schon von weitem verströmte sie einen Duft
nach sauberer Wäsche, der mir meinen ganzen Mut geraubt
hätte, hätte ich denn welchen besessen.

«Womit kann ich Ihnen dienen?», fragte sie.

Ich schob die Phantasien beiseite, die diese zweideutige
Frage in mir weckte, zeigte auf den Hund und sagte: «Ich
komme wegen Toby.»

«Kommen Sie herein.»

Wir betraten eine weitläufige Eingangshalle mit weißem
Marmorboden, dickem Teppich und großformatigen Bildern
an den Wänden. Eine gerade Treppe mit einem doppelläu-
figen vergoldeten Geländer führte in den ersten Stock hinauf. In diesem Tempel der Pracht und Reinlichkeit wären die
letzten glimmenden Funken meiner Selbstachtung erloschen,
wäre nicht, kaum hatte das Dienstmädchen die Eingangstür
geschlossen, am oberen Ende der Treppe ein junger, gutaussehender Mann in Unterhose, T-Shirt und Socken erschienen,

der, ohne mich zu bemerken, in vorwurfsvollem Ton zu dem Dienstmädchen sagte: «Blancaflor! Wo verdammt noch mal ist meine Stormtrooper-Uniform?»

«In der Reinigung, junger Herr», antwortete das Dienstmädchen mit heller Stimme ehrerbietig, aber keineswegs ängstlich oder nervös.

«In der Reinigung!», rief der dürftig bekleidete junge Mann aus. «Und wer zum Teufel hat die Anweisung erteilt, meine Stormtrooper-Uniform in die Reinigung zu geben?»

«Die Herrin, junger Herr», antwortete das Dienstmädchen, «weil sie behauptet hat, sie sei voller Eiflecken und miefe. Dienstag nächster Woche ist sie fertig, haben sie in der Reinigung gesagt.»

«So, so, am Dienstag! Und was ziehe ich bitte sehr heute an? Ich bin in einer Stunde mit meinen Kumpels verabredet, um Bolschewiken und anderen Ausländern eine Abreibung zu verpassen.»

«Gestern kam das Pierrotkostüm aus der Reinigung», sagte das Dienstmädchen. «Es hängt im Kleiderschrank.»

«Das Pierrotkostüm, sagst du? Wäre das nicht ein bisschen albern?»

«Nein, junger Herr. Auf dem Maskenball haben Sie damit großen Eindruck gemacht.»

Solchermaßen beruhigt hinsichtlich der Kleiderfrage, zog der junge Mann sich zurück, und wir waren wieder in der Eingangshalle allein, das Dienstmädchen, Toby und ich.

Sie seufzte wie jemand, der die erste Etappe einer langwierigen Aufgabe geschafft hat, und wandte ihre Aufmerksamkeit wieder uns zu. «Warten Sie hier», sagte sie und ging die Treppe hinauf. «Ich hole die Herrin.»

Als sie verschwunden war, band ich Toby los und steckte

die Schnur in eine Tasche meiner Trainingsjacke – in die Hosentasche konnte ich sie ja nicht stecken, da ich keine Hose trug. Dabei wurde ich von einem weiteren Jüngling überrascht, der vom Garten hereinkam. Er sah dem ersten ähnlich, trug aber schicke Sportkleidung. Bei meinem Anblick blieb er stehen, beäugte mich misstrauisch und sagte: «Sind Sie der Mechaniker, der den Nissan Patrol reparieren soll? Sollte das der Fall sein, können Sie gleich wieder verschwinden. Ich habe das Auto gestern Nacht beim Pokern verloren. Ich wollte bluffen, aber dann musste ich lachen, und der Bluff ist aufgeflogen. Außerdem hatten die anderen einen Damendrilling und einen Straight Flush. Ich bin mir nicht sicher, ob die Versicherung für so etwas aufkommt.» Einen Moment lang dachte er über diese Möglichkeit nach, dann fügte er mit gesenkter Stimme in vertraulichem Tonfall hinzu: «Mein Vater muss das nicht unbedingt erfahren. Mein Vater ist Señor Linier, der Eigentümer von Haushaltsgeräte Linier und Fornells. Wenn wir ihm nichts sagen, wird er den Nissan Patrol vielleicht gar nicht vermissen. Und wenn doch, sage ich einfach, dass er geklaut wurde. Oder von einem Hochwasser weggespült. Nein, dass ihn ein Hochwasser mitsamt den Autodieben weggespült hat. Das geschieht ihnen ganz recht, was mussten sie auch das Auto stehlen. Wie auch immer, guten Tag.»

Er verschwand durch eine Seitentür, just als das Dienstmädchen die Treppe herunter kam. «Die Herrin empfängt Sie gleich», sagte sie, als sie unten angekommen war. «Im Augenblick ist sie beschäftigt.»

Sie führte nicht näher aus, womit die Herrin beschäftigt war, aber aus dem oberen Stockwerk drangen zornige Stimmen zu uns herunter, die immer lauter wurden und in einen Schwall wüster, gehässiger Beleidigungen mündeten.

«Du segelohriges Scheusal!»

«Liederliche Schlange!»

«Wurstnase!»

Auf dieses dramatische Wortgefecht folgte ein harter Schlag, kurze Stille, ein Knall und erneute Stille. Ich sah das Dienstmädchen an, und dieses erwiderte meinen Blick mit ausdrucksloser Miene und einem unergründlichen Lächeln. Hätte sie nicht gesellschaftlich so unendlich weit über mir gestanden, hätte ich sie gefragt, ob sie an diesem Nachmittag schon etwas vorhabe.

Ein dritter junger Mann, dem die Familienähnlichkeit mit den anderen beiden anzusehen war, kam in kurzen Hosen und Poloshirt und makellos weißen Sportschuhen lässig, doch leicht schwankend die Treppe herunter. In einer Hand hielt er einen Tennisschläger, die andere hatte er auf seine heftig blutende Hüfte gepresst. Er ging an mir vorbei, als ob er mich gar nicht sähe, und öffnete die Haustür, doch bevor er hinausging, wandte er den Kopf und sagte zu dem Dienstmädchen: «Blancaflor, wenn jemand nach mir fragt: Ich bin beim Tennisunterricht. Vorher oder hinterher schaue ich kurz im Krankenhaus vorbei, damit sie mir die Kugel entfernen können. Wartet auf jeden Fall nicht mit dem Mittagessen auf mich.»

«In Ordnung, junger Herr.»

Der junge Tennisspieler ging hinaus und schloss die Tür hinter sich. Hinter uns erklangen unregelmäßige Schritte. Wir drehten uns um und sahen eine schlanke Frau in einem langen, blassblauen Satinmorgenmantel und mit hochhackigen goldenen Pantoffeln die Treppe herunterkommen, majestätisch, doch zögerlich, als wollte sie sagen: «Hier bin ich!», und dächte dabei zugleich: «Mist, gleich falle ich!» Sie mochte zwischen fünfundzwanzig und dreißig sein, eine grazile, verlockende Gestalt, und die Schönheit ihrer Gesichtszüge wurde nur durch eine große dunkle Brille geschmälert, mit der sie vergeblich versuchte, offenbar frisch erworbene Kratzer und Blutergüsse zu verdecken, und die sie im Halbdunkel der Eingangshalle zwang, sich am Geländer entlangzutasten, um nicht ins Straucheln zu geraten, die Treppe hinunterzufallen und sich noch mehr blaue Flecken zu holen.

Unten angekommen, schüttelte sie ihre Mähne und fragte mit sanfter Stimme: «Wer hat nach mir gefragt, Maricel?»

«Ich heiße Blancaflor, Señora», verbesserte das Dienstmädchen sie.

«Mir egal», war die Antwort.

«Bitte verzeihen Sie, dass ich mich einmische, Señora», schaltete ich mich ein, bestrebt, meinen Aufenthalt in diesem Hause so kurz wie möglich zu halten. «Sie kennen mich nicht, aber ich bin hier, weil ich hörte, Sie seien in Sorge um Ihren pelzigen kleinen Schatz.»

Sie drehte ihr Gesicht in die Richtung, aus der meine Stimme kam, und reckte herrisch das Kinn. «Ich bin nicht in Sorge», murmelte sie, «und schon gar nicht um das, was Sie andeuten, Sie Schweineigel.»

«Er bringt einen Hund, Señora», sagte das Dienstmädchen und wies mit dem Zeigefinger auf Toby.

Die Herrin des Hauses hob kurz die dunkle Brille, um sich von dieser Aussage zu überzeugen, sodass man erkennen konnte, dass ein Auge zugeschwollen war, während sie mit dem anderen dem Finger des Dienstmädchens folgte. Als ihr Blick auf Toby fiel, stieß sie einen kurzen, spitzen Schrei aus und rief: «Was ist das denn?»

«Ihr Hündchen, Señora», antwortete ich.

Die Dame ließ die Brille wieder auf ihren zarten Nasenrücken fallen und sagte: «Ich habe keinen Hund, und wenn ich einen hätte, wäre es bestimmt nicht diese mit Flöhen und Zecken verseuchte Promenadenmischung. Mariazell», wandte sie sich dann wieder an das Dienstmädchen, «wirf diesen Abschaum auf der Stelle hinaus! Und den Kerl ebenfalls!»

«Señora», bat ich, «setzen Sie mich nicht vor die Tür, ohne mich angehört zu haben. Ich weiß nichts von der Reinigung und dem Nissan Patrol, und den Schuss habe ich auch nicht gehört. Auch bin ich keineswegs wegen des Hundes hier. In Wirklichkeit komme ich direkt aus einer Irrenanstalt, aber ich habe Berufung eingelegt, nachdem mein Einspruch abgelehnt wurde, und bin bereit, bis zur Revision zu gehen.»

«O nein!», rief die Herrin des Hauses aus, die meinen juristischen Ausführungen keine Beachtung geschenkt und ihr gutes Auge wieder auf Toby gerichtet hatte, «diese Dreckstöle hebt das Bein! Monalisa, hol ein Küchenmesser und bring sie um, bevor sie mir den Perserteppich versaut!»

«Kommt nicht in Frage, Señora, ich bin Buddhistin und darf Tieren nichts zuleide tun.»

«Dann ruf die Polizei, die sollen ihm den Gnadenschuss verpassen. Sag, du rufst im Auftrag von Señora Linier an, der Gattin von Señor Linier von Haushaltsgeräte Linier und Fornells. Und du verlässt entweder diese Sekte, oder du bist entlassen.»

«Das werden wir ja sehen, mein Verlobter ist bei der Gewerkschaft.»

Ich hielt den Zeitpunkt für gekommen, mich zu verabschieden, nutzte die Tatsache, dass Herrin und Dienstmädchen noch für eine ganze Weile in eine hitzige Diskussion verwickelt sein würden, und öffnete die Haustür. Schon auf der Schwelle, kam mir ein Gedanke, und ich rief: «Komm, Toby!»

Dann lief ich, ohne zu warten und ohne mich noch einmal umzusehen, den Kiesweg hinunter, den Hund auf den Fersen. Gemeinsam rannten wir durch das Tor hinaus.

Die Straße war von zwei Streifenwagen abgeriegelt. Einen Moment lang war ich verblüfft darüber, wie schnell sie gekommen waren und welchen Aufwand sie betrieben, um einen Straßenköter aus dem Verkehr zu ziehen, aber gleich darauf verstand ich, hinter wem die Ordnungshüter in Wirklichkeit her waren, und so flüsterte ich nur: «Lauf zurück in den Park, Toby, am besten wärst du gleich dort geblieben. Ich halte sie solange auf.»

Ob er nun meine Warnung verstand oder einfach nur seinem Instinkt folgte: Der Hund setzte sich in Bewegung, flitzte zwischen den Beinen der uniformierten Polizisten hindurch, die gerade aus dem Wagen stiegen, und war in Nullkommanichts die Straße hinauf verschwunden.

Unterdessen schenkte ich den Polizisten mein freundlichstes Lächeln und sagte: «Das ist doch nur eine Kleinigkeit, Freunde. Womit kann ich Ihnen dienen?»

Ohne meine Freundlichkeit zu erwidern, zogen sie gleichzeitig ihre Waffen, zielten auf mich, und einer schrie: «Du bist umzingelt!»

Der zweite hinter mir schrie: «Du kannst nicht entkommen!»

Und ein dritter: «Hände dahin, wo wir sie sehen können!»

Ich reckte die Arme in die Höhe und beharrte, weiterhin in fröhlichem Tonfall: «Macht nicht so ein Theater, Jungs, es ist doch bloß ein armseliger, verängstigter Hund.»

«Du wirst gleich verängstigt sein, wenn du nicht die Klappe hältst», erwiderte der, der offenbar der Einsatzleiter war.

Auf seinen Befehl hin traten zwei Polizisten an mich heran, die Waffen im Anschlag. Sie filzten mich, ich nahm die Arme herunter, sie legten mir Handschellen an, stießen mich in einen der Wagen, und wir setzten uns in Bewegung. Durch das Fenster sah ich wieder die belebten Straßen Barcelonas an mir vorüberziehen, bis der Wagen schließlich vor der wohlbekannten Fassade des Polizeihauptquartiers in der Via Layetana Nummer 43 hielt.

«Die Katze lässt das Mausen nicht», rief Kommissar Flores aus, als er das Kabuff betrat, in dem ich seit über einer Stunde schmorte. Er war in Begleitung eines Kerls, der eine Reiseschreibmaschine, einen Stapel weißer Blätter und eine Schachtel mit Durchschlagpapier dabei hatte. Als alles fürs Protokoll bereit war, zog Flores an dem Zigarrenstummel, der aus seinem Schnurrbart hervorlugte, und sagte zu dem Kerl:

«Also gut, Asmarats, schreib: ‹Barcelona, am soundsovielten des sounsovielten und so weiter, der Angeklagte gesteht alles, was ihm zur Last gelegt wurde.›» Dann wandte er sich an mich: «Na los, unterschreib schon, so sparen wir Zeit und Papier, und du ersparst dir ein paar Zärtlichkeiten unsererseits.»

«Herr Kommissar», sagte ich, «ich versichere Ihnen, ich wusste nicht, dass Toby nicht der Hund von Señora Linier ist, und auch nicht, dass er Flöhe hatte.»

«Ich weiß nicht, von welchem Hund du redest», entgegnete der Kommissar. «Gesteh schon, damit ich endlich zu meinem Macho-, Ausländerhasser- und Politikverdrossenenstammtisch gehen kann.»

«Was soll ich denn gestehen, Herr Kommissar?»

«Na, was schon, du Idiot?», sagte der Kommissar. «Den Mord.»

Einen Augenblick lang verschlug es mir tatsächlich die Sprache. Dann murmelte ich: «Bei allem Respekt, Herr Kommissar, ich weiß nicht, wovon Sie reden.»

Kommissar Flores warf den Zigarrenstummel an die Wand, wo er kleben blieb.

«Oh, ich Unglückswurm, scheiße, das Schicksal ist mir wahrlich abhold!», rief er aus, um zu zeigen, wie wortgewandt er war. «Die beschlagnahmten Cohibas ziehen nicht, und die Verbrecher geben Widerworte! Früher war doch alles besser!»

Und mit einer leichten Verbeugung zum Porträt des Königs hin, das an der Wand des Kabuffs hing, fügte er hinzu: «Natürlich mit gewissen Ausnahmen.»

«Soll ich im Protokoll Ihre berechtigte Kritik und zugleich Ihre unverbrüchliche Königstreue vermerken, Herr Kommissar?», fragte der Schreiber.

Kommissar Flores durchbohrte ihn mit Blicken. «Asmarats, spiel hier nicht den Schlaumeier», sagte er und dann zu mir: «Du weißt genau, wovon ich rede, du Schuft.»

«Doch nicht etwa von dem Mord an einem Model im Stadtteil San Gervasio?», sagte ich.

«Verdammt und zugenäht, Herr Kommissar», rief Asmarats, während er auf die Tasten eindrosch, «wenn das mal nicht ein belastender Versprecher war. Woher weiß er, dass das Opfer ein Model aus dem Stadtteil San Gervasio war? Das nenne ich mal einen wirklich belastenden Versprecher. Herr Kommissar, darf ich schreiben, dass der Beschuldigte einen wirklich belastenden Versprecher von sich gegeben hat?»

«Du schreibst, was ich dir diktiere, und hörst auf, mir

auf den Sack zu gehen, Asmarats», sagte der Kommissar. Und dann zu mir: «Und du, woher weißt du das mit dem Model und dem Stadtteil? Sag schon!»

«Ich habe die beiden Polizisten darüber reden hören, die mich in Ihrem Namen aus dem Sanatorium geholt haben, Herr Kommissar.»

Ich erzählte ihm, was an diesem Morgen geschehen war. Als ich geendet hatte, lachte der Kommissar abfällig und zog einen neue Zigarre hervor. Er zündete sie an, dann schleuderte er mir entgegen, alles, was ich soeben erzählt habe, sei erstunken und erlogen. Es gab keine Anweisung seitens des Ministeriums, einen verloren gegangenen Hund zu suchen, noch hatte er Beamte zu mir geschickt. Im Gegenteil: Der Anstaltsleiter, Doktor Sugrañes, hatte ihn höchstpersönlich angerufen, um ihn über mein Verschwinden zu informieren, das zwischen sieben und acht Uhr morgens am Tag des Verbrechens, sprich heute, erfolgt war, wie ein gewisser Toñito klar und deutlich bezeugt hatte. Dieser Zeuge, ein vernünftiger, über alle Zweifel erhabener Mann, hatte nach der Verabreichung von Pentotal und einer kalten Dusche versichert – oder geleugnet, je nachdem, wie er die Frage interpretierte –, dass kein Fremder zugegen gewesen sei.

«Folglich bist du vor acht Uhr ausgebrochen» sagte der Kommissar, «hast einen Mord begangen, den der Gerichtsmediziner auf etwa zehn Uhr datiert, und bist dann, als wäre es damit nicht genug, in einem plumpen Versuch, dir ein Alibi zu verschaffen, mit einem räudigen Hund im Hause der Liniers vorstellig geworden. Asmarats, hast du alles Wort für Wort mitgeschrieben?»

«Nein, Herr Kommissar. Ich habe nichts mitgeschrieben, wie Sie beliebt haben zu befehlen.»

«Asmarats, das wird Folgen haben.»

«Entschuldigen Sie, Herr Kommissar», schaltete ich mich ein. «Sie sagen, der Mord sei um zehn Uhr erfolgt? Ich frage nur, weil ich gehört habe, wie die beiden falschen Polizeibeamten über den Mord geredet haben, kurz nachdem wir die Anstalt verlassen hatten, das heißt, kurz nach acht. Wie erklären Sie sich das?»

«Nicht die leiseste Ahnung, Söhnchen. Erklär du es mir doch», sagte der Kommissar in ätzendem Tonfall.

«Soll ich ‹in ätzendem Tonfall› schreiben, Herr Kommissar?», fragte Asmarats.

Während sie über diesen Punkt diskutierten, hatte ich Zeit nachzudenken. Aus dem, was Kommissar Flores mir über die Sache erzählt hatte, schloss ich, dass sie stank. Wenn die beiden Polizisten über ein Verbrechen gesprochen hatten, bevor es erfolgt war, war klar, dass sie sich bereit erklärt hatten, es zu begehen, oder mit dem Täter unter einer Decke steckten, und das Ganze darüber hinaus ein abgekartetes Spiel war, um mir den Mord anzuhängen. Die Sache mit dem Hund war nur ein Kniff gewesen, um mich ein paar Stunden lang in einem einsamen Park zu beschäftigen, ohne Zeugen und damit ohne Alibi, während einer der beiden, beide oder ein Dritter das Verbrechen beging, woraufhin sie nur noch die 091 anrufen mussten, um mich anzuzeigen und zu sagen, wo man mich finden könne. Kurz gesagt, eine Lügengeschichte, die Kommissar Flores mit kaum verhohlener Freude für bare Münze genommen hatte.

«Kommissar!», protestierte ich vorsichtig, aber entschlossen, «die Anklage lässt sich nicht aufrecht erhalten, das müssen Sie mit Ihrem legendären Scharfsinn doch einsehen. Ich kann keiner Fliege was zuleide tun, und selbst wenn, hätte ich kein Motiv, einem Mädchen etwas anzutun, das ich nicht einmal kenne.»

«Ein Perversling wie du braucht kein Motiv», entgegnete Kommissar Flores. «Du hattest auch keinen Grund auszubrechen oder diese alberne Aktion mit dem Hund zu veranstalten. Aber Fakt ist Fakt: Du bist ausgebrochen, Gott weiß, wie, und hast bei der erstbesten Gelegenheit eine unschuldige junge Frau mit der Schnur erwürgt, die du bei deiner Festnahme in der Jackentasche hattest. Asmarats, hast du den Fund der Schnur im Besitz des Festgenommenen vermerkt?»

«Ja, Herr Kommissar. In Erwartung Ihrer Zustimmung habe ich geschrieben: ‹Bei seiner Einbuchtung fand sich in seiner Tasche ein Habeas corpus.›»

«Das sollte genügen», sagte Kommissar Flores. «Und mit diesem unumstößlichen Beweis ist die Befragung beendet. Du hattest Gelegenheit, dich zu rechtfertigen, wie vom Gesetz vorgesehen. Jetzt unterschreib.» Er riss das Papier aus der Walze, legte es mir vor und hielt mir einen Kugelschreiber hin.

«Sie werden mich nicht dazu bringen, eine Tat zu gestehen, die ich nicht begangen habe», sagte ich, verschränkte die Arme und schloss die Augen in der Erwartung der Backpfeife, die mir gewiss war. «Ich mache darauf aufmerksam, dass ich durch die Verfassung, das Gericht in Straßburg, die Genfer Konvention und das katalanische Statut geschützt bin.»

«Und ich mache dich darauf aufmerksam, dass ich dir auf der Stelle dieses juristische Geschwafel sonst wohin stecken werde, du weißt schon, wohin. Asmarats, bring mir die Tötungswerkzeuge!»

Der Beamte hatte an die Decke gestarrt, seit der Kommissar das Papier aus der Schreibmaschine gerissen hatte. Als er sich nun angesprochen sah, senkte er den Blick und sagte: «Ich erinnere Sie daran, Herr Kommissar, dass ein Teil der Öffentlichkeit Ihre Methoden nicht gutheißt.»

«Ich scheiß auf Francos Todestag!», brüllte Kommissar Flores. «Bin ich nicht mit der Aufrechterhaltung der öffentlichen Ordnung betraut? Und wie stellen die sich vor, dass ich das machen soll?»

«Ein Deal», warf ich ein, da ich meine Chancen schwinden sah, auf legalem Wege noch etwas zu erreichen, «ich schlage Ihnen einen Deal vor, mit dem wir den Fall lösen und Ihnen der verdiente Ruhm zuteil wird, ohne dass Sie gegen bestehende Gesetze verstoßen müssen. Bevor Sie mich beschimpfen, lassen Sie mich Ihnen kurz meinen Plan erläutern. Ich habe über die Ereignisse nachgedacht und glaube zu wissen, wer das Verbrechen begangen hat, wie er es getan hat und warum, und ich kann es Ihnen eindeutig beweisen. Aber dafür brauche ich etwas, was ich in meiner Hosentasche zurückgelassen habe, und meine Hose habe ich im Park neben der Villa versteckt, vor der ich verhaftet wurde. Wenn Sie mir gestatten, in den Park zurückzukehren, werde ich meine Unschuld beweisen und Ihnen den wirklich Schuldigen auf dem Silbertablett präsentieren, Herr Kommissar. Und wenn Sie dann nicht zufrieden sind, unterschreibe ich das Geständnis genau so, wie es aufgesetzt ist, und versichere ausdrücklich, dass ich von den Gesetzeshütern in keiner Weise physisch oder moralisch dazu genötigt wurde.»

Für einen kurzen Augenblick hing mein Leben am seidenen Faden. Kommissar Flores betrachtete mich stirnrunzelnd, dann sah er Asmarats an und konzentrierte zuletzt seine Aufmerksamkeit auf die Zigarre, als hoffe er, von dieser kostbaren Havanna einen Rat zu erhalten.

Schließlich seufzte er tief und rief: «Wer hätte mir prophezeit, dass ich mich jemals in einer solchen Lage befinden würde? Ich – im Bunde mit der Unterwelt! Ach, jede Vergangenheit war besser, wie der Dichter sagte, als er den Tod seines verdammten Vaters besang. Doch genug der Worte! Ich gebe dir zwei Stunden, alles zu erledigen, was du gesagt hast. Du wirst in diesen verdammten Park gehen, aber in Handschellen und begleitet von zwei Beamten, die Befehl haben, dir beim geringsten Anlass eine verdammte Kugel ins Genick zu jagen. Einverstanden?»

«Sie werden Ihre Entscheidung nicht bereuen, Herr Kommissar.»

Selbst der ahnungsloseste, unaufmerksamste Leser hat wohl verstanden, dass es sich bei meinem Vorschlag einzig und allein um einen Trick handelte, um dieses unglückselige Gebäude zu verlassen, mich aus dem Staub zu machen, Zeit zu gewinnen und zu hoffen, dass sich mir irgendwann eine Möglichkeit bieten würde, aus diesem Schlamassel herauszukommen, in den ich so unverhofft geraten war. Mit diesem Vorsatz bestieg ich einige Zeit später das große, klapprige, stinkende Auto, ein Relikt des Wagenparks der Polizei, das nur noch für mittelprächtige oder unwichtige Einsätze wie den jetzigen benutzt wurde. Begleitet wurde ich von zwei Polizisten in Uniform, der eine etwas älter, hässlich, unrasiert, klein, schmerbäuchig, mit kurzen Armen und Beinen, der andere jung, hübsch, hochgewachsen und sportlich gebaut, die Pelayo und Marcial hießen.

Es war schon spät am Nachmittag, als wir in der vornehmen, steil ansteigenden Straße hielten, von deren Existenz ich noch am Vortag nichts geahnt hatte und die ich jetzt zum zweiten Mal an diesem Tag aufsuchte.

Wir drei waren erst wenige Meter in Richtung Park gegangen, als ich anhielt, mich in gespieltem Argwohn nach allen Seiten umsah und dann halblaut sagte, an keinen der beiden Polizisten im Besonderen gewandt, damit keiner meinte, ich ziehe ihn dem anderen vor: «Als Geißel des organisierten Verbrechens wissen Sie ja sicher besser als jeder andere, dass es in diesen Villenvierteln, scheinbaren Oasen des Friedens, von Straßenräubern, Taschendieben, Banditen und anderen Gaunern nur so wimmelt, und ich möchte nicht, dass wir bei der Rückkehr zu unserem Auto feststellen müssen, dass durch meine Schuld alle vier Reifen geklaut wurden und Sie zum Gespött der ganzen Polizei werden.»

Die beiden sahen einander an, und der altgediente Pelayo sagte zu seinem jungen Kollegen: «Geh du weiter, Marcial. Ich bleibe hier und bewache die Karre. Aber dass du mir den Kerl nicht aus den Augen verlierst.»

Mir wäre es lieber gewesen, wenn der Junge beim Wagen geblieben wäre, aber wenigstens war ich die Hälfte meiner Bewacher schon mal los. Im Park spielten noch ein paar Kinder unter den wachsamen Blicken ihrer Mütter oder Kindermädchen, die allesamt, als sie mich in Handschellen, zerlumpt, mit hängendem Kopf und von einem Polizisten bewacht vorübergehen sahen, mit dem Finger auf mich zeigten und den Kleinen als abschreckendes Beispiel vor Augen führten.

An der Stelle angekommen, an der ich am Morgen meine Hose versteckt hatte, sagte ich zu meinem Begleiter: «Wie ich Kommissar Flores bereits gesagt habe, verbirgt sich die Lösung des Rätsels in einer meiner Hosentaschen. Das Problem ist, dass ich nicht mehr weiß, wo ich sie versteckt habe. Da es nicht mehr lange hell sein wird, schlage ich Ihnen vor, dass

Sie hier suchen und ich dort hinten, dann geht es doppelt so schnell.»

Er nickte, und wir trennten uns. Ich war gerade erst ein paar Schritte weit gekommen, da hörte ich ihn rufen: «Ich habe sie! Das nenne ich Glück!»

«Herzlichen Glückwunsch, Herr Polizeibeamter», sagte ich, Freude heuchelnd.

Innerlich verfluchte ich mein Pech und sein Glück. Eigentlich hatte ich geplant, mich unter dem Vorwand, den Park zu durchkämmen, von ihm zu entfernen, und dann, wenn eine gewisse Entfernung zwischen uns lag, loszurennen und mich im Unterholz des Parks zu verstecken, den er nicht kannte, den ich aber am Morgen bereits ausgekundschaftet hatte, bis ich mich Schutz der Dämmerung verdrücken konnte. Jetzt aber wäre es unklug gewesen, das zu versuchen, da er kräftig und ich mickerig war, er gegessen hatte, ich hingegen nicht.

«Wunderbar, dann geben Sie mir doch bitte mal meine Hosen», sagte ich.

«Kommt nicht in Frage, sie sind ein Beweismittel.»

In gespielter Zustimmung zuckte ich mit den Achseln, und wir machten uns auf den Rückweg; ich trödelte, so gut es ging, er trieb mich mit seinem Schlagstock an, zur Belehrung und Erheiterung der Kleinen, die mich, von ihren Müttern ermuntert, mit Steinen, Stöcken, Fläschchen und sogar ihren vollen Windeln bewarfen.

Wir waren erst wenige Schritte gegangen, und ich hatte schon alle Hoffnung aufgegeben, da hörte ich in meinem Rücken ein Rascheln im Gebüsch, dann ein Knurren und einen Schwall aus Beleidigungen, Drohungen und Flüchen. Als ich den Kopf wandte, sah ich meinen Bewacher am Boden liegen und nach dem Schlagstock tasten, den er vor Schreck und

Überraschung hatte fallen lassen, um den Angriff eines kleinen, aber äußerst lebhaften und hartnäckigen Tiers abzuwenden. Sofort erkannte ich Toby und schloss, dass der treue Hund mich wiedererkannt und verstanden hatte, dass ich mich in Schwierigkeiten befand. Vielleicht aus Dankbarkeit darüber, dass ich ihn nicht in der Villa zurückgelassen hatte, wo man ihm den Garaus machen wollte, und ihm kurz darauf die Flucht vor den Polizisten ermöglicht hatte, die gekommen waren, um mich festzunehmen, hatte er sein sicheres Versteck aufgegeben, um mir zu Hilfe zu eilen. Überflüssig zu sagen, dass ich, während mir diese Gedanken durch den Kopf gingen, schon zwischen den Kindern Haken schlagend davonlief.

Der Kampf zwischen Mensch und Tier währte nur kurz, da beide über eine vergleichbare Intelligenz verfügten, ersterer aber über die ausgefeiltere Technologie. Rasch war das Kampfgetöse verstummt, und mir blieb nur die Hoffnung, dass Toby von seiner Beute abgelassen hatte und wieder im Dickicht verschwunden war. Ich rannte, so schnell ich konnte, obwohl ich wusste, dass ich den Park nicht würde verlassen können, ohne Pelayo in Hände zu fallen, und nicht lange im Park bleiben konnte, ohne dass mich Marcial schnappte. Aber das Glück, das mir kurz zuvor noch abhold gewesen war, zeigte sich mir nun gewogen. Hinter einer Wegbiegung tauchte ein freundlicher älterer Herr auf, der sich sein Alter und seine Freundlichkeit zu bewahren suchte, indem er joggte.

Ich lief neben ihm her und sagte: «Ich jogge für mein Leben gern!»

«Das sieht aber gar nicht so aus», entgegnete er spöttisch.

«Ach nein? Dann lass uns doch mal sehen, wer eher am Parkeingang ist.»

«Einverstanden.»

Er lief schneller. Ich versuchte gar nicht erst, mit ihm Schritt zu halten. Sekunden später war er mir bereits etliche Meter voraus. Ich wich vom Pfad ab und verbarg mich hinter einem Baum. Der Polizist, der mich verfolgte, sah einen Kerl in kurzen Hosen herumlaufen und lief ihm nach. Von den Schritten hinter ihm aufgeschreckt, beschleunigte mein Konkurrent. Ich verlor sie aus den Augen und hörte Marcial nur noch rufen: «Pass auf, Pelayo, er rennt auf den Wagen zu!»

Und Pelayo antworten: «Verstanden, ich versperre ihm den Weg!»

Ich wollte lieber nicht wissen, wie die Sache ausging. Wichtiger war, den Park zu verlassen, ohne den Polizisten in die Hände zu fallen. Die würden ihren Irrtum bald bemerken und sich auf die Suche nach mir machen oder mir, um ganz sicher zu gehen, am Tor auflauern, das, wie ich gehört hatte, der einzige Ein- und Ausgang des Parks war. Also ging ich in die entgegengesetzte Richtung, bis ich auf die Mauer stieß, die rund um den Park verlief. Ich folgte ihr und fand bald darauf eine Stelle, an der eine Bodenerhöhung mir ermöglichte, die Mauer zu erklimmen und auf der anderen Seite hinunterzuspringen. Ich landete auf einem kahlen Abhang und lief bergab, so schnell ich konnte, um aus der Gegend weg zu sein, bevor ich mich verirrte oder verletzte, denn es war schon fast dunkel und das Gelände war unwegsam, voller Löcher und Bodenwellen. Überall lagen alte, kaputte und verrostete Kühlschränke, Waschmaschinen, Trockner, Elektroheizungen, Heizkessel, Öfen, Mikrowellen, Dunstabzugshauben, Cerankochfelder und andere Haushaltsgeräte herum, die einmal die Zierde eines Haushalts, das Zeichen für Fortschritt und Verkörperung des Konsums gewesen waren und jetzt als unschöner Schrott einen aktiven Beitrag zur Umwelt-verschmutzung und Hässlichkeit dieses Ortes leisteten.

Nicht ohne Blessuren und blaue Flecken erreichte ich schließlich die Randbezirke der Stadt. Über eine einsame, schlecht erleuchtete Straße kam ich auf eine belebtere, und allmählich tauchten mehr und mehr Fahrzeuge, Fußgänger, Läden und Bars auf, bis ich mich von dem ohrenbetäuben-den Tosen und dem fieberhaften Gedränge umgeben sah, das jeder so sehr liebt, der Barcelona zum ersten und letzten Mal besucht.

4
SEÑORITA WESTINGHOUSE

Aus einer Gegend kommend, in der der Wohlstand zu Hause war, erschien mir die Plaza del Mocarro im schlechten Teil des Raval noch düsterer, schäbiger und stinkender, als ich sie in Erinnerung hatte, und wahrscheinlich war sie es sogar. Als ich dort ankam, war es schon mitten in der Nacht, und im Unterschied zu anderen Gegenden, wo der Trubel im Lauf des Abends nachlässt, bis er mit Sonnenuntergang schließlich ganz aufhört, geriet dieses Viertel, das während der Arbeitsstunden im Dämmerschlaf lag, mit Einbruch der Nacht außer Rand und Band. Trübe erleuchtete schmale Türen und kleine Fenster boten Einblick in die unterschiedlichsten Lasterhöhlen, und die Straßen waren erfüllt von einem wohltönenden Chor aus Beleidigungen, Drohungen, Heulen, Fluchen, Gelächter und Geschrei.

Völlig ungerührt von diesem Trubel lag meine Schwester Cándida quer über dem Bürgersteig, den Rücken an einen Müllsack gelehnt, und schlief. Bevor ich mir ihr näherte, sah ich mich nach allen Seiten um, ob die Polizei mir nicht zuvorgekommen war: Es war vorherzusehen, dass sie auf der Suche nach mir früher oder später auf den einzigen Menschen verfallen würden, von dem ich Hilfe erhoffen konnte. Als ich mir sicher war, dass keine Gefahr drohte, stellte ich mich neben sie und stieß sie ein paar Mal vorsichtig mit der Fußspitze in die Rippen. Cándida sprang auf und lächelte.

«Ich bin gerade aus dem Liceo gekommen, Herr Polizei-beamter», sagte sie, «und warte auf ein Taxi.»

«Nicht so laut, Cándida», bat ich. «Ich bin kein Bulle.»

Sie war blind wie ein Maulwurf, aber meine Stimme er-kannte sie wieder. Noch bevor sie die Beschimpfungen aus-stoßen konnte, die sie für mich bereithielt, sagte ich hastig: «Es wäre gelogen zu behaupten, dass sie nicht hinter mir her sind. Entgegen allem Anschein bin ich aber nicht aus der Anstalt geflohen. Ich erkläre es dir später in Ruhe. Jetzt musst du mir erst mal helfen. Ich komme aus dem oberen Teil der Stadt, bin quer durch Barcelona gerannt und habe, um kei-nen Verdacht zu erregen, an jeder Straßenecke verkündet, dass ich für mein Leben gerne jogge. Außerdem habe ich seit gestern keinen Bissen gegessen und bin völlig ausgehungert.»

«Warum?», fragte sie. Offensichtlich hatte sie nur den ers-ten Satz meiner Rede mitbekommen.

«Warum sie hinter mir her sind? Wegen einer Kleinigkeit. Ein Missverständnis, weiter nichts. Können wir bitte zu dir nach Hause gehen? Ich muss mich verstecken, etwas essen und ausruhen.»

Begriffsstutzig und kleingeistig, wie sie war, kostete es mich einige Mühe, sie zu überzeugen, dass ihre selbstlose Unter-stützung sie diesmal, im Gegensatz zu vielen früheren Gele-genheiten, nicht ins Kittchen bringen würde.

«In Ordnung», gab sie schließlich nach, «aber du musst warten, bis ich mit der Arbeit fertig bin. Um diese Uhrzeit kommen die ersten freigebigen Kunden.»

Arme Cándida. Der freigebigste Kunde, den sie je gehabt hatte, war ein Typ gewesen, der ihr erst die Handtasche ge-klaut und dann zehn Peseten zurückgegeben hatte, damit sie sich ein Sandwich kaufen konnte. Als ich sie daran erinnerte, vergoss sie ein paar Tränen, und wir gingen, ich schlurfend und sie hinkend, zum Ende der engen, muffigen Gasse, wo sie ein Zimmer mit einer Freundin teilte, nachdem sie aus ihren vorherigen Behausungen herausgeflogen war. Dieser traurige Umstand kam mir zugute, denn da sie als Untermieterin lebte, hatte die Polizei sie vermutlich noch nicht ausfindig gemacht.

«Du wirst von meiner Mitbewohnerin entzückt sein», sagte sie, nachdem wir den Raum betreten hatten und sie mit dem Besen die Vögel hinausgejagt hatte, die durch die scheibenlosen Fenster hereingeflattert waren. «Ich will ja nicht die Kupplerin spielen, aber irgendetwas sagt mir, dass ihr ein wunderbares Paar abgeben würdet.»

Cándida hatte eine romantische Ader und versuchte in ihrer Gefühlsduselei immer wieder, Paare zusammenzubringen. Ihre Mitbewohnerin, die kurz nach uns ankam, entpuppte sich als ein Transvestit meines Alters und meiner Statur, dürr und krumm. Als er seine Perücke absetzte, kam darunter eine spiegelnde Glatze zum Vorschein, und die Schminke war nicht dick genug, um den Schatten eines Bartes zu verbergen. Beim Eintreten gab er sich laut und jovial, doch kaum hatte er die Schwelle überschritten und die Tür hinter sich geschlossen, war er wie verwandelt. Privat war er grüblerisch und neigte zur Melancholie, im Umgang mit anderen Menschen war er förmlich und zurückhaltend. Nachdem Cándida ihm den Grund für meine Anwesenheit geschildert hatte, gab er mir die Hand, beugte das Knie zu einem unsicheren Knicks und hielt mir eine Visitenkarte hin, auf der stand:

Señorita Westinghouse
Jobs auch bei Ihnen zu Hause

Ich gab Señorita Westinghouse die Karte zurück, sie steckte sie in die Tasche und erklärte mir, auf ihren Künstlernamen sei sie durch eine Anzeige gekommen, die sie als Kind einmal in der Zeitschrift *Life* gesehen habe: eine amerikanische Hausfrau in einer großen, sauberen und hellen Küche, der Inbegriff all dessen, was sie im Leben einmal werden wollte. Später fand sie heraus, dass der Name in der Anzeige nicht etwa der Name der Frau gewesen war, sondern der des Kühlschranks, der im Hintergrund stand, aber da war der Name schon zum festen Bestandteil ihrer Identität geworden, und sie hatte unter ihm weltweite Berühmtheit erlangt. Señorita Westinghouse identifizierte sich so sehr mit der Anzeige, dass sie selbst die Sprache übernommen hatte: Bei der Ausübung ihres Berufs sprach sie Englisch und war davon überzeugt, dass es für den eigenen Fortschritt wie für den des Landes unerlässlich sei, sich internationalen Handelsbeziehungen zu öffnen. Mit dieser Ansicht, so wie mit allem anderen, klagte sie, stoße sie in ihrem verschlossenen, provinziellen Umfeld auf allgemeines Unverständnis. Seit die Sechste Flottille unseren Hafen nicht mehr regelmäßig anlief, waren die Geschäftsbeziehungen zu Ausländern in besorgniserregendem Maß zurückgegangen, und derzeit glaubte niemand, dass Barcelona jemals zu einem Anziehungspunkt für Touristen werden könne. Derzeit, so behauptete sie, sei Barcelona nichts weiter als ein Verkehrshindernis auf dem Weg zwischen dem wohlhabenden, aber freudlosen Europa und den warmen Stränden des Südens. Doch weder die örtlichen Behörden noch die Einwohner schienen bereit, etwas gegen diesen bedauerlichen Zustand zu unternehmen, es fehlte an neuen Ideen oder dem nötigen Schwung zu ihrer Umsetzung, und wenn man Initiative und Wagemut bewies, sah man sich letztlich verfemt. Die Leute standen Veränderungen ablehnend gegenüber. Sie selbst, schloss Señorita Westinghouse, war ein lebendes Beispiel dafür.

Obwohl nicht die Hellste, hatte Cándida recht gehabt mit ihrer Behauptung, ihre Mitbewohnerin und ich würden uns prächtig verstehen. Schon wenige Minuten nach ihrer Ankunft hatten Señorita Westinghouses kultivierte, diskrete Art, der meinen so ähnlich, zwischen uns ein Band der Sympathie geknüpft, das dazu führte, dass wir Cándida in die Küche verbannten, damit sie uns nicht störte, und plauderten angeregt. Es dauerte nicht lange, da hatte ich ihr ausführlich meine missliche Lage geschildert. Señorita Westinghouse hörte aufmerksam zu, und als ich mit meinem Bericht fertig war, seufzte sie und sagte: «Deine Geschichte hat mich gerührt, und ich werde alles in meiner Macht Stehende tun, um dir zu helfen. Geld habe ich praktisch keins, aber ich habe Männerkleidung, von der ich dir etwas leihen kann. Ich weiß nicht, ob sie deinem Stil entspricht, denn als Frau bin ich ein echtes Luder, aber als Mann bewege ich mich eher *in the twilight zone*. Was den Mord betrifft, kann ich dir nur erzählen, was ich in der Zeitung gelesen, im Radio gehört und bei Freunden aufgeschnappt habe, und diese Information muss man mit Vorsicht genießen. Seit einiger Zeit stürzen sich die Medien wie die Geier auf dramatische Ereignisse, verzerren und verdrehen sie und machen auf diese Weise aus dem Verfall der Sitten ein Spektakel und aus dem Unglück Hohn. Das ist, so leid es mir tut, das sagen zu müssen, eine der Schattenseiten der Demokratie. Früher hatten Presse, Radio und Fernsehen die Aufgabe, dem Bürger genau so viel Information zukommen zu lassen, wie er benötigte, um nach bestem Wissen zu urteilen und zu handeln. Mir als Transe hat das nicht viel genützt, aber zumindest wusste jeder, was sich gehörte. Heute hingegen triumphiert derjenige, der an die niederen Instinkten des Pöbels appelliert, er kommt voran, und keine Macht der Welt kann das ändern; und selbst wenn jemand es könnte, würde er Gefahr laufen, die Wählerschaft zu verlieren, wenn er die entsprechenden restriktiven Maßnahmen ergriffe.»

Während die kluge Señorita Westinghouse diese wohldurchdachte These darlegte, hatte Cándida zwei Liter Wasser, eine Handvoll Makkaroni, eine halbe Karotte und einen Suppenwürfel in einen Topf gekippt und hätte aus diesen Zutaten eine köstliche Minestrone bereitet, wäre nicht die Gasflasche leer gewesen. Trotzdem vertilgten wir das Mahl genüsslich, während Señorita Westinghouse erzählte, was sie über den Mord wusste, der fälschlicherweise mir angelastet wurde.

Demzufolge hatte um zehn Uhr des heutigen Tages – denn um den handelte es sich, auch wenn ich schon so viel geschrieben habe – der Bewohner eines in einer Seitenstraße im gutbürgerlichen Stadtteil San Gervasio gelegenen Hauses, als er seine Wohnung verließ, um seinem Tagewerk nachzugehen (wie er der Polizei erzählte), die Leiche einer unglücklichen jungen Frau entdeckt, halb verborgen in der Hecke des kleinen Vorgartens, der allen Hausbewohnern zugänglich war und vom Portier gepflegt wurde. Nachdem die Polizei über diesen bedauerlichen Vorfall informiert worden war, war sie unverzüglich herbeigeeilt. Das außergewöhnliche Ereignis rief in der Nachbarschaft große Aufregung hervor, da die Tote seit knapp einem Jahr in einer Wohnung eben jenes besagten Hauses gelebt und nie Anlass zu der Vermutung gegeben hatte, dass sie einmal so enden würde, auch wenn sie Model von Beruf war.

Was Señorita Westinghouse zu berichten wusste, stimmte mit dem überein, was ich zuerst von den falschen Polizeibeamten und dann von Kommissar Flores gehört hatte. Alles Weitere, einschließlich des Täters, würde noch zu ermitteln sein. Im Augenblick aber konnte ich nichts tun, außer mich auf dem Fußboden auszustrecken und durch einen erholsamen Schlaf neue Kraft zu schöpfen.

Aus diesem Schlaf riss mich etwas, was ich zuerst für das Krähen eines Hahns hielt, was sich aber als die Stimme der Morgennachrichten entpuppte, die durch die papierdünnen Wände des Hauses drang. Ich stand auf und reckte meine tauben Glieder, als Señorita Westinghouse hereinkam, die, von Natur aus geschäftig, in aller Frühe aufgestanden war und einen wahren Festschmaus besorgt hatte. In einer nahegelegenen Bar, wo man sie kannte, hatte man ihr drei Puddingschnecken von letzter Woche überlassen. In ebendieser Bar – erzählte sie, nachdem sie die Schnecken zum Einweichen ins Spülbecken gelegt hatte – war der Fernseher gelaufen, und der Sprecher, zweifellos der gleiche, der mich geweckt hatte, hatte die Bevölkerung vor einem gemeingefährlichen, gewalttätigen Irren gewarnt, der aus einer Hochsicherheitsanstalt ausgebrochen war und nun frei herumlief, einzig vom Verlangen getrieben, so viele Morde wie möglich zu begehen. Dieser blutrünstige Serienkiller, hatte der Sprecher weiter gesagt, war nicht nur unermesslich böse, sondern war darüber hinaus noch in Begleitung eines riesigen, unglaublich wilden Hundes, der am Abend zuvor einen heldenhaften Polizisten angefallen, ihm irreparable Schäden an dem einen oder anderen Bein zugefügt und ihn mit der Tollwut infiziert hatte. Angesichts der Schwere der Lage hatte der Bürgermeister von Barcelona zwei Tage Trauer angeordnet, sich sein Gehalt erhöht und allen Beamten eine Woche Urlaub gegeben. Dann, so berichtete Señorita Westinghouse weiter, war das Phantombild des Mörders eingeblendet worden, das nach Zeugenaussagen erstellt worden war, die meisten von ihnen emsige Jogger, die alle darin übereingestimmt hatten, dass der Gesuchte riesig, kräftig und struppig gewesen sei und nur ein einziges Auge auf der Stirn gehabt habe.

«Wie Parsifal!», schloss Señorita Westinghouse schaudernd.

«Wie die alle übertreiben! Dabei finde ich dich ganz reizend!»

«Mach dir keine Sorgen», sagte ich, um sie zu beruhigen, «ich hoffe, ich werde nicht mehr lange dieses furchterregende Ungeheuer sein. Zurzeit ist es für mich umso besser, je höher die Wellen schlagen. Kaum jemand wird in mir dieses Ungeheuer wiedererkennen, und wenn alle Welt verdächtig ist, dann ist es umso einfacher, unbemerkt zu bleiben.»

Aufgemuntert durch diese Überlegung und die beiden Schnecken, die wir vertilgt hatten, ließen wir Cándida allein, damit sie die Wohnung putzen konnte, und gingen hinaus. Bei einem Kiosk in der Nähe blätterten wir die Zeitungen durch und fanden in der Abteilung «Sonstiges» zusätzliche Informationen: Die Leiche des ermordeten Models war vor Haus Nummer 15 der Calle Sant Hilari gefunden worden, und laut dem Bericht des Forensikers war der Tod gegen zehn Uhr morgens eingetreten. Mit diesen Daten und reichlich Unternehmungsgeist versehen, waren wir eine Stunde später in der Nähe des Tatorts. Der lag zwar am entgegengesetzten Ende von Barcelona, aber da Señorita Westinghouse ein wenig Geld besaß, konnten wir den Bus nehmen, was schneller und bequemer war. Unterwegs hatten wir Zeit, den Plan noch einmal durchzugehen, den ich ersonnen hatte und bei dem mitzuhelfen Señorita Westinghouse sich großzügig bereit erklärt hatte, nicht allein aus Freundschaft, sondern aus Überzeugung.

«Um die von mir geforderte Öffnung des Außenhandels zu erreichen und aus Barcelona ein begehrtes Reiseziel zu machen, einen sogenannten echten *Spot*, muss Schluss sein mit der Verunsicherung der Bürger. Niemand wird ein Land besuchen wollen, in dem Frauen von Männern angegriffen werden, Männer von Frauen und Transvestiten von beiden», erklärte sie.

5
AM TATORT

Wie vereinbart, begab ich mich allein in die ruhige Calle de Sant Hilari, die ihren Anfang bei einer belebten Hauptverkehrsader nahm und nach einem kurzen sachten Anstieg in ein quadratisches, schattiges Plätzchen mündete. An einer Ecke verkündete eine Marmortafel den Passanten:

SANT HILARI

14. JHDT.

BISCHOF

STARB IN GEISTIGER UMNACHTUNG

Eine Straßenseite war von drei- bis vierstöckigen Neubauten gesäumt, vom Bürgersteig durch winzige Vorgärten getrennt, die jeweils von einer etwa einen Meter hohen Hecke umgeben waren. Gegenüber lag nur eine einzige langgestreckte graubraune, abblätternde Häuserfront mit quadratischen Fenstern. Im Gärtchen von Nummer 15 wuchsen ein Lorbeerbaum und ein paar grüne Büsche.

Ohne nachzudenken oder zu zögern betrat ich den Vorgarten und sah mich suchend um, bis der Portier angerannt kam. Er war ein dürres kleines Männchen mit kurzem Haar, grauem Kittel und finsterer Miene.

«Hören Sie mal, das ist ein Privatgrundstück! Hier darf ohne Erlaubnis niemand herein!», schrie er mich an.

Ich musterte ihn ostentativ erstaunt, wartete ein Weilchen und entgegnete dann mit ruhiger Stimme: «Ich muss doch sehr bitten. Ich komme vom Fernsehen, und der einzige, der hier stört, sind Sie.»

Einen Moment lang war er sichtlich fassungslos, dann fing er sich wieder. «Vom Fernsehen?», fragte er und warf einen verstohlenen Blick auf die Straße. «Und wo ist dann die Kamera?»

«Die Kameraleute kommen, wenn ich sie rufe», entgegnete ich, halb nachsichtig, halb verächtlich. «Im Augenblick bin ich ausschließlich damit beschäftigt, den Ort zu erkunden und die Bildausschnitte zu wählen. Haben Sie eine Ahnung, was es kostet, eine mobile Einheit in Gang zu setzen?»

«Nein, mein Herr.»

«Ist ja auch egal. Stellen Sie sich mal so, dass ich Ihr Profil sehen kann, ob Sie fotogen sind. Können Sie sich gut ausdrücken?»

«Ja, mein Herr.»

«Wir erwägen, eine Sondersendung zu machen, wenn der Fall vertrackt genug ist. Was können Sie mir über das Verbrechen sagen?»

«Die Polizei hat mir verboten ...»

«Hören Sie, ich komme von den Fernsehnachrichten, und Ihre Schweigepflicht können Sie sich sonst wohin stecken», sagte ich mit der Gleichgültigkeit dessen, der weiß, dass für ihn keinerlei Regeln gelten. «Außerdem verstößt das, worum ich Sie bitte, nicht gegen das Gesetz. Wir wollen nichts aufdecken, uns interessiert nur die menschliche Seite des Falls. Kannten Sie die Verstorbene?»

«Klar. Sie lebte im dritten Stock, erste Tür.»

«Sehr schön. Sehen Sie? Das ist die menschliche Seite, kein Zweifel. Haben Sie oft mit ihr gesprochen?»

«Nein, mein Herr. Sie war immer sehr zurückhaltend, und ich stecke meine Nase nicht in die Angelegenheiten anderer Leute. Nur einmal, da hat sie mir erzählt, dass sie lieber U-Bahn fährt als Bus, weil das schneller ist.»

«Großartig. Das zeigt sie von ihrer menschlichen Seite, hochinteressant. Schauen Sie mal nach oben. Und nehmen Sie die Brille ab, damit ich Ihre Gesichtszüge besser erkennen kann.»

Als der Portier da so ohne Brille mit dem Rücken zur Tür stand, wurde er von Señorita Westinghouse überrascht, die heranrauschte und ihm, noch bevor er reagieren konnte, schon mit Tränen in den Augen um den Hals fiel.

«Ich bin die Tante!», rief sie, wie ich ihr aufgetragen hatte. «Und Sie müssen der Portier dieses Hauses sein. Der arme kleine Engel, sie hat immer so liebevoll von Ihnen gesprochen ... Ich bin *devastated*! Geben Sie mir die Schlüssel.»

Sie übertrieb nicht nur, sie preschte auch zu schnell vor. Der Portier setzte seine Brille wieder auf und fragte: «Welche Schlüssel?»

«Na, die zu ihrer Wohnung, guter Mann. Wie viele Erinnerungen mögen dort schlummern, wie die Harfe am Grunde von ich weiß nicht wo!»

«Die Polizei hat mir nicht ...»

«Verdammich!», rief ich, um die Situation zu retten, in die uns Señorita Westinghouse gebracht hatte, indem sie meinte, die Diva spielen zu müssen. «Wenn das mal nicht die menschlichste Geschichte ist, die ich je im Leben gehört habe: Eine nahestehende Person betritt blutenden Herzens die Wohnung der Verstorbenen. Daraus machen wir eine mehrteilige Sondersendung. Herr Portier, holen Sie schnell die Schlüssel und werden Sie Teil dieser erlesenen Szene. Ich werde unterdessen im Studio anrufen, wenn Sie mir gestatten, das Telefon in der Portiersloge zu benutzen.»

Während der Portier eine Schublade durchwühlte, nahm ich den Hörer des Telefons ab, das auf der Theke stand, wählte eine erfundene Nummer und sagte: «Ich bin's, Asmarats. Ihr könnt das Team jetzt herschicken … Ja, Alter, glaub mir: Die Kiste ist menschlich gesehen der Hammer. Und wir haben einen Zeugen, der sein Gewicht in Gold wert ist: den Portier des Hauses, mehr muss ich dir ja wohl nicht sagen. Eine Bombe, Alter. Du kannst dir nicht vorstellen, wie der sich ausdrücken kann!»

Der Mann, von dem die Rede war, gab mir mit zitternder Hand den Schlüssel.

Bevor er es sich anders überlegen konnte, nahm ich den Schlüssel an mich und sagte: «Ich begleite die trauernde Dame, Blutsverwandte der Verstorbenen, nach oben, denn auch wenn sie in ihrem Schmerz gerade den Grund ihres Besuches vergessen zu haben scheint, wird sie sicher in die Wohnung gehen wollen, um die Habseligkeiten mitzunehmen, die sie am stärksten an die Verblichene erinnern.»

«Vielleicht passen mir ja die Unterhosen», bemerkte Señorita Westinghouse.

Ich schob sie unsanft aus der Portiersloge hinaus, in den Aufzug hinein und sagte zu dem Portier: «Sie bleiben im Garten. Wenn Sie das Team sehen, sagen Sie Bescheid, dass wir oben sind. Die sollen schon mal die Bühne vorbereiten und Sie schminken.»

Wir betraten die Wohnung. Sie bestand aus einem winzigen Flur, einem länglichen Wohnzimmer mit Schiebefenster, Schlafzimmer, Bad und einer kleinen Küche. Das Wohnzimmer war dürftig und schlicht möbliert. Vier Bücher, ebenso viele Illustrierte, ein Tischtelefon, ein kleiner Fernseher, eine Stereoanlage und ein halbes Dutzend CDs bewiesen, dass hier eine ausgesprochen ordnungsliebende alleinstehende Person mit begrenzten Mitteln ein karges Dasein geführt hatte. Die Küche war sauber, die Töpfe waren neu, der Kühlschrank leer. Im Handumdrehen hatte ich alles durchsucht. Als ich das Schlafzimmer betrat, erwischte ich Señorita Westinghouse dabei, wie sie eine Bluse der Verstorbenen anprobierte. Ich machte ihr Vorhaltungen über ihr Betragen, und sie zog einen Flunsch.

«Sie braucht die Bluse doch nicht mehr, und mir passt sie wie angegossen», wandte sie ein. «Die Hosen dagegen sind bei meinem XL-Hinterteil ein bisschen eng.»

«Das hier ist eine Ermittlung in einem Kriminalfall und kein Trödelmarkt.»

«Mein Gott, sei doch nicht so streng! Ich hatte meine Durchsuchung schon abgeschlossen. Die Einrichtung ist billig, aber das Mädel war wirklich fabelhaft angezogen: gute Marken und die neuesten Modelle. Entweder hatte sie zu viel Geld oder einen reichen, großzügigen Kerl. Und du? Hast du irgendetwas Wichtiges entdeckt?»

«Nichts.»

«Genau wie hier. Nicht ein einziges Foto, kein Adressbuch, kein Kalender. Die ganze Wohnung sieht aus wie eine Kulisse.»

«Das habe ich auch schon gedacht», sagte ich.

Ich trat an das Wohnzimmerfenster, sorgfältig darauf bedacht, dass man mich von außen nicht sah. Durch die Straße fuhren immer mal wieder Autos und Mopeds. Aus dieser Höhe konnte man das gesamte Quadrat des Gartens überblicken, bis auf die rechte Ecke, die vom Lorbeer verdeckt wurde und wo anscheinend die Leiche gefunden worden war. Señorita Westinghouse stellte sich neben mich, und wir sahen beide auf den Schauplatz des Verbrechens hinunter.

«Ich finde das alles sehr merkwürdig», bemerkte ich, «angefangen mit dem Mord selbst. Laut dem Gerichtsmediziner trat der Tod gegen zehn Uhr morgens ein, und etwa um diese Zeit wurde die Leiche in der Gartenhecke gefunden. Trotzdem bezweifle ich, dass das Mädchen am helllichten Tag und vor aller Augen im Garten ermordet wurde. Zwar ist in dieser Straße nicht viel los, aber trotzdem hätte in diesem Augenblick jemand vorbeikommen oder aus dem Fenster sehen und den Mörder auf frischer Tat ertappen können. Vielleicht wurde sie in ihrer eigenen Wohnung ermordet, hier, wo wir uns gerade befinden, und dann haben sie die Leiche in den Garten hinuntergeschafft; aber eigentlich überzeugt diese Hypothese mich auch nicht: Das wäre genauso riskant gewesen, ganz abgesehen vom Portier. Der passt auf wie ein Schießhund. Kaum hat er mich hier herumschnüffeln sehen, kam er schon angerannt.»

«Ich habe eine Idee», sagte Señorita Westinghouse. «Das Mädchen hat Selbstmord begangen; sie hat sich hier in der Wohnung aufgehängt, und als sie dann tot war, hat sie sich aus dem Fenster gestürzt.»

«Red keinen Schwachsinn», widersprach ich. «Höchstwahrscheinlich haben sie sie irgendwo anders umgebracht, dann die Leiche im Auto hierhertransportiert und über die Hecke geworfen. Zu zweit ist das schnell und problemlos erledigt. Natürlich ist damit die Hauptfrage nicht gelöst, nämlich, warum sie sich die Mühe gemacht haben, die Leiche vor der eigenen Haustür abzuladen. Komm, lass uns gehen. Hier gibt es nichts mehr zu tun. Es sei denn …»

Mir war eingefallen, dass man das Telefon ausprobieren könnte. Also hob ich ab und drückte auf Wiederwahl, um herauszufinden, wen das Opfer als letztes angerufen hatte.

Nach dem dritten Klingeln antwortete eine sanfte Stimme: «Polizeihauptstelle, Unterleutnant Asmarats am Apparat. Was kann ich für Sie tun?»

Ich legte sofort auf. «Hm, das Ganze wird immer hässlicher», sagte ich. «Lass uns verschwinden. Der Portier wird bald merken, dass wir nicht vom Fernsehen sind, und dann wird er sauer und ruft vielleicht die Polizei.»

Als wir ins Treppenhaus hinaustraten, hörte ich Geschrei und Lärm im Erdgeschoss. Ich drückte mich an die Wand, und Señorita Westinghouse tat es mir nach.

«Was ist los?», fragte sie halblaut.

«Da unten sind Leute», antwortete ich, ebenfalls gedämpft, «und dem Krach nach zu schließen, sind es keine Hausbewohner. Ich befürchte das Schlimmste. Die Polizei ist da, entweder vom Portier herbeigerufen oder aus eigenem Antrieb, und wir sitzen in der Falle. Hätten wir nur besser aufgepasst! Aber was soll's, jetzt ist es zu spät für Reue.»

Einen Moment lang überlegte ich, dann fuhr ich fort: «Nun gut, da müssen wir durch. Geh du ganz ruhig die Treppe hinunter, wie eine mit ihren Erledigungen beschäftigte Hausfrau. Dich kennt die Polizei nicht und bringt dich nicht mit dem Fall in Verbindung, und der Portier hat dich nur flüchtig gesehen. Außerdem wird er vollauf damit beschäftigt sein, jeden vollzuquatschen, der ihm zuhört. Mit etwas Glück verhaften sie dich nicht. Wenn es klappt, gehst du raus auf die Straße, ohne etwas zu sagen und ohne dich umzusehen und bringst dich in Sicherheit.»

Señora Westinghouse wollte widersprechen, doch ich kam ihr zuvor: «Keine Diskussionen: Bei mir zu bleiben würde nichts bringen, und du bist mir in Freiheit von größerem Nutzen als hinter Gittern.»

Sie nickte, riss sich zusammen, dann ging sie mit wiegenden Hüften die Treppe hinunter und sang dabei: «Ich bin halb verrückt, bezaubert, weil du mich liebst.»

Gleich darauf verstummte sie und kam atemlos vor Lachen wieder die Treppe herauf.

«Du glaubst es nicht!», sagte sie. «Das sind nicht die Bullen, die diesen Krach machen, das ist ein Fernsehteam. Wir haben echt Glück.»

«Dann packen wir es bei den Hörnern», antwortete ich.

Als wir hinuntergingen, fanden wir die Haustür verstellt von Technikern, die uns anschrien zu verschwinden, weil wir sie beim Aufstellen von Stativen und Scheinwerfern und Verlegen von Kabeln behinderten. Wir ließen uns nicht lange bitten, sondern eilten hinaus. Auf dem Bürgersteig trafen wir den Portier mit betrübter Miene.

«Gleich bei ihrer Ankunft», sagte er und wies auf die Fernsehleute, «habe ich ihnen Wort für Wort ausgerichtet, was Sie mir aufgetragen hatten, und ihnen in allen Einzelheiten das mit der U-Bahn und dem Bus erzählt, wegen der menschlichen Seite und so, aber sie haben mich fortgejagt.»

«Das ist untragbar!», rief ich aus. «Ich trete mit sofortiger Wirkung von meinem Posten als Chef des Nachrichtendienstes des spanischen Fernsehen zurück!»

«Na, so schlimm ist es nun auch wieder nicht», sagte der Portier beschwichtigend.

«Das finde ich schon», sagte Señorita Westinghouse. «Ich habe aus geringerem Anlass bei der Guardia Civil gekündigt.»

Dem Portier stand die Rührung ins Gesicht geschrieben.

«Das Schlimmste ist», fuhr ich fort, «wenn die Leute nicht merken, wo die eigentlichen interessanten Nachrichten zu finden sind. Sie mögen ja der Inbegriff der Diskretion sein, aber ich bin sicher, wenn man Sie nur ließe, könnten Sie ein paar saftige Geschichten vom Stapel lassen.»

«I wo», sagte der Portier bescheiden. «Ich bin ein ziemlicher Langweiler.»

«Nicht die Spur! Sie sind der geborene Unterhalter. Probieren wir es einmal aus: War die Verstorbene eine Nutte?»

Der Portier überlegte, einen Finger an den Mund gelegt. «Auf keinen Fall», sagte er nach einer Weile. «Sie hat nie Anlass zu Gerede gegeben. Jedenfalls nicht hier im Haus oder in den Nachbargebäuden. Was außerhalb dieser Straße geschieht, fällt nicht in meinen Hoheitsbereich.»

«Hatte sie keinen Besuch von jungen Männern? Keinen Freund?»

«Nein. Sie hat nie jemanden in ihrer Wohnung empfangen. Nicht einmal den Lieferanten vom Supermarkt. Und sie hatte keine Putzfrau.»

«Wie können Sie sich dessen so sicher sein?», fragte Señorita Westinghouse. «Vielleicht ging es dort oben drunter und drüber, wenn Sie nicht in Ihrer Portiersloge waren.»

«Nein, Señora. Die Portierswohnung – in der Sie im Übrigen jederzeit herzlich willkommen sind – liegt im Untergeschoss dieses Hauses, und wenn ich mit der Arbeit fertig bin, ziehe ich mich dorthin zurück und mache es mir gemütlich, aber selbst wenn ich witterungsbedingt in Unterhosen und Badelatschen herumlaufe, bekomme ich mit, wer hier ein- und ausgeht. Ehrlich gesagt», fügte er nach kurzem innerem Kampf zwischen seinem ausgeprägten Respekt vor dem Berufsgeheimnis und seinem Bedürfnis nach Aufmerksamkeit hinzu, «hat sie in den letzten Wochen manchmal jemand bis zur Haustür gebracht. Ob Mann oder Frau, ob eine Person oder mehrere, kann ich Ihnen nicht sagen, weil ich den oder die Begleiter nie gesehen habe. Nicht weil ich schlechte Augen hätte, sondern weil die Person oder die Personen, die sie mit dem Wagen hierhergebracht haben, nie ausgestiegen sind. Andernfalls hätten sie in dieser engen Straße den Verkehr aufgehalten, und ich hätte mich bedauerlicherweise gezwungen gesehen, den Abschleppdienst zu rufen. Aber glücklicherweise musste ich das nie tun. Das Auto hielt an, sie stieg aus, winkte zum Abschied und ging zuerst durch den Garten und dann durch die Haustür. Dann fuhr der Wagen fort.»

«Haben Sie sich das Nummernschild gemerkt?», fragte ich.

«Nein, Señor. Da nicht gegen die Straßenverkehrsordnung verstoßen wurde, sah ich keinerlei Anlass dazu.»

«Und die Automarke?»

«Keine Ahnung. Ich achte nicht auf Autos, ich bin immer zu Fuß unterwegs. Das ist billig und gesund.»

«Wenigstens die Farbe.»

«Auch das nicht. Aber es war immer dasselbe Auto. Oder immer dieselben Leute in mehreren gleich aussehenden Autos.»

«Ein Taxi vielleicht?»

«Nein, Señor. Taxis sind gelb und schwarz und haben ein grünes Licht. Ich bin ein sehr aufmerksamer Beobachter.»

«Na, dafür, dass Sie so aufmerksam sind, haben Sie aber gestern Morgen nicht gesehen, dass in diesem Scheißgarten eine Leiche herumlag», sagte Señorita Westinghouse.

«Das stimmt», gab der Portier zu, ließ den Kopf hängen und breitete die Arme aus, «und allein bei dem Gedanken daran könnte ich mir die Haare raufen. Aber eine meiner wichtigsten Aufgaben besteht darin, die Treppe zu putzen, und zwischen halb zehn und zehn gehe ich dieser Tätigkeit mit großem Eifer nach. Ich sage Ihnen, wie: Um neun Uhr achtundzwanzig fülle ich den Eimer mit Wasser. Um neun Uhr neunundzwanzig füge ich einen Spritzer Meister Proper hinzu. Und neun Uhr ...»

«Und um zehn sind Sie fertig», sagte Señorita Westinghouse.

«Mehr oder weniger, je nachdem, ob es geregnet hat und der Boden voller Fußstapfen ist, oder ob es trocken ist ... oder ob ausnahmsweise eine Leiche auftaucht, wie im vorliegenden Fall. Dann lasse ich die Arbeit stehen und liegen und nehme sie erst später wieder auf, wenn der ermittelnde Staatsanwalt mich entlässt.»

«Wer hat die Leiche gefunden?»

«Der Herr aus dem zweiten Stock, zweite Tür. Señor Mikel Larramendi, der berühmte Chefkoch», sagte der Portier mit einer Mischung aus Stolz und Ehrfurcht.

«Und wo finden wir Señor Larramendi?», fragte ich. «Ich würde seine Aussage gerne in die Sendung aufnehmen.»

«Ich dachte, Sie seien zurückgetreten.»

«Wir haben eine Produktionsfirma», warf Señorita Westinghouse ein, die meine Verlegenheit bemerkte.

«Wenn das so ist: Um diese Uhrzeit treffen Sie ihn bestimmt bei seiner Arbeit an. Ich kenne den Namen des Restaurants nicht, das die Ehre hat, Señor Larramendi in seiner Küche zu beschäftigen. Aber es ist so vornehm und erlesen, dass Sie sicher keine Mühe haben werden, es zu finden. Es liegt in der Calle Diputación zwischen Calle Aribau und Calle Muntaner. Das weiß ich, weil ich gehört habe, wie Don Mikel persönlich erzählt hat, dass er den Bus der Linie siebzehn bis zur Calle Valencia nimmt und dann ...»

«Um wie viel Uhr kommt er üblicherweise von der Arbeit zurück?»

«Aufgrund seiner Tätigkeit kehrt Don Mikel spät nach Hause zurück. Und in letzter Zeit immer stockbesoffen.»

Die Anwesenheit des Fernsehteams hatte eine ganze Schar Gaffer zusammenlaufen lassen, und so erschien es uns ratsam, unsere wertvolle Informationsquelle zu verlassen und zu verduften.

«Ihre Mitarbeit», sagte ich zu dem Portier, «war äußerst hilfreich und wird im Abspann lobend erwähnt werden.»

6
EINE UNERWARTETE SPUR

Auf dem Paseo de San Gervasio herrschte ein solches Gedränge von Passanten auf dem Bürgersteig und Autos auf der Fahrbahn, dass man sicher sein konnte, unbemerkt zu bleiben. Deshalb verlangsamten Señorita Westinghouse und ich, dort angekommen, unsere Schritte.

«Na, das lief ja wie am Schnürchen», sagte Señorita Westinghouse. «Und was jetzt?»

Noch bevor ich antworten konnte, fuhr sie fort: «Ich denke, das Erste und Wichtigste wird sein, den oder die geheimnisvollen Begleiter des Opfers ausfindig zu machen. Diejenigen, die sie regelmäßig in einem schwarzen Wagen nach Hause gebracht haben.»

«Wieso schwarz? Der Portier hat nichts über die Farbe gesagt.»

«Er hat ihn immer nachts gesehen. Wäre der Wagen weiß oder grün gewesen, wäre ihm das aufgefallen. Schwarz ist die wahrscheinlichste aller denkbaren Annahmen. Nutzlos, aber denkbar, wie wir bei der Truppe immer gesagt haben.»

«Warst du wirklich bei der Guardia Civil?»

«Ein paar Jahre lang. Ich habe sie verlassen – nicht ohne leichtes Bedauern –, als der Dreispitz durch Käppis ersetzt wurde.»

«So gut hat dir der Dreispitz gestanden?»

«Mir nicht, meinen Kameraden. Außerdem hatte man in der Kaserne kaum Gelegenheit, sein Englisch zu üben. Trotz-

dem habe ich in meiner Zeit bei der Polizei eine Menge gelernt, das muss ich zugeben. Und ich erinnere mich noch an
viele nützliche Dinge. So habe ich zum Beispiel jetzt bemerkt,
dass uns ein junges Mädchen folgt. Sehr hübsch, braunge-
brannt und einfach göttlich gekleidet.»

«Bist du sicher?»

«Klar, ich blättere den ganzen Tag in Zeitschriften.»

«Ich meine, dass sie uns folgt.»

«Ach so, ja, das auch. Mal sehen, was sie will. Bleib einfach
still vor einem Schaufenster stehen und tu so, als hättest du
nichts bemerkt. Ich gehe weiter. Sie wird mir folgen, da kannst
du Gift drauf nehmen. Dann gehst du hinter ihr her, wir nehmen sie in die Zange und machen *pressing catch* mit ihr.»

Im Schaufenster einer schicken Bank sah ich das Spiegel-
bild der jungen Frau, die meine Begleiterin so treffend be-
schrieben hatte. Als sie sah, dass wir uns trennten, zögerte
sie kurz, entschloss sich aber dann, Señorita Westinghouse zu
folgen, genau wie diese vorhergesehen hatte.

Ich heftete mich lautlos an ihre Fersen und sagte ihr fast
ins Ohr: «Schrei nicht und bleib nicht stehen, Süße. Ich bin
sehr gefährlich, und ich bin bewaffnet.»

Das Mädchen stieß einen gellenden Schrei aus und wäre
hingefallen, hätte ich es nicht aufgefangen. Die Passanten
musterten uns verstohlen. Einige gingen weiter, als gehe sie
das Ganze nichts an, andere entdeckten plötzlich das Joggen.

Señorita Westinghouse machte auf dem Absatz kehrt und
gesellte sich zu uns. «Keine Angst, Kleines», sagte sie. «Er ist
ein bisschen wild, aber wenn du mir vertraust, wird er dir
nichts antun.»

Bei dieser Warnung gewann die junge Frau ihre Fassung
zurück. «Ihr habt mir vielleicht einen Schrecken eingejagt,

Kollegen», gestand sie. Ihre erschrockene Miene wich einem Lächeln, als sie fortfuhr: «Das ist meine Schuld, weil ich euch nicht direkt angesprochen, sondern dieses alberne Theater veranstaltet habe. Ehrlich gesagt, war ich unsicher, wie ich mich verhalten sollte, weil ich nicht weiß, wer ihr seid und ob ich euch vertrauen kann. Aber es ist nicht zu übersehen, dass ihr weder von der Polizei noch von der Presse seid, und da ich mich weder an die einen noch an die anderen wenden wollte und sonst niemanden habe, bin ich euch einfach nachgegangen. Wenn ihr Zeit habt und mich anhören wollt, können wir uns in eine Bar setzen, und ich erkläre euch die Gründe für mein Verhalten. Essen und Getränke gehen auf mich.»

«Mein Name ist Normalina Callado», begann unsere großzügige Informantin, nachdem wir uns am abgelegensten Tisch einer Studentenbar niedergelassen und Señorita Westinghouse und ich uns auf zwei Salamibrote gestürzt hatten. «Manche nennen mich Norma, aber ich ziehe meinen richtigen Namen vor. Schließlich ist Norma nur eine Oper, die heilige Normalina hingegen eine anerkannte Heilige, wenn auch nicht gerade die beliebteste oder wundertätigste. Ich bin zwanzig, nicht sehr gebildet und als Verkäuferin in der Sportabteilung eines Warenhauses beschäftigt, und zwar bei den Hometrainern. Ein mieser Job, lasst euch von meiner teuren Kleidung und meinen schicken Schuhen nicht täuschen. Das Kaufhaus, bei dem ich arbeite, erlaubt uns, zum Einkaufspreis Kleidungsstücke zu erwerben, die von Kundinnen mit ansteckenden Krankheiten oder besonders üblem Körpergeruch anprobiert wurden. Mit dem richtigen Waschmittel kann man diesen Makel zwar beseitigen, aber ein piekfeines Geschäft kann gewaschene Kleidung nicht als neu verkaufen. Das Angebot gilt nicht für Unterwäsche, die in meinem Fall von miserabler Qualität, aber aus erster Hand ist. Ich weiß, dass das nicht die richtige Art ist, eine geheimnisvolle Geschichte zu beginnen, aber ich wollte mögliche Zweifel betreffs meiner Person zerstreuen. Jetzt werde ich euch erzählen, wie ich Olga Baxter kennen gelernt habe.»

«Wen?», fragte Señorita Westinghouse, die offenbar das oberste Gebot eines jeden Verhörs nicht kannte, nämlich, dass man auf keinen Fall Fragen stellen darf.

«Was soll das heißen, wen?», rief Normalina überrascht und misstrauisch aus. «Ihr ermittelt in einem Mordfall und kennt den Namen des Opfers nicht?»

«Wir kommen von Seiten des Mörders», stellte ich klar.

«Ich habe Olga Baxter im Fitnessstudio kennengelernt», fuhr Normalina Callado fort, nachdem sie diese Information verdaut hatte.

«Sicher in einem eher bescheidenen Fitnessstudio», vermutete ich.

Die Leute antworten nicht gerne auf direkte Fragen, aber sie können der Versuchung nicht widerstehen, einen zu verbessern. Das ist zweite Regel bei einem guten Verhör.

Normalina widersprach denn auch sofort: «Ganz im Gegenteil! Der Sporting Club Santa Clara hat einen Fitnessraum, ein Hallenbad, Squashfelder und …»

«Sporting Club heißt Sportverein», erklärte Señorita Westinghouse.

«Der Sporting Club Santa Clara ist eigentlich viel zu teuer für mich», gab Normalina zu. «Ich bin Mitglied, weil meine Eltern mir zum achtzehnten Geburtstag die Mitgliedschaft geschenkt haben und seitdem die Monatsgebühren bezahlen. Ist das wichtig?»

«Kommt drauf an», sagte ich, aber da ich den Mund voll hatte, war ich nicht zu verstehen.

Vor ungefähr einem halben Jahr war die verstorbene Olga Baxter dem Sporting Club Santa Clara beigetreten. Dort war sie im Aerobic-Kurs, im Wasserbecken und in der Umkleidekabine mit Normalina Callado zusammengetroffen, und die beiden hatten sich angefreundet, nicht sehr eng, aber doch eng genug, dass der Tod der einen die andere nicht kalt ließ und sie dazu bewogen hatte, alles dafür zu tun, den Schuldigen auf die Anklagebank zu bringen.

«Das erscheint mir sehr löblich, aber meines Erachtens wäre es einfacher und sicherer, der Polizei die Aufgabe zu überlassen, für Gerechtigkeit zu sorgen», sagte ich.

«Wie ihr gleich sehen werdet, habe ich nichts weiter in der Hand als Vermutungen und Verdächtigungen», wandte Normalina Callado ein. «Die Polizei würde mich beschuldigen, meine Nase in Angelegenheiten zu stecken, die mich nichts angehen: Heutzutage versuchen viele Menschen berühmt zu werden, indem sie in ordinären Fernsehsendungen Klatsch und Intimitäten verbreiten, und da von mir gesagt wird, ich sei hübsch und fotogen ...»

«Kannst du auch singen?», fragte Señorita Westinghouse.

«Kein Vergleich zur armen Olga Baxter natürlich», fuhr Normalina Callado fort, ohne auf die unpassende Frage meiner Begleiterin einzugehen. «Neben ihr war ich ein echtes Mauerblümchen. Zufällig habe ich ein Foto von ihr. Sie selbst hat es mir gegeben. Urteilt selbst.»

Sie zog eine dicke Brieftasche hervor und aus dieser ein Polaroidfoto, das zwar ein wenig verwackelt war, aber doch scharf genug, um ein aufreizendes Gesicht – für meinen Geschmack mit etwas zu harten Zügen –, eine üppige blonde

Mähne, durchdringende Augen und rote, volle Lippen zu erkennen.

«Verdammt noch mal, diese kleine Schlampe muss ein genialer Fick gewesen sein!», brüllte Señorita Westinghouse mit lauter, rauer Stimme, für einen Moment aus ihrer Rolle als amerikanische Hausfrau fallend. Sie besann sich jedoch gleich darauf, errötete, räusperte sich, legte ihre Pranke auf Normalinas schmächtigen Unterarm und flötete mit ihrer üblichen honigsüßen Stimme: «Aber du bist auch ganz großartig, Schätzchen. Und im Grunde genommen mögen es die Männer lieber, wenn wir etwas gesitteter sind.»

Olga Baxter stammte aus Figueras, der Stadt, die für das Dalí-Museum berühmt ist. Sie war sich ihrer auffallenden Schönheit bewusst und träumte vom Ruhm, und so zog sie im Alter von achtzehn Jahren gegen den Rat ihrer Familie nach Barcelona, wo sie als Model auf dem Laufsteg oder in der Werbung Karriere machen wollte, vielleicht auch in beidem, wie Claudia Schiffer, Naomi Campbell oder Elle McPherson, ganz zu schweigen von einheimischen Größen. Olga Baxter verfügte nicht nur über ein hübsches Gesicht und eine gute Figur, sondern auch über natürliche Eleganz und Disziplin; doch die Konkurrenz war hart und das Überleben schwierig. Nachdem sie zwei Jahre lang geprobt und gelitten hatte, bewarb sie sich bei verschiedenen Castings um traurige Nebenrollen in Fernsehspots, wie zum Beispiel die Rolle der Nachbarin, deren Wäsche nicht sauber wird, oder die der Bürokollegin mit dem Schweißgeruch, aber nicht einmal die bekam sie. Mehrmals schenkte Normalina Callado ihr eins ihrer günstig erworbenen Kleidungsstücke, manchmal lieh sie ihr auch etwas Geld. Alles deutete darauf hin, dass Olga Baxter bald ihre Jugendträume würde begraben müssen, aber als sie vor etwas mehr als einem Monat einmal mit ihrer Freundin allein in der Sauna beisammen saß, hatte sie ihr erzählt, dass sie einen wunderbaren Mann kennengelernt habe, dank dessen ihre finanzielle Situation und ihre Karriereaussichten sich bald verbessern würden. Natürlich fürchtete Normalina Callado, dass es sich um einen jener zahllosen Schmarotzer handelte, die sich in der Modewelt herumtreiben und nichts anderes im Sinn haben, als arglose, verträumte Aspirantinnen zu betören, ihnen das Herz zu rauben und nebenbei ihr Konto zu plündern. Sie machte ihrer Freundin gegenüber kein Hehl aus ihren Befürchtungen, und diese antwortete, sie sei sich all dessen bewusst, aber in ihrem Fall sei alles ganz anders. Der betreffende Mann, so erzählte Olga, war zu Geld gekommen, indem er Treffen internationaler Manager organisierte, die er selbst als «echte Haie» bezeichnete. Derzeit hielten sich diese respekteinflößenden Persönlichkeiten in Barcelona auf, angelockt von der verheißungsvollen Zukunft der Stadt und der Aussicht auf Geschäfte mit örtlichen Behörden und Unternehmen. Normalina wandte ein, sie könne nicht erkennen, wofür die Männer bei dieser Art von Geschäften ein angehendes Model bräuchten, worauf Olga entgegnete, sie benötigten einen jungen Menschen, der äußerlich etwas hermache, nicht schüchtern sei und die Stadt kenne. Sie gestand ihrer Freundin, auch sie habe anfangs befürchtet, das Angebot könne eine versteckte Aufforderung zur Prostitution sein, und dies dem Mann, der ihr das Angebot unterbreitete, auch genau so gesagt. Doch der habe nur schallend gelacht und erwidert, dass die Leute, deren Interessen er vertrat, nicht auf solche plumpen Täuschungsmanöver angewiesen seien, da es in Barcelona diesbezüglich ein breites Angebot gebe. Außerdem, so hatte er hinzugefügt, waren die Superreichen von Natur aus überängstlich und zurückhaltend und führten bei ihren Reisen durch die ganze Welt – vor allem aber durch Länder wie das unsere, in denen die hygienischen Zustände, gelinde gesagt, zu wünschen übrig ließen – aus Furcht vor Krankheiten immer ihr eigenes Essen, ihr eigenes Wasser und ihren eigenen Harem mit sich. Nachdem Olga somit beruhigt war, hatte sie sich noch mehrmals mit dem Mann getroffen, den sie ihren «Kontakt» nannte, und er hatte sich nach ihrer Aussage stets äußerst korrekt verhalten. Mehr als einmal hatte er sie in die vornehmsten Restaurants ausgeführt und dort die teuersten Speisen und Weine bestellt. Nach diesen Begegnungen hatte er sie stets nach Hause gebracht und nicht ein einziges Mal angedeutet, dass er für seine Aufmerksamkeit irgendein Entgegenkommen erwarte.

«In einem schwarzen Wagen?», fragte Señorita Westinghouse.

Normalina Callado antwortete nicht gleich, sondern bedachte uns mit einem nervösen, ungehaltenen Blick, dann sagte sie, eine Spur zu hastig: «Das weiß ich nicht.»

Einen Moment lang hatte ich das Gefühl, dieses Gesicht und vor allem diesen Ausdruck schon einmal gesehen zu haben, obwohl das praktisch ausgeschlossen war. Normalina Callado war so jung, dass sie noch ein Kind war, als ich zu Unrecht weggesperrt wurde; unsere Wege konnten sich unmöglich schon einmal gekreuzt haben. Doch dieser flüchtige Gedanke lenkte mich so sehr ab, dass ich völlig überrumpelt war, als sie plötzlich auf die Uhr sah, wie aus einem Traum erwacht, aufsprang und sagte: «Ich bin spät dran. Außerdem will ich nicht, dass jemand sieht, wie ich mit euch rede. Wie ich bereits sagte, würde ich euch gerne helfen, den Fall zu lösen, aber ich will keine Scherereien.»

Mit diesen Worten ging sie, allerdings nicht, ohne zuvor an der Kasse die Rechnung zu begleichen. Wir hätten ihr heimlich folgen sollen, aber wir hatten unsere Brötchen noch nicht aufgegessen, und man muss ja schließlich Prioritäten setzen.

«Na so was», sagte Señorita Westinghouse, während sie wütend ihr Sandwich attackierte. «Was ist der denn für eine Laus über die Leber gelaufen?»

«Du hast sie mit deiner fixen Idee von diesem schwarzen Wagen erschreckt. Der Befragte darf nie das Gefühl haben, unwillentlich Informationen preiszugeben», antwortete ich. «Das ist die dritte Regel für ein gutes Verhör.»

«Bei der Militärpolizei haben wir andere Methoden gelernt», widersprach sie.

«Hör auf mich», entgegnete ich. «Ich kenne sie alle.»

«Nun gut, aber wenigstens in einem hatte ich recht.»

«Worin?»

«Dass Barcelona eine große geschäftliche Zukunft bevorsteht.»

«Das ist jetzt nicht wichtig», entgegnete ich. «Hingegen sind wir in unserem Fall einen Schritt weiter. Und obendrein haben wir gratis gefrühstückt.»

«Alles deutet darauf hin, dass Señorita Baxter sich auf gefährlichem Terrain bewegte», stellte Señorita Westinghouse fest.

«In der Tat, und offenbar war ihr das bewusst. Immerhin hat sie versucht, Kontakt mit der Polizei aufzunehmen, wie wir vorhin in ihrer Wohnung feststellen konnten. Und wahrscheinlich hat sie auch noch weitere Versuche unternommen, Hilfe zu holen. Das Beste wird sein, ihrer Spur zu folgen. Als erstes werde ich dieses Fitnessstudio aufsuchen, in dem die beiden jungen Frauen waren.»

«Oh ja, ich bin verrückt nach Fitnessstudios!», säuselte Señorita Westinghouse.

«Tut mir leid», sagte ich, «aber du kommst nicht mit. Für mich ist wichtiger, dass du nach Hause gehst und dort die Lage sondierst. Um diese Zeit wird die Polizei Cándida schon geschnappt haben. Versuch, dich nicht erwischen zu lassen, und sag mir, wie wir in Verbindung treten können.»

«Das ist einfach. Bis um zwei bin ich zu Hause und stricke an einem Pullover, und ab halb drei findest du mich in der Bar Facundo Hernández in der Calle Escudellers. Die ist nicht zu übersehen.»

7

UNSICHTBARE TINTE

Don Bernabé de Paquito, in früheren Zeiten einmal Zweiter beim Benefiz-Open von Valladolid, derzeit Leiter des Sporting Club Santa Clara, empfing mich in seinem Büro.

«Nehmen Sie Platz, Señor Asmarats», sagte er und wies einladend auf einen Stuhl mit Stahlrahmen und Drahtgeflecht, «oder sollte ich Sie Inspektor Asmarats nennen?»

Der Sporting Club Santa Clara erstreckte sich über ein weitläufiges Gelände am Hang des Tibidabo, zehn Minuten mühsamen Aufstiegs von der Gegend entfernt, aus der ich kam.

«Asmarats genügt», antwortete ich mit einem Lächeln, das Bescheidenheit und Nachsicht ausstrahlte. «In Wirklichkeit bin ich außerdienstlicher Ermittler, von der Brigade abgestellt für besondere Angelegenheiten; Fälle, bei denen Diskretion wichtiger ist als strikte Gesetzestreue, wenn Sie verstehen, was ich meine.»

«Vollkommen, vollkommen», sagte Don Bernabé de Paquito augenzwinkernd. «Schließlich ist ein Sportclub ein Tempel; nicht gerade ein Tempel des Geistes, das nicht, aber ein Tempel des Körpers. Jeder Muskel birgt ein Geheimnis. Treiben Sie Sport, Herr Detektiv?»

«Ich jogge täglich.»

«Davon würde ich Ihnen abraten; das ist weder gut fürs Herz noch für die Wirbelsäule. Und erst recht nicht, wenn Sie dabei nicht das passende Schuhwerk tragen. In diesen Slippern zum Beispiel …»

«Die hat mir ein Freund geliehen», sagte ich. Und um seine Aufmerksamkeit von meiner Kleidung abzulenken, fuhr ich eilig fort: «Wenn ich recht informiert bin, steht dieser Club Mitgliedern beiderlei Geschlechts offen.»

«In der Tat», sagte Don Bernabé de Paquito. «Selbstverständlich verfügen wir über getrennte Umkleidekabinen und Aquabereiche für Herren und Damen, doch alle anderen Einrichtungen im Sporting Club werden gemeinschaftlich genutzt. Nur Kinder dürfen nicht hinein, weil sie lärmen, stören und in den Whirlpool pinkeln. Und auch, um Kindesmissbrauch zu verhindern: Dies ist ein anständiger Club, Herr Detektiv, das versichere ich Ihnen als Seele dieses Unternehmens seit seiner Gründung. Ursprünglich hieß der Club anders und befand sich im Keller eines armseligen Gebäudes in einem Arbeiterviertel, wo es fürchterlich stank. Die ersten Jahre waren schwierig, doch dann ermöglichte uns eine Wirtschaftskrise, mit Hilfe von Krediten dieses alte Kloster im vornehmsten und luftigsten Teil der Stadt zu erwerben, das ehemalige Kloster von Santa Clara, dem dieser Club seinen jetzigen Namen verdankt. Für die nötigen Renovierungsarbeiten mussten wir erneut Kredite aufnehmen. Das waren harte Zeiten, voller Klippen und Fallstricke. Beim Umbau der Klausurzellen zu Squashpisten und des Refektoriums zum Hallenbad stießen wir auf sechzehn Mumien früherer Äbtissinnen. Und jetzt kommt das Beste: Weder der Bischof noch die Bestattungsinstitute der Stadtverwaltung wollten sich dieses Funds annehmen, und auch nicht das archäologische oder zoologische Museum … niemand! Denn unter uns gesagt, Herr Detektiv: Dieses Land mag inzwischen so frei sein, wie es will, aber die Bürokratie ist immer noch kafkaesk. Doch zurück zum Thema: Nachdem langem Betteln und Klinkenputzen hatte ich mit Verlaub die Schnauze voll und sagte mir: Ihr werdet schon sehen. Also habe ich am Tag der Eröffnung des Clubs, als alle möglichen hohen Tiere anwesend waren, die sechzehn Mumien auf eine Bühne gestellt und darüber ein Transparent aufgehängt, auf dem stand: EHRENMIT-GLIEDER. Sie können sich ja sicher vorstellen, was da los war. Artikel in der *Marca* und im *Corriere dello Sport* … Bis schließlich Kardinal Ratzinger, der Leiter der Glaubenskongregation, den Bürgermeister von Barcelona anrief und die ganze Sache regelte. Ha, ha, ha.»

Don Bernabé de Paquito lachte eine Weile, und als er wieder ernst geworden war, fuhr er fort: «Ich erzähle Ihnen diese Geschichte, Herr Detektiv, damit Sie sich eine Vorstellung davon machen, wie ernst wir hier solche Angelegenheiten nehmen. Wenn ich Sie richtig verstanden habe, wollten Sie wissen, ob es hier im Club Ärger gegeben hat.»

«Ich wollte nur wissen, ob die Mitglieder eigene Spinde besitzen, in denen sie ihre Habseligkeiten verstauen können», sagte ich.

«Oh», machte Don Bernabé de Paquito, ein wenig enttäuscht. «Ja, natürlich. Wie Sie sich höchstpersönlich überzeugen können, wenn wir gleich einen Rundgang durch die Räumlichkeiten des Clubs machen, verfügt die Männerumkleide über hundert nummerierte Spinde. Jedem Mitglied wird bei der Anmeldung gegen Hinterlegung einer Kaution und einen erhöhten Monatsbeitrag ein Schlüssel mit der Nummer des Spinds ausgehändigt, zu dem nur er allein Zugang hat. Diese nummerierten Schlüssel liegen immer an der Rezeption bereit, wie bei einem Hotel. Wenn das Mitglied den Spind benutzen will, muss er seinen Ausweis und einen Nachweis vorlegen, dass der letzte Monatsbeitrag bezahlt ist, dann bekommt er den Schlüssel ausgehändigt. Beim Verlassen des Clubs gibt er ihn wieder zurück und unterschreibt eine Quittung. So vermeiden wir Probleme. Das System hat mir Herr Ratzinger höchstpersönlich empfohlen, als wir wegen der Äbtissinnen in Kontakt waren. Er hat mir erzählt, sie hätten beim vorletzten Konklave beschlossen, das mit den Schlüsseln einzuführen, weil es selbst unter Kurie den einen oder anderen Langfinger gibt und manchmal Uhren, Rosenkränze und andere Wertgegenstände verschwinden. Unglaublich!»

«Sie haben von den Umkleidekabinen der Männer gesprochen. Daraus schließe ich, dass es bei den Damen anders ist.»

«Nein, doch, da ist es genauso. Ich habe das nur nicht erwähnt, weil ich nicht vorhatte, Ihnen bei unserem Rundgang die Damenumkleide zu zeigen.»

«Ich verstehe Ihre Bedenken, Herr Direktor», sagte ich, «und bewundere sie ebenso wie Ihre beispiellose Art, diesen Club zu führen. Aber ich muss eben gerade den Inhalt des Spinds eines bestimmten weiblichen Mitglieds durchsuchen. Sollte sich in der Umkleide eine leicht bekleidete oder gar unbekleidete Dame aufhalten, werde ich wegsehen. Und ich versichere Ihnen, dass die Inhaberin des Spinds keinerlei Einwände haben wird.»

«Woher wollen Sie das wissen?»

«Weil sie gestern ermordet wurde. Daher mein Interesse. Ich weiß, dass das nicht gerade die gesetzliche Vorgehensweise ist. Aber Sie wollen doch sicher nicht, dass ein Sondereinsatzkommando den Club unter Drohgebrüll erstürmt und in die Luft schießt.»

«Bloß nicht! Sie können auf meine Mittarbeit zählen, Herr Detektiv. Wenn ich nur höre, was Sie mir erzählen, sträuben sich mir schon die Haare. Abgesehen von Schimmel ist die Ermordung eines Mitglieds das, was man sich am wenigsten wünscht. Um wen handelt es sich?»

«Um ein Top Model namens Olga Baxter. Im Fernsehen berichten sie von nichts anderem.»

Don Bernabé de Paquito wiegte nachdenklich den Kopf. «Der Name sagt mir nichts», sagte er schließlich. «Aber bestimmt habe ich sie schon einmal gesehen, vor allem, wenn sie ein Model ist, wie Sie sagen, denn die meisten Damen hier im Club erinnern – bei allem gebührenden Respekt – eher an Seekühe. Wenn Sie mich nun begleiten wollen, Herr Detektiv, können wir an der Rezeption fragen.»

Der Rezeptionist war ein athletischer junger Mann in einem engen roten, mit dem Logo des Clubs versehenen T-Shirt, an dem ein Plastikschild mit dem Namen «Mingo» prangte. Nachdem er auf unsere Frage hin eine Kartei konsultiert hatte, sagte er, es gebe in diesem Club niemanden namens Olga Baxter.

«Aber wenn ich eine Vermutung wagen darf», fügte Mingo hinzu, «es könnte sein, dass der Herr Detektiv Señorita Rosario Perales meint. Unter diesem Namen ist hier eine junge Frau angemeldet, die in ihrem Berufsleben möglicherweise einen Künstlernamen oder ein Pseudonym benutzt oder besser gesagt benutzte. Ich sage das, weil auf diese junge Frau nicht nur Ihre Beschreibung zutrifft, Herr Detektiv, sondern auch, weil sie in diesem Jahr bisher das einzige unserer Mitglieder war, das ermordet wurde. Ihr Spind war die Nummer 96, falls Sie ihn durchsuchen wollen. In diesem Fall würde ich Anweisungen erteilen, die Damenumkleide zu räumen.»

«Die Anweisungen erteile ich», sagte Don Bernabé de Paquito, «und du wirst sie einfach nur befolgen, Schlaumeier.»

Als wir die Damenumkleide betraten, war dort niemand mehr. Don Bernabé de Paquito ging voran, Mingo folgte ihm mit dem Schlüssel, und ich bildete das Schlusslicht. Die Umkleide war ein weiter, langgestreckter, heller Raum, der aus zwei unterschiedlichen Abteilungen bestand: Die erste war, wie Don Bernabé de Paquito mir erklärte, der sogenannte Aquabereich, in dem ein großer mit einem Fensterchen versehener Holzkasten stand, den Don Bernabé als Sauna bezeichnete, ein unablässig brodelndes Bassin und eine Reihe von Duschen, die durch Wände aus Milchglas voneinander getrennt waren; der andere Bereich war die eigentliche Umkleide. Hier befanden sich Reihen nummerierter Spinde, zwischen denen schmale Bänke ein bequemes Umziehen gestatteten. Da ich nie zuvor in meinem Leben in einem Fitnessstudio gewesen war, geschweige denn in einem vornehmen Fitnessstudio oder gar in der Damenumkleide eines vornehmen Fitnessstudios, lagen mir tausendundeine neugierige Fragen auf der Zunge, doch ich hielt mich zurück, denn der Alltag in der Psychiatrie hatte mich gelehrt, dass es für einen Patienten ratsam ist, wenig zu sagen und viel zu lügen.

Feierlich schlossen wir den Spind mit der Nummer 96 auf, und kaum war die Tür aufgeschwungen, stießen wir drei in unserem Eifer, gleichzeitig seinen Inhalt zu erforschen, mit den Köpfen aneinander. Doch wir wurden enttäuscht: ein Paar adretter, offensichtlich neuer Sportschuhe, schwarze Leggings, ein T-Shirt, zwei Döschen Feuchtigkeitscreme und eine Haarbürste – das war alles. Da meine Begleiter offensichtlich erwarteten, dass ich etwas unternahm, schnupperte ich ein wenig an den Gegenständen, betrachtete die Haarbürste aus nächster Nähe, zog zwei, drei lange Haare heraus und warf sie, da ich nicht wusste, was ich mit ihnen anfangen sollte, in den Papierkorb. Als ich die Bürste in den Spind zurücklegte, fiel mir ein Papierkügelchen ins Auge. Es erwies sich als ein zusammengeknülltes, unbeschriebenes kariertes Blatt Papier, das aus einem Ringbuch herausgerissen worden war. Gerade wollte ich es zu den Haaren in den Papierkorb befördern, als Mingo, der scharfsinnige Rezeptionist, mich zurückhielt: «Nicht so eilig, Herr Detektiv. Wer weiß, ob dieser Zettel nicht eine explizite oder chiffrierte Nachricht enthält.»

«Vielleicht mit unsichtbarer Tinte geschrieben?», fragte Don Bernabé de Paquito mit ungläubigen Spott.

«O nein. Im Zeitalter von Computer und Fax gibt es so etwas nicht mehr. Ich meinte etwas anderes. Als Rezeptionist, durch dessen Hände täglich zahlreiche Papiere gehen, habe ich beobachten können, dass die Emulsion aus heißem Wasserdampf, Klimaanlage und Schweiß in Verbindung mit der positiven Energie, die unsere Mitglieder nach ihrem Training verströmen, häufig einen schädlichen Einfluss sowohl auf die Zellulose als auch auf die Tinte von Kugelschreiber oder Filzstift ausübt und bewirkt, dass das Geschriebene verwischt oder völlig verschwindet. Sollte das passieren, taucht die Schrift wieder auf, sobald man das Blatt Papier an einen Kerzenleuchter hält.»

«Klar, Mann, und dabei den ganzen Club in Schutt und Asche legt!», fauchte Don Bernabé de Paquito.

«Ich sprach von einem Kerzenleuchter im übertragenen Sinne. Jede Art starker, trockener Hitze hat den gleichen Effekt», sagte Mingo und wies auf den «Sauna» genannten Holzkasten.

Zähneknirschend akzeptierte der Leiter des Fitnessstudios den Vorschlag seines Angestellten, und wir gingen auf den

Kasten zu, die beiden Männer entschlossenen Schrittes, ich in fingierter Begeisterung, um nicht wie ein Hinterwäldler dazustehen.

An der Tür angekommen, fragte Mingo: «Sollen wir uns ausziehen, Herr Direktor?»

«Das ist nicht nötig», entgegnet dieser, «wir beeilen uns.»

Das Zwiegespräch beunruhigte mich, aber da hatte Mingo schon die Tür geöffnet, und wir traten ein. Da ich nicht wusste, was mich im Innern erwartete, wäre ich beinahe in Ohnmacht gefallen. Ich musterte meine Begleiter, und als ich merkte, dass sie keineswegs verängstigt waren, fasste ich mich wieder und lächelte, als wäre dieser verdammte Ofen das Normalste von der Welt. Wir nahmen auf einer Holzbank Platz und blieben schweigend dort sitzen, obwohl wir kaum Luft bekamen, bis jemand die Tür aufriss und ein junger Mann in Clubuniform zu Don Bernabé sagte: «Entschuldigen Sie, Herr Direktor, aber die achtzigjährigen Damen von der Wassergymnastik warten auf dem Gang, und wenn wir sie weiter klatschnass da stehen lassen, sterben sie uns am Ende weg.»

Don Bernabé, ein kräftiger Mann, war mittlerweile krebsrot im Gesicht, und seine Augen leuchteten wie Karfunkel.

«Gehen wir», sagte er. «Wie nicht anders zu erwarten, ist das Experiment gescheitert.»

In der Tat war der Zettel, den er zwischen Daumen und Zeigefinger hielt und sachte hin und her wedelte, inzwischen so weich und schlaff wie ich, weigerte sich aber, sein Geheimnis preiszugeben, so es denn eines gab. Wir verließen die Sauna zu meiner Erleichterung, und Don Bernabé sagte zu mir, nachdem er eine Gruppe von Damen vorbei gelassen hatte, die in Bademänteln bibbernd auf dem Gang gestanden hatten und nun mit klappernden Badelatschen in der Umkleide verschwanden: «Ich hoffe, Herr Detektiv, dass Sie uns für Ihre weiteren Ermittlungen nicht länger benötigen.»

«Nein, nein», entgegnete ich. «Ich werde die zuständigen Behörden informieren und dabei die Kooperationsbereitschaft sowohl seitens des Clubs als auch Ihrer Person lobend erwähnen. Und die hier herrschende Hygiene. Möge der Herr diesen gesegneten Ort noch viele Jahre erhalten.»

Mit diesen und ähnlichen Artigkeiten verabschiedeten wir uns voneinander.

An der Rezeption bat ich Mingo, das Telefon für einen offiziellen Anruf benutzen zu dürfen, was er mir prompt gestattete. So konnte ich umsonst Señorita Westinghouse anrufen, die mir riet, der Wohnung fernzubleiben: Wie ich vorhergesagt hatte, war die Polizei erschienen und hatte, als sie mich nicht antraf, Cándida in Handschellen und nicht besonders sacht abgeführt, um sie zu verhören.

Diese Nachricht und die Fruchtlosigkeit unserer bisherigen Arbeit deprimierten mich ein wenig. Ich ging zu Fuß bis zur nächsten Bushaltestelle, aber da ich kein Geld für den Bus hatte, joggte ich von da aus weiter bis ins Stadtzentrum. Zwar hatte ich noch viel Zeit bis zu meinem Treffen mit Señorita Westinghouse, doch wollte ich diese nutzen, um Señor Larramendi kennenzulernen, den berühmten Koch, der Olga Baxters Leiche gefunden hatte.

8

DER WILDE FRITTEUR UND
SEIN SANFTER GEHILFE

In dem Abschnitt der Calle Diputación zwischen Aribau und
Muntaner gab es nur ein einziges Restaurant, Casa Cecilia,
Spezialitäten aus Rioja. Das Äußere und das Wenige, was man
von der Straße aus im Innern erspähte, hätte jeden, der sich in
der prosperierenden Welt der Gastronomie besser auskennt
als ich, zweifellos die Stirn runzeln lassen, aber mir erscheint
jeder Ort, an dem man mir etwas zu essen vorsetzt, wie das
Paradies auf Erden, und so störte ich mich nicht an dem leicht
heruntergekommenen Aussehen, der mangelnden Sauber-
keit oder den Rechtschreibfehlern in der dürftigen, mit Kreide
auf eine Tafel gekritzelten Speisekarte. Als ich eintrat, kam
mir eine kräftige rothaarige junge Frau entgegen und lächelte
mich an. Noch bevor sie mir einen Tisch zuweisen konnte,
fragte ich nach dem Küchenchef. Sie sah mich so erstaunt
an, dass ich mich genötigt sah hinzuzufügen: «Ich meine den
weltberühmten Señor Larramendi.»

Das Lächeln verschwand aus ihrem Gesicht, sie runzelte
die Brauen. «Soll das ein Scherz sein?», fragte sie.

«Also gut, fangen wir noch einmal von vorn an. Arbeitet
hier der Mann, der gestern Morgen im Vorgarten seines Hauses die Leiche eines Models gefunden hat?»

Die Stirn der Frau glättete sich wieder, aber ihre Miene
blieb ernst. «Einer meiner Küchengehilfen hat irgendetwas
davon erzählt, er habe eine tote Frau gefunden und die Polizei

habe ihn verhört. Natürlich habe ich das für eine faule Ausrede gehalten, weil er zu spät kam.»

«Es war keine Ausrede. Aus eben diesem Grund bin ich hier, um ihn zu interviewen. Fürs Fernsehen. Mein Name ist Asmarats, vom Programm ‹Nachmittage mit Asmarats›. Wir könnten ein paar Szenen in Ihrem Restaurant drehen, das wäre fantastische Werbung für Sie.»

Die Frau zuckte die Achseln. «Wenn das Kind in den Brunnen gefallen ist, deckt man ihn zu», sagte sie philosophisch. Sie ließ den Blick in trauriger Resignation durch das Lokal schweifen, dann fügte sie hinzu: «Sehen Sie, Señor Asmarats, meine Eltern stammten aus Logroño. Sie kamen in den fünfziger Jahren nach Barcelona und eröffneten dieses Restaurant. Anfangs lief alles gut, aber dann ging es nach und nach bergab. Ich bin in der guten Zeit groß geworden. Als hübsches, flottes junges Ding war ich mir zu fein, einen Fuß in die Küche setzen, und wenn sie mich totgeschlagen hätten. Irgendwann starb mein Vater, dann meine Mutter, es kamen schlechte Zeiten, und ich wusste nicht einmal, wie man ein Spiegelei brät. Zum Glück bezahle ich eine lächerlich geringe Miete, und so schlage ich mich mehr schlecht als recht durch. Weil ich kein Geld habe, um einen Koch zu bezahlen, gehe ich manchmal zum Arbeitsamt, und die schicken mir dann innerhalb kürzester Zeit ein paar echte Prachtexemplare. Derzeit stehen ein einheimischer Nichtsnutz und ein Asiate in der Küche, der nichts weiter kochen kann als Basmatireis und frittierte Tintenfischringe. Und jetzt sagen Sie mir mal, was daran eine ‹Spezialität aus Rioja› sein soll, Señor Asmarats! Aber solange ich die beiden unter Vertrag habe, kassiere ich staatliche Zuschüsse, und davon lebe ich. Wie lange ich mich noch so durchmogeln kann? Das weiß Gott allein! Jedenfalls ist es besser, dass niemand dieses Loch zu sehen bekommt, weder im Fernsehen noch live. Solange Sie aber nur mit Magín sprechen wollen, habe ich nichts dagegen einzuwenden. Sie finden ihn in der Küche. Dort sind sie, wie gesagt, zu zweit, aber Sie können sie nicht verwechseln: Der eine sieht aus wie ein Spitzbube, der andere wie ein waschechter Katalane. Ich bleibe hier, falls sich doch noch ein Gast hierher verirrt.»

Ich überließ die Besitzerin des Lokals ihren trüben Gedanken und begab mich durch eine Schwingtür in die enge, stickige Küche. Der Raum war von einem Brummen erfüllt, das ich zunächst auf die Dunstabzugshaube schob, das aber, wie ich kurz darauf feststellte, aus einem auf einem Wasserkanister stehenden Kassettendeck kam. Zwei Männer werkelten vor sich hin: Ein dunkelhäutiger, in Schweiß gebadeter Kerl, der ein rotes Tuch um den Kopf geschlungen hatte, beobachtete das Öl, das in einer Pfanne vor sich hin blubberte; der andere, bleich und mickrig, säuberte im Waschbecken Calamares.

An den wandte ich mich zuerst: «Señor Larramendi, könnten wir kurz unter vier Augen miteinander sprechen?»

Der Angesprochene hob den Blick von den Calamares, trocknete sich die Hände an einem Tuch ab, bis es völlig mit Tinte befleckt war, und antwortete: «Wir können hier reden. Der da» – er wies auf seinen Kollegen – «kommt aus Bhutan und versteht kein Wort, weder auf Katalanisch noch auf Spanisch, und gibt sich nicht die geringste Mühe, sich zu integrieren. Wenn er ankommt, legt er eine Kassette mit Musik aus seinem Land ein, wenn er Feierabend macht, schaltet er das Gerät aus und nimmt die Kassette mit nach Hause, um sie dort weiter zu hören. Dieses Gedudel macht mich noch verrückt! Anfangs dachte ich: Wenn er Heimweh hat, soll er ruhig seine Musik hören. Aber nach ein paar Tagen habe ich meine eigene Kassette von Maria del Mar Bonet mitgebracht, und dieser Mistkerl hat mich gezwungen, sie wieder herauszunehmen, weil er gesagt hat, bei diesem schrillen Geschrei könne er nicht arbeiten. Und da er der Küchenchef ist, hat er hier das Sagen.»

«Ich verstehe», sagte ich, nachdem er Dampf abgelassen hatte, «aber eigentlich bin ich hier, um Sie nach Señorita Baxter zu fragen.»

«Ah! Dazu hat mich die Polizei schon verhört. Denen konnte ich nicht viel sagen, und Ihnen werde ich auch nicht mehr erzählen können. Die arme Señorita Baxter!»

Bei diesen Worten schlug er die Hände vors Gesicht. Als er sie wieder herunternahm, sah er mich mit durchtriebener Miene an. «Sehen Sie» – er zeigte auf die Spüle –, «ich nehme hier den ganzen Tag Calamares aus. Da sollte man meinen, ich hätte in gewisser Weise gelernt, wie traurig das Leben ist, nicht wahr? Aber so ist es nicht; ich kann sie mir einfach nicht aus dem Kopf schlagen.»

«Standen Sie in persönlichem Kontakt zu der Verstorbenen? Bevor Sie ihre sterblichen Überreste gefunden haben, meine ich.»

«Nur, wie das so üblich ist unter Nachbarn: Guten Morgen, guten Abend, die eine oder andere flüchtige Bemerkung. Einmal haben wir uns darüber unterhalten, dass der Aufzug ständig kaputt ist. Sie war nicht glücklich.»

«Wegen des Aufzugs?»

«Nein. Mit ihrem Leben.»

«Hat sie selbst Ihnen das so gesagt, oder haben Sie es daran gemerkt, wie sie grüßte?»

«O nein, mir gegenüber hat sie nie etwas Persönliches geäußert. Ich habe es ihr angemerkt. Manchmal, wenn sie mich grüßte, wirkte sie so geistesabwesend …»

«Da dachte sie dann wohl gerade an etwas anderes.»

«Ja, natürlich, aber woran? Finden Sie es heraus, und Sie haben das Rätsel ihres Todes gelöst. Das gleiche habe ich der Polizei gesagt und gesehen, wie sie es Wort für Wort mitgeschrieben haben.»

«Trotzdem glaubt die Polizei, dass Señorita Baxters Tod ein Versehen war, dass ein unbekannter Irrer in seinem Wahn sie völlig grundlos ermordet hat. Glauben Sie nicht an diese Hypothese, Señor Larramendi?»

«Bitte nennen Sie mich nicht so. In Wirklichkeit heiße ich anders. Mancherorts gebe ich mich als baskischer Koch aus, um dem Ganzen ein bisschen Würze zu geben. Meiner gesellschaftlichen Stellung, meine ich, nicht dem Essen. Widrige Umstände, mit deren Schilderung ich Sie nicht langweilen will, haben mich in die derzeitige missliche Lage gebracht: als Küchenhilfe eines Bhutaners in einem Restaurant, das kurz vor der Pleite steht. Aber ich habe einen Hochschulabschluss, und in früheren Zeiten genoss ich eine hohe Stellung und Privilegien. Ob Sie es glauben oder nicht, ich hatte sogar einen Chauffeur. Aber so ist nun mal das Leben, mein Herr, und alles Klagen hilft nichts. Andererseits hat das Unglück mich vieles über die Menschen gelehrt. Und über die Kopffüßer. Und deshalb versichere ich Ihnen, dass Señorita Baxter etwas auf der Seele lag. Ob das aber Liebeskummer war oder die Angst, jemand könne ihr das Genick brechen – das kann ich Ihnen nicht sagen.»

«Ich schätze Ihre Vermutungen außerordentlich, Señor Larramendi, aber ich würde doch noch einmal gerne auf die einzigartigen Umstände Ihres makabren Funds zurückkommen. Natürlich könnte ich das Protokoll zu Rate ziehen, aber ich würde es gern in Ihren eigenen, wohlüberlegten Worten hören. Wenn ich es richtig verstanden habe, haben Sie sie gegen zehn Uhr morgens entdeckt. Ist das die Uhrzeit, um die Sie normalerweise aus dem Haus gehen?»

«Pünktlich wie ein Uhrwerk. Um elf fange ich mit der Arbeit an. Um zehn Uhr fünf hält der Bus der Linie siebzehn am Paseo de San Gervasio, und auch wenn ich mit den Portier unseres Hauses einer Meinung bin, was die Langsamkeit oberirdischer Verkehrsmittel betrifft, fahre ich doch lieber Bus als U-Bahn; das ist abwechslungsreicher und luftiger. Hier in der Küche habe ich Tag für Tag schon mehr als genug Dunkelheit und Gestank.»

«Der Portier und Sie begegnen sich nur selten, da er jeden Tag um zehn Uhr unterwegs ist, um die Treppe zu putzen, und schon Feierabend hat, wenn Sie zurückkommen.»

«Das stimmt: Normalerweise komme ich spät nach Hause. Dieser Job ist die reine Sklaverei: An kaum einem Tag komme ich vor ein Uhr morgens ins Bett.»

«Hingegen dürften Sie um diese Uhrzeit einige Male Señorita Baxter begegnet sein, wenn ihr freundlicher Begleiter sich an der Tür Ihres Hauses von ihr verabschiedete.»

«Wirklich begegnet bin ich ihr nur ein einziges Mal», sagte Señor Larramendi und senkte beschämt Blick und Stimme. «Danach habe ich es mir angewöhnt, im Verborgenen auf sie zu warten. Ein paar Mal hatte ich Erfolg und durfte ihr dabei zusehen, wie sie langsam aus dem Wagen stieg – zuerst erschien ein Fuß, dann die Beine und zuletzt der Rest – und den kurzen Weg über den Bürgersteig bis zur Eingangstür zurücklegte. Natürlich haben weder sie noch derjenige, der im Wagen saß, meine Anwesenheit je bemerkt. Anfangs erwog ich, mich in der Portiersloge zu verstecken, doch verwarf ich diese Idee wieder: Sie hätte mich entdeckt, sobald sie hereinkam und das Licht einschaltete, wenn mich nicht schon vorher der Gestank nach Calamares verraten hätte, der mich stets umgibt. Auch hätte es wenig Sinn gehabt, sich zwischen den Büschen des Vorgartens zu verbergen. Die sind zwar das ganze Jahr über so dicht belaubt, dass man darin ungesehen bleibt, aber auch ein unbequemer und wenig empfehlenswerter Ort, weil es dort feucht ist und von Schnecken nur so wimmelt. Schließlich entschloss ich mich, sie vom Fenster aus zu beobachten, im Schutz der Dunkelheit, einen Strumpf über den Kopf gezogen, um nicht zufällig von irgendeinem neugierigen Beobachter erkannt zu werden.»

«So gut gefiel Ihnen Señorita Baxter?»

«Das ist in meiner Situation nicht weiter verwunderlich: Den ganzen Tag verbringe ich in diesem Loch, mit dieser Laus als einziger Gesellschaft» – er wies verstohlen auf seinen unnahbaren Kollegen –, «und wenn ich nach Hause komme, habe ich auch nicht besonders viel Abwechslung: Ich lebe allein, und um ein Uhr nachts ist das Fernsehprogramm ein Graus.»

«Kommen wir zurück zu Señorita Baxter. Sie spionierten ihr also nach und sahen, wie sie des Öfteren im Wagen nach Hause gebracht wurde. Konnten Sie das Gesicht des Fahrers oder eines Mitfahrers erkennen? Ist Ihnen bei dieser wiederholten Szene etwas aufgefallen? Haben Sie daraus irgendeine Verbindung zu dem von Ihnen erwähnten Eindruck gezogen, dass Señorita Baxter unglücklich war?»

«Uff, das ist aber ein ganzer Haufen Fragen, Señor Asmarats», sagte der Küchengehilfe ausweichend. «Ich werde versuchen, sie eine nach der anderen zu beantworten.»

Er wollte gerade anfangen, als der despotische Koch seine Aufmerksamkeit vom Essen abwandte, uns mit zornsprühenden Augen ansah und brüllte: «Kahl – aah – mares!»

Von diesem Ausruf eingeschüchtert, unterbrach mein Gesprächspartner die Unterhaltung und machte sich wieder daran, die Calamares zu säubern: Flink und geschickt nahm er sie aus, warf die Innereien in einen Eimer, wusch den Rest unter dem Wasserhahn aus, legte die Tintenfische auf ein Holzbrett und schnitt sie mit einem Messer mit breiter Klinge in gleichmäßig dicke Ringe. Die packte der Koch dann mit beiden Händen und warf sie in die Pfanne, wo sie zischend und dampfend brutzelten. In der Gewissheit, dass diese höllische Szene noch eine ganze Weile dauern würde, beschloss ich, im Essraum zu warten, um die Kleidung, die mir Señorita Westinghouse geliehen hatte, nicht zu ruinieren.

Als ich wieder aus der Küche kam, lächelte mich die Restaurantbesitzerin freundlich an und murmelte beiläufig: «Soeben hat ein Polizeiunterleutnant angerufen, der – wie das Leben so spielt – ebenfalls Asmarats heißt, und angekündigt, dass er in zehn Minuten mit ein paar Kollegen hier auftauchen wird. Anscheinend hat Magín während des Verhörs unser Lokal erwähnt, und da hat er Lust bekommen, unsere Spezialitäten zu probieren. Ich sage Ihnen das nur, damit Sie entscheiden können, ob Sie warten und Ihren Kollegen herzlich willkommen heißen, oder ob Sie noch etwas zu erledigen haben und schleunigst von hier verschwinden wollen.»

Ich entschied mich für Letzteres, dankte ihr für ihre Freundlichkeit und machte mich aus dem Staub.

9

GEHEIMVERSAMMLUNG IM
FAGUNDO HERNÁNDEZ

Señorita Westinghouse hatte mich in eine jener Tapasbars
bestellt, wie man sie im Barcelona jener Jahre haufenweise
fand; Orte, die grundsätzlich und ausschließlich als Fallen für
den arglosen Touristen gedacht waren, der – sollte es ihm jemals einfallen, hier einzukehren – übers Ohr gehauen, ausge-
nommen und mit miserabel zubereiteten, uralten und ver-
dorbenen Mahlzeiten zweifelhafter Qualität vergiftet wurde.
Glücklicherweise jedoch verirrte sich selbst der dümmste
Tourist nicht in die Spelunke, in der wir verabredet waren,
obwohl sie in der Calle Escudellers lag, keine hundert Meter
von den Ramblas entfernt, über der Tür die spanische Fahne
flatterte und an einer Wand im Schankraum – von außen gut
sichtbar – der ausgestopfte Kopf eines Kampfstiers hing, auf
dessen eines Horn eine Büchse mit Oliven gespießt war; allerdings war die Fahne schon ziemlich zerschlissen, und dem
Stier fehlte ein Auge und ein Großteil des Unterkiefers. Weil
die Bar aber von den Gästen gemieden wurde, für die sie ursprünglich konzipiert war, war sie für diese laute Gegend ungewöhnlich ruhig und diskret, und das wiederum lockte die
unterschiedlichsten Einheimischen an, wenige und ein wenig
primitive Kunden, die kaum etwas aßen und tranken, sich
aber als treue und vor allem anständige und gesittete Klien-
tel erwiesen. Die Bar hieß Facundo Hernández und war in
ihren Anfängen, irgendwann in den vierziger Jahren, ein

Treffpunkt für Stierkampffreunde gewesen. Aus dieser glorreichen Zeit stammten auch die bereits erwähnten Trophäen sowie ein paar schmutzige, eselsohrige Fotos von Banderilleros, Monosabios und Picdores, die in früheren Zeiten das Lokal mit ihrer Anwesenheit beehrt hatten. Jetzt traf sich Señorita Westinghouse hier von montags bis freitags mit ihrem Stammtisch.

Ich fand sie an einem rechteckigen Tisch am hinteren Ende des Lokals in Gesellschaft von vier weiteren Transvestiten unterschiedlichen Alters, denen ich nacheinander förmlich und umständlich vorgestellt wurde.

Der erste hieß Raúl und arbeitete, wie Señorita Westinghouse erklärte, als Pharmavertreter, was ihm eine gewisse Flexibilität hinsichtlich seiner Arbeitszeiten und seines äußeren Erscheinungsbilds gestattete. Letzteres variierte von Besuch zu Besuch. Mithilfe eines befreundeten Modedesigners hatte er sich eine Garderobe für alle Gegebenheiten zusammengestellt, und so fanden sich in seinem großen Koffer neben den Produktproben und Broschüren des Pharmaunternehmens immer ein Paar Strümpfe und saubere Unterhosen, dazu ein Necessaire, eine Perücke und mehrere falsche Schnurrbärte. Auf diese Weise konnte er bei seinen Kunden nach Belieben als Mann oder Frau auftreten, ohne vorher nach Hause fahren und sich umziehen zu müssen, auch wenn ihm manchmal in der Eile peinliche Missgeschicke unterliefen und er zum Beispiel in einer Apotheke als Mann, aber mit hochhackigen Schuhen oder einem gewaltigen Busen auftrat oder in einer anderen als Frau mit Schnurrbart vorstellig wurde. Diese harmlosen Ausrutscher und seine natürliche Freundlichkeit hatten ihm bescheidenen Ruhm eingetragen und einen Kundenstamm beschert, von dem er fette Aufträge sowie zahlreiche Pröbchen an Schminke, Feuchtigkeitscreme und Salben zur Bekämpfung von Falten oder Cellulitis erhielt, die er dann an die anderen Mitglieder des Zirkels verkaufte.

Der zweite nannte sich Filo und galt allgemein als wahre Heilige. Filo war sehr fromm, praktizierte eifrig die verschiedensten Kulte und hatte ihr Leben in den Dienst der Ärmsten gestellt. Ohne selbst mehr zum Dasein zu haben als die magere Unterstützung einer kirchlichen Wohltätigkeitsorganisation, besuchte sie täglich einen alten, armen, alleinstehenden Menschen und las ihm zwei, drei Stunden lang aus allen Romanen vor, die jemals den Premio Planeta gewonnen hatten, angefangen mit dem ersten, *En la noche no hay caminos* von Juan José Mira aus dem Jahr 1952. Dann ging es unter strenger Einhaltung der Reihenfolge weiter mit dem zweiten und dritten, bis der Mensch, der das Vergnügen ihrer Gesellschaft hatte, erste Anzeichen eines baldigen Endes erkennen ließ, woraufhin Filo das Vorlesen sofort einstellte, auch wenn sie mitten im spannendsten Abschnitt oder Kapitel war, und einen Priester, Imam, Rabbiner, Medizinmann oder sonstigen Geistlichen herbeirief, deren Telefonnummern sie alle in ihrem Adressbuch notiert hatte. Anschließend wohnte sie dem Ableben, der Totenwache und der Totenmesse bei, häufig noch das Buch in der Hand, den Zeigefinger zwischen die Seiten geklemmt, bei denen ihr Vorlesen und das Leben ihres Zuhörers geendet hatten. Dann eilte sie mit dem zerlesenen Exemplar von *En la noche no hay caminos* zum nächsten Bedürftigen, und weil sie immer wieder von vorne anfing, war sie angesichts der schwachen Gesundheit ihrer Zuhörer bislang nie weiter gekommen als bis zu *La mujer de otro* von Torcuato Luca de Tena, dem Roman, der im Jahr 1961 mit dem angesehenen Preis ausgezeichnet worden war.

Das dritte Mitglied des Zirkels hob sich sowohl altersmä-
ßig als auch hinsichtlich ihres Aussehens deutlich von den
anderen ab: Eine pechschwarze Mähne umrahmte ein langes,
mit einer Schicht weißen Puders bedecktes Gesicht mit Paus-
backen und einem Doppelkinn, das einem Kardinal zur Ehre
gereicht hätte, die Augen waren dick mit Kajal umrahmt,
kurz gesagt, ein eindrucksvoller Anblick. In ihren wilden Ju-
gendjahren – soll heißen, in der Schwarzmarktzeit nach dem
Krieg – hatte sie in einem Flamencokleid unter dem Künstlernamen Lolilla la Farolera ihr hübsches Gesichtchen an der
Ecke Avenida Pearson und Carretera de Esplugues zur Schau
getragen und die Launen und Phantasien einer wohlhabenden Kundschaft befriedigt; später, als es mit dem Land wirtschaftlich allmählich bergauf ging, stand sie dann an der
Rambla de Cataluña, investierte ihre wachsenden Ersparnisse
in ein diskretes Kostüm und bot unter dem Namen Mariquita
Solomillo ihre Dienste einer Kundschaft aus der Mittelschicht an, die in ästhetischer Hinsicht weniger anspruchs-
voll war, dafür aber freundlichen und verständnisvollen Umgang umso mehr schätzte; die turbulente Zeit der Transición,
des Übergangs von der Diktatur zur Demokratie, fand ihren
fülligen, müden Körper in der dunklen Gegend rund um das
Zollgebäude am Hafen auf der Suche nach Trunkenbolden,
Junkies und Verirrten; ein paar unschöne Begegnungen bewogen sie zu dem Entschluss, dass es an der Zeit wäre, sich ein
neues Betätigungsfeld zu suchen. Also nahm sie den Namen
Fortunata an und verdiente sich seither ihren Lebensunterhalt als Wahrsagerin und Beraterin in Liebesfragen. Den
verdienten Ruhm, zu dem sie es mit diesen beiden Tätigkei-
ten bald brachte, führte sie auf ihre profunde Kenntnis der
menschlichen Seele zurück, erworben in vier Jahrzehnten ge-

duldigen Anhörens dunkelster Geheimnisse und der unglaublichsten Ausflüchte.

Das vierte und letzte Mitglied des Zirkels hörte auf den Namen Tifus, und ich erfuhr nichts weiter über sie oder ihre Tätigkeit als einen beiläufigen Kommentar von Señorita Westinghouse, dass die Freundschaft zwischen ihnen «auf die Zeit beim Militär zurückgehe».

In dieser gastfreundlichen Runde berichtete ich nun also von den mageren Ergebnissen meiner neuesten Unternehmungen, nachdem Señorita Westinghouse mich ermutigt hatte, nur frei von der Leber weg zu reden, da sie die Übrigen schon von der Vorgeschichte in Kenntnis gesetzt hatte und alle geschworen hatten, Stillschweigen über alles zu bewahren, was ich erzählen werde, und uns bei unseren Ermittlungen zur Hand zu gehen. Ich dankte ihnen für die Hilfsbereitschaft, berichtete, was mir widerfahren war, und alle hörten mir aufmerksam zu und seufzten unisono, als ich mit meinem Bericht über meine vergeblichen Bemühungen zu Ende gekommen war. Die Bilanz war in der Tat alles andere als erfreulich: Das Gespräch mit Señor Larramendi war an einem vielversprechenden Punkt unterbrochen worden, und es würde nicht leicht sein, es wieder aufzunehmen; und aus meinem Besuch im Fitnessstudio hatte ich nicht mehr mitgebracht als einen Hitzestau und einen traurigen, weißen Fetzen Papier, den ich nun aus der Tasche zog und zum Beweis der Vergeblichkeit meines Tuns auf dem Tisch ausbreitete. Sofort beugten sich vier von Kunsthaarperücken in den verschiedensten grellen Farben geschmückte Häupter über das Papier, und die Besitzerin der Köpfe schnatterten so laut und wild durcheinander, dass Señorita Westinghouse schließlich energisch eingreifen musste.

«Kinder, Kinder, nun seid doch mal still und lasst eure Pfoten von diesem wichtigen Beweisstück!», rief sie aus und riss das Blatt Papier, das ich im Spind der verstorbenen Olga Baxter gefunden hatte, an sich.

Sie studierte es im trüben Licht der Neonröhre, dann hielt sie es mir triumphierend unter die Nase. Zu meinem größten Erstaunen erkannte ich auf dem Blatt schwache, aber deutlich lesbare Buchstaben.

«Der Rezeptionist des Fitnessstudios hatte recht», sagte Señorita Westinghouse. «Irgendjemand hat hier eine Nachricht hinterlassen, entweder mit unsichtbarer Tinte oder mit normaler Tinte, die verblasst ist. Die Hitze der Sauna hat nicht genügt, um die Schriftzüge deutlich hervortreten zu lassen, aber ein Anfang war gemacht. Vielleicht ist die Tinte dann wieder sichtbar geworden, als du den Zettel beim Joggen in deiner Hosentasche mit dir herum getragen hast, und nun haben wir die Nachricht vor Augen.»

«Und zwar eine verschlüsselte Nachricht», warf Filo ein, «denn man versteht kein Wort.»

Da hatte sie recht: Auf dem Zettel standen einzelne, scheinbar sinnlos aneinandergereihte Buchstaben.

«Dazwischen fehlen Buchstaben», sagte ich nach einigem Nachdenken. «Allerdings sehe ich keinen Sinn darin, eine Nachricht zu hinterlassen, die keiner versteht.»

«Vielleicht ist sie nicht vollständig wiederhergestellt, und wir müssen zurück in die Sauna», sagte Señorita Westinghouse.

«Oder die Tinte war schlecht», schlug Raúl vor.

«Ich glaube, die feuchte Luft von Barcelona ist daran schuld», bemerkte Filo.

«Lasst mich mal sehen», sagte Fortunata.

Sie setzte ihre Brille auf, nahm den Zettel in ihre Wurstfinger, musterte ihn aus der Nähe, drehte ihn ein paarmal hin und her und sagte dann:

«Ich erkenne bruchstückhaft einzelne Wörter. Wir müssen sie nur noch ergänzen. Mal sehen: Ich würde sagen, das hier ist ... ein T? Denkt ihr nicht auch?»

Allgemeine Zustimmung.

«Und hier, neben dem T ist ein R.»

Fast alle waren ihrer Meinung, bis auf Filo und Raúl. Filo glaubte ein S zu erkennen und Raúl ein M. Für Raúl sprach, dass er als Pharmavertreter daran gewöhnt war, die Handschrift von Ärzten zu entziffern, aber die Mehrheit setzte sich durch, und wir beschlossen, dass der zweite Buchstabe ein R war. Wir kamen nur langsam voran. Nach einer halben Stunde hatten wir das T, das R, ein I und ein C entziffert.

«Trick», sagte Filo. «Das heißt bestimmt ‹Trick›.»

«Oder Trichter», sagte Raúl, immer noch beleidigt wegen des Ms.

«Trichter ergibt in diesem Zusammenhang keinen Sinn», sagte Señorita Westinghouse. «Wir haben es hier mit Mord zu tun, Mädels. Das ist das Entscheidende, vergesst das nicht.»

Damit war das Wort «Trichter» verworfen.

«Mir sagt meine Intuition», bemerkte Fortunata, «dass das Wort ‹Stringenz› heißen muss. In diesem Fall spielt Stringenz eine entscheidende Rolle.»

«Und was bedeutet das?», fragte Filo.

«Na, das ist diese winzige Unterhose, die bestimmte Muskelprotze tragen, damit man ihr knackiges Hinterteil bewundern kann, so wie bei Arnold Schwarzenegger», erklärte Fortunata.

Weder meine Skepsis noch meine wiederholte Aufforderung, pragmatisch zu bleiben, konnten die Damen in ihrem Eifer stoppen, die Nachricht zu entschlüsseln, und so hatten wir eine halbe Stunde später an die fünfzig widersprüchliche Ergebnisse zusammengetragen. Vor, während und nach jedem neuen Vorschlag ergab sich eine dermaßen hitzige Diskussion, dass ich mehr als einmal dazwischen gehen musste, wenn zwei Gegner sich mit Backpfeifen traktieren, dass die Perücken herunterfielen. Die Spekulationen schossen so weit ins Kraut, dass wir nie zum Ende gekommen wären, wäre nicht der Besitzer der Bar an unseren Tisch gekommen, um Bescheid zu sagen, dass ein Unterleutnant Asmarats am Telefon sei und nach Fortunata verlange. Diese nahm den Anruf an und kam gleich darauf zurück, um uns zu informieren, dass eine Polizeistreife auf dem Weg zu uns sei und in Kürze eintreffen werde, sodass es vielleicht ratsam sei, die Sitzung auf der Stelle zu beenden, wenn einer aus der Runde nicht den Rest des Tages und vielleicht die Nacht noch dazu im Kittchen verbringen wollte.

«Schließlich bin ich nicht umsonst Hellseherin», sagt Fortunata, als ich mein Erstaunen über diesen Anruf zum Ausdruck brachte. «Das Entscheidende ist, dass man nicht nur Kenntnisse der menschlichen Psyche besitzt, sondern auch weitreichende Kontakte. Und wenn man erst mal jahrzehntelang auf der Straße unterwegs war, hat man beides. Und jetzt mach, dass du wegkommst, und vergiss nicht, zur Mater Dolorosa zu beten.»

Ich dankte ihr, verabschiedete mich eilig von der übrigen Runde, versprach Señorita Westinghouse, zum Abendessen bei ihr zu Hause vorbeizusehen, lieh mir einen Bleistift, steckte ein paar Papierservierten ein und ging hinaus auf die

Ramblas, wo ich in der Menschenmenge untertauchte, die sich kreuz und quer dort drängte.

Der Tipp, den Asmarats Fortunata gegeben hatte, hatte mich vorläufig gerettet, aber es war klar, dass die Polizei mir dicht auf den Fersen war und mich früher oder später erwischen würde. Da ich aber nun wusste, wo sie mich suchten, stand mir für diesen Augenblick der Rest der Welt offen, und so beschloss ich, zur Casa Cecilia zurückzukehren, dem Restaurant mit Spezialitäten aus Rioja, um mein unterbrochenes Gespräch mit Señor Larramendi fortzusetzen. Die Tür war verschlossen, doch nachdem ich mehrmals geklopft hatte, erschien die Besitzerin, öffnete die Tür einen Spaltbreit, rieb sich die Augen und sagte, ich solle nach acht wiederkommen, wenn das Restaurant für den Abend öffnete.

«Ich bin nicht hier, um etwas zu essen, Señora», sagte ich. «Ich bin der, der schon mal hier war. Asmarats, Sie erinnern sich?»

«Ah ja! Entschuldige bitte! Ich sehe gerade die Serie *Auch die Reichen weinen* und bin völlig aufgewühlt. Natürlich erinnere ich mich an dich. Heute ist wohl der Tag der Asmarats, der andere war mit ein paar Kollegen da, sie haben sich den Bauch mit frittierten Calamares vollgeschlagen und sind gegangen, ohne zu zahlen. Diese Stadt geht den Bach runter, Asmarats, das sage ich dir. Aber vorher wird dieses Restaurant den Bach runtergehen. Was soll's, schließlich bist du nicht hier, um dir mein Gejammer anzuhören, sondern um mit Magín zu sprechen.»

«Wenn er gerade nicht beschäftigt ist …»

«Das ist er wahrscheinlich, aber nicht hier: Vor einer Weile ist er ohne ein Wort verduftet, und ich weiß nicht, ob er jemals zurückkommt. Wenn ich in den nächsten zwei Tagen nichts von ihm höre, werde ich mich beim Arbeitsamt nach Ersatz umsehen. Kerle wie ihn gibt es wie Sand am Meer. Und wenn du keine weiteren Fragen hast, würde ich gerne zu meiner Serie zurückkehren: Dort gibt es noch wahre Leidenschaft, nicht wie in diesem Dreckloch.»

«Ich will Sie nicht länger aufhalten. Aber vielleicht könnten Sie mir noch sagen, ob das überraschende Verschwinden von Señor Larramendi mit dem Besuch von Asmarats zu tun haben könnte. Nicht mit mir, sondern mit dem echten Unterleutnant Asmarats. Haben die beiden miteinander gesprochen?»

«Möglicherweise. Ich war die ganze Zeit im Essraum, und Magín hat die Küche nicht verlassen, aber einmal ist einer der vielen Asmarats, die hier ein und aus gehen, aufgestanden, um die Toilette aufzusuchen.»

«Danke. Sie sind gütig und klug.»

«Pleitegehen werde ich trotzdem», entgegnete die Restaurantbesitzerin.

Auch falsche Spuren sind Spuren, und Informationen über
haarige Angelegenheiten erhält man nicht beim ersten Versuch. Dass meine Ermittlungen bislang nicht von sichtbarem
Erfolg gekrönt waren, war ärgerlich, aber nicht besorgniserre-
gend. Trotzdem konnte ich mir Geduld nicht leisten. Wieder
joggte ich quer durch die ganze Stadt, und als der Tag sich
dem Ende zuneigte, befand ich mich erneut in der Nähe der
abgeschiedenen Calle de Sant Hilari, dem Ursprung und Mit-
telpunkt dieses Falls.

Bevor ich dem beschränkten Bewacher des Tatorts erneut
gegenübertrat, ruhte ich mich einen Augenblick lang auf
einem kleinen Platz aus, wo im kärglichem Schatten einiger
weniger Bäumchen mürrische Rentner vor sich hin welkten
und Kleinkinder sich mit ziegelroten Gesichtern im Dauer-
plärren übten. Eine frische Brise war aufgekommen, und der
Himmel färbte sich allmählich violett, um mich daran zu erinnern, dass es bald Nacht sein würde und ich keinen Ort
hatte, an dem ich sie würde verbringen können, ohne Gefahr
zu laufen, geschnappt zu werden.

Als ich frische Kraft geschöpft hatte, stand ich von der Bank
auf und schlenderte in gespielter Sorglosigkeit die Calle de
Sant Hilari hinauf. Als ich vor der Nummer 15 stehen blieb,
kam der Portier herausgeschossen, direkt auf mich zu.

«Sie schon wieder», knurrte er.

«Jawohl, mein geschätzter Freund», rief ich und gab mich

leicht, aber sichtbar erfreut, «so führt das Schicksal uns wieder zusammen. Wie ist es Ihnen mit den Fernsehleuten ergangen?»

«Fürchterlich.»

Einen Augenblick lang wartete ich schweigend, ob er mir in seinem Zorn sein Herz ausschütten wollte, aber falls er in seinem Innern Groll hegte, ließ er dies nicht erkennen.

«Sagen Sie», fragte er, nachdem er mich eine Zeitlang misstrauisch gemustert hatte, «sind Sie wirklich vom Fernsehen?»

«Das habe ich Ihnen doch bereits heute Morgen gesagt. Und so schnell wechselt man seinen Job nicht.»

«Hören Sie mal, versuchen Sie nicht, mich zu verscheißern. Die, die heute Morgen da waren, schienen Sie nicht zu kennen, und Sie kannten die nicht. Meiner Ansicht nach haben Sie sich eine – wie nennt man das noch? – geheime Identität zugelegt, um mich aufs Glatteis zu führen. Aber mich führt man nichts so leicht hinters Licht. Ich habe Sie durchschaut. Sie sind Detektiv, leugnen Sie es nicht.»

«Jemand wie Sie ist in der Tat nicht einfach zu täuschen», gab ich zu. «Sie haben recht: Ich bin Detektiv. Aber Fernsehdetektiv. Ich arbeite für eine Sendung, in der vermisste Personen ausfindig gemacht werden. Sie haben nicht zufällig einen Verwandten oder einen geliebten Menschen aus den Augen verloren?»

«Nein, Señor. Meine ganze Sippschaft sitzt im Dorf, jeder da, wo er hingehört, und ist jederzeit aufzufinden.»

«Wohlhabende Leute?»

«Mein Vater besaß ein paar Felder, die er von seinem Vater geerbt hatte. Sie warfen nur wenig ab. Als der Bauboom begann, verkaufte er seine Ländereien für einen Riesenbatzen an eine Immobilienfirma, aber er hat nie auch nur einen Centavo zu Gesicht bekommen. Die Firma meldete Konkurs an, noch bevor der erste Grundstein für das Neubauviertel gelegt war, und die Banken beschlagnahmten das gesamte Vermögen, einschließlich der Ländereien meines Vaters. Da er ein alter Sturkopf war, prozessierte er jahrelang, bis er pleite war. Ich ging in die Stadt. Zwar war ich noch ein halbes Kind, aber es war schon abzusehen, dass ich niemals zu etwas taugen würde. Zum Glück fand ich diesen Job hier.»

«Na, den sind Sie jetzt mit dem Mordfall bald los.»

«Sagen Sie so was nicht! Ich kann doch nichts dafür.»

«Mal sehen: Achten Sie darauf, dass hier im Haus keine Werbepost verteilt wird?»

«Und ob! Das lasse ich nicht zu!»

«Und doch lassen Sie zu, dass hier im Vorgarten die Leiche einer Mieterin herumliegt. Und das nennen Sie Ihren Job als Portier tun? Sie allein sind für die Sicherheit des Gebäudes verantwortlich: Eine wahrhaft herkulische Aufgabe, das gebe ich zu, aber trotzdem …»

«Das stimmt. So habe ich das noch nie gesehen.»

«Nur Mut. Ich sage Ihnen, was wir tun können. Sie helfen mir herauszufinden, was passiert ist. Wenn wir den Mörder finden, wird man über Ihre Nachlässigkeit hinwegsehen. Ich werde mit dem Fernsehen reden, und der Generaldirektor, mein persönlicher Freund, wird sich für Sie verwenden.»

«Danke, Señor Asmarats. Sie können auf mich zählen. Aber ich warne Sie: Ich bin nicht besonders helle. Ich wüsste nicht, wo ich anfangen sollte.»

«Überlassen Sie das nur mir. Diese Tür führt in die Portierswohnung, also in die Ihre, nicht wahr?»

«In der Tat: Fühlen Sie sich hinter dieser bescheidenen Tür wie zu Hause.»

«Ich würde mir die Wohnung gerne einmal ansehen.»

«Es ist mir eine Ehre, Señor Asmarats. Sagen Sie mir einfach, wann es Ihnen passt, und ich werde Kuchen besorgen.»

«Am besten jetzt gleich und mit Ihnen zusammen. Den Kuchen essen wir ein anderes Mal.»

Diesem mühelosen Einstieg folgte ein zähes Hin und Her darüber, ob es moralisch vertretbar sei, während der Arbeitszeit seinen Posten zu verlassen, und was er tun solle, falls in dieser Zeit ein Paket käme. Nachdem ich ihn mit Versprechungen und Drohungen überzeugt hatte, betraten wir eine dunkle, saubere und aufgeräumte, schlicht möblierte Wohnung. Die Luft im einzigen Zimmer war abgestanden und roch nach Essen und Feuchtigkeit. An der hinteren Wand standen ein schmales Bett und ein Nachttisch, an einer Seitenwand ein Elektroherd und ein kleiner Kühlschrank. Ein Sessel und ein Fernseher mit einer gegabelten Antenne vervollständigten die Einrichtung. Die kleine Tür neben dem Bett führte wohl ins Badezimmer. Aber es war nicht das Heim des Portiers, das mich interessierte, sondern seine Aussicht: ein Fenster, von dem aus man den Vorgarten und die Straße überblickte. Die Straße war von der Hecke verdeckt, nur dort, wo das Tor war, konnte man sie sehen. Das Fenster besaß eine graue Aluminiumjalousie, die in diesem Augenblick hochgezogen war, sodass das schwache Licht der Abenddämmerung hereindrang. Der Portier wollte die Lampe einschalten, doch mit einer Handbewegung hinderte ich ihn daran.

«Von diesem Fenster aus haben Sie, wenn ich richtig informiert bin, also das Auto gesehen, in dem Señorita Baxter nach Hause gebracht wurde, nicht wahr?»

«Jawohl.»

«Und wo waren Sie, als Sie das beobachtet haben?»

«Im Sessel vor dem Fernseher.»

«Von dort aus kann man aber die Straße nicht sehen.»

«Nein, Señor, und von der Straße auch nicht in meine Wohnung, denn zum Schutz meiner Privatsphäre lasse ich die Jalousien herunter, wenn ich zu Hause bin. Das Ganze ging so vor sich: Ich saß, wie gesagt, vor dem Fernseher und sah mir das Programm im Ersten oder im Zweiten an, je nachdem, wo gerade etwas Interessantes lief, das kommt nämlich immer darauf an … Wenn ich dann hörte, wie in der Straße ein Auto hielt, stand ich schnell auf, ging ans Fenster, dorthin, wo Sie jetzt stehen, schob die Lamellen der Jalousie leicht auseinander und spähte hinaus. Nicht aus plumper Neugier, verstehen Sie meinen Eifer nicht falsch, sondern einzig getrieben von dem Wunsch, dafür zu sorgen, dass hier im Haus alles glattging, selbst außerhalb meiner Arbeitszeiten. Es hätte ja sein können, dass aufgrund der Zeitverschiebung zwischen unserem Land und anderen Kontinenten auch zu ungewöhnlichen Zeiten ein Paket angeliefert würde, oder dass …»

«Um welche Uhrzeit erfolgte üblicherweise die besagte Ankunft des Fahrzeugs und der Ausstieg Señorita Baxters aus demselben?»

«Zwischen ein Uhr und zwei Uhr morgens.»

«So lange sind Sie wach?»

«Sogar noch länger. Ich komme mit wenig Schlaf aus. Beim Dorffest zuhause war ich immer der Letzte. Ich hätte die ganze Nacht hindurch mit Professor Higgins tanzen können, wäre ich nicht so hoffnungslos unbegabt. Da ich das aber nun einmal bin, ein rechter Trampel, saß ich einfach nur da und sah den anderen beim Knutschen zu. Die Mädchen aus dem Dorf nannten mich ‹den alten Langweiler›.»

«Nachdem Señorita Baxter aus dem Wagen gestiegen war,

durchquerte sie den Vorgarten, betrat das Gebäude und ging allein hinauf in ihre Wohnung?»

«Ich selbst hätte es nicht besser ausdrücken können.»

«Wäre jemand mit ihr hinaufgegangen oder wäre sie nach einiger Zeit wieder heruntergekommen, hätten Sie das bemerkt?»

«Ganz gewiss. Auch wenn ich schon im Bett gelegen hätte – ich habe einen leichten Schlaf: Das Summen des Aufzugs, Schritte im Treppenhaus, das Klicken des Schlosses, kurz, jedes dieser Geräusche hätte genügt, mich aufzuwecken. Deshalb gehe ich nie ins Bett, bis Señor Larramendi zurück ist. Da er üblicherweise betrunken ist, veranstaltet er einen Höllenlärm.»

«Woher wissen Sie, dass der Lärm, den Señor Larramendi veranstaltet, von seiner Trunkenheit herrührt?»

«Weil es der typische Lärm eines Besoffenen ist: Er stolpert über die Steine im Garten, hat Mühe, den Schlüssel ins Schloss zu stecken, und beschimpft jedes Hindernis, das sich ihm in den Weg stellt.»

«Singt er?»

«Wie meinen Sie das?»

«Betrunkene haben die schlechte Angewohnheit, laut zu singen.»

«Nein. Diese Flegelhaftigkeit kann man ihm nun weiß Gott nicht zum Vorwurf machen. Singen tut er nicht, nicht einmal leise.»

Während dieses informativen Plauschs hatte ich die Jalousien heruntergelassen, schob nun die Lamellen auseinander, wie der Portier es sonst tat, und beobachtete die wenigen Fahrzeuge, die durch die Straße kamen. Wegen der Hecke sah man nur den oberen Teil der Autos, aber eine normal große

Person, die aus einem Wagen stieg, war von der Hüfte an aufwärts zu sehen und im hellen Licht der Straßenlaternen, die eben gerade angingen, deutlich zu erkennen.

Nur zu gerne hätte ich noch ein weiteres Experiment durchgeführt, aber der Portier wurde allmählich ungeduldig, und ich zog es vor, seine Langmut nicht zu strapazieren, falls ich in naher Zukunft noch einmal auf seine Hilfe angewiesen sein sollte. So kehrten wir in die Portiersloge zurück, und er war sehr beruhigt festzustellen, dass während seiner Abwesenheit keine Paketlawine über das Haus hereingebrochen war, und wurde wieder etwas gesprächiger. Nach einigem Hin und Her gelang es mir, ihm ein paar Informationen über die restlichen Hausbewohner aus der Nase zu ziehen, aber keiner von ihnen schien irgendetwas mit meinem Fall zu tun zu haben oder, nebenbei gesagt, auch nur im Mindesten interessant zu sein.

Als ich mich von dem Portier verabschiedete, war es schon dunkel. Er hatte seit drei Stunden Feierabend, wollte aber auf seinem Posten bleiben, falls etwas passierte.

Im Viertel waren kaum noch Autos unterwegs, die Geschäfte hatten geschlossen, und die Leute saßen zu Hause und aßen zu Abend. Da ich mir diesen Luxus nicht erlauben konnte, beschloss ich, mir ein ruhiges Eckchen zum Schlafen zu suchen: Der Tag war lang gewesen, ich war weite Strecken gejoggt, und mir blieb noch viel zu tun. Ich schlenderte durch das Viertel bis zu einem öffentlichen Park, klein, aber hübsch, abgelegen und offenbar menschenleer. Vor dem Parkeingang stand eine von Vandalen gründlich zerstörte Telefonkabine, in der das Telefon jedoch wundersamerweise noch funktionierte. Ich nahm es auseinander, um es ohne Münzen benutzen zu können, und rief Señorita Westinghouse an. Gleich beim ersten Klingeln war sie selbst am Telefon und berichtete mir, was mittlerweile geschehen war: Die Polizei hatte Cándida laufen lassen, und die beiden waren soeben dabei, sich eine Büchse Sardinen und ein Joghurt zu teilen. Da die Polizisten die Wohnung nur oberflächlich durchsucht hatten, fehlte nichts, und die materiellen Schäden hielten sich in Grenzen. Trotzdem riet sie mir davon ab zurückzukommen: Ihrer Meinung nach konnte das rücksichtsvolle Verhalten der Polizei auch eine Falle sein, und tatsächlich trieb sich schon seit zwei Stunden ein Mann in Zivil vor der Tür herum und tat so, als müsse er sich erst den einen Schuh, dann den anderen binden. Ich hängte auf, legte die Einzelteile des Telefons sorgfältig auf einen Haufen, falls jemand Lust hatte, es zu reparieren, und betrat den Park, wo ich mich auf einer Steinbank ausstreckte. Verborgen in einer Zypresse zwitscherte eine Nachtigall ihr nächtliches Lied, und am Ufer eines glucksenden Teichs sangen ein Frosch und eine Kröte um die Wette. Eingelullt von dieser bukolischen Geräuschkulisse, war ich eingeschlafen, bevor ich bis drei zählen konnte.

Als ich erwachte, war es Mitternacht, wie ich aus den unzähligen Glockenschlägen einer nahegelegenen Kirchturmuhr schloss. Ich wusch mein Gesicht im Teich des Parks und machte mich, erfrischt von meinem Nickerchen und der Wäsche, erneut auf den Weg zur Calle de Sant Hilari, um dort das Terrain zu erkunden.

Die Straße war verlassen, aber hell erleuchtet, weshalb es sich verbot, offen Posten zu beziehen. Ebenso wie Señor Larramendi verwarf ich die Möglichkeit, mich im Gebüsch vor dem Haus zu verbergen, weniger, weil es unbequem war, sondern um nicht die Aufmerksamkeit des schlaflosen Portiers zu wecken. Im Garten des Nachbargebäudes sah es nicht anders aus, aber direkt an der Mauer, die die beiden Gärten voneinander trennte, wuchs ein mittelgroßer, dicker Baum. Ich erklomm einen Ast, machte es mir dort so gut es ging bequem und trat meine Wache an. Lästige Ameisen und anderes Ungeziefer musste ich nicht fürchten, denn wie die meisten Tiere hüten auch die Insekten eifersüchtig ihr Revier, und die Läuse, Flöhe und Wanzen, die ich aus der Anstalt mitgebracht hatte, würden mich vor Angriffen von außen beschützen. Allerdings lief ich Gefahr, wieder einzuschlafen und mir im Sturz den Schädel einzuschlagen, aber ich hatte über so vieles nachzudenken, dass ich wach bleiben würde.

Ich überlegte, ob der Baum wohl ein Olivenbaum war, denn seine Zweige hingen voller kleiner runder Früchte, die an die Oliven erinnerten, die man in den Bars serviert bekommt. Ich aß ein paar; sie waren hart und bitter, und als mein Magen protestierend zu rumpeln begann, ließ ich es bleiben, holte die Papierservietten und den Bleistift aus der Tasche, die ich im Facundo Hernández eingesteckt hatte, und machte mich bereit, alles aufzuschreiben, was ich sah.

Der Verkehr war weiterhin spärlich. Wann immer ein Auto oder ein Taxi vorbeikam, versuchte ich, das Kennzeichen zu notieren. Aber die Autos fuhren so schnell und ich saß so unbequem, dass es mir nie gelang, ein vollständiges Kennzeichen festzuhalten. Zweimal fiel mir der Bleistift herunter, und ich musste vom Baum steigen und ihn im Gras suchen, bevor ich meinen Posten wieder einnehmen konnte. Angesichts des mageren Ergebnisses gab ich es schließlich auf, mir Notizen zu machen, und beschränkte mich aufs Beobachten.

Die Kirchturmuhr schlug eins, dann Viertel nach eins. Einige Minuten darauf sah ich die schwankende Gestalt Señor

Larramendis in die Straße einbiegen. Kurz vor seinem Haus blieb er stehen, stellte sich an die Mauer des gegenüberliegenden Gebäudes und pinkelte dagegen, die Stirn an die Wand gelehnt. Vielleicht döste er. Nach der Pause machte er sich im Zickzack wieder auf den Weg. Unter dem Baum, auf dem ich saß, hielt er erneut an, um sämtliche Taschen seiner Kleidung nach den Schlüsseln zu durchwühlen. Ich erwog schon, auf ihn zu springen und seine körperliche und geistige Wehrlosigkeit auszunutzen, um ihn einem Verhör zu unterziehen, als ich sah, wie ein schwarzer Wagen mit laufendem Motor und eingeschalteten Scheinwerfern am oberen Ende der Straße hielt. Also stieg ich nicht nur nicht vom Baum herab, sondern krümmte mich zusammen, um mich unsichtbar zu machen. Damit war ich so sehr beschäftigt, dass ich auch dieses Autokennzeichen nicht notieren konnte. Ich wandte meine Aufmerksamkeit wieder Señor Larramendi zu, der mittlerweile auf allen Vieren auf dem Rasen des Vorgartens herumkroch, den Rücken gebeugt, als wäre er zum Islam konvertiert. Tatsächlich aber suchte er seine Schlüssel, die ihm heruntergefallen waren. Aus dem Fenster der Portierswohnung drang der schwache, fluoreszierende Schein eines Fernsehbildschirms durch einen Spalt: Der Mistkerl spionierte. Kurz darauf richtete Señor Larramendi sich auf, schloss umständlich die Haustür auf und trat ein. Langsam setzte sich der schwarze Wagen in Bewegung. Die Spiegelung der Straßenlaternen in den Autofenstern machte es mir unmöglich zu erkennen, wer im Wagen saß. Am Ende der Straße angekommen, bog der Wagen um die Ecke und verschwand aus meinem Gesichtsfeld.

Ich harrte noch eine weitere halbe Stunde aus, in der nichts weiter Bemerkenswertes geschah, nur dass langsam, geräuschvoll und stinkend der Müllwagen vorbeifuhr. Nach diesem Schauspiel beschloss ich, es sei nun genug der Überwachung. Ich war todmüde und am ganzen Körper wie zerschlagen und glaubte nicht, dass sich in der restlichen Nacht noch irgendetwas Interessantes ereignen werde.

11

DIE UNREGELMÄSSIGKEITEN
DES SEÑOR MUÑOZ

Am liebsten wäre ich in den Park zurückgekehrt, wo ich ein paar Stunden zuvor geschlafen hatte, und hätte dort die Zeit bis Tagesanbruch verbracht, doch die Vorsicht riet mir, einen neuen Schlafplatz zu suchen. Als ich die breite, prächtige Avenida del Tibidabo entlangging, fiel mir eine alte Villa ins Auge, die, einer Schaukel in Häschenform und einer blau lackierten Rutschbahn nach zu schließen, offenbar einen Kindergarten beherbergte. Dort kletterte ich über den Zaun und streckte mich in einer Ecke des Gartens aus, wo ich vor den Blicken der Passanten verborgen war. Ich war so müde, dass ich erst erwachte, als die Sonne schon hoch am Himmel stand, und fand mich von einer Gruppe von Kindern zwischen null und sechs Jahren umringt. Die Mutigsten unter ihnen traktierten mich mit Fußtritten, die Ängstlicheren bewarfen mich aus sicherer Entfernung mit Steinen. Der fröhliche Lärm lockte eine junge, dunkelhaarige Erzieherin mit einer Brille mit Metallrahmen an.

«Fassen Sie die Kinder nicht an!», schrie sie. «Unterstehen Sie sich, die Kinder anzurühren! Bleiben Sie, wo Sie sind, bis ich die Polizei gerufen habe!»

«Keine Angst», sagte ich, während ich aufstand und mir die Erde aus Kleidern und Haaren schüttelte. «Ich war gerade beim Joggen, als ich ohnmächtig wurde.»

«Und wie sind Sie dann hier gelandet?»

«Das weiß ich nicht, Señora. So was passiert nun mal, wenn man Sport treibt.»

«Ich rufe einen Krankenwagen.»

«Nicht nötig. Mir geht es schon besser. Der Anblick dieser kleinen Engel hat mir meine Kraft und Gesundheit wiedergegeben.»

Auf dem Weg zum Ausgang umarmte ich einige der Knirpse, die Rucksäcke trugen, und klaute ihnen dabei ihr Frühstück. Auf einer Parkbank vertilgte ich ein Butterbrot, zwei Donuts und ein Überraschungsei. An einem Brunnen trank ich Wasser, dann suchte ich eine funktionierende Telefonzelle und rief Señorita Westinghouse an. Sie erzählte mir, dass sie um vier Uhr morgens durch einen Anruf ihrer Freundin Fortunata aus dem Bett gerissen worden war, die ihr ganz aufgeregt erzählt hatte, dass sie schon seit Stunden über dem rätselhaften Zettel aus dem Spind des Fitnessstudios brüte, den ich bei meinem überstürzten Aufbruch im Facundo Hernández auf dem Tisch hatte liegen lassen. Fortunata hatte ihn entdeckt, eingesteckt und mit nach Hause genommen, um ihn dort allein und in aller Ruhe zu studieren, und nachdem sie sich stundenlang den Kopf zerbrochen hatte, glaubte sie nun, eine Lösung gefunden zu haben, und brannte darauf, sie mir zu zeigen. Zu diesem Zweck erwartete sie mich um halb elf in der Calle Portaferrissa Nummer 46. Die Straße lag am anderen Ende der Stadt, und ich hatte nur eine Dreiviertelstunde Zeit und meine müden Beine, um dorthin zu gelangen; also blieb mir nichts anderes übrig, als erneut loszujoggen. Als ich die Plaza de Cataluña überquerte, war ich so schwach, dass ich zu Boden ging, als eine Taube mich mit ihrem Flügel streifte. Ich stand wieder auf und lief weiter, manchmal im Schritt und manchmal im Trab, und kam tatsächlich pünktlich am vereinbarten Treffpunkt an. Er erwies sich als ein kleiner alter Laden, über dem ein verblichenes, kaum lesbares Schild verkündete:

KORSETTMACHEREI MUÑOZ
SPEZIALGESCHÄFT FÜR ÜBERGRÖSSEN

Im Schaufenster prangte die Hälfte einer ramponierten, nackten, vergilbten Schaufensterpuppe aus Zelluloid. Im Innern konnte man eine Ladentheke aus dunklem Holz, zwei Stühle mit hoher Rückenlehne, mehrere Kommoden an den Wänden und im Hintergrund einen Vorhang erkennen, hinter dem sich wohl die Ankleide befand. Fortunata saß auf einem der Stühle, eifrig ins Gespräch vertieft mit einem Mann mittleren Alters mit dünnem Schnurrbart, mahagonibraunem Toupet und einem leicht nach oben schielenden Auge, der hinter der Theke stand.

Als ich die Tür öffnete, bimmelte ein Glöckchen, Fortunata wandte sich um und rief bei meinem Anblick aus: «Hach, da ist ja mein Privatdetektiv! Komm rein, Schätzchen, und verzeih mir, dass ich nicht aufstehe. Ich bin fix und fertig. Es gibt nichts Mühseligeres, als Unterwäsche anzuprobieren. Und nichts Frustrierenderes. Da fängt man mit einer Größe an, von der man denkt, dass sie passt, und schwupps, schon platzt der Reißverschluss. Man nimmt die nächste Größe, und es passiert das Gleiche … Warum nur quält der Herrgott uns so? Die Tiere werden schließlich auch nicht fett, nicht wahr? Jedenfalls die wilden Tiere nicht. Ach, wäre ich doch nur grazil wie eine Giraffe! Zum Glück gibt es ja Señor Muñoz, den göttlichen Erzengel.»

«Meine reizende Kundin und Freundin», sagte Señor Muñoz, an mich gewandt, meinte aber ganz offenbar Fortunata, «übertreibt mal wieder maßlos. Gerade war ich dabei, ihr ein paar BHs zu zeigen, die frisch aus Mailand eingetroffen sind. Selbst die Königin von Saba hat nichts Besseres getragen. Auch nicht König Salomon. Sehen Sie nur, überzeugen Sie sich selbst», fügte er hinzu und breitete mehrere gepanzerte, großzügig mit Spitzen versehene schwarze Ungetüme auf der Theke auf. «Diese Prachtstücke vereinen Bequemlichkeit, Festigkeit und Raffinesse. Berühren Sie das Material: reine Seide. Die Spitzen gehen beim Waschen nicht ein, und eine Verstärkung aus Inox gewährleistet Festigkeit. Der Träger, ganz gleich, ob Dame oder der Herr, ist damit jeder nur erdenklichen Lage gewachsen. Ich habe drei verschiedene Modelle im Angebot: Dalila, Amazona und von Paulus.»

«Freut mich ungemein», erwiderte ich, «aber ich bin kein Modekenner: Ich bin schon zufrieden, wenn ich irgendwas am Leib trage, und wann immer Zufall, Klugheit oder Notwendigkeit es mir ratsam erscheinen ließen, mich als Frau zu verkleiden, habe ich das Praktische immer dem Schönen und sogar dem Anstand vorgezogen.»

Meine gestammelte Ausrede ließ Fortunata so laut auflachen, dass von ihrem Bariton der ganzen Laden wackelte, und sie rief: «Gut gesprochen! Aber jetzt Schluss mit dem Gequatsche. Wir vergeuden unsere Zeit, und die Polizei ist hinter meinem Detektiv her.»

Mit diesen Worten öffnete sie ihre Handtasche aus Kroko-Imitat, zog meinen Originalzettel und ein weiteres vollgekritzeltes Blatt Papier heraus und legte beide auf die Theke. Ohne weitere Anweisungen abzuwarten, ging Señor Muñoz zur Tür, hängte ein Schild, auf dem in sorgfältig gemalten Lettern GESCHLOSSEN stand, an einen Haken, der mit einem

Saugnapf an der Scheibe klebte, zog eine Jalousie aus Wachstuch herunter, schaltete das Licht ein und kehrte auf seinen Posten zurück.

«Was unser gestriges Gespräch bei Tisch betrifft», fuhr Fortunata fort, «so habe ich danach so viel darüber nachgrübelt, dass ich nicht einmal nach der fünften Orfidal einschlafen konnte. Wie Schmetterlinge flatterten die Zeichen auf dem Zettel vor meinem inneren Auge herum. Schließlich bin ich aufgestanden, habe Papier und Bleistift zur Hand genommen und verschiedene Kombinationen und Möglichkeiten durchgespielt. Hier sehen Sie das Ergebnis.»

Voller Künstlerstolz legte sie ihre mollige, mit zahlreichen Ringen geschmückte Hand auf den Zettel und sagte, als sie meine verwirrte Miene sah, zufrieden: «Lass dich von dieser Buchstabensuppe nicht verwirren, Schätzchen. Ich wollte dir nur zeigen, wie viele verschiedene Kombinationen ich stundenlang ausprobiert und wieder verworfen habe. Aber anstatt dich mit der Schilderung der zahllosen Sackgassen und vergeblichen Versuche zu langweilen, werde ich dir gleich die Lösung präsentieren: Alle Zeichen und Buchstaben, die auf diesem Zettel notiert und durch den Gebrauch unsichtbarer Tinte oder Umwelteinflüsse kurz darauf wieder verschwanden, waren ein Täuschungsmanöver, um den Betrachter glauben zu machen, es handle sich um einen langen Satz und eine vollständige Botschaft. In Wirklichkeit sind aber nur wenige Zeichen von Bedeutung. Und zwar diese hier.»

Sie drehte den Zettel um, und auf der Rückseite stand:

A·F·M·I·D·F

«Ah», murmelte ich bewundernd ob so viel Scharfsinns, «und was soll das bedeuten?»

«Ich habe nicht die leiseste Ahnung, Schätzchen», seufzte Fortunata. Und bevor mich die Enttäuschung übermannen konnte, fügte sie in fröhlichem Tonfall hinzu: «Allerdings haben diese Buchstaben in mir eine alte Erinnerung geweckt. Ich bin mir sicher, dieses Anagramm schon früher einmal gesehen zu haben, als selbst die abgelegensten Winkel der Carretera de Esplugues keine Geheimnisse für mich bargen … Ach ja, die sorglosen Zeiten meiner Jugend!»

Sie entfaltete ein Batisttaschentuch, schnäuzte sich geräuschvoll, faltete das Taschentuch wieder zusammen, steckte es in ihren Blusenärmel und fuhr mit einem Seufzer fort: «Zum Glück haben wir genau die richtige Person, um dieses Rätsel zu lösen. Nicht umsonst habe ich dich an diesen Ort zitiert. Allein schon die Korsettmacherei Muñoz kennenzulernen war die Reise wert, aber die Bekanntschaft von Señor Muñoz zu machen – das ist unvergleichlich!»

«Ich bitte dich», sagte der so gelobte Korsettmacher, glucksend vor Freude, «dieses unverdiente Lob wird mir noch zu Kopf steigen. Sollten diese Buchstaben etwa …?»

«Verehrter Señor Muñoz», sagte Fortunata, «meine männliche wie meine weibliche Intuition sagen mir, dass es sich bei dem Fall, der unseren werten Freund hier beschäftigt, keineswegs um sinnlosen Mord oder ein Verbrechen aus Leidenschaft handelt. Nein, für mich deutet alles darauf hin, dass wir es mit einer weitreichenden Verschwörung zu tun haben.»

Fortunatas Worte schreckten Señor Muñoz aus seiner Schläfrigkeit auf, und er studierte den Zettel mit gerunzelter Stirn und der Hilfe einer Lupe. Nach ein paar Minuten hob er den Blick, rieb sich die Augen und sah uns mit ernster Miene an. «Erschrecken Sie nicht über das, was ich Ihnen jetzt sagen werde», hob er an, «aber nach eingehender Analyse dieses Zettels bin ich der festen Überzeugung, dass diese Buchstaben das bilden, was in der Sprache der Kabbalisten als ‹Akronym› bezeichnet wird, wie man es zum Beispiel von der bekannten Automarke SEAT kennt. Ich nenne Ihnen dieses naheliegende Beispiel, damit Sie verstehen, was ich Ihnen im Folgenden erläutern werde.»

Der Vater von Señor Muñoz, so erklärte uns Señor Muñoz, hatte die Korsettmacherei 1941 gegründet und bis zu seinem Tod im Jahre 1977 geführt. Dank seiner Intelligenz, seines guten Geschmacks und seiner Geschäftstüchtigkeit konnte sich Señor Muñoz senior schon von frühesten Zeiten an rühmen, alles zu seinen Kunden zu zählen, was Rang und Namen hatte. Angehörige des ältesten katalanischen Adels kauften bei ihm. Nicht etwa die Parvenüs der abscheulichen industriellen Revolution, wie Señor Muñoz junior mit einem verächtlichen Lächeln betonte, sondern Barone, Markgrafen und Grafen, Nachkommen jener kriegerischen Halbgötter, die im Gefolge von Jaime I., genannt der Eroberer, Mallorca eingenommen und auf Sizilien, in Athen und Neopatria unauslöschliche Spuren hinterlassen hatten. Zu dieser hochvornehmen – offen gestanden aber auch recht greisen – Kundschaft hatten sich mit der Zeit hohe Militärs, Prälaten und angesehene Universitätsprofessoren gesellt. Für jeden neuen Kunden hatte Señor Muñoz senior und später Señor Muñoz junior eine Karteikarte erstellt, auf der die persönlichen Daten und Maße, aber auch, wenn es sich um einen Stammkunden handelte, seine Neigungen und Vorlieben notiert wurden. Selbstverständlich wurden diese Daten streng vertraulich behandelt, da sie eher aus Vorsicht denn aus der Absicht heraus gesammelt wurden, jemanden zu erpressen. Im

Laufe der Zeit hatte das geduldige, hartnäckige und fortgesetzte Sammeln dieser Daten, ihre Auswahl und Klassifizierung dem seligen Señor Muñoz zu Lebzeiten – und nach seinem Tode dem jetzigen Señor Muñoz – ein weitreichendes, wenn auch etwas merkwürdiges Wissen über den erlauchten Kreis derer verschafft, die in der katalanischen Gesellschaft das Sagen hatten. Es war dieses privilegierte Wissen, das Señor Muñoz nun dazu bewog, nachdenklich vor sich hin zu murmeln: «Ich sehe schon, ich sehe schon…»

«Was?», riefen Fortunata und ich wie aus einem Munde.

«Nichts Bestimmtes», antwortete Señor Muñoz und schreckte aus seinen Gedanken auf. «Aber diese Abkürzung ist mir nicht fremd. Wie sich unsere liebe Freundin Fortunata heute Nacht ganz richtig erinnert hat, entsinne ich mich ebenfalls dunkel, sie damals im Zusammenhang mit dieser alten Geschichte schon einmal gesehen zu haben …»

Wieder starrte er mit verlorenem Blick auf den Zettel, drehte ihn versonnen hin und her, und nachdem er eine Zeit lang nachgedacht hatte, schüttelte er den Kopf, reckte sich, räumte die Lupe beiseite und sagte entschlossen: «Ich will keine voreiligen Schlüsse ziehen. Meine Arbeit hat mich gelehrt, wie wichtig es ist, auf Nummer sicher zu gehen. Bevor ich eine fundierte Meinung äußern kann, muss ich mein Archiv zu Rate ziehen, und dabei darf kein Fremder zugegen sein. Ich habe mich erboten, bei der Lösung dieses Falles behilflich zu sein, weil meine wunderbare Freundin und großzügige Gönnerin hier» – er wies auf Fortunata, die kokett mit ihren Wimpeln klimperte – «mich darum gebeten hat; aber meine Hilfe darf auf keinen Fall zulasten Dritter gehen, allesamt angesehene Bürger und zudem gute und treue Kunden meines seligen Vaters und jetzt die meinen.»

Diesem Beweis von Anstand und Integrität konnten wir nur Beifall zollen, auch wenn ich es vorgezogen hätte, der Sache jetzt gleich auf den Grund zu gehen. So aber vereinbarten wir, um acht Uhr zur Korsettmalerei zurückzukehren, dankten Señor Muñoz und verließen nach dem Austausch weiterer Höflichkeiten das Geschäft.

Auf dem Weg in Richtung Ramblas tauschten Fortunata und ich uns über Señor Muñoz' persönliche und textile Qualitäten aus, doch an der belebten Straße angekommen, trennten sich unsere Wege. Fortunata ging die Ramblas hinunter in Richtung Círculo del Liceo, wo sie zum Mittagessen verabredet war. Sie war Mitglied in diesem Verein der Opernfreunde und hatte dort, wie sie mir erzählte, häufig Gelegenheit, ihren derzeitigen Beruf auszuüben, da die Opernsänger – vor allem die großen Diven beiderlei Geschlechts – sehr abergläubisch waren und stets im voraus wissen wollten, ob sie in dieser oder jener Rolle Erfolg haben würden, ob man sie auffordern würde, eine Arie zu wiederholen, oder ihnen ganz im Gegenteil im vom Publikum am heißesten ersehnten Augenblick ein peinliches Krächzen entschlüpfen würde; woraufhin Fortunata sie stets beruhigte, indem sie ihnen aus ihren Karten, aus dem Kaffeesatz oder der Zigarrenasche ein günstiges Schicksal las.

So verabschiedeten wir uns voneinander mit der Vereinbarung, uns um acht Uhr bei Señor Muñoz wiederzusehen, und ich dankte ihr für ihre selbstlose Hilfe. Dann ging ich, da mich kein Mittagessen erwartete, die Ramblas hinauf, den Paseo de Gracia entlang und bog schließlich in die Calle Diputación ein, wo ich hoffte, Señor Larramendi in der Küche der Casa Cecilia, Spezialitäten aus Rioja, anzutreffen. Vor der Tür des Restaurants blieb ich stehen, um Atem zu schöpfen, denn um nicht zu einer Zeit anzukommen, zu der zahlreiche Gäste das Personal auf Trab hielten, war ich einen Großteil des Weges gejoggt.

12

ALLGEMEINE THEORIE DER GEISTER

Meine Anstrengung erwies sich als ebenso gesund wie vergeblich: Als ich die Casa Cecilia, Spezialitäten aus Rioja, betrat – wieder bei Atem, doch verschwitzt –, war die Restaurantbesitzerin ganz allein im trostlosen Speisesaal, doch tat dieser betrübliche Umstand ihrer natürlichen Freundlichkeit keinen Abbruch, denn kaum sah sie mich, lächelte sie mich an, dass man ihr weißes, makelloses Gebiss sah, und rief aus: «Meine Güte, Asmarats, dich habe ich ja seit einer Ewigkeit nicht mehr gesehen! Wir haben dich schon vermisst.»

«Meine Hartnäckigkeit hat einen Grund, Señora», entgegnete ich.

«Du darfst mich ruhig Cecilia nennen», sagte sie, «und wenn du deinen berühmten Küchenchef suchst, kommst du zu spät. Heute Morgen war er um dieselbe Zeit hier wie immer, aber er sah noch elender aus als sonst, als hätte er die ganze Nacht kein Auge zugetan; er wirkte beunruhigt und furchtsam.»

«Hat er nicht gesagt, warum?»

«Ganz im Gegenteil. Als er ankam, hat er versucht, sich möglichst unsichtbar zu machen – was in diesen leeren Räumlichkeiten nicht gerade einfach ist –, und sich eilig in die Küche verzogen. Fünf Minuten später kam er wieder heraus, direkt auf mich zu, hat eine Entschuldigung gemurmelt, er habe es an der Prostata, und ist davongelaufen, ohne die Tür hinter sich zu zuzumachen.»

«Hat er sich niemals zuvor so benommen?», fragte ich.

«Nein», antwortete Cecilia. «Er ist ein Dummkopf und Nichtsnutz, aber fleißig und höflich.»

«Vielleicht ist sein verändertes Verhalten auf die Trinkerei zurückzuführen», vermutete ich. «Haben Sie irgendwann einmal bemerkt, dass er sich betrank oder Anzeichen für Trunkenheit aufwies?»

«Nein, und wenn er wirklich ein Säufer gewesen sein sollte, hätte er hier genug Gelegenheit gehabt, seinem Laster nachzugehen: Unten im Keller liegt eine große Auswahl an berühmten Weinen aus der Region, in der ich geboren bin.»

«Und als er ging, hat er nicht gesagt, wann er wiederkommen würde?»

«Nein, und etwas sagt mir, dass ich ihn niemals wiedersehen werde.»

«Merkwürdig», sagte ich nach kurzem Überlegen. «Wenn er die Arbeit aufgeben wollte, warum ist er dann überhaupt gekommen?»

«Das müsstest du ihn schon selber fragen.»

«Da haben Sie recht. Ich werde versuchen herauszufinden, wo er sich versteckt, wenn er, wie ich vermute, nicht seinen Arbeitsplatz wechseln wollte, sondern auf der Flucht vor etwas war, was ihm Angst machte», sagte ich und ging zur Tür. «Ich danke Ihnen für Ihre Freundlichkeit und hoffe, Sie nicht noch einmal behelligen zu müssen.»

«Wozu die Eile, Asmarats?», fragte sie spöttisch, aber nicht unfreundlich. «Magín wirst du nicht finden, indem du durch die Straßen joggst. Ruh dich ein Weilchen aus. Die Küche in diesem Lokal ist nichts Besonderes, schon gar nicht ohne den großen Küchenchef Larramendi oder wie auch immer dieser

Lügner sich nennen mochte, aber die frittierten Calamari mit Basmatireis sind durchaus essbar.» Und noch bevor ich Zeit hatte, mir eine Ausrede zu überlegen, fügte sie hinzu: «Geht aufs Haus.»

Es hätte einer Charakterstärke bedurft, über die ich nicht verfüge, um dieses Angebot auszuschlagen. Also setzte ich mich, sie ging in die Küche, und kaum hatte ich mir die Serviette um den Hals gebunden, da kam sie auch schon mit einem dampfenden Teller zurück, auf dem sich ein Gericht häufte, das ich nicht identifizieren konnte, das aber köstlich mundete und mich stärkte. Anschließend wollte mir die freundliche Gastgeberin noch ein Glas ihres berühmten Weins einschenken, doch lehnte ich das Angebot mit den Worten ab, ich sei alkoholische Getränke nicht gewohnt und ihr Genuss könne mich, selbst in bescheidenem Maße, in Anwesenheit einer so attraktiven Frau unwillkürlich zu einer unpassenden Reaktion verleiten, zum Beispiel erst laut zu rülpsen und dann einzuschlafen. Die Wirtin dankte mir für mein Taktgefühl, setzte sich zu mir an den Tisch und gestand, sich früher einmal mit einem Trinker eingelassen zu haben. Es war eine schreckliche Erfahrung gewesen, und sie erinnerte sich mit Schaudern an die Gewaltausbrüche und entsetzlichen Schläge, zu denen sie sich aufgrund seiner Trunkenheit gezwungen gesehen hatte. Zum Glück gehörten diese dramatischen Ereignisse der Vergangenheit an. Jetzt, so fügte sie mit einem verführerischen Lächeln hinzu, sei sie frei von allen Verpflichtungen und Bindungen und habe beschlossen, der Unbesonnenheit und Schrankenlosigkeit der Jugend adieu zu sagen, und darum sich selbst und der Muttergottes von Valvanera, der Schutzpatronin von La Rioja, geschworen, sich nur noch mit einem Mann einzulassen, der zwar nicht aussehen musste wie ein junger Gott, aber bürgerliche und häusliche Tugenden besaß und den sie dafür nach Strich und Faden verwöhnen würde.

Dieses vertrauliche Gespräch, nicht frei von einem gewissen neckischen Unterton, wäre noch stundenlang, um nicht zu sagen, ein Leben lang, so weitergegangen, hätten Hunger und Sorgen mich nicht getrieben, Essen und Bekenntnisse in mich hineinzuschlingen. Nach fünf Minuten legte ich die Serviette auf den Tisch, stand auf, bedankte mich und ging zur Tür. Bevor ich über die Schwelle war, sagte Cecilia – wie sie unbedingt genannt werden wollte – noch zu mir: «Ich weiß, dass du ein großes Tier beim Fernsehen bist, aber falls du dich irgendwann einmal verändern willst: Bei mir ist soeben eine Stelle freigeworden. Tintenfische säubern ist nicht weiter schwierig, und mit der Zeit könntest du in diesem Lokal auch noch andere Arbeiten übernehmen.»

Ich versprach, diesen Vorschlag ernsthaft zu erwägen, und ging. Ich hatte keine Verpflichtung und keine Eile, und Cecilias Gesellschaft war mir umso angenehmer, als ich lange Zeit keinerlei Umgang mit Frauen gepflegt hatte und diejenigen, die ich in der kurzen Zeit meiner stets gefährdeten Freiheit getroffen hatte, sich mir gegenüber zurückhaltend, wenn nicht geradezu feindselig verhalten hatten. Oder Transvestiten waren. Aber ich hatte schon zu viel riskiert, indem ich mehrmals an denselben Ort zurückgekehrt war, und konnte das Risiko nicht noch vergrößern, indem ich mich über längere Zeit an diesem Ort aufhielt.

Gestärkt von der üppigen Mahlzeit, aber ein wenig deprimiert darüber, dass ich nicht handeln konnte, wie ich wollte, und meinem Verlangen nicht nachgeben durfte, auch frustriert darüber, dass ich Señor Larramendi nicht angetroffen hatte, machte ich mich auf den Weg, als ich plötzlich hinter mir eilige Schritte hörte und eine heisere Stimme in meinem Rücken rief: «He, du da, du hässlicher Kerl!»

Ich blieb stehen und drehte mich um, da stand auch schon eine höchst seltsame Gestalt vor mir, die mir aber vage vertraut erschien. «Meinen Sie mich?», fragte ich.

«Klar doch, hast du nicht gehört, wie ich dich angesprochen habe?»

«So sprichst du die Leute an?»

«In Bhutan, wo ich herkomme, macht man das so.»

Als ich diesen Ländernamen hörte, wusste ich, dass vor mir der wilde Tintenfischfritteur aus dem Restaurant stand, das ich soeben verlassen hatte. Er war einzig und allein mit einem safranfarbenen Tuch bekleidet, das er um die Hüfte geschlungen trug, und einem roten Tuch, das er um den Kopf geknotet hatte wie ein Bauer.

«Das hätte ich nie vermutet», sagte ich in Antwort auf seine Erklärung. «Ich kenne die Sitten und Gebräuche Ihres wunderbaren Landes nicht.»

Jeder Mensch erzählt gerne von den Eigenheiten seiner Heimat, auch wenn es niemanden interessiert, und da ich nicht wusste, was er von mir wollte, beschloss ich, ihn einfach drauflos reden zu lassen.

«Klar», antwortete er, «du glaubst wahrscheinlich, dass wir im tiefsten Asien die Leute mit Sahib, Memsahib oder ähnlich anreden. Ha, ha. Das machen wir mit den Touristen, die sind ganz scharf auf alles, was exotisch ist, und fühlen sich geschmeichelt. Aber wir wissen, dass die Eitelkeit den Menschen ins Verderben führt, und um das zu vermeiden, nennen wir uns gegenseitig Vogelscheuche, Scheißkerl und ähnliche Unverschämtheiten. Natürlich auf Urdu.»

«Verstehe», sagte ich, «aber sicher bist du mir nicht nachgelaufen, um mir das zu erklären.»

«Da hast du allerdings recht, du Trottel. Ich muss dir etwas erzählen, was meinen Kollegen Señor Larramendi betrifft. Komm, setzen wir uns einen Moment irgendwo hin.»

Ich wollte ihn gerade darauf hinweisen, dass ich kein Geld hatte, um in eine Bar zu gehen, und weit und breit keine öffentlichen Bänke zu sehen waren, da hatte er sich schon auf dem Bürgersteig niedergelassen, den Rücken an eine Hauswand gelehnt, die Beine gekreuzt, um die Passanten nicht zu behindern. Ich tat es ihm nach, und nachdem wir es uns gemütlich gemacht hatten, begann er zu erzählen.

Am Abend zuvor war Señor Larramendi später als gewöhnlich in seine Wohnung in der Calle de Sant Hilari zurückgekehrt. Zwar hatte der Arbeitstag geendet wie vertraglich vereinbart, aber Señor Larramendi hatte – um seine eigenen Worte zu gebrauchen – lieber einen Spaziergang gemacht, statt auf das ausgedehnte, zuverlässige Netz öffentlicher Verkehrsmittel von Barcelona zurückzugreifen. Die Nacht war angenehm lau, und Señor Larramendi wollte die Heimkehr in die vier Wände seiner einsamen Behausung hinauszögern. Seit dem unheilvollen Fund der Leiche von Señorita Olga Baxter in einem Winkel des gemeinschaftlichen Vorgartens war er beunruhigt und grundlos furchtsam, als wäre der Fund eines toten Nachbarn ein böses Omen. Zuhause angekommen, trank er vor dem Zubettgehen noch eine heiße Schokolade und sagte, neben dem Bett kniend, seine Gebete auf. Auf diese Weise doppelt getröstet, legte er sich hin und schlief ein. Einige Zeit später wurde er von einem leisen, aber hartnäckigen Klopfen geweckt: Jemand pochte vorsichtig an seine Wohnungstür, mit den Knöcheln oder einem anderen Körperteil, anstatt die Klingel zu betätigen, wahrscheinlich, um von den anderen Hausbewohnern oder dem wachsamen Portier nicht gehört zu werden. Señor Larramendi ging, wenn auch ein wenig ängstlich, an die Tür, sah durch den Spion und entdeckte zu seinem unbeschreiblichen Entsetzen auf dem Treppenabsatz Señorita Baxter höchstpersönlich, die, als sie den reglosen Nachbarn hinter der Tür bemerkte, flüsterte: «Señor Larramendi, lassen Sie mich herein …» Am ganzen Leibe zitternd, brachte dieser nur hervor: «Bitte tun Sie mir nichts, Señorita Baxter. Ich kann nichts für das, was Ihnen zugestoßen ist.» Woraufhin der Geist erwiderte: «Mach auf, Magín, ich muss mit dir reden.» Was ihn wiederum zu der Entgegnung bewog: «Kehren Sie zurück ins Jenseits, Señorita, dort geht es einem gut.» Als er sah, dass all sein Bitten vergebens war, kniete Señor Larramendi im Flur nieder, um dem göttlichen Schutz zu entfliehen, doch in seiner Angst und Verwirrung fiel ihm nur das Salve rociera ein. Wenn er fertig war, fing er wieder von vorn an. Anfangs hörte er noch die säuselnde Stimme der Verstorbenen, dann war es im Treppenhaus still. Señor Larramendi nahm seinen ganzen Mut zusammen, stand auf und spähte erneut durch den Spion: Draußen war niemand. Er ging zurück ins Bett und lag die ganze Nacht über schlaflos und zitternd vor Angst im Bett. Am nächsten Tag zog er sich um dieselbe Uhrzeit an wie immer, verließ das Haus und stieg in den Bus. Anfangs hatte er überlegt, mit dem Taxi zum Restaurant zu fahren, da dieses ungewöhnliche Ereignis die Ausgabe rechtfertigte, doch dann beschloss er, die öffentlichen Verkehrsmittel zu benutzen, da er sich in Gesellschaft der Lebenden besser geschützt fühlte. Dabei fuhr er nicht etwa zur Casa Cecilia, Spezialitäten aus Rioja, um seiner Arbeit nachzugehen, sondern um seinem

Kollegen zu erzählen, was ihm widerfahren war, und ihn um Hilfe zu bitten, da er aus ihren Gesprächen während der langen Stunden in der Küche wusste, dass dieser in seinem Heimatland eigentlich Mönch hätte werden sollen und sich deshalb mit allem auskannte, was das Jenseits betraf. Der Fritteur hörte ihm aufmerksam zu und riet Señor Larramendi, ein gewisses Kloster in Tibet aufzusuchen, wo man ihn mit Weihrauch umhüllen und ihm Krimskrams verkaufen würde, der sich in Fällen wie dem seinen schon öfter als äußerst hilfreich erwiesen hatte. Señor Larramendi, dessen Vermögen gerade einmal für eine Fahrt zum Montseny ausreichte, hielt das Gespräch für beendet und lief davon, ohne zu sagen, was er vorhatte.

Nachdem mein Gegenüber geendet hatte, saß ich eine Zeit lang nachdenklich da und sagte schließlich das, was mir am Vernünftigsten erschien. «Das klingt mir alles nach Delirium tremens.»

«Red keinen Blödsinn», rief der Bhutaner aus, streckte seine Beine und kreuzte sie gleich darauf wieder, um zu verhindern, dass sie steif wurden. «Ihr Menschen hier im Westen lasst euch alles Mögliche einfallen, bloß um nicht glauben zu müssen, dass unter uns Geister hausen. Dabei ist das unbestreitbar. Ihr leugnet ihre Existenz, weil sie euch Angst machen, dabei gibt es dafür keinen Grund, da Geister harmlos sind, von einigen wenigen Ausnahmen einmal abgesehen, die von der Gemeinschaft der Geister selbst abgelehnt werden. Menschen, die eines gewaltsamen Todes gestorben sind, pflegen zurückzukehren, als fiele ihnen diese allzu plötzliche Trennung von der Welt schwer. Die Ertrunkenen kommen immer wieder, ebenso, wenn auch weniger häufig, diejenigen, die an der Pest oder einer anderen Seuche gestorben sind, als wollten sie sich darüber beschweren, dass sie zufällig auserwählt wurden, um irgendeine Statistik zu bereichern. Selbstmörder hingegen kehren niemals zurück, abgesehen von denen, die es im letzten Augenblick bereut haben, als es aber schon zu spät war. Jedoch haben diese Erscheinungen kein konkretes Anliegen. Manchmal wollen sie uns warnen: Sie weisen auf Gefahren hin oder versuchen, die falschen Entscheidungen von Lebenden zu verhindern, doch haben sie damit nur wenig Erfolg, weil sie leise sprechen und sich schlecht ausdrücken, auf eine verwirrende, bruchstückhafte Weise, die nur wenig überzeugend wirkt. In den meisten Fällen genügt es ihnen schon, Mitleid zu erregen, obwohl es ganz normal ist, dass man sich fürchterlich vor ihnen erschreckt, was sie umso trauriger macht. Es stimmt auch nicht, dass sie unter Bettlaken stecken. Außer den Pharaonen und anderen Mächtigen der Antike kehren die Toten ins Jenseits ein mit dem, was sie am Leibe tragen, und dort haben sie keine Gelegenheit, sich neue Kleidung zuzulegen, weshalb sie in Leichentücher, Verbände und Ähnliches gehüllt erscheinen, manchmal in wahre Lumpen. Auch schleifen sie keine Ketten hinter sich her oder geben schaurige Geräusche von sich. Ihre Energiereserven sind stets am Limit, sodass sie keine schweren Gegenstände bewegen oder gewalttätig werden können: Ab und zu verursachen sie unwillentlich einen Luftzug, dann quietschen schlecht geölte Türen, und Gegenstände fallen herunter oder verrutschen und machen Krach. Die Nacht – die sie für ihr Auftreten nutzen, weil sie scheu sind –, Aberglaube und Angst machen aus einer armseligen Inszenierung eine große Sache und gaukeln eine gar nicht vorhandene Bedrohung vor. Die Geister sind besser als die Lebenden: Wir Menschen sind getrieben von unserem Eigeninteresse, wohingegen Tote per

Definition an nichts Interesse haben. Wenn man sie nicht beachtet, werden sie aufdringlich, aber nach dem dritten oder vierten vergeblichen Versuch verschwinden sie für immer. All das hätte ich Señor Larramendi erklärt, hätte er nur den Mut und die Geduld besessen mir zuzuhören.»

Während dieses lehrreichen Gesprächs hatte sich vor uns auf dem Bürgersteig eine stetig wachsende Gruppe Schaulustiger gesammelt, zweifellos angezogen von der Kleidung und dem Aussehen meines Begleiters und von dem Klappern meiner Absätze auf dem Boden, das von den Krämpfen herrührte, die mir die Lotusblütenstellung verursachte. Im Glauben, einer Straßentheatervorstellung beizuwohnen, legten ein paar gutmütige Passanten Münzen von geringem Wert vor uns hin. Ein Lohn, und sei er auch noch so bescheiden, wäre mir sehr gelegen gekommen, aber die öffentliche Aufmerksamkeit war zu gefährlich für mich, sodass ich den Gewinn lieber dem Mann aus Bhutan überließ, aufstand – was mir nicht ohne Mühe gelang – und mich eilig davonmachte.

13
AFMIDF

An der Ecke Calle Provenza und Enrique Granados stand eine Telefonzelle, die durch ihre relative Nähe zu einem Polizeirevier bislang davor bewahrt worden war, auseinandergenommen zu werden. Ich betrat sie, schraubte das Telefon auseinander und verdrahtete die Kabel so, dass ich Señorita Westinghouse zu Hause anrufen konnte.

Voller Stolz erzählte sie mir, wie sie mithilfe des Telefonbuchs eine Liste von achtzehn Agenturen zur Ausbildung und Vermittlung von Models erstellt hatte; die hatte sie nacheinander angerufen und nach einer gewissen Olga Baxter gefragt, mit bürgerlichem Namen Rosario Perales. Dazu hatte sie sich als Haute-Couture-Designerin namens Anisette Funding, mal aus Mailand und mal aus New York, ausgegeben. In der ersten Agentur auf der Liste hatte man sie höflich gebeten, einen Augenblick zu warten, bis man in der Kartei nachgesehen habe, und ihr kurz darauf ebenso höflich mitgeteilt, man habe niemanden dieses Namens verzeichnet. Bei den darauffolgenden Agenturen hatte sie mehr oder weniger die gleiche Antwort erhalten, bis es schließlich bei einer Agentur nach Nennung der Namen Olga Baxter und Rosario Perales am anderen Ende der Leitung kurz still gewesen war; dann hatte man ihr kurz und knapp gesagt, man habe diese Namen noch nie gehört, und ohne ein weiteres Wort aufgelegt. Señorita Westinghouse hatte dies als vollen Erfolg verbucht und darauf verzichtet, die restlichen Agenturen auf der Liste anzurufen. Ich gratulierte ihr zu ihrem Geschick und ihrer Klugheit, notierte mir die Daten der Agentur, wo man sie so schroff abgefertigt hatte, und als ich sah, dass sie sich nicht weit von dem Ort entfernt befand, wo ich mich gerade aufhielt, beschloss ich, dort persönlich vorstellig zu werden.

Kurz darauf stand ich in der Calle Pau Claris, kurz vor der Diagonal, vor einem altertümlichen Gebäude aus bröckelndem, altersschwarzem Stein, dessen Fassade Pflanzen und Tiere zierten, unter denen ich eine Ratte und eine Fledermaus erkannte. Durch eine offen stehende Einfahrt gelangte ich in eine weite, dunkle Vorhalle, an deren Ende ich eine unbesetzte Portiersloge sah. Ich stieg die Stufen der vornehmen Marmortreppe hinauf, die in den ersten Stock führte, und blieb vor einer glänzend lackierten Holztür stehen, auf der ein Messingschild verkündete:

LLEWELYN DE PARIS
INTERNATIONAL SCHOOL OF MODELLING

Ein kleineres Schild aus dem gleichen Material darunter forderte den Besucher schlicht auf:

PUSH

Also stieß ich gegen die Tür, sie schwang widerstandslos auf, und ich fand mich in einem hell erleuchteten Flur vor einem hübschen, modernen, unbesetzten Tresen wieder. Ich wartete eine Weile, leise hüstelnd und diskrete Geräusche von mir gebend, um auf meine Anwesenheit aufmerksam zu machen, bis eine Tür aufging und ein gut aussehender, braungebrannter, lächelnder junger Mann in einem eleganten schwarzen Anzug mit weißem Hemd, roter Krawatte und Joggingschuhen herauskam. Er fragte nichts, sondern schüttelte mir die

Hand und sagte: «Guten Tag. Ich bin Llewelyn de Paris. Ha, ha, die Verwirrung steht Ihnen ins Gesicht geschrieben. Natürlich heiße ich nicht wirklich Llewelyn, sondern Pedro Portusachs. Ursprünglich war ich in der Werbung tätig, aber dann hat mich die Krise in diesem Sektor voll erwischt, und ich bin pleitegegangen. Immerhin habe ich in dieser kurzen Zeit erkannt, dass auf dem Markt eine große Nachfrage nach Models herrscht und unser Land über ein breites Angebot an wohlgenährten jungen Mädchen mit geschmeidiger Haut, guten Zähnen und schönem Haar verfügt, schlank, hochgewachsen und europäisch wirkend. Schönheit, Potential und Eifer. Ganz das Gegenteil unserer Mütter, wenn ich das bei allem gebotenen Respekt mal so sagen darf. Also habe ich diese Schule hier eröffnet, und das Geschäft läuft wie geschmiert. Da ich gut aussehe und ständig von Tussen umgeben bin, halten manche mich für schwul und andere für einen Lebemann, der seine geschäftlichen Kontakte ausnutzt, um sich die Mädchen zu angeln. Doch weder das eine noch das andere entspricht der Wahrheit, mein Freund. Mein Motto lautet: Bei der Arbeit bin ich seriös. Und Sie?»

«Ich habe keine feste Arbeit», antwortete ich.

«Ich meine, wie Sie heißen.»

«Ah. Asmarats, Unterleutnant Asmarats von der Polizei.»

«Was für ein Zufall. Gestern war ein Unterleutnant von der Polizei hier, der ebenfalls Asmarats hieß.»

Schon wieder hatte man mich ertappt, und mir fiel nichts Besseres ein als eine lahme Ausflucht.

«Nun ja», stammelte ich, «manchmal bin ich in Verkleidung unterwegs … Und manchmal schicken sie auch jemanden in meinem Namen … Oder, wie es bei uns im Polizeipräsidium heißt: ‹Für jeden Fall einen eigenen Asmarats.›»

«Verstehe, verstehe», sagte Llewelyn aufgeräumt; zu meinem Glück gehörte er zu den Menschen, die anderen nie zuhören. «Ich gehe davon aus, dass Sie genau wie der andere wegen Olga Baxter hier sind, die bis vor wenigen Tagen Schülerin in dieser Einrichtung war. Ein wirklich trauriger Fall. Für eine Schule wie unsere ist ein solcher Skandal ein herber Rückschlag. Und für mich ist es ein furchtbares Unglück. Dabei habe ich mit den Schülerinnen – ich bezeichne sie lieber als meine Elevinnen – eigentlich wenig zu tun; mein Bereich ist die Unternehmensstrategie: Geschäftsführung, Kontrolle, Kostenanalyse und andere Verwaltungstätigkeiten. Wie man sich auf dem Laufsteg bewegt, für die Kameras posiert, sich kleidet oder schminkt, davon habe ich keine Ahnung. Ich bin ja nicht schwul. Die Schule verfügt über ein Team hochqualifizierter Lehrer und Lehrerinnen, die für die pädagogischen Aspekte zuständig sind. Ich bin dazu da, das Team zu beaufsichtigen und zu motivieren. Nach beendeter Ausbildung berate ich die angehenden Models zu ihrer beruflichen Zukunft, und wenn Angebote kommen, leite ich sie weiter und achte darauf, dass die Kunden seriös und solvent und die Verträge richtig aufgesetzt sind. Dafür kassiere ich einen gewissen Prozentsatz des Honorars. Ich bin Agent, aber ich bin nicht schwul. Führungsstärke, Erfahrung, harte Arbeit und Einsatz.»

Er machte eine Pause, um die Wirkung seiner Worte zu überprüfen, und als er meine bewundernde Miene und mein aufmerksames Schweigen bemerkte, fuhr er zufrieden fort: «Die arme Rosario Perales alias Olga Baxter hat zu Lebzeiten nichts anderes getan als die anderen. Sie hat sich hier angemeldet, ihre Beiträge bezahlt, alle Kurse des Lehrgangs absolviert, ab und zu mal einen Job gemacht, und das war's. Sie stand am Anfang einer Karriere, von der wir nun niemals erfahren werden, welchen Verlauf sie genommen hätte, weil sie von einem rasenden Irren zerstört wurde, dem das Mädel unglücklicherweise über den Weg gelaufen ist. All das habe ich auch in allen Einzelheiten der Polizei berichtet, die übrigens – falls Sie das interessiert – alle Unterlagen über Señorita Baxter mitgenommen hat, einschließlich ihrer Fotomappe oder, wie wir hier sagen, ihres *Books*. Mehr kann ich Ihnen dazu nicht sagen, Unterleutnant Asmarats. Es war mir ein Vergnügen, Sie kennenzulernen. Ich stehe jederzeit zu Ihrer Verfügung. Auf Wiedersehen.»

«Auf Wiedersehen und vielen Dank», antwortete ich. «Sie waren sehr freundlich. Haben Sie einen Wagen?»

«Nein. Ich fahre überall mit dem Motorrad hin. Ich habe eine Suzuki fünfhundert, aber ich bin nicht schwul.»

Ich ging, zufrieden mit der Unterhaltung, weil ich sowieso nicht damit rechnete, etwas anderes aufgetischt zu bekommen als Lügen und falsche Alibis, aber aus einer Schwindelei hier und einer anderen da sukzessive die Teile dieses Puzzles zusammensetzte. Jetzt fehlten mir nur noch einige wenige für das ganze, erhellende Bild, das meine Unschuld beweisen würde. Aber mir lief die Zeit davon, und ich musste mich beeilen, wenn ich zu unserem Treffen in der Korsettmacherei Muñoz nicht zu spät kommen wollte. Also joggte ich wieder los und kam ebenso pünktlich wie atemlos bei dem altehrwürdigen Laden an, in dessen Tür schon das Schild GESCHLOSSEN hing und in dessen Innerem ich Señor Muñoz, Fortunata und Señorita Westinghouse eifrig ins Gespräch vertieft antraf. Letztere hatte von Fortunata von unserem morgendlichen Treffen erfahren und wollte nun unsere Abendversammlung um nichts in der Welt versäumen. Als sie mich sah, fragte sie, ob ich etwas über die Modelagentur in Erfahrung gebracht hätte.

«Ich komme gerade von dort», sagte ich und fasste das Ergebnis meines Gesprächs mit dem geschäftstüchtigen Señor Llewelyn zusammen. Die Reaktion war enttäuschtes Schweigen, und so gab ich das Wort gleich an Señor Muñoz weiter, der übertrieben feierlich einen abgegriffenen Spiralblock aufschlug, der auf der Theke lag, und einen Blick auf die Notizen auf einer mit einem Papierstreifen markierten Seite warf.

«Nach Konsultation der unseren Fall betreffenden Daten», sagte er, nachdem er sich ausgiebig geräuspert hatte, «hat sich bestätigt, was ich bereits heute Morgen angekündigt habe, nämlich, dass die Buchstaben AFMIDF in der Tat eine Abkürzung sind. Nein, genau genommen handelt es sich um ein Akronym, denn ein solches wird als ein Wort oder Neologismus wahrgenommen und ausgesprochen, wie zum Beispiel die fiktive, darum aber nicht weniger gefürchtete Verbrecherorganisation SPECTRE oder die erfolgreiche Ladenkette SEPU.»

Er machte eine Pause, um uns Zeit zu geben, seine Gelehrsamkeit zu würdigen, und erst, als er sich vergewissert hatte, dass wir alle an seinen Lippen hingen, fuhr er mit gedämpfter Stimme in geheimnisvollem Tonfall fort: «Die genannte Abkürzung bezeichnet – wie ich mich zu erinnern glaubte und jetzt in den Archiven meines seligen Vaters habe nachprüfen können – eine Geheimorganisation, die Anfang der sechziger Jahre des letzten Jahrhunderts in Barcelona gegründet wurde und sich, wie so viele andere in jenen dunklen Jahren, dem Kampf gegen die Franco-Diktatur verschrieben hatte. Ziel dieser Organisation, die sich aus bedeutenden katalanischen Unternehmern zusammensetzte, war der Kampf gegen den von Don Alberto Ullastres, Don Mariano Navarro Rubio und Don Enrique Fuentes Quintana entwickelten Plan zur Förderung der spanischen Wirtschaft. Die Organisation fürchtete, die getroffenen Maßnahmen könnten zu Lasten der katalanischen Wirtschaft gehen, einer archaischen, um nicht zu sagen, feudalen Institution, die des Schutzes vor ausländischen Produkten sowie des entschiedenen Widerstands gegen die stetig steigenden Forderungen der am Wirtschaftswachstum entscheidend beteiligten Arbeiterklasse bedurfte. Von dieser Vorstellung geleitet, beschloss die Organisation, den von Madrid erhobenen Forderungen – nämlich ihr Kapital in neue Wirtschaftsbereiche wie Baugewerbe, Transport und Tourismus zu stecken –, entschlossen die Stirn zu bieten und angesichts des Risikos, das die Opposition gegen die Diktatur bedeutete, ihr gesamtes Vermögen in die Schweiz zu bringen. So entstand die AFMIDF.»

«Was bedeuten die einzelnen Buchstaben?», fragte ich.

«Es sind die Initialen eines alten Kampfrufs: Andreu, fahr mich in die Fabrik! Die sorgfältig ausgewählten Mitglieder der AFMIDF schworen in einem schlichten, aber bewegenden Initiationsritus, selbst unter Androhung von Strafmaßnahmen Stillschweigen zu bewahren, einander beizustehen, wenn die Umstände es erfordern, und nicht eine Pesete für sich zu behalten. Echte Helden. Einige waren darüber hinaus Stammkunden dieses Hauses. Ich war damals nur der Lehrling, aber trotzdem erinnere ich mich, sie ein paar Mal dabei gesehen zu haben, wie sie Mieder und Büstenhalter anprobieren …»

«Verlieren Sie sich nicht in Ihren Erinnerungen, Señor Muñoz», baten wir.

«Entschuldigen Sie», sagte er und wischte sich eine Träne

ab. «Dies hier ist ein kleines Geschäft, aber ich entstamme einem alten Handelsgeschlecht. Der Rest der Geschichte ist schnell erzählt: Die Befürchtungen dieser Ehrenmänner waren nicht unbegründet. Der Wirtschaftsplan zerstörte einen Großteil des sozialen Gefüges dieser wohlhabenden Region, während andere, seit Jahrhunderten rückständig, plötzlich aufstiegen. Aber das wichtigste Ziel der Organisation wurde erreicht. Das war nicht einfach. Man musste zur Bestechung greifen, das eine oder andere sickerte durch, Mitglieder wurden verhört, und mehr als einer plauderte; doch am Ende wurde alles gut. Mit den Jahren glätteten sich die Wogen, alte Animositäten wurden beigelegt, die Projekte gerieten in Vergessenheit ... und die Organisation löste sich auf.»

«Aber jetzt», sagte Señorita Westinghouse, «ist sie wie Phönix aus der Asche auferstanden.»

«So könnte man meinen», stimmte Señor Muñoz zu, wieder ganz der liebenswürdige Verkäufer. «Aber in dieser Frage kann ich Ihnen leider überhaupt nicht weiterhelfen. Soweit ich weiß, hat kein Mitglied der neuen AFMIDF diesen Laden betreten.»

«Wenn ein Mitglied sich hier hätte blicken lassen, hätte es sich dann Ihnen gegenüber als solches zu erkennen gegeben?», fragte ich.

«Zweifellos», erwiderte Señor Muñoz. «Mitglieder der AFMIDF bekamen bei meinem Vater zehn Prozent Rabatt.»

In dem altehrwürdigen Laden herrschte langes Schweigen, das ich schließlich brach, um Señor Muñoz zu fragen, ob ich wohl sein Telefon benutzen dürfe, um ein Stadtgespräch zu führen. Mit fortwährender Verbindlichkeit bat er mich, ihm zu folgen, führte mich in ein winziges Kabinett, das vom Laden durch eine schmale, hinter einem Vorhang verborgene

Tür getrennt war, schaltete das Licht ein und ließ mich allein, nachdem er die Tür hinter sich geschlossen hatte. In dem Kabinett standen ein alter Holztisch mit Schubladen, ein Drehstuhl und mehrere Archivschränke aus Metall. An der Wand hingen zwei gerahmte Fotos, eines von Johannes Paul dem Zweiten in weißer Soutane und ein anderes von Bruce Lee im Karateanzug. Die beiden musterten einander herausfordernd. Auf dem Tisch fand ich ein Kompakttelefon, einen Notizblock und einen Kugelschreiber.

Ich setzte mich auf den Stuhl, hob den Hörer ab und rief die Auskunft an. Man nannte mir die Nummer des Sporting Club Santa Clara, ich notierte sie, hängte auf und rief im Club an. Schon nach dem ersten Klingeln meldete sich eine muntere Stimme.

«Sporting Club Santa Clara, Sie sprechen mit Mingo, was kann ich für Sie tun?»

«Guten Abend, Mingo», rief ich aus, erfreut, die Stimme des beflissenen und klugen Rezeptionisten wieder zu hören. «Asmarats am Apparat. Erinnern Sie sich noch an mich? Wir waren gestern zusammen in der Sauna.»

«Ah ja, Unterleutnant Asmarats. Freut mich, von Ihnen zu hören, Unterleutnant. Wenn Sie allerdings mit Don Bernabé de Paquito sprechen wollten, so muss ich Sie leider enttäuschen. Don Bernabé hat heute Morgen in aller Frühe angerufen, um Bescheid zu sagen, dass er die nächsten ein, zwei Tage nicht hier sein wird. Offenbar hat man ihn gebeten, bei einem Tennisturnier der Männer außerhalb von Barcelona als Schiedsrichter zu fungieren, und das konnte er nicht abschlagen.»

«Natürlich. Wahrscheinlich wird er das andauernd gefragt», sagte ich.

«Glauben Sie das nicht. Seit ich im Club beschäftigt bin, und das sind immerhin sechs Jahre, ist das nicht einmal vorgekommen. Er ist noch nie als Schiedsrichter angefordert worden, nicht einmal als Balljunge. Sie können sich nicht vorstellen, wie aufgeregt er war.»

«Nun, wie ich ihn kenne, bin ich sicher, dass er diese Aufgabe mit Bravour meistern wird. Aber wenn er nicht da ist, könnten Sie mir vielleicht einen kleinen Gefallen tun. Ich weiß nicht, ob Sie ein Clubmitglied namens Normalina Callado kennen.»

«Der Name kommt mir nicht bekannt vor. Aber wir haben viele weibliche Mitglieder.»

«Wären Sie so freundlich, in Ihrer Kartei nachzusehen? Ich würde gern etwas überprüfen.»

«Mit Vergnügen. Einen Augenblick, bitte, hängen Sie nicht auf.»

Während ich wartete, zog ich nacheinander die Schreibtischschubladen auf. Ich möchte nicht wissen, was ich getan hätte, hätte ich in einer von ihnen Geld gefunden. Da sich aber nur Geschäftsunterlagen darin befanden, blieb mir dieses moralische Dilemma erspart.

Dann hörte ich wieder Mingos Stimme: «Sie haben heute wirklich kein Glück, Unterleutnant. In unserer Datei findet sich keine Señorita Callado. Wenn sie bei uns Mitglied war, wie Sie sagen, hat sie sich wahrscheinlich abgemeldet und ihre Karte wurde aus der Datei entfernt. Nach dem, was Señorita Baxter zugestoßen ist, würde es mich nicht wundern, wenn hier eine allgemeine Flucht einsetzt.»

«Noch dazu, wenn Señorita Callado und Señorita Baxter, wie ich gehört habe, befreundet waren. Glauben Sie, dass Señorita Callado ihren Spind geleert hat?»

«Das kann ich Ihnen nicht mit Gewissheit sagen, aber wenn sie sich abgemeldet hat, ist das höchst wahrscheinlich.»

«Ich danke Ihnen sehr für diese Information. Und wenn es nicht zu viel verlangt ist, würde ich Sie noch um einen letzten Gefallen bitten. Könnten Sie nachsehen, ob sich unter Ihren Mitgliedern ein gewisser Señor Portusachs befindet?»

«Der, der sich auch Señor Llewelyn nennt? Dazu muss ich nicht erst in der Kartei nachsehen, den kenne ich persönlich. Er kommt fast jeden Tag, stemmt Gewichte, legt sich in den Whirlpool, lässt sich massieren und geht auf die Sonnenbank. Aber ich glaube nicht, dass er schwul ist.»

Ich dankte ihm, hängte auf und kehrte zurück zu Señor Muñoz und seinen geschwätzigen Kundinnen. Aus der Verlegenheit der drei schloss ich, dass sie gerade über mich gesprochen hatten. Und tatsächlich gestand mir Señorita Westinghouse nach einem Blickwechsel mit den anderen umständlich und sich windend, sie hätten über meine wirtschaftliche Lage gesprochen und angesichts der Erkenntnis, zu der sie gelangt seien, und auf die Gefahr hin, meinen Stolz zu verletzen, beschlossen, zusammenzulegen, um mich zu unterstützen. Leider hatten aber, wie sie sogleich hinzufügte, weder sie noch Fortunata Bargeld dabei, und Señor Muñoz konnte sich nicht erlauben, eine Ausgabe zu tätigen, die ihn im Fall einer Steuerprüfung in ernsthafte Schwierigkeiten gebracht hätte, sodass die ganze Sache im Sande verlaufen war.

Ich dankte ihnen für ihren guten Willen und nutzte ihre Hilfsbereitschaft, um sie zu fragen, ob mir eine von ihnen ihre Maniküre werkzeuge leihen könne. Alle waren einhellig der Meinung, eine kleine Maniküre könne mir nicht schaden, doch hätten angesichts meines allgemeinen Erscheinungsbilds meine Nägel nicht unbedingt Priorität. Als ich aber darauf beharrte, hob Fortunata ihre schwere Handtasche vom Boden auf, stellte sie auf ihren Schoß, öffnete sie, kramte eine ganze Weile darin herum und zog schließlich ein kleines, mit einem Reißverschluss versehenes Etui heraus, das sie mir mit der Bitte reichte, sorgfältig darauf zu achten und es ihr so bald wie möglich zurückzugeben. Ich versprach beides und dankte allen erneut. Dann verabschiedete ich mich von den Dreien und machte mich wieder einmal auf den Weg.

14

DER GEHEIMNISVOLLE
SCHWARZE WAGEN

Als ich die Korsettmacherei Muñoz verließ, war es erst zehn Uhr, und so hätte ich mehr als genug Zeit gehabt, mich müden Schrittes von der Calle Portaferrissa bis hinauf zur Calle de Sant Hilari zu schleppen, aber ich beeilte mich, weil ich bei meiner Schwester vorbeisehen wollte, um mich bei ihr für den Ärger zu entschuldigen, den sie meinetwegen gehabt hatte, und mich von ihr zu verabschieden, für den Fall, dass meine Pläne nicht den gewünschten Erfolg hatten und ich sie die nächsten Jahre nicht wiedersehen würde. Außerdem konnte ich sie bei der Gelegenheit auch gleich anpumpen.

Weil sie kein Geld hatte, war meine Schwester ein Mensch mit festen Gewohnheiten, und so fand ich sie in der armseligen, düsteren Gasse, wo sie den lieben langen Tag weniger ihre eher dürftigen Reize als vielmehr ihre unendliche Geduld zur Schau stellte.

Bei meinem Anblick ergriff sie unwillkürlich die Flucht, doch mit ihrem engen Rock, den hochhackigen, notdürftig mit Heftpflaster geflickten Schuhen und ihren kurzen drallen Beinen hatte sie keine Chance gegen einen durchtrainierten Jogger. Rasch hatte ich sie eingeholt, und während sie versuchte, wieder zu Atem zu kommen, beruhigte ich sie, tischte ihr eine vereinfachte und von vorne bis hinten erlogene Version meiner Unternehmungen auf und konnte sie schließlich durch Schmeicheleien und Versprechungen dazu bewegen, mich in eine nahegelegene deutsche Kneipe zu begleiten, eine mit uraltem Fett getränkte Spelunke, deren Speisekarte ausschließlich aus unterschiedlich stark verkohlten Frankfurter Würstchen bestand und deren offizieller Name, wie auf dem altertümlichen Schild zu lesen war,

Sauerkraut

lautete, die aber unter den Bewohnern des Viertels nur «Sor Eructo» – Schwester Rülps – hieß, weil das in ihren allem Ausländischen gegenüber misstrauischen Ohren ähnlich klang. Da man Cándida dort für jeden fünften Unglücksraben, den sie freiwillig oder unfreiwillig anschleppte, eine Mahlzeit ausgab, vertilgte ich auf Kosten ihres nächsten kostenlosen Verzehrs ein Produkt, dessen Geschmack vom Senf überdeckt wurde und dessen Beschaffenheit sich unter einer mit Schmalz bestrichenen Brotscheibe verbarg.

Nach beendeter Mahlzeit lieh ich mir vom Koch einen Kugelschreiber und schrieb auf eine Papierserviette: «Sehr geehrter Unterleutnant: Behalten Sie Señor Larramendi im Auge. Es geht um Leben und Tod. Und erwähnen Sie das Ganze Kommissar Flores gegenüber mit keinem Wort. Ich hoffe, Ihnen morgen eindeutige Beweise für den wahren Mörder von Olga Baxter liefern zu können. Mit freundlichen Grüßen.»

«Ich vertraue dir diese Botschaft an», sagte ich zu Cándida und gab ihr die Serviette.

«Ein Liebesbrief?»

«Red keinen Schwachsinn und hör gut zu: Morgen in aller Frühe machst du dich zurecht, gehst zum Polizeipräsidium und fragst nach Unterleutnant Asmarats. Wenn er dich empfängt, übergibst du ihm diese Nachricht. Persönlich. Nur ihm.

Hast du verstanden? Niemand anderem als Unterleutnant Asmarats.»

«Und sie werden mich nicht dabehalten?»

«Ach was, woher denn! Du übergibst einfach nur die Botschaft. Wenn du zu Hause einen Umschlag hast, leg die Serviette hinein. Das sieht vornehmer aus, und so kann nur der Empfänger die Botschaft lesen.»

Cándida hatte mit misstrauischer Miene gelesen, was auf der Serviette stand.

«Ich verstehe kein Wort», sagte sie. «Wer ist Olga Baxter? Ein Mädchen, das du magst? Ach, du erzählst mir aber auch nie etwas …»

«Vergiss es, Cándida. Derjenige, für den die Nachricht bestimmt ist, wird sie schon verstehen. Und jetzt gehe ich. Wir sehen uns bald wieder. Erzähl niemandem von der Botschaft oder von unserer Begegnung. Ach, und noch was», fügte ich aufs Geratewohl hinzu, überzeugt, ins Schwarze zu treffen. «Mach weiter mit deiner Schönheitsbehandlung: Sie bekommt dir ausgezeichnet.»

Die Glocken der Pfarrkirche schlugen zwölf, als ich erschöpft und verschwitzt am oberen Ende der Calle de Sant Hilari ankam. Auf den ersten Blick wirkte sie so ruhig und verlassen wie immer, aber ich hütete mich, sie zu betreten. Der belebte Paseo de San Gervasio bot mehr Möglichkeiten, unbemerkt zu bleiben oder zumindest nicht angegriffen zu werden. Ich suchte nach einem Versteck, von dem aus ich die Straßenmündung beobachten konnte, und fand es zwischen zwei Müllcontainern, die hoch genug waren, um mich zu verbergen, wenn ich mich in den schmalen Zwischenraum kauerte. Also machte ich es mir dort bequem und wartete. Wer sich als Detektiv betätigen will, sei es aus Leidenschaft, aus Familientradition oder, wie ich, mangels Alternative, muss bereit sein, bei dieser Tätigkeit viel Zeit mit zähem Warten zu verbringen. Ich nutzte die Zeit, um in aller Ruhe das Maniküreset zu studieren, das mir Fortunata geliehen hatte: eine gebogene Nagelschere, ein Messerchen, ein ziemlich robuster Metallspatel und eine Feile. Nichts Besonderes, aber ich konnte mich nicht beklagen.

Wie schon beim letzten Mal erschien gegen ein Uhr der schwarze Wagen und hielt am oberen Ende der Straße, nur wenige Meter von meinem Versteck entfernt. Beinahe hätte ich ihn verpasst, weil ich schon seit geraumer Zeit, ohne es zu wollen, immer wieder eindöste. Auch gelang es mir nicht, das Kennzeichen zu notieren, weil meine Aufmerksamkeit, nachdem ich einmal erwacht war, völlig von den Ereignissen in Anspruch genommen war.

Die hintere Wagentür öffnete sich, und Señor Larramendi stieg schwankend aus. Er war so blau, dass er sich auf den Weg die Straße hinuntermachte, ohne die Autotür hinter sich zu schließen.

Der Mann auf dem Vordersitz ließ die Fensterscheibe herunter und rief: «He du, die Tür!»

Señor Larramendi kehrte um, schloss die Tür und machte sich torkelnd wieder auf den Weg zu seinem Haus. Der Wagen wartete mit laufendem Motor. Im Vertrauen darauf, dass seine Insassen vollauf damit beschäftigt wären, Señor Larramendi selbst beim Pinkeln zu beobachten, verließ ich mein Versteck und kroch auf allen Vieren von hinten an den Wagen heran. Dort angekommen, zog ich den Spatel und steckte ihn ins Kofferraumschloss. Schon als Kind hatte ich gelernt, Autos zu knacken, und so gelang es mir problemlos, den Kofferraum zu öffnen und hineinzuschlüpfen. Erst nachdem ich die Heckklappe über mir geschlossen hatte, fiel mir ein, dass man sie von innen nicht öffnen konnte. Ich versuchte, das Schloss aufzuhebeln, doch das einzige, was ich erreichte, war, dass sowohl der Spatel als auch die Feile abbrachen. Unterdessen war der Wagen angefahren und rollte nun langsam die Straße entlang. Zum Glück gab es im Kofferraum weder einen Ersatzreifen noch irgendetwas anderes, an dem ich mich hätte stoßen können, und er war so groß, dass eine halbe Portion wie ich sich relativ frei darin bewegen konnte. Ich drehte mich um und tastete nach der Abtrennung zwischen Kofferraum und Rückbank. Sie war aus einem harten Material, aber nicht aus Metall. Langsam bohrte ich mit dem Messerchen ein Loch hinein. Ich wagte nicht, es so groß zu machen, dass ich mich hätte hindurchzwängen können, aber doch groß genug, um zu sehen, wer im Wagen saß, und zu hören, was sie sprachen. Dass das Auto in Bewegung war, machte die Sache nicht leichter: Sobald es um eine Ecke fuhr oder bremste, rollte ich im Kofferraum hin und her und musste anschließend im Dunkeln meine Werkzeuge wieder zusammenklauben, um die Öffnung zu vergrößern. Allerdings war um diese Uhrzeit auf der Straße nicht viel los, sodass der Wagen meistens ruhig dahinglitt.

Als ich einen etwa zwei Finger breiten Spalt geschaffen hatte, legte ich mein Auge daran und dann mein Ohr. So sah ich zuerst die Umrisse zweier männlicher Schädel, die sich gegen die Windschutzscheibe abhoben, und hinter dieser das Licht der Straßenlaternen gegen den dunklen Himmel. Dann schnappte ich Fetzen eines Gesprächs über die Spiele von Barça in der laufenden Saison auf, für die beide Männer schwarz sahen, auch wenn der eine den Präsidenten Núñez für das Elend verantwortlich machte, und der andere den

Trainer Terry Venables. Mehr als einmal war ich versucht, meinen Mund an die Öffnung zu legen und meine Meinung zu dem Thema kundzutun, aber ich hielt mich zurück.

Nach und nach wurden die Außengeräusche leiser, woraus ich schloss, dass wir die belebten Straßen im Zentrum hinter uns gelassen hatten, auch wenn wir uns weiterhin in der Stadt befanden, oder dass wir auf eine Autobahn eingebogen waren, weil wir schneller fuhren. Da ich keine Uhr hatte, wusste ich nicht, wie lange wir schon unterwegs waren. Die Zeit dehnte sich endlos, weil ich unbequem lag und nicht wusste, wie es weitergehen würde, aber wahrscheinlich dauerte die Fahrt gar nicht so lang. Schließlich hielt der Wagen, und der Fahrer hupte. Die darauf folgende Stille wurde vom Gebell von Hunden durchbrochen, die das wilde Hupen aufgeschreckt hatte. Gleich darauf vernahm ich ein mechanisches Geräusch wie das Gleiten einer Tür auf geölten Schienen. Der Wagen fuhr ein paar Meter weiter, dann erklang wieder das Gleiten der Tür, und der Motor wurde ausgeschaltet. Durch das Loch drang der Schein einer Neonröhre herein. Sicher standen wir in der Garage eines Privathauses.

Die Insassen des Wagens stiegen aus, schlossen die Autotüren und gingen ein paar Schritte; eine Holztür wurde geöffnet und wieder geschlossen, und das Licht der Garage erlosch. Als ich allein war, suchte ich nach einer Möglichkeit, aus dem Kofferraum zu kommen. Nach mehreren Versuchen fand ich heraus, dass sich die Lehne der Rückbank nach vorne klappen ließ, um sperrige Güter zu transportieren. So konnte ich auf diesem Weg mein Versteck problemlos verlassen und im Dunkeln nach der Garagentür tasten. Nachdem ich mir ein paar Mal den Kopf und andere Körperteile angestoßen hatte, fand ich sie schließlich und öffnete sie: Eine schwach erleuchtete Treppe führte ins obere Stockwerk; offenbar befand ich mich in einem Haus mit Garage und zwei Stockwerken. Auf Zehenspitzen schlich ich hinauf, fand eine weitere Tür, öffnete sie einen Spalt breit, und Licht strömte herein. Vorsichtig stieß ich die Tür ganz auf und sah, dass ich mich in einem mit Teppichboden ausgelegten Flur befand. Vom anderen Ende des Flures drangen Männerstimmen zu mir herüber. Bäuchlings robbte ich über den Boden, um unentdeckt zu bleiben, falls jemand in der Tür erschien. Ich war erst wenige Meter vorangekommen, als ich spürte, wie etwas Seidiges, Warmes, Pelziges mein Gesicht streifte. Als ich mich umwandte, entdeckte ich eine fette Katze, die, vielleicht angelockt von dem Geruch, der mir unweigerlich anhing, seit ich bei Casa Cecilia, Spezialitäten aus Rioja, gewesen war, versuchte, sich bei mir einzuschmeicheln. Schnurrend krochen wir weiter bis zum Ende des Flures. Rechterhand lag ein weitläufiger, elegant möblierter Salon mit hohen, mit Gardinen behangenen Fenstern und Bildern an den Wänden. Eine Gruppe Männer war in eine hitzige Diskussion verwickelt. Mit Ausnahme zweier modern gekleideter junger Männer waren alle Anwesenden vornehm wirkende Herren mittleren Alters. Ihr Aussehen sowie ihr Auftreten und ihre entschlossene Art, mit lauter Stimme ununterbrochen zu reden, ohne auf die anderen zu hören, zeigte klar und deutlich, dass es sich um Männer von Rang und Namen handelte, die daran gewöhnt waren, Befehle zu erteilen, keinerlei Widerspruch zu dulden und schamlose Schmeicheleien zu hören. Vielleicht wären ihre Gesichter mir bekannt gewesen, hätte ich täglich die Zeitung gelesen, aber das tat ich nicht, und so hatte ich keine Ahnung, wen ich da von mir hatte. Nur die beiden bereits erwähnten jungen Männer erkannte ich sofort: Es waren die beiden falschen Polizisten, die mich vor einigen Tagen unter dem Vorwand aus dem Sanatorium geholt hatten, mich auf die Suche nach einem verloren gegangenen Hund zu schicken, nur um mir den Mord an Olga Baxter anhängen zu können, wie zu Beginn dieses Berichts geschildert. Wahrscheinlich hatten sie mich, ohne es zu wissen, im Wagen hierher gebracht, und sie waren es auch, die Abend für Abend Señor Larramendi und seinen Rausch an die Ecke der Calle de Sant Hilari fuhren und bis vor kurzem Olga Baxter regelmäßig bis vor die Haustür gebracht hatten. In der gegenwärtigen Versammlung spielten sie offenbar nur eine Nebenrolle, denn sie standen still und stumm am Rand, entspannt, aber wachsam. Die übrigen Männer waren über den ganzen Raum verteilt, einige saßen in Sesseln, andere standen, wieder andere liefen auf dem dicken Teppich auf und ab. Ein paar von ihnen hielten Whiskygläser in den Händen, andere rauchten Zigaretten oder dicke Zigarren.

Ausgestreckt auf dem Boden liegend, während sich die Katze an meine linke Wange schmiegte, machte ich mich daran, sie zu belauschen. Bald war ich so sehr in das Thema des Streits vertieft, dass ich meine Rolle als heimlicher Lauscher vergaß und den Kopf und einen Teil des Oberkörpers durch die Tür schob. Einer der auf und ab gehenden Männer bemerkte mich und machte einen anderen, der sich in einem Ledersessel fläzte, auf mich aufmerksam. Aus der Tatsache, dass er statt eines Anzugs einen kurzen Morgenrock aus karmesinroter Seide und statt einer Krawatte ein graues Seidenhalstuch trug, schloss ich, dass es sich um den Hausherrn handeln musste. Ich zog mich zurück, bevor meine Anwesenheit noch von anderen bemerkt wurde. Dabei stieß ich mit der Katze zusammen, die miaute und empört davonhuschte.

Der Hausherr beruhigte seinen Gesprächspartner. «Beachte ihn gar nicht», sagte er. «Das ist bloß der Kater meiner Tochter.»

«Na, für einen Kater hat er aber eine schauderhafte Fratze», entgegnete der andere.

«Ja, ja, diese Rasse ist jetzt der letzte Schrei», erklärte der Hausherr in seinem Ledersessel. «Jedes Jahr legen wir uns eine neue Katze zu. In einem Jahr sehen sie aus wie ein Schwein und im nächsten wie ein Regenwurm. Du kannst dir nicht vorstellen, was mich diese Viecher schon gekostet haben.»

«Wir hatten mal einen sauteuren Papagei aus Südamerika», mischte sich ein Dritter ins Gespräch. «Mein kleiner Sohn wollte ihn unbedingt haben: Papa, kauf mir einen Papagei, Papa, kauf mir einen Papagei! Anscheinend hatte damals jeder in der Schule einen Papagei. Schließlich habe ich den verdammten Vogel gekauft, und nach weniger als einem Jahr war er tot. Geredet hat allerdings wie ein Buch: Er sagte ‹Hübscher kleiner Papagei› und ‹Gib mir die Pfote, alte Schwuchtel›, und außerdem konnte er zwei Strophen eines katalanischen Volksliedes aufsagen.»

«Schön und gut», warf der Hausherr in seinem Ledersessel ein. «Aber wie wäre es, wenn wir zum Thema zurückkehrten?»

Nachdem die Unterbrechung so beendet und ich noch einmal glimpflich davongekommen war, nahmen die Herren ihr Gespräch wieder auf, das in Anbetracht seiner Wichtigkeit für das Verständnis und die Lösung des vorliegenden Falls sowie seines ungeheuer interessanten Inhalts ein eigenes Kapitel verdient.

15

DIE ENTSCHEIDENDE FRAGE

Ein kahler, rosiger kleiner Herr schlug in dem vergeblichen Versuch, für Ruhe zu sorgen, so heftig an eine chinesische Vase, dass sie zerbrach.

«Ruhe, bitte!», schrie der Herr mit der zerbrochenen Vase. «Bevor wir angefangen haben, über Belanglosigkeiten zu plaudern, standen wir kurz vor einer Übereinkunft. Wir diskutieren nun schon seit mehr als zwei Stunden und bewegen uns im Rückwärtsgang wie die Krebse. Bei dieser Geschwindigkeit lohnt es sich nicht, eine Entscheidung zu treffen, wenn wir überhaupt zu einer Entscheidung gelangen.»

«Mir hat niemand etwas zu befehlen!», schrie ein ungeheuer fetter Herr in einem braunen Anzug und einer gelben Strickweste, deren Knopfreihe die Rundung seines Bauches nachzeichnete. «Und schon gar nicht lasse ich mich einen Krebs nennen. Etwas mehr Respekt, oder Sie können was erleben. Wenn ich eine Entscheidung treffen will, dann treffe ich sie; und wenn ich es mir noch mal anders überlegen will, dann tue ich auch das. Punktum.»

«Etwas mehr Contenance, Willy», bat der Hausherr in seinem Ledersessel mit ruhiger Stimme. «Wir haben noch genug Zeit, zu einer Einigung zu gelangen. Wenn Sie mir allerdings gestatten, die Lage zusammenzufassen, sehe ich nicht, dass wir einhellig einer Meinung sein müssten, um die ganze Sache ein für alle Mal zu erledigen.»

«Siehst du, wie ihr mir eure Entscheidung aufzwingen

wollt?», protestierte der zornige Willy. «Und wenn ich mich weigere? Und wenn es meinem Krebshirn einfällt, mich zu weigern? Macht ihr es dann trotzdem, oder lasst ihr es bleiben? Das ist die entscheidende Frage.»

Ein kindlich wirkender Herr mit zerstreutem Blick und Hasengesicht warf ein: «Meiner Meinung nach ist die entscheidende Frage folgende: erstens, dass niemand gern eine so drastische Entscheidung trifft, dass es aber zweitens keinen anderen Ausweg gibt.»

«Bis jetzt», strich der zornige Willy heraus, «hat Magín uns keinen Anlass gegeben, an seiner Loyalität zu zweifeln.»

Der Herr mit der zerbrochenen Vase widersprach: «Es geht hier nicht um Loyalität, Willy. Wir alle kennen und schätzen Magín. Worum es geht, ist seine Diskretion. Magín weiß zu viel. Besser gesagt, Magín weiß alles. Alles über alle. Und in letzter Zeit ist er ein wenig verwirrt. Meiner Meinung nach tickt er nicht ganz richtig. Sobald man ihn unter Druck setzt, wird er alles auspacken, was er weiß. Und dann ist es zu spät, darüber zu diskutieren, was die entscheidende Frage ist.»

Ein Herr mit einem sorgfältig gestutzten roten Bart trat in die Mitte des Salons. «Ich stimme dem zu, was Sie gesagt haben, aber ich stimme Willy ebenfalls zu. Persönlich bin ich gegen die Todesstrafe, wie ich vor weniger als einem Monat in meinem Vortrag über die Liberalisierung der Zolltarife deutlich gemacht habe.»

«Es geht hier weniger um eine juristische Fragestellung», warf der Herr mit dem Hasengesicht ein, «sondern vielmehr um ...»

«Und bereits vorher», fuhr der Herr mit dem roten Bart ungerührt fort, «auf dem neunten Kongress der AIFJ in Straßburg. Schöne Stadt. Am Ende der Sitzung kam eine Cousine des schwedischen Königs zu mir, um mir zu meinem Beitrag zu gratulieren. ‹Ich bin die Cousine des schwedischen Königs›, sagte sie mir ganz unverhohlen. Sie sah gar nicht mal so übel aus, die Kleine. Sie sagte zu mir: ‹Monsieur Cornudella …› Und ich sagte zu ihr: ‹Eure Hoheit, je ne suis pas Cornudella›, sagte ich zu ihr. ‹Cornudella ist mein zweiter Nachname. En Espagne, d'abord le nom du père et après le nom de la mère. Cornudella, c'est ma maman.›»

«In Straßburg gibt es übrigens ein Restaurant», sagte der Herr mit der zerbrochenen Vase, «direkt hinter der Kathedrale, da machen sie verdammt gute Kesselwurst. Seltsam, nicht wahr?»

«Hast du mal die bei Can Bordius probiert, an der Straße, die aus Olot hinausführt?», fragte der Hausherr in seinem Ledersessel.

«Damit es die Todesstrafe wäre», argumentierte der Herr mit dem Hasengesicht geduldig, «bräuchten wir juristische Argumente, und die besitzen wir ganz offenkundig nicht. Streng genommen wäre das, was wir vorhaben, eine simple Exekution. Zum Wohle der Allgemeinheit. Ein Konzept aus dem Bereich des Gewohnheitsrechts.»

«Aber wir reden hier davon, Magín umzubringen, verdammt noch mal!», schrie der zornige Willy.

«Ich würde raten, keine Namen zu nennen», schlug der Herr mit dem roten Bart, auch bekannt unter dem Namen Nicht-Cornudella, vor. «Es ist wichtig zu betonen, dass dies keine persönliche Entscheidung ist. Das macht alles noch schlimmer. Das Subjekt, über dessen Schicksal wir hier entscheiden, war in früheren Zeiten zwar kein Freund, aber doch ein Bekannter, ein treuer Mitarbeiter. In den letzten Jahren hat er sich freiwillig zurückgezogen. Vielleicht zwangen ihn äußere Umstände dazu, wer weiß, aber Tatsache ist, dass er sich aus unseren gesellschaftlichen Kreisen verabschiedet und damit gewissermaßen alle Brücken hinter sich abgebrochen hat. Nach allem, was ich gehört habe, arbeitet er als Koch und nennt sich Larramendi. Wenn das kein Zeichen dafür ist, dass er alle Brücken hinter sich abgebrochen hat, dann weiß ich auch nicht.»

Aus einem Sofa erhob sich mühsam ein alter Herr. «Als ich geboren wurde», erklärte er, «war mein Vater schon sehr betagt. Er hatte in Kuba vor der Unabhängigkeit ein Vermögen gemacht und noch früher im Dritten Carlistenkrieg unter Francesc Savalls gekämpft; da könnt ihr euch ja vorstellen, wie alt er gewesen sein muss, als ich geboren wurde. Weil er so alt war, bekam ich ihn kaum je zu Gesicht: War er nicht bei der Arbeit, so lag er im Bett. Nur an einem einzigen Tag hat er sich um mich gekümmert. Wir sind hinaus in den Turópark gegangen. Ich bin jetzt zweiundachtzig, und doch erinnere ich mich an diesen Tag, als wäre es heute. Es war ein Sonntag, und im Park war ein kleines Marionettentheater. Die Geschichte war verzwickt, aber am Ende nahmen alle Marionetten Stöcke und Pfannen und schlugen den Teufel tot. In diesem Moment legte mein Vater eine zitternde, knochige Hand auf meine Schulter und sagte zu mir: ‹Lerne, mein Sohn, lerne.›»

«Ich verstehe nicht, was das mit uns zu tun hat», sagte der zornige Willy. «Und mich hat nie jemand mit ins Marionettentheater genommen. Ich musste Sonntagnachmittags ins Liceo. Seither hasse ich die Musik.»

«Könnte man die Wirkung der Droge nicht verlängern?», wandte sich der Herr mit dem unglückseligen Papagei, der nach seiner Bemerkung über sein Haustier geschwiegen hatte, an den Hausherrn. «Wenn er jeden Tag aufs Neue vergisst, könnte eine Erhöhung der Dosis vielleicht eine dauerhafte Amnesie bewirken. Oder er wird Autist.»

«Ich glaube, das funktioniert nicht», sagte der Hausherr in seinem Ledersessel. «Wenn ich den Spezialisten recht verstanden habe, wirkt die Droge wie jede andere auch. Sie hält ein Weilchen an, dann ist sie vorbei. Sämtliche Produkte, seien es Betäubungsmittel, Nahrungsmittel oder Düngemittel, haben nur eine begrenzte Wirkung. Das ist wissenschaftlich erwiesen, fragen Sie Ihren Arzt oder Apotheker, wie es in der Werbung heißt.»

«Wenn dem so ist, sollten wir nicht die Wissenschaft um Lösungen bemühen, sondern den moralischen Aspekt bedenken», schlug Nicht-Cornudella vor.

Der Herr mit dem Hasengesicht hatte auf dem Sofa Platz genommen, von dem der Herr mit dem betagten Vater aufgestanden war, aber nun sprang er auf wie von der Tarantel gestochen. «Einen Augenblick!», rief er. «Wenn wir hier moralische Aspekte berücksichtigen wollen, muss ich eine wichtige Erklärung abgeben. Wie ihr wisst, vertrete ich viele internationale Klienten. Einige sind Katholiken, andere Protestanten und wieder andere Atheisten. Zusammengenommen ergeben sie ein Wesen, das völlig frei von moralischen oder metaphysischen Bedenken ist: das, was Heidegger ein *Dasein* nannte. Darum erachte ich es für meine Pflicht, ausschließlich über die globalen Interessen des Daseins zu wachen, ohne den moralischen Aspekt jeder einzelnen Handlung zu berücksichtigen.»

«Vielleicht könnten wir ein Gutachten einholen», schlug der zornige Willy vor. «Dann wären wir beruhigt. Ein unverbindliches Gutachten natürlich.»

«Und bei wem sollten wir das einholen?», fragte der Herr mit der zerbrochenen Vase.

«Das weiß ich nicht», entgegnete der zornige Willy. «Beim Ombudsmann der katalanischen Regierung, zum Beispiel …»

«Der wird uns zum Teufel jagen», wandte der Herr mit dem betagten Vater ein.

Nach dieser Bemerkung herrschte Stille, die ich nutzte, um nachzudenken. Selbstverständlich war ich dem Streitgespräch bis hierher höchst aufmerksam gefolgt, denn es war offensichtlich, dass die Anwesenden einen Mordplan schmiedeten, dessen Opfer, sollte der Plan tatsächlich in die Tat umgesetzt werden, niemand anderes als Señor Larramendi war. Auch verstand es sich von selbst, dass ich ein persönliches Interesse daran hatte, den Plan zu vereiteln – wobei mir das Verschwinden eines alten Säufers vollkommen egal gewesen wäre –, weil, wie ich aus dem hier Besprochenen geschlossen hatte, Señor Larramendi über Informationen verfügte, die meine Probleme sowie viele andere Angelegenheiten privater und öffentlicher Natur betrafen. Deshalb musste ich als Erstes sehen, dass ich von hier wegkam, und zerbrach mir den Kopf darüber, wie mir das gelingen sollte, ohne erwischt zu werden, und wie ich mitten in der Nacht von diesem Haus zurück in die Stadt kommen sollte. Noch hatte ich keine Lösung für diese Probleme gefunden, als die hitzige Diskussion im Salon wieder meine Aufmerksamkeit auf sich zog.

An einem Ende des Salons saß auf dem äußersten Rand eines Stuhls mit hoher Lehne ein magerer, krank aussehender Herr mit einer leuchtend roten Nase. Bisher hatte er sich aus dem Streit herausgehalten und nur von Zeit zu Zeit den Kopf geschüttelt und dabei vor sich hin gemurmelt: «Uh, uh, Tarzan.» Jetzt erhob er inmitten der Stille, die auf die Ablehnung des letzten Vorschlags gefolgt war, die Stimme und sagte: «Ich habe eine Lösung. Eine geniale Lösung. Eine Lösung, um Magín loszuwerden, ohne gegen unsere Prinzipien zu verstoßen, einschließlich der Prinzipien von Señor Dasein.»

«Das wird was Rechtes sein», murmelte der zornige Willy.

«Verdammt, Willy, lass die anderen auch mal reden», sagte der Hausherr in seinem Ledersessel. «Immer musst du alles schlecht machen. Lass uns deine Lösung hören, Tarzan.»

Der so bezeichnete Herr stand auf, blieb aber in seiner Ecke stehen, als wolle er sich gleich wieder setzen, sobald er gesagt hatte, was er zu sagen hatte. «Wir könnten ihn überreden», sagte er, «sich das Leben zu nehmen.»

«Seht ihr? Eine blödsinnige Idee», rief der zornige Willy triumphierend.

«Lasst mich ausreden», sagte der Tarzan genannte Herr. «Letztes Jahr war ich auf Geschäftsreise in Japan, und dort erzählt man mir, dass ein Geschäftsmann, der dort in finanzielle Schwierigkeiten gerät, Harakiri begeht und dieses andere, Ikebana. Dort nennen sie es nicht Harakiri, sondern irgendwie anders, ich glaube, Kabuki. Uh, uh, Tarzan. Angenommen, ein Geschäftsmann geht pleite, dann wartet dieser Kerl nicht etwa darauf, dass seine Gläubiger sich versammeln, sondern geht zum Kaiser und sagt zu ihm: ‹Majestät, mit Verlaub gesagt, ich hab's verschissen.› Und dann sagt der Kaiser, der für diese Leute wie ein Gott ist, zu ihm: ‹Mach, was du für richtig hältst.› Und der Geschäftsmann zieht ein Schwert und begeht ohne weitere Umstände Kabuki. Das kommt natürlich nur ab und zu mal vor, klar, aber in Krisenzeiten ist die Warteliste bis zu sechs Monate lang. Uh, uh, Tarzan.»

«Na, das muss ja ein toller Anblick für den armen Kaiser sein», sagte der Herr mit dem unglückseligen Papagei spöttisch. «Ich würde zu gerne mal unseren Bourbonen in einer solchen Situation sehen.»

«Dort werden sie von Anfang an dazu erzogen», erklärte der Tarzan genannte Herr. «Und im Fernen Osten haben sie auch ein ganz andere Vorstellung von Leben und Tod als wir hier im Westen. In den Restaurants in Japan servieren sie dir einen Fisch, wenn du den isst, gibst du den Löffel ab. Naja, und die Leute bestellen ihn. Und noch dazu ist es das teuerste Gericht auf der Karte.»

«Den besten Fisch», sagte der Herr mit dem betagten Vater, «gibt es bei Binibeca. Jedenfalls, als ich zuletzt dort war. Das ist natürlich mehr als fünfzig Jahre her, und ich weiß nicht, ob es inzwischen anders ist. Ins Ses Illes kann man jedenfalls nicht mehr gehen, habe ich mir sagen lassen.»

Der Tarzan genannte Herr hatte angesichts des geringen Erfolgs seines Vorschlags wieder Platz genommen und wiederholte, tief in Gedanken versunken, von Zeit zu Zeit seinen rätselhaften Ausruf. Der Herr mit der zerbrochenen Vase schlug diese so heftig auf den Tisch, um sich Gehör zu verschaffen, dass sie in noch kleinere Scherben zerbrach.

«Da wir an einem toten Punkt angekommen sind», sagte er, als alle zuhörten, «schlage ich vor, wir schreiten zur Abstimmung. Wenn niemand Einwände erhebt, sollten wir über Folgendes abstimmen: Ist es angemessen, also ethisch vertretbar, oder nicht – und zwar nicht im Allgemeinen, sondern unter den besonderen Umständen, mit denen wir es hier zu tun haben – zum äußersten Mittel zu greifen?»

«Das ist viel zu verworren», sagte Nicht-Cornudella. «Die Entscheidung muss unmissverständlich sein. Bringen wir Magín um, ja oder nein?»

«Lasst uns eines klarstellen», sagte der Herr mit dem Hasengesicht. «Wir bringen niemanden um. Wir lassen ihn höchstens umbringen. Das ist ein kleiner, aber feiner Unterschied.»

«Nun gut, dann also: Lassen wir Magín umbringen?»

Bis zu diesem Zeitpunkt hatten sich die beiden falschen Polizisten aus der Diskussion herausgehalten, ja sie hatten sie nicht einmal besonders aufmerksam verfolgt. Nun aber schienen beide gleichzeitig zu erwachen, und einer von ihnen trat ein paar Schritte vor, hob die Hand und sagte: «Wenn Sie erlauben, würden mein Kollege und ich gern etwas klarstellen. Falls Sie sich endlich mal darauf einigen, Señor Larramendi um die Ecke zu bringen, wer soll das dann Ihrer Meinung nach tun? Wenn Sie nämlich denken, dass mein Kumpel und ich das erledigen, haben Sie sich geschnitten.»

«Sie werden tun, was man Ihnen befiehlt», sagte der Hausherr in seinem Ledersessel.

«Wir werden das tun, was vertraglich vereinbart ist», sagte der falsche Polizist.

Sein falscher Kumpel tat seine Zustimmung durch heftiges Nicken kund.

Der Herr mit der inzwischen völlig zerbrochenen Vase klopfte mit den Scherben auf ein antikes Tischchen, um die allgemeine Aufmerksamkeit wiederzuerlangen. «Wir könnten eine Klausel hinzufügen», sagte er.

«Eine andere Möglichkeit», sagte der Herr mit dem Hasengesicht, «wäre, den Kerl aus der Modelagentur zu beauftragen. Den, der aussieht, als wäre er schwul, obwohl er es nicht ist.»

«Würde er den Auftrag übernehmen wollen?», fragte der Herr mit dem unglückseligen Papagei.

«Gegen Bezahlung natürlich», fügte Nicht-Cornudella

hinzu. «Letztes Mal schien er nicht besonders zimperlich zu sein.»

«Sehen wir doch erst einmal, was die Abstimmung bringt», schlug der zornige Willy vor. «Wenn die Mehrheit mit Nein stimmt, diskutieren wir hier völlig umsonst. Und was Sie beide betrifft», wandte er sich an die falschen Polizisten, «wenn Sie nicht bereit sind, das mögliche Wahlergebnis in die Tat umzusetzen, dann sehen Sie nicht hin. Immerhin ist die Wahl geheim.»

Der Hausherr stand aus seinem Ledersessel auf, tat ein paar unsichere Schritte und blieb wankend stehen. Er hob den Arm, um seine Autorität geltend zu machen oder um nicht umzufallen. «Schreiten wir also zur Abstimmung über das bereits Besprochene», verkündete er. «Die Frage ist folgende: Machen wir Magín alias Señor Larramendi kalt? Wer dafür ist, hebe die Hand.»

Alle hoben die Hand. Der Hausherr zählte mit einem Zeigefinger, der so stark zitterte, dass es aussah, als dirigierte er ein Orchester. Als er fertig war, fragte er: «Gegenstimmen?»

Alle hoben die Hand.

Der Hausherr zählte wieder, dann fragte er: «Gibt es Enthaltungen?»

Alle hoben die Hand.

«Sehr gut», sagte der Hausherr, nachdem er die Enthaltungen gezählt hatte. «Wir haben gemäß der Statuten unseres Vereins abgestimmt, und das Ergebnis ist unentschieden.»

16

EINE KONSTRUKTIVE REISE

Die Erkenntnis, dass sie im Großen und Ganzen, wenn auch nicht in Kleinigkeiten, einer Meinung waren, stimmte diesen Senat aus Plutokraten so glücklich, dass alle lachten, sich umarmten und auf die Schultern klopften. Für eine Weile waren alle Zwistigkeiten vergessen, man gratulierte einander, erkundigte sich nach den jeweiligen Familien und wünschte sich Gesundheit und Wohlstand. Aber auch bei den Reichen währt die Freude nicht lange: Ein grauenhaftes Stöhnen brachte die lautstarke Fröhlichkeit zum Verstummen, und alle Blicke wandten sich demjenigen zu, der gestöhnt hatte, dem Herrn mit der zerbrochenen Vase, der sich mit schmerzverzerrtem Gesicht krümmte.

«Zu Hilfe, zu Hilfe!», rief er, als die anderen ihn besorgt fragten, was los sei. «Ich habe Blähungen! Mein Gastroenterologe hat mir empfohlen, wenig, dafür aber häufig zu essen, und nun sind seit meinen frugalen Abendessen schon mehrere Stunden vergangen, und in meinen Innereien tobt ein Vesuv.»

Alle Anwesenden versicherten, unter dem gleichen Übel zu leiden, dazu noch unter Zwerchfellbruch, Reflux und Reizdarm, und stellten das geräuschvoll unter Beweis. Eine Zeitlang herrschte das reinste Chaos, bis schließlich der zornige Willy den Hausherrn fragte, ob er nicht etwas zu essen besorgen könne, und seien es nur ein paar Wurstbrötchen oder eine Schinkenplatte.

«Nein», kam die knappe Antwort aus dem Ledersessel. «Da dies eine Geheimversammlung ist, habe ich meinen Bediensteten freigegeben, und ich weiß nicht, wo in diesem Haus die Speisekammer ist: Aufgrund meiner angeschlagenen Gesundheit stehe ich nur aus meinem Ledersessel auf, um zur Toilette, zur Messe oder zur Aufsichtsratssitzung zu gehen, und aus Rücksicht auf meine schwache Konstitution finden diese drei Aktivitäten an ein und demselben Ort statt.»

«Wir könnten telefonisch ein paar Pizzen bestellen», schlug Nicht-Cornudella vor. Ich bin ganz verrückt nach Pizza, vor allem nach Pizza Neapolitana.»

«Klar doch!», sagte der Herr mit dem betagten Vater. «Und der Pizzabote überrascht uns dabei, wie wir hier zusammensitzen und ein Verbrechen planen!»

«Wir müssen ihm ja nicht auf die Nase binden, was wir hier bereden», wandte Nicht-Cornudella ein. «Er muss nicht mal reinkommen. Einer von uns geht an die Tür, nimmt die Pizza entgegen und zahlt. Dann zeigt er uns die Rechnung, und wir teilen den Betrag unter uns auf.»

«Und die Wagen?», fragte der Tarzan genannte Herr. «Auf der Straße stehen die Luxusmodelle der teuersten Marken mitsamt Chauffeuren.» Und als würde ihn dieser Gedanke traurig stimmen, stieß er seinen klagenden Dschungelruf aus.

«Ich schlage vor», sagte der Hausherr in seinem Ledersessel, «dieses Thema nicht in die Tagesordnung aufzunehmen.»

«Dann weiß ich auch nicht, wie wir das lösen sollen», sagte der leidende Herr mit der zerbrochenen Vase.

«Ich wollte gerade eine Methode vorschlagen», warf der Tarzan genannte Herr schüchtern ein.

«Das wird schon wieder so ein Blödsinn sein», protestierte der zornige Willy. «Vielleicht will er uns vorschlagen, Kannibalen zu werden wie im Dschungel. Uaaah! Oder rohen Fisch zu essen wie in Japan. Widert dich das nicht an?»

«Hör auf, ihn zu ärgern, Willy», sagte der Herr mit dem unglückseligen Papagei. «Ich fand das mit Japan sehr lehrreich.»

«Ich wollte vorschlagen», sagte der Tarzan genannte Herr, ungerührt von der schlechten Meinung, die man von ihm hatte, «diese beiden Totschläger hier loszuschicken, um Essen zu besorgen. Wenn sie sich schon weigern, einen Mord zu begehen, könnten sie sich wenigstens nützlich machen und so die Kosten rechtfertigen, die sie verursachen.»

Die Herren vergaßen ihre Vorbehalte ihm gegenüber und nahmen seinen Vorschlag einstimmig an, ungeachtet der Proteste der falschen Polizisten, denen man drohte, dass sie ihr Geld nicht bekämen, wenn sie den Auftrag nicht schnell und erfolgreich ausführten.

Ich erkannte, dass diese unerwartete Wendung der Ereignisse mir die einzigartige Möglichkeit bot, das Haus auf dem gleichen Weg zu verlassen, auf dem ich es betreten hatte. Zwar wäre ich nur zu gerne geblieben, um das Ende der Geheimversammlung mitzuerleben, doch ich wollte mein Glück nicht auf die Probe stellen. Jederzeit konnte etwas geschehen, das mir das Leben schwermachte und mich daran hinderte, Señor Larramendi zu warnen, dass das seine in Gefahr war. Also nutzte ich den Vorsprung, der sich aus der hitzigen Debatte darüber ergab, wie viel man ausgeben wolle und wie viel jeder Einzelne beizutragen habe, robbte durch den Flur zurück, schlich die Treppe hinunter bis zur Garage, tastete mich zu dem schwarzen Wagen vor und stieg wieder in den Kofferraum, diesmal sorgfältig darauf bedacht, das

Schloss mit einem kleinen Holzstück, das ich auf dem Fußboden fand, so zu verkeilen, dass ich es aus eigener Kraft öffnen und mich unbemerkt davonstehlen konnte, sobald der Wagen an einem geeigneten Ort hielt. Kurz darauf stiegen die beiden falschen Polizisten ein, ließen den Motor an, das Tor glitt auf, und wir befanden uns zu meiner großen Erleichterung im Freien.

«In diesem Scheißland», hörte ich einen der falschen Polizisten durch das Loch hindurch murren, das ich auf der Hinfahrt gebohrt hatte, «bringt man es auf keinen grünen Zweig. Da wirst du Profikiller, und dann schicken sie dich als Botenjungen los.»

«Beschwer dich nicht», entgegnete sein Kollege. «Jemanden kaltblütig abzumurksen wäre schlimmer gewesen. Denk doch nur an das arme Model, so hübsch und so freundlich. Was für ein Feger!»

«Du hast recht», stimmte der andere zu. «Zum Glück hatten wir dann richtig was zu lachen, als wir diesen Deppen aus der Irrenanstalt geholt und ihm den Mord angehängt haben. Der sitzt sicher schon längst im Knast, ha, ha, wenn ich nur dran denke, könnte ich mich bepissen vor Lachen.»

«Lass das lieber und überleg dir, wo wir um diese Uhrzeit was zu essen herkriegen.»

«Ich kenne eine Tankstelle, die die ganze Nacht auf hat.»

«Dann fahren wir da hin.»

Wieder wurde mir die Fahrt lang und den übrigen Insassen des Autos wohl ebenfalls, denn sie verfielen in düsteres Schweigen, bis der Wagen anhielt. Zum Glück stiegen alle beide aus, sodass ich den Kofferraumdeckel einen Spaltbreit anheben und einen Blick hinaus wagen konnte. Ich sah eine große asphaltierte Fläche, hier und dort von großen Öllachen bedeckt und in das weiße Licht hoher Laternen getaucht. Es stank nach Benzin, der Wind pfiff, und es war kalt. Etwa fünfzig Meter vom Wagen entfernt waren ein halbes Dutzend leerer LKWs geparkt, dahinter sah ich mehrere Reihen Zapfsäulen und noch weiter hinten ein Gebäude aus Metall und Glas, hell erleuchtet und durch violettfarbene Neonbuchstaben als Tankstelle deklariert. Ich öffnete den Kofferraumdeckel ganz, stieg aus, schloss den Deckel und rannte davon, um mich zwischen den Rädern eines Sattelschleppers zu verbergen. Einige Zeit später sah ich die beiden falschen Polizisten aus dem Tankstellengebäude kommen. Einer trug in jeder Hand eine Plastiktüte, der andere zog gerade den Reißverschluss seiner Hose hoch. Beim Wagen angekommen, öffneten sie den Kofferraum, um die Tüten hineinzustellen. Ich hatte den Wind gegen mich, sodass ich nicht hören konnte, was sie redeten, aber ich konnte sehen, wie sie erstaunt und besorgt auf das Loch zeigten, das ich in die Rückbank gebohrt hatte. Der Wagen gehörte ihnen nicht, und es missfiel ihnen, einen Schaden melden zu müssen, dessen Behebung ihnen zweifellos vom Lohn abgezogen würde. Endlich schlugen sie den Kofferraum zu, stiegen in den Wagen, ließen den Motor an und fuhren davon.

Ich verließ mein Versteck und ging auf das Gebäude zu, eine rechteckige Halle voller Metallregale, in denen Produkte zur Grundversorgung von Mensch und Motorfahrzeug angeboten wurden. Am hinteren Ende befand sich ein Tresen mit einer Registrierkasse. Vier kräftige Männer saßen daran, müde und übellaunig über ihre Gläser gebeugt. Hinter der Registrierkasse, durch eine Sicherheitsglasscheibe geschützt, gelang es einer drallen Kassiererin mit lockigem, indigoblau gefärbtem Haar tatsächlich, inmitten all dieser Tristesse so etwas wie Fröhlichkeit zu verbreiten. Zu ihr ging ich hin, und als sie bemerkte, wie erschöpft und besorgt ich aussah, vertiefte sich ihr strahlendes Lächeln noch.

«Womit kann ich dienen, Süßer?», fragte sie.

«Guten Abend, die Dame», sagte ich. «Ich wollte bloß wissen, wie weit wir vom Stadtzentrum entfernt sind.»

«Gut zwanzig Kilometer», entgegnete sie.

«Und wie lange würde ich bis ins Zentrum brauchen?», fragte ich.

«Mit dem Auto?»

«Nein. Zu Fuß.»

«Ich weiß nicht ... Tagsüber etwa drei bis vier Stunden, wenn du zügig gehst.»

«Und wenn ich jogge?»

Die Kassiererin musterte mich von oben bis unten, bevor sie antwortete. «Hör mal, Süßer», sagte sie und wies auf die Männer an der Bar, «diese vier Orang-Utans sind Brummifahrer. Sie kommen vom anderen Ende Europas, sind hier eingekehrt, um Rast zu machen, und fahren anschließend weiter. Frag sie, ob sie ins Zentrum fahren, und wenn ja, ob sie dich mitnehmen.»

Ich dankte ihr und folgte ihrem Rat. In der Annahme, dass jeder der vier Brummifahrer seine eigene Sprache und keiner von ihnen Spanisch sprach, verneigte ich mich vor jedem einzeln, und als sie sich umgedreht hatten und mich mit ausdrucksloser Miene ansahen, sagte ich mit zitternder Stimme, bemüht, den Satzbau einfach und meine angeborene Redseligkeit im Zaum zu halten: «Stadtzentrum? Ich müssen Stadtzentrum. Nicht zahlen. Arm wie Maus. Maus. Als eine solche bezeichnet man jemanden, der zeitweilig oder dauerhaft zahlungsunfähig ist.»

Einer der vier nickte, leerte in einem Zug sein Schnapsglas, stand auf, zahlte und ging hinaus. Ich folgte ihm zu einem schweren Sattelzug. Er erklomm die Fahrerkabine, kletterte hinein, öffnete die Beifahrertür und brummte: «Steig ein, Maus.»

Das tat ich denn auch, nahm auf dem Beifahrersitz Platz, legte den Sicherheitsgurt an, und wir fuhren los. Eine flüssige Unterhaltung war unmöglich, zudem sah der Kerl nicht aus, als sei er besonders kommunikativ, draußen war es dunkel, und der Lkw glitt unglaublich sanft dahin, und so überwältigte mich bald die Müdigkeit, und ich schlief ein.

Die Pranken des freundlichen Brummifahrers rüttelten mich aus einem so tiefen Schlaf, dass ich einen Augenblick brauchte, um mich daran zu erinnern, wann und wie ich in die Kabine eines Sattelschleppers gekommen war. Der Morgen dämmerte bereits, aber der Himmel war bedeckt, sodass ich nicht genau wusste, wie viel Uhr es war.

«Stadtzentrum», sagte der Brummifahrer.

Durch Grimassen tat ich ihm erneut meine Dankbarkeit kund, und kaum war ich aus der Kabine auf den Asphalt gesprungen, fuhr er los. Als ich allein war, blickte ich mich um, um herauszufinden, wo genau in der Stadt ich mich befand. Ich stand auf einer weiten Esplanade, die an einer Seite von einem mit Kuppeln geschmückten, von zwei hohen Türmen flankierten, s-förmigen Gebäude begrenzt wurde. Die schiere Größe, die Pracht und Schönheit des Ganzen verschlugen mir die Sprache. Da ich mich nicht erinnern konnte, dieses Bauwerk jemals gesehen zu haben, nahm ich an, dass es in der Zeit errichtet worden war, in der ich von Barcelona nichts gesehen hatte, weil man mich zu Unrecht weggesperrt hatte. Um sicherzugehen, wandte ich mich an einen älteren, zuvorkommend aussehenden Passanten in einem olivgrünen, leicht verschlissenen und abgetragenen Dreiteiler.

«Entschuldigen Sie bitte», sagte ich, «könnten Sie mir sagen, ob diese Kirche erst kürzlich erbaut wurde?»

«Welche?», antwortete er und folgte meinem Blick. «Die Basilica del Pilar? Nun, ganz genau kann ich Ihnen nicht sagen, von wann sie ist, aber ein paar Jährchen hat sie schon auf dem Buckel, denke ich.»

«Die Basilica del Pilar?», rief ich aus. «Wo bin ich hier gelandet?»

«Na, wo schon – in Saragossa!», sagte mein Informant. Und gleich darauf, nachdem er sich vergewissert hatte, dass niemand in der Nähe war, fragte er: «Kommen Sie aus dem All?»

Bevor ich Zeit hatte, den Irrtum aufzuklären, fügte er hinzu:

«Sie sind also schon da, was? Mir können Sie ruhig die Wahrheit sagen. Ich kann den Mund halten, wenn's drauf ankommt.»

«Ich bin nicht berechtigt, Ihnen diesbezüglich Informationen zu erteilen», erklärte ich in neutralem Tonfall, um seinen Irrtum weder zu bestätigen noch aufzuklären «Aber wenn Sie mir helfen wollen, sagen Sie mir, wo ich eine Telefonzelle finden kann. Es ist dringend.»

«Ein Telefon?», fragte er. «Meine Güte, ich dachte immer, dass Sie auf andere Weise kommunizieren. Mit irgendwelchen Apparaten, durch Telepathie … Sie wissen schon.»

«Tut mir leid, Sie zu enttäuschen.»

«Keine Sorge», entgegnete er. «Von einer Telefonzelle weiß ich nichts … aber hier in dieser Gegend gibt es viele Bars. Alle haben ein Telefon und gute Tapas. Ich meine nur, weil Sie doch vielleicht von der langen Reise sehr hungrig sind.»

«Da haben Sie ins Schwarze getroffen», gab ich zu, «aber ich habe überhaupt kein Geld. Nicht einen Céntimo.»

«Oh, gibt es dort, wo Sie herkommen, kein Geld?», wollte er wissen. «Wäre natürlich auch schwierig, es umzutauschen.»

«Nein, mein Herr. Bei mir zu Hause lassen wir beieinander anschreiben.»

«Gütiger Himmel, das nenne ich eine überlegene Zivilisation.»

Er dachte einen Moment lang nach und sagte dann: «Hören Sie, in der zweiten Straße rechts gibt es eine Gaststätte namens La Miguela. Sagen Sie denen, dass ich Sie geschickt habe. Don Armando. Der Besitzer kennt mich. Tätigen Sie Ihren Anruf und essen und trinken Sie, was Sie wollen. Ich gehe dann später dort vorbei und zahle. Ich würde Sie ja gerne begleiten, aber ich habe noch ein paar Erledigungen zu machen. Ich bin Rentner und verdiene mir etwas dazu, indem ich meinem Schwiegersohn in seinem Eisenwarengeschäft aushelfe.»

«Vielen Dank, Don Armando. Leute wie Sie helfen, Schlimmeres zu verhindern», sagte ich.

Don Armando zwinkerte mir zum Abschied zu. «Ich verstehe, was Sie mir damit sagen wollen», sagte er. «Ich bin froh, die Erde vor der Zerstörung bewahrt zu haben, und wünsche Ihnen einen angenehmen Aufenthalt unter uns. Und bevor Sie wieder verschwinden, sollten Sie unbedingt noch La Pilarica besuchen.»

Auf der Theke von La Miguela fand sich eine Auswahl an Tapas, die ich vernichtet hätte wie ein echter Eindringling aus einer anderen Galaxis, hätten mich nicht moralische Skrupel davon abgehalten. So nannte ich bloß den Namen von Don Armando, bestellte einen Spieß mit Kartoffeltortilla und eine Pepsi Cola und bat darum, das Telefon benutzen zu dürfen. Als

ich fertig gegessen hatte, rief ich bei Señorita Westinghouse
an. Cándida nahm ab. Ihre Stimme klang seltsam.

«Von wo aus rufst du an?», fragte sie.

«Aus einer Bar in Saragossa.»

«Na sowas! Und wie …»

«Ich habe jetzt keine Zeit für lange Erklärungen. Ich hätte
einen Mord verhindern müssen, aber ich bin eingeschlafen,
und dann kam eins zum anderen. Wahrscheinlich ist es jetzt
zu spät, den Mord noch zu verhindern, es sei denn, du hättest
meinen Auftrag erfolgreich ausgeführt. Die Nachricht, die du
im Polizeipräsidium einem gewissen Asmarats aushändigen
solltest. Ich nehme an, du hast getan, was ich dir gesagt habe.»

Statt einer Antwort räusperte sich meine Schwester, gefolgt
von einem ausgedehnten Hustenanfall.

«Was ist passiert, Cándida?»

Verwirrt und eingeschüchtert berichtete mir Cándida, was
vorgefallen war.

Wie vereinbart, war sie gleich bei Tagesanbruch zum
Polizeipräsidium gegangen und hatte dem Wachmann am
Eingang, der ihr den Weg vertrat, gesagt, sie bringe eine schrift-
liche Nachricht für Unterleutnant Asmarats. Als der Wachmann ihr sagte, sie solle ihm die Nachricht aushändigen und
er werde dafür sorgen, dass sie ihrem Adressaten zugestellt
werde, hatte Cándida, die meine Anweisungen wörtlich nahm,
die Arme in die Hüften gestemmt und sich geweigert, und
zwar dermaßen vehement, dass der Wachmann – dem ihr
Gezeter auf die Nerven ging – ihr befahl stehenzubleiben,
wo sie war, bis er die Angelegenheit mit seinen Vorgesetzten
besprochen habe. Kurz darauf war er in Begleitung eines Polizisten in Zivil zurückgekehrt, der Cándida höflich bat, ihn
zu begleiten. Während sie durch die düsteren Flure des unwirt-

lichen Gebäudes gingen, erklärte der Polizist in Zivil meiner Schwester, dass Unterleutnant Asmarats sie nicht empfangen könne, stattdessen aber Kommissar Flores. Beim Klang dieses gefürchteten Namens erlitt Cándida eine Panikattacke, die in Kombination mit ihrem chronischen Asthma und diversen Pollenallergien bewirkten, dass sie heftig niesen musste und ihre Nase zu laufen begann. Um auf den Kommissar keinen schlechten Eindruck zu machen, schnäuzte sie sich mehrmals in das, was sie in ihrer Benommenheit für ihr Taschentuch hielt. Als sie dann vor Kommissar Flores stand, befahl der ihr, ihm sofort die Nachricht auszuhändigen, denn sollte diese von mir stammen, so sagte er zu ihr, was unzweifelhaft der Fall sei, dann gehe diese ganze Gelegenheit allein Kommissar Flores an und sonst niemanden. Wenn sie sich weigere, fuhr er fort, werde er sie wieder in die Zelle stecken, aus der sie erst am Vorabend entlassen worden war, und diesmal werde sie den Aufenthalt dort eine ganze Weile genießen dürfen. Verängstigt zog Cándida die Serviette aus der Tasche und gab sie dem Kommissar. Erst als sie ihn brüllen hörte, wurde sie ihres Irrtums gewahr, aber da war es schon zu spät, um ihm die Sache mit der Pollenallergie und der Verwechslung zwischen dem Taschentuch und der Serviette zu erklären, die Kommissar Flores schon in den Papierkorb geworfen hatte, fluchend, dass er sie, mich und unsere gesamte Familie fertigmachen werde. Er hätte diese Absicht wohl auf der Stelle in die Tat umgesetzt, wäre in diesem Augenblick nicht Unterleutnant Asmarats höchstpersönlich hereingekommen und hätte dem Kommissar etwas ins Ohr geflüstert, woraufhin die beiden hinausstürmten und Cándida allein zurückließen, sodass sie unbehelligt nach Hause zurückkehren konnte.

Es hatte keinen Sinn, ihr ihre Nutzlosigkeit vorzuhalten.

Außerdem weckte das Ende ihres Abenteuers, das plötzliche Erscheinen von Unterleutnant Asmarats und Kommissar Flores' Reaktion in mir die Befürchtung, die Drohung könne bereits wahrgemacht worden sein und Señor Larramendi sei schon tot und habe die einzige Möglichkeit zum Beweis meiner Unschuld mit ins Grab genommen. Also verkniff ich mir, Cándida zu sagen, was ich von ihr hielt, und bat sie stattdessen, sich auf die Suche nach Señorita Westinghouse zu machen und ihr auszurichten, dass sie rasch zu Señor Larramendi nach Hause gehen und in Erfahrung bringen solle, was mit ihm geschehen war. Ich würde unterdessen versuchen, so schnell wie möglich nach Barcelona zurückzukehren, und mich dort mit Señorita Westinghouse am Tatort treffen.

17

ABENTEUERTOURISMUS

Alle Uhren schlugen zehn. Als ich um die berühmte Basilika herumstrich, sah ich eine lange Reihe leerer Touristenbusse und daneben eine Gruppe von Fahrern, die sich die Zeit vertrieben, solange die Businsassen sich die berühmte Kirche von innen ansahen und ihre Gebete sprachen. Mir erschien es wie ein Wunder, dass einer der ersten Fahrer, die ich fragte, wohin sie denn als nächstes führen, auf dem Weg nach Barcelona war. In zehn Minuten würden sie aufbrechen. Ich erklärte ihm, ich müsse dringend dorthin, hätte aber kein Geld, um die Reise zu bezahlen. Der Fahrer entgegnete, er habe auch gar keine freien Plätze. Wenn ich allerdings bereit sei, so fügte er hinzu, die Reise stehend oder kniend an seiner Seite zurückzulegen und ihn die ganze Zeit zu unterhalten, damit er nicht schläfrig werde, würde er mich mitnehmen. Während ich ihm noch überschwänglich dankte, kamen, hinkend, aber von Glaubenseifer erfüllt, schon die Fahrgäste herbei, alte Männer und Frauen in Tiroler Tracht, die miteinander in einer unverständlichen Sprache redeten. Aufeinander gestützt, stiegen sie in den Bus, setzten sich, der Fahrer ließ den Motor an, und die Reise ging los.

Da ich nicht viel Interessantes zu erzählen hatte, um meinen Teil der Abmachung zu erfüllen, ließ ich lieber den Fahrer reden – der Effekt war schließlich derselbe. So erfuhr ich, dass er Ramiro hieß, sechsundzwanzig Jahre alt war und aus Albacete stammte. Sie waren heute Morgen in aller Frühe von Santiago de Compostela aufgebrochen und hatten unterwegs in Garabandal in Kantabrien Halt gemacht, wo die Heilige Jungfrau 1961 erschienen war; dann hatten sie kurz bei der Basilica del Pilar gehalten. Bis zum Abend wollten sie – mit einem Zwischenstopp in Lourdes – in Rom sein. Am Abend zuvor waren sie in Sevilla gewesen und hatten dort die Seises gesehen, eine Kindertanzgruppe vor der Kathedrale; außerdem hatten sie in Fatima gehalten, bevor sie sich zu Füßen des Apostels zu Boden warfen. Und so ging das Tag für Tag, erzählte Ramiro. In früheren Jahren hatte das Busunternehmen zwei Fahrer pro Bus beschäftigt, damit sie sich ausruhen und sogar abwechselnd ein Nickerchen machen oder, wenn beide wach waren, sich unterhalten konnten. Aber eines Tages war die Besetzung ohne Vorankündigung und aus reiner Geldgier auf einen einzigen Fahrer reduziert worden. Die angestaute Müdigkeit monatelangen ununterbrochenen Fahrens, das frühe Aufstehen an diesem Morgen und die drei Joints, die er unterwegs geraucht hatte, erklärten, warum Ramiro besorgt gewesen war und mich deshalb zu seinem Begleiter erwählt hatte. Ich fragte ihn, was er gegen die Müdigkeit unternehmen wolle, wenn ich in Barcelona ausstiege und er keinen Ersatz für mich fände, und er lachte. In Wirklichkeit, sagte er, sei es ein ebenso großer wie unnötiger Umweg, auf der Fahrt von Saragossa nach Lourdes über Barcelona zu fahren, zumal die Stadt in touristischer Hinsicht völlig uninteressant war. Wenn er sich darauf eingelassen hatte, so deshalb, weil er seine ahnungslosen Fahrgäste in einem Strandlokal in Barceloneta abladen würde, wo sie eine köstliche Paella essen konnten, während er einen in der Nähe wohnenden Dealer treffen wollte, um bei ihm Amphetamine zu kaufen, mit deren Hilfe er die restliche Reise problemlos zurücklegen und pünktlich ankommen werde.

Er schwieg einen Moment lang, und ich wollte seine Berechnungen von Zeit, Entfernung und Durchschnittswerten nicht stören, als der Bus unversehens von der Fahrbahn abkam. Glücklicherweise fuhren wir zum Zeitpunkt des Unfalls gerade durch die Steppenlandschaft von Los Monegros, sodass es weder Bäume noch Häuser gab, die uns in die Quere hätten kommen können. Die Fahrgäste, die friedlich vor sich hingedöst hatten, schraken auf und schimpften, bis Ramiro auf die karge, mit Felsbrocken und Gestrüpp übersäte Landschaft wies und über die Lautsprecheranlage des Busses verkündete: «Andalusische Landschaft!»

Er öffnete die Türen, die Passagiere stolperten eilig hinaus, und während sie einander in der zerklüfteten Landschaft fotografierten, manövrierte er den Bus auf die Fahrbahn zurück. Als wir wieder losfuhren, nahm ich mir vor, diesen Fehler nicht noch einmal zu machen, und tatsächlich gelang es mir, wenn auch nicht ohne Mühe, den Fahrer in einem zumindest halb bewussten Zustand zu halten, bis wir Barcelona erreichten. Um der Wahrheit willen sei gesagt, dass Ramiro ein intelligenter, bereitwilliger und seinem Arbeitgeber treu ergebener junger Mann war. Er erklärte mir, der Religionstourismus, auf den sein Busunternehmen spezialisiert war, habe den Nachteil, dass die begehrtesten Ziele weit über Europa verstreut lagen, aber auch unleugbare Vorteile. Im Gegensatz zu anderen Tourismusbranchen herrschte das ganze Jahr über Hochsaison, und die Kunden – fast ausschließlich ältere Angehörige der Mittelschicht – waren höflich und leicht zufriedenzustellen. Das konnten Unternehmen, die sich auf andere Tourismuszweige spezialisiert hatten, nicht von sich behaupten, vor allem nicht die im Bereich des Sporttourismus. Dort war die Bezahlung besser, und die Reisen waren kürzer und weniger häufig, aber die Arbeit hing sehr davon ab, welche Mannschaft gewann und welche ausschied; außerdem kam es des Öfteren vor, dass die Passagiere während der Fahrt pinkelten, kackten, kotzten oder sich prügelten und die Einrichtung des Busses demolierten. Ramiro hingegen musste in seinem Bus nie für Ordnung sorgen, und die heiligen Stätten, an denen sie anhielten, waren per Definition Oasen des Friedens. Das einzige, was ihm Sorgen bereitete, war wach zu bleiben und eine durchschnittliche Reisegeschwindigkeit von einhundertsechzig und einhundertachtzig Stundenkilometern beizubehalten. Doch auch Ramiros Arbeitsleben war nicht frei von spannenden Ereignissen. Einmal hatten ihn die polnischen Behörden auf der Rückfahrt von einem Besuch bei der Schwarzen Madonna von Tschenstochau unter dem Vorwand angehalten, er habe mehrere schwerwiegende Verstöße gegen die auf der anderen Seite des Eisernen Vorhangs herrschende marxistische Straßenverkehrsordnung begangen. Ein anderes Mal war er kurz vor Bethlehem in eine Schießerei zwischen der Hamas und israelischen Soldaten geraten. Aber die beste Anekdote war seiner Meinung nach folgende: Ein paar irische Pilger hatten ihn zum Dank für die Schnelligkeit, mit der er sie vom Busbahnhof in Dublin zum Petersplatz befördert hatte, zu der Papstaudienz eingeladen, die Teil ihres Reiseprogramms war; Ramiro hatte hocherfreut angenommen, war aber ziemlich high gewesen, und so war ihm, als sie vor dem Heiligen Vater standen, nichts Besseres eingefallen, als diesem eine Linie Koks anzubieten. Nachsichtig, diplomatisch und geschäftig hatte dieser sich darauf beschränkt, die Linie zu segnen und so zu tun, als wäre nichts geschehen.

Über dieser angeregten Plauderei verging uns die Zeit wie im Fluge, und ehe wir es uns versahen, tauchte am Horizont die dichtgedrängte, verschmutzte Skyline von Barcelona auf. Bevor wir in die Stadt einfuhren, fragte Ramiro mich, ob ich nach Barceloneta wolle, und als ich erwiderte, nein, ich wolle ans entgegengesetzte Ende der Stadt, bot er mir an, mich hinzufahren.

«Das dauert nur eine Minute», wehrte er meinen höflichen Protest ab. «Ich gebe einfach Gas, dann hole ich die verlorene Zeit wieder auf.»

Bei diesen freundlichen Worten waren wir schon mitten im Gedränge von Santa Coloma und wären um ein Haar in den Eingang eines Marktes hineingerast. Die Passanten bewarfen uns mit Gemüse und schlugen mit Konservendosen, Steinen und Stöcken gegen den Bus. Ungerührt griff Ramiro wieder zum Mikrofon und verkündete: «Navarresisches Volksfest!»

Erneut wurden Fotoapparate und Videokameras gezückt, und kurz darauf waren wir dieser misslichen Situation entronnen, ohne jemanden überfahren zu haben. Und so kam es, dass ich um halb eins gesund, munter und dankbar an der Plaza John Fitzgerald Kennedy aus dem Bus stieg, in der Hand einen Korb mit Früchten aus Aragonien, ein Geschenk meiner Reisegefährten.

Gerade wollte ich in die Calle de Sant Hilari einbiegen, da erspähte ich Señorita Westinghouse, die mir, halb hinter einem Kiosk versteckt, heftig zuwinkte. Ich ging zu ihr hin, und als ich bemerkte, dass sie außer sich war, fragte ich sie, warum.

«Aus zwei Gründen», antwortete sie. «Erstens kann ich Señor Larramendi nirgendwo finden, weder lebendig noch tot. Die Polizei hat das Gebäude umstellt, und niemand kann hinein oder hinaus, ohne sich auszuweisen. Deshalb halte ich schon den ganzen Morgen hinter dem Kiosk Wache, um dich zu warnen, damit sie dich nicht schnappen, was sicher passiert wäre, hättest du mich nicht gesehen.»

«Danke», sagte ich. «Und der zweite Grund für deine Aufregung?»

«Die Modelle der nächsten Saison!», sagte sie und wies auf die Titelseiten der zahllosen Zeitschriften an den Seitenwänden des Kiosks. «Wenn du nicht magersüchtig bist, darfst du dich nur in ein Laken gehüllt auf die Straße wagen. Ich bin weiß Gott nicht für Zensur, aber hier müssten die Behörden energisch einschreiten. Da vergeuden sie unsere Steuergelder für Krimskrams, aber keiner macht sich die Mühe, uns eine an Ballaststoffen und Spurenelementen reiche Diät zu verordnen. Übergewichtig oder klapperdürr und neurotisch: Das ist die spanische Frau, die die Sozialisten wählt.»

Das lange Warten hatte sie ein wenig aus der Fassung gebracht. Ich ließ sie zusammenhangsloses Zeug plappern, dann kam ich auf das Thema zurück, das uns hierher gebracht hatte.

«Das Schicksal von Señor Larramendi liegt nicht länger in unserer Hand», sagte ich. «Trotzdem wüsste ich gerne, was aus ihm geworden ist, und das kann uns nur der Portier des Gebäudes erzählen. Deshalb müssen wir, auf welche Weise auch immer, die Absperrung überwinden und Kontakt mit ihm aufnehmen.»

Während wir überlegten, wie wir das anstellen sollten, spähte ich um die Ecke der Calle de Sant Hilari. Vor dem Haus Nummer fünfzehn parkte, halb auf dem Bürgersteig, ein Polizeiauto, und am Eingang zum Vorgarten standen zwei in Zivil gekleidete Männer beieinander, plauderten und rauchten. Ich glaubte, in einem der beiden Asmarats zu erkennen, war mir aber auf die Entfernung nicht sicher.

«Wir kommen nur hinein», sagte Señorita Westinghouse, «wenn wir uns verkleiden wie das A-Team. Und ich habe auch schon eine Idee für die ideale Tarnung. Wir geben uns als Feuerwehrleute aus und behaupten, im Haus sei ein Brand ausgebrochen. Das ist die beste Idee überhaupt. Wir brauchen nur noch zwei Asbestanzüge, einen Schlauch und ein rotes Feuerwehrauto mit Leiter und Sirene.»

«Nicht übel», sagte ich, «aber wir sollten es eine Nummer kleiner angehen. Ich habe einen weniger ambitionierten Plan.»

Aus einem Supermarkt entführten wir einen Einkaufswagen, dann klaubten wir aus ein paar nahegelegenen Müllcontainern Pappkartons und Plastiktüten und arrangierten das Ganze so, dass man damit als Lieferbote durchgehen konnte. Ich wollte mich daran machen zu erproben, ob unsere Strategie auch funktionierte, da sagte Señorita Westinghouse: «Du begibst dich in die Höhle des Löwen. Dich kennen und suchen sie. Mich dagegen kennt keiner. Ich gehe.»

«Eine Frau als Supermarktlieferant fällt auf», wandte ich ein.

«No problem», sagte Señorita Westinghouse. «Schließlich bin ich reversibel, im Guten wie im Schlechten.»

In einem Hauseingang tauschten wir unsere Kleidung, dann ging sie los, den Einkaufswagen unerschrocken und sorglos vor sich her schiebend. Ich wäre ihr gern von weitem gefolgt, aber wenn etwas schiefgegangen wäre, hätte ich mit dem Röhrenrock und den hochhackigen Schuhen, die ich jetzt trug, unmöglich fliehen können, und so kehrte ich zur Plaza John Fitzgerald Kennedy zurück und setzte mich auf eine dunkle Holzbank, um zu warten. Im Gegensatz zu der Unruhe, die mich erfüllte, lud der Platz zur Ruhe ein: Vom Tibidabo strich eine kühle Brise herab, im grünen Laub der Bäume hingen winzige lila Blüten, Vögel zwitscherten, und von einer Bäckerei wehte der köstliche Duft nach frischgebackenem Brot herüber. Ein paar kleine Kinder spielten mit einem bunten Ball, und eines trat ihn so ungeschickt, dass der Ball davonrollte, mir direkt vor die Füße. Schüchtern kamen die Kinder näher, um ihn zurückzuholen. Obwohl ich mich seit einigen Tagen weder gewaschen noch rasiert hatte, mich hastig angekleidet hatte und mir mangels eines Spiegels nicht sicher war, ob ich die Perücke richtig herum trug, sahen sie dank der sorgfältigen Erziehung, die sie in den zahllosen Schulen dieser vornehmen Gegend genossen hatten, über diese Kleinigkeiten hinweg und murmelten beinahe unisono: «Entschuldigen Sie, Señora. Uns ist aus Versehen der Ball weggerollt.»

Um mich nicht zu verraten, verstellte ich die Stimme und gab zur Antwort, was meiner Vermutung nach eine vornehme Dame in einer solchen Lage gesagt hätte: «Passt das nächste Mal besser auf, ihr kleinen Wichser.»

Die Kinder gingen, und ich blieb zurück, in die Überlegung vertieft, ob ich, wenn mir das Schicksal beschieden hätte, alle entscheidenden Faktoren meiner Existenz ins Gegenteil zu verkehren – wenn ich nicht als Mann in einem gefährlichen Viertel und in einer Familie von Kriminellen geboren wäre, sondern als Frau in einer mustergültigen Familie und einer reichen Gegend, wenn ich mehr gelernt hätte als die harten Lektionen, die die Straße und der Knast mich lehrten, und stattdessen eine ausgezeichnete Bildung in einem Schweizer Internat genossen hätte –, ob ich dann auch in diesem Augenblick in eben dieser Kleidung an eben dieser Stelle sitzen würde.

Aus diesen Überlegungen riss mich der verängstigte, sichtlich überforderte Portier, der in meinen Kleidern herankam, den leeren Einkaufswagen vor sich her schiebend. Er setzte sich neben mich und sah sich ständig nach allen Seiten um, während er seiner Entrüstung Luft machte.

«So etwas gab es noch nie, Señor Asmarats! Nie, wirklich niemals in meiner langen, untadeligen und – wenn ich mal so sagen darf – glorreichen Laufbahn als Portier habe ich so etwas getan. Ich habe meine Loge einem Unbekannten überlassen, habe meine Uniform ab- und zivile Kleidung angelegt, habe mich vor der Polizei als Lieferant eines Supermarkts ausgegeben, habe zugelassen, dass sich in der Portierswohnung Kisten und Tüten zweifelhafter Herkunft stapeln, und jetzt lasse ich mich an diesem Ort, an dem ich mir mühsam und hartnäckig einen guten Ruf erworben habe, im müßigen Gespräch mit einer Dame sehen, die nicht einmal aus diesem Viertel stammt. Ach, zuerst der Mord an Señorita Baxter und jetzt das, was für ein Elend!»

»Und das ist erst der Anfang», sagte ich, um seinen Redefluss zu stoppen. «Jetzt erzählen Sie mir erst einmal, was geschehen ist, ohne etwas auszulassen, aber auch ohne Abschweifungen. Wir haben nur wenig Zeit und können Señorita Westinghouse nicht lange an Ihrer Stelle lassen, ohne sie, Sie und das Gebäude ernsthaft in Gefahr zu bringen.»

18

EIN FURCHTEINFLÖSSENDER
NÄCHTLICHER BESUCH

Die Nacht zuvor, die der besorgte Portier rundheraus als wahren Albtraum bezeichnete, hatte trügerisch ruhig, um nicht zu sagen: wie gewohnt begonnen. Unter seinen wachsamen Blicken hatten sich die übrigen Hausbewohner nach und nach in ihre jeweiligen Wohnungen zurückgezogen, als letztes Señor Larramendi, der wie immer um kurz nach eins in seinem üblichen betrunkenen Zustand heimgekehrt war. Nach dieser unschönen Episode hatte der Portier beschlossen, den Fernseher auszuschalten und ins Bett zu gehen, nicht ohne zuvor Uniform und Unterwäsche abzulegen, in den Pyjama zu schlüpfen und sich sorgfältig die Zähne zu putzen. In diesem Augenblick klopfte es leise, aber unüberhörbar an die Wohnungstür. Da nach Señor Larramendi niemand mehr das Gebäude betreten hatte, konnte es sich nur um einen Hausbewohner handeln, und es musste etwas Ernstes sein. Also war der Portier an die Tür gegangen, nachdem er kurz mit sich gerungen hatte, ob er wieder die Uniform anlegen oder im Pyjama öffnen solle, und sich schließlich für Letzteres entschieden hatte, zum einen, um den Besucher nicht zu lange warten zu lassen, zum anderen aber, um ihm zu zeigen, wie unpassend die Uhrzeit war.

Als er die Tür öffnete und sah, wer davor stand, fiel er aus allen Wolken. «Ich traute meinen Augen nicht, Señor Asmarats», sagte er.

Die Eingangshalle war, wie jede Nacht um diese Uhrzeit, weder ganz hell noch ganz dunkel, denn das Treppenhauslicht war zwar nicht eingeschaltet, aber durch die Milchglasscheibe der Eingangstür drang das Licht der Straßenlaternen herein. Unter diesen Umständen war ein Irrtum oder eine optische Täuschung unmöglich.

«Ein Ninja, Señor Asmarats. Nicht mehr und nicht weniger. Sie wissen doch, was Ninjas sind, nicht wahr? Das sind todbringende Kämpfer, die mit Strumpfhosen über dem Kopf herumlaufen und die wildesten Sachen treiben. Bis gestern Nacht hatte ich noch nie einen aus Fleisch und Blut gesehen, aber in den Filmen im Fernsehen sieht man sie haufenweise. Und die führen nichts Gutes im Schilde, das können Sie mir glauben.»

Da sich Verbrecher dieser Art durch ihre große Lautlosigkeit auszeichnen, war es nicht weiter verwunderlich, dass sein Eindringen ins Gebäude selbst der Aufmerksamkeit des Portiers entgangen war.

«Ich wusste nicht, was ich tun sollte», sagte er händeringend. «Stellen Sie sich das nur einmal vor, Señor Asmarats! Ein Ninja in dem Gebäude, für das ich verantwortlich bin … Wenn es ein Roma oder ein Nordafrikaner gewesen wäre, hätte ich mir das ja noch gefallen lassen, aber ein Ninja!»

Nachdem der Portier seine erste Verblüffung überwunden hatte, fragte er seinen furchteinflößenden Besucher, womit er dienen könne, und dieser zeigte, ohne ein Wort oder auch nur einen Laut von sich zu geben, auf den Fuß der Treppe, wo ein mittelgroßer, verschnürter Sack lag, in dem sich etwas Großes, Unförmiges befand; dann zeigte er auf sich selbst und schließlich auf den Portier, um ihm zu bedeuten, dass er ihm helfen solle, den Sack zu tragen. Unter normalen Umständen hätte der Portier ihm die Tür vor der Nase zugeschlagen, aber der Ninja trug eines dieser Katana genannten Langschwerter auf dem Rücken, und so hielt es der Portier für angeraten, seiner Bitte nachzukommen.

«Sie müssen mich verstehen, Señor Asmarats, ein Portier muss bereit sein, für sein Gebäude notfalls sein Leben zu geben, aber um zwei Uhr nachts war ich nicht mehr im Dienst.»

Der Ninja und der Portier nahmen also den Sack zwischen sich, der gar nicht so leicht war, schleppten ihn in den Garten und dann auf die Straße hinaus und dort bis zur Haltestelle der Buslinien 17 und 22 auf dem Paseo de San Gervasio. Dort bedeutete der Ninja dem Portier, wieder mittels Gesten, dass er entlassen sei, und blieb mit dem Sack an der Bushaltestelle zurück, um auf den Nachtbus zu warten. Immer noch unter dem Eindruck des Geschehenen, kehrte der Portier barfuß und im Pyjama in seine Wohnung zurück, verrammelte die Tür und rief die Polizei an, um zu berichten, was vorgefallen war.

Der Mensch am anderen Ende der Leitung nahm seine Daten auf und fragte, ob der besagte Ninja ihn verbal oder tätlich angegriffen habe, ob er etwas aus dem Besitz des Portiers entwendet habe, ob er ihm seine Schamteile gezeigt oder ihn unsittlich berührt habe, und als der Portier all dies verneinte, sagte er, er sehe keinen Grund für eine Anzeige. Der Portier beharrte darauf, dass der Sack aufgrund seiner Form und seines Gewichts möglicherweise die Leiche eines Hausbewohners enthalten habe, auch wenn er zugeben musste, dass es für diesen Verdacht keinerlei vernünftigen Grund gab. Der Mensch am anderen Ende der Leitung riet ihm, sich einen Kamillentee zu kochen, und hängte auf.

Den Portier quälte die Vorstellung, von der Polizei für einen Irren oder für einen Spaßvogel gehalten zu werden. Aber so war es nicht, denn seit seinem Anruf war keine Stunde vergangen, als die Klingel ihn wieder aus dem Bett riss. Auf seine Frage, wer da sei, hieß es, die Polizei. Er öffnete, und zwei junge Männer kamen herein, erklärten, sie seien Polizeibeamte, und fragten ihn, in welcher Wohnung genau Señor Larramendi wohne. Der Portier dankte ihnen, dass sie so schnell gekommen waren, gab ihnen die gewünschte Information und bot an, sie zu begleiten, doch die beiden Polizisten sagten ihm, er solle seine Nase nicht in Angelegenheiten stecken, die ihn nichts angingen, sondern zurück ins Bett gehen und alles vergessen, was in dieser Nacht geschehen war. Der Portier gehorchte. Von seinen Bett aus konnte er, da die aufregenden Ereignisse ihn wach hielten, deutlich hören, wie die beiden Polizeibeamten die Treppe hinaufgingen bis zur Wohnung von Señor Larramendi, die Tür aufbrachen, die Wohnung betraten und alles auf den Kopf stellten, zweifellos auf der Suche nach Fingerabdrücken oder anderen Spuren. Das bestätigte seinen Verdacht bezüglich des makabren Inhalts des Sacks, den der Ninja mitgenommen hatte: den leblosen Körper – ganz oder zerstückelt – des so häufig erwähnten Señor Larramendi.

«Haben Sie die Polizisten über diesen Ihren begründeten Verdacht informiert?», fragte ich.

«Nein», antwortete der Portier. «Nach allem, was ich im Fernsehen gesehen habe, sind Ninjas sehr rachsüchtig, und es könnte mich teuer zu stehen kommen, wenn ich es mit meiner Beteiligung am Kampf gegen das Böse übertreibe. Mit meinem Anruf bei der 091 betrachtete ich meine Pflicht als erfüllt.»

Ich gratulierte ihm lautstark zu seiner klugen Entscheidung

und mir selbst im Stillen und ließ ihn zu Ende berichten. So erfuhr ich, dass die beiden Polizeibeamten, über deren wahre Identität ich nicht den geringsten Zweifel hegte, Señor Larramendis Wohnung und das Gebäude ohne ein weiteres Wort verlassen hatten und dass der Portier die ganze Nacht über kein Auge zugetan hatte, aber nicht noch einmal gestört worden war. Gegen zehn Uhr morgens war dann der Streifenwagen eingetroffen, der immer noch auf dem Bürgersteig vor dem Gebäude stand, und dann war nichts Weiteres geschehen, bis das unerwartete Erscheinen von Señorita Westinghouse aus ihm einen Supermarktlieferanten gemacht hatte.

«Und jetzt, da ich Ihnen alles erzählt habe», sagte der Portier und sah auf seine Armbanduhr, «kann ich zurück auf meinen Posten? Dort werde ich bestimmt dringend gebraucht, und ich möchte nicht, dass meine Abwesenheit von den Mietern oder Eigentümern bemängelt wird.»

«Selbstverständlich, gehen Sie, wohin die Pflicht Sie ruft», antwortete ich. «Aber nicht als Supermarktlieferant verkleidet. Diese Verkleidung hat Ihnen einmal genutzt. Beim zweiten Mal könnte sie Verdacht erregen.»

Ich musste meine ganze Überzeugungskraft, meinen Einfluss auf ihn und die eine oder andere versteckte Drohung aufwenden, um ihn zu überzeugen, mich zu dem unbeachteten Hauseingang zu begleiten, in dem Señorita Westinghouse und ich zuvor unsere Kleider getauscht hatten, und nun das gleiche zu tun, sodass er nun die Kleidung von Señorita Westinghouse anlegte, die ich gerade noch getragen hatte, und ich die meine, die Señorita Westinghouse zuvor gegen die Uniform des Portiers getauscht hatte, die wiederum sie jetzt trug.

Da ich vorhersah, dass dieses – theoretisch recht simple –

Manöver in der Praxis eine ganze Weile dauern würde, und in Anbetracht der Tatsache, dass ich bereits meine eigene Kleidung trug und keine weitere Minute vergeuden durfte, wollte ich den Vorteil nutzen, den mir diese ausgefeilte Strategie bot, bat ich den Portier, Señorita Westinghouse auszurichten, dass ich um die Mittagszeit in der Bar Facundo Hernández, wo sie sich immer mit ihren Freundinnen traf, auf sie warten würde. Dort würde ich ihr alles Vorgefallene berichten, fügte ich hinzu, und mit ein wenig Glück könnten wir dann einen Schlusspunkt unter dieses nervenzerfetzende Abenteuer setzen.

Ich sah dem Portier nach, wie er mit der Botschaft davon zog, schwankend auf den hohen Absätzen und die Perücke festhaltend, damit ein Windstoß sie nicht davontrug; dann ging ich die Calle Balmes hinunter zu dem Ort, an dem, wie ich vermutete, die Lösung des Rätsels zu finden war.

Die Tür der Casa Cecilia, Spezialitäten aus Rioja, war verschlossen. Auf einem Schild stand zu lesen:

WEGEN UMBAU GESCHLOSSEN
NEUERÖFFNUNG

Durch die Scheibe, von der man nicht wusste, ob sie aus Milchglas oder einfach nur dreckig war, konnte man im Innern nichts erkennen. Ich klopfte leicht dagegen, und hinter dem Glas zeichnete sich eine Silhouette ab, ein Riegel wurde zurückgeschoben, die Tür ging auf, und die Restaurantbesitzerin bat mich herein.

«Es gibt keine Umbauarbeiten», sagte sie. «Ich habe geschlossen, weil ich kein Personal habe. Zuerst war der eine weg, und heute ist der andere auch nicht aufgetaucht.»

Sie verriegelte die Tür wieder und fuhr mit einer traurigen, warmen Stimme fort, in der sich die triste Heimeligkeit des verlassenen Speiseraums spiegelte: «Ehrlich gestanden habe ich auf dich gewartet. Es kann nicht sein, dass alle dich im Stich lassen, habe ich mir gesagt. Verlass du mich nicht auch noch. Ich kann nicht kochen, aber ich kann dir andere Dinge bieten, die dir auch nicht schlecht gefallen werden. Auch wenn das nicht viel zu bedeuten hat: In diesem Restaurant bin ich das beste Gericht auf der Karte. Und bis das Arbeitsamt mir Ersatz schickt, haben wir noch massig Zeit.»

Wie gesagt: Sie war eine junge Frau, gut gebaut und freundlich, vielleicht ein wenig impulsiv, doch nie aufdringlich, und ich hatte weder Mut noch Lust, ihr zu erklären, dass sie sich irrte und ich in Wirklichkeit aus einem ganz anderen Grund hier war. Also taten wir es auf einem Zweiertisch. Ein Vierertisch wäre bequemer gewesen, aber in dieser Hinsicht gelten in Restaurants strenge Vorschriften.

«Als ich dich zum ersten Mal hier hereinkommen sah», murmelte sie, als sie sich wieder beruhigt hatte, «sagte mir eine innere Stimme: Cecilia, mit dem wirst du noch mal was anfangen. Ich kann nichts dagegen tun: Es geht einfach mit mir durch. Aber keine Angst. In der Gastronomie lernt man, dass die Gäste nach Belieben kommen und gehen und eines Tages einfach auf Nimmerwiedersehen verschwinden, ohne dir zu sagen, warum.»

Alle Männer in ihrem Leben, so erzählte sie mir, waren unbeständig gewesen, und alle ihre Amouren flüchtig. Ihr Ehemann, ein Alkoholiker, war nur zuverlässig gewesen, wenn es ums Vögeln ging. Und alle, die nach ihm kamen, ebenfalls. Aber sie machte ihnen keine Vorwürfe: Jeder war, wie er war; für das, was man ihr gab, war sie dankbar, ohne unterwürfig zu sein, aber auch ohne mehr zu fordern oder gar Wunder zu erwarten. Nachdem sie mir ihr Herz ausgeschüttet hatte, fragte ich sie, ob im Restaurant irgendeine Nachricht für mich abgegeben worden sei.

«Ach ja», antwortete sie. «Kurz bevor du kamst, hat ein junger Bursche einen Umschlag für Señor Asmarats abgegeben. Er hat nicht gesagt, für welchen Asmarats, aber ich nehme an, er meinte dich. Ich wollte es dir sagen, aber über all der Hitze davor und den Zärtlichkeiten danach hatte ich es völlig vergessen. Er liegt dort, neben der Kasse.»

Ich ging ihn holen: Es war ein großer Umschlag aus dickem braunem Papier; er war zugeklebt und schien, soweit man das ertasten konnte, mehrere Blätter Papier oder Seiten aus einer Zeitschrift zu enthalten.

«Ich muss gehen», sagte ich, den Umschlag unter den Arm geklemmt. «Aber ich komme wieder. Ich bin nicht wie die anderen.»

«Ja, und ich habe diesen Satz noch nie zuvor gehört», entgegnete Cecilia.

Bevor ich das Restaurant verließ, schenkte ich ihr noch den Korb mit dem Obst aus Aragonien, den sie mit einer höflichen Verbeugung entgegennahm.

19

DAS GESTÄNDNIS
DES SEÑOR LARRAMENDI

Ich versuchte zu joggen, doch mein Körper gehorchte meinem Willen nicht. Aber das war mir egal. Ich würde zu spät zu meiner Verabredung mit Señorita Westinghouse im Fagundo Hernández kommen, aber ich rechnete damit, die ganze Runde noch im angeregten Gespräch anzutreffen, und schließlich hatte meine Verspätung, wie ich fand, einen guten Grund. Unterwegs ließ ich im Geiste alles noch einmal Revue passieren und konnte mein Glück kaum fassen. Ich fühlte mich glücklich, und zum ersten Mal seit Beginn der haarsträubenden Geschichte, in der ich steckte, war diese mir völlig gleichgültig. Zunächst unbewusst, dann ruhig und methodisch, begann ich, mit dem Gedanken zu spielen, noch mal von vorne anzufangen. Bei meinem Alter und meiner natürlichen Begabung sprach eigentlich nichts dagegen, noch das Kochhandwerk zu erlernen, vielleicht auch ein wenig Buchführung und ein paar Fremdsprachen, um ausländische Gäste zu bedienen. Ich konnte mir auch einen Garten zulegen und Obst und Gemüse anbauen, Hühner, Schweine und Kühe halten und ein paar Weinstöcke kultivieren.

Erfüllt von einem beinahe fiebrigen Optimismus kam ich beim Fagundo Hernández an und fand die Bar still und leer im Halbdunkel liegend. Als der Besitzer den Kopf durch den Bastvorhang zwischen Küche und Schankraum steckte, fragte ich ihn, ob Fortunata und ihre Begleiterinnen aufgebrochen seien, ohne auf mich zu warten, und ob sie, falls dem so war, eine Nachricht für mich hinterlassen hätten.

«Aufgebrochen?», antwortete er. «Du bist lustig! Vor einer Stunde hat es hier eine Razzia gegeben, und die Polizei hat alle mitgenommen. Es scheint aber nichts Ernsthaftes zu sein. Seit ein paar Wochen setzt die Stadtverwaltung alles daran, in dieser Gegend aufzuräumen. Wer weiß, was hinter dieser ganzen Aufregung steckt. Barcelona kommt in Bewegung, das merkt man. Und wenn Barcelona in Bewegung kommt, werden die Reichen reicher, und die Armen zahlen drauf. Um die Mädels musst du dir aber keine Sorgen machen: Die sind schon öfter in der Grünen Minna gefahren als mit dem Bus und wissen, wie das läuft. Wenn ich du wäre, würde ich allerdings zusehen, dass ich verschwinde.»

Das ließ ich mir nicht zweimal sagen. Ich dankte ihm und machte, dass ich wegkam. Ich musste einen sicheren und relativ ruhigen Ort finden, wo ich den Inhalt des Umschlags studieren konnte, den ich aus der Casa Cecilia, Spezialitäten aus Rioja, mitgenommen hatte, bevor die Polizei mich schnappte und ihn mir wegnahm. Die Ramblas und die umliegenden Straßen waren voller Menschen, von denen einige mich verstohlen zu mustern schienen. Ich wusste nicht, ob ich in meinem Verfolgungswahn schon überall Polizisten sah oder ob überall Polizisten waren. Es wäre zu verwegen gewesen, in eine Bar, eines der vornehmen Geschäfte oder den Boqueriamarkt zu gehen. Im Ateneo, der Biblioteca de Cataluña, der Academia de Buenas Letras oder dem Círculo del Liceo hätte man einen Mitgliedsausweis von mir verlangt. An den Portalen der Kirchen und Kathedralen, Santa Maria del Pino, Belén oder Santa Ana drängten sich die Bettler, und häufig mischten sich zerlumpte und räudige Geheimagenten unter sie, um

Informationen und nebenbei auch ein paar Münzen zu erhaschen. Auch die U-Bahn-Stationen waren Fallen. Ich wäre in einen Abwasserkanal gestiegen, wenn ich nur gewusst hätte, wie man den Deckel anhob.

In dieser schwierigen Lage blickte ich auf, ob die Lösung vielleicht vom Himmel komme. Auf seiner Säule wies Kolumbus mit dem Zeigefinger auf eine Stelle, als wollte er mir helfen. Ich folgte mit dem Blick der Richtung, die der Seefahrer mir wies, und sah im Hafen, vor der alten Werft, den Turm von Jaime I., ein gewaltiges Metallgerüst, über das die Kabel der Seilbahn liefen, die als Touristenattraktion gedacht war und arglose Fremde sowie einheimische Selbstmörder von der Barceloneta zum Montjuïc und wieder zurück beförderte. Unter Aufbietung aller meiner schwachen Kräfte rannte ich dorthin. Am Fuß des Turms angekommen, sprang ich über die Kette, die den Eingang versperrte, und stieg eine Metalltreppe hinauf. Nach dem ersten Abschnitt gelangte ich auf eine Plattform mit einem Häuschen und einem verschlafenen Wärter in dem Häuschen, der bei meinem Anblick aufsprang und mir den Weg versperrte.

«Ich bin Ingenieur Asmarats», stieß ich keuchend hervor. «Ich bin hierher gelaufen, so schnell ich konnte, weil man mich zu einem Notfall in der Station Montjuïc gerufen hat. Der Zugmotor hat einen Schaden.»

Der Wachmann schien nicht besonders daran interessiert zu verstehen, um welches Problem es sich handelte, oder meine Identität zu überprüfen.

«Wenn alle, die einen Schaden haben, umsonst fahren würden, wäre das Ding hier bald pleite», sagte er, lachte über seinen eigenen Witz und entfernte die Kette.

Ich stieg eine endlose Außentreppe hinauf, bis ich eine geländerlose Plattform erreichte. Damit mir nicht schwindlig wurde, starrte ich konzentriert auf meine eigene Nasenspitze. Bald kam eine Gondel, und ich sprang hinein. Eine weibliche Stimme rief mit südamerikanischem Akzent: «Nein, so was, ein Schielender, der allein dadurch geheilt wurde, dass er in dieses Gerät gestiegen ist!»

Der Ausruf kam von einer Dame in einem dunklen Mantel mit Nerzstola und war an einen ähnlich vornehm gekleideten Herrn gerichtet, der zur Antwort nur grunzte, weil er den Mund voll hatte. Beide waren schon älter und mit mir zusammen die einzigen Insassen dieses Höllenfahrzeugs, das sich nun ruckelnd in Bewegung setzte. Draußen quietschten die Winden und das Seil, drinnen stank es nach Schimmel, und der Boden war übersät von Muttern, Schrauben und Bolzen, die sich vom Gehäuse gelöst hatten. Es war kein gemütlicher Ort, aber wenigstens würde mich hier niemand suchen.

Als der Herr, den genau wie die Dame die Eigentümlichkeiten dieser Reise weder zu verwundern noch zu erschrecken schienen, das gekaut und geschluckt hatte, was er im Mund hatte, wandte er sich in freundlichem Tonfall an mich: «Entschuldigen Sie bitte, Sie haben mich mit einem Stück Ostertorte im Mund erwischt. Über dem Besuch der hübschen und weniger hübschen Winkel dieser Stadt haben wir das Mittagessen vergessen, und ich habe diese Pause in der Luft genutzt, um meinen Körper zu nähren, nachdem ich zuvor schon meinen Geist mit Kunst und Geschichte genährt hatte. Möchten Sie ein Stück Torte? Meine Frau hat sie vor Anbruch unserer Reise gebacken. Wir haben genug Torte für die gesamte Überseereise mitgebracht. weil wir nämlich kein Vertrauen in die einheimische Küche haben, wissen Sie? Ich habe gehört, dass man hier Katzen und Hasen in den Gulasch tut.»

Er hielt mir ein Stück einer mit Gemüse gefüllten Teigtasche hin, das ich gerne annahm und begeistert hinunterschlang, während mein großzügiger Gastgeber erzählte, dass seine Gattin und er aus San Miguel de Tucumán in Argentinien kamen und nach Barcelona gekommen waren, um ein altes Gelübde zu erfüllen.

«Mein Großvater väterlicherseits war Spanier aus der Provinz Lugo in Galicien. Als junger Mann musste er zum Militär und wurde der Artillerie zugeteilt und nach Barcelona versetzt, wo er das Glück hatte, die Stadt auf Befehl von General Espartero vom Kastell Montjuïc aus zu beschießen. Das war im Jahr 1842. Später ist er dann wie so viele Galicier ausgewandert und hat sich in San Miguel de Tucumán niedergelassen. Als er alt war und ich noch ein kleines Kind, habe ich oft auf seinen Knien gesessen, und er hat mir in allen Einzelheiten von jenem denkwürdigen Tag erzählt, dem aufregendsten in seinem langen Leben. Voller Freude beschrieb er mir, wie sie den Mörser ins Kanonenrohr schoben und auf Befehl des Hauptmanns abschossen und dann zur Brüstung liefen, um zu sehen, was sie getroffen hatten. Als er dann auf dem Totenbett lag, rief er mich zu sich und sprach mit versagender Stimme zu mir: ‹Luchito, versprich mir, zum Montjuïc zu fahren, wenn du einmal groß bist. Wenn du dann dort bist, frag nach Hauptmann Van Halen. Sollte er immer noch am Leben sein oder einer seiner Nachkommen dort das Kommando haben, sagst du, dass du mein Enkel bist, und bittest sie, zum Gedenken an deinen Großvater einen Schuss auf die Stadt abgeben zu dürfen.› Nachdem er diese Erinnerung heraufbeschworen hatte, starb der alte Mann mit einem Lächeln auf den Lippen. Und so sind wir nun hier, ich und meine Frau, die sich das Schauspiel nicht entgehen lassen wollte. Und Sie? Wollen Sie auch einen Schuss abgeben?»

«Nein. Ich bin für die Wartung dieses Gefährts zuständig.»

Ein Ruck brachte uns alle drei zu Fall. Wir waren an der Station angekommen, das Seil war beim Bremsen von den Rollen gesprungen, und die Gondel war umgekippt.

«Dann gratuliere ich Ihnen zu Ihrer Arbeit, Herr Wartungsleiter», sagte der Herr, während wir durch eins der zerbrochenen Fenster nach draußen krabbelten.

Ich zeigte ihnen den Weg zum Kastell, wünschte ihnen Glück für ihr Vorhaben und einen schönen Aufenthalt bei uns; sie gingen, und ich setzte mich auf eine Bank im Schatten eines Baumes mit knorrigen Ästen, breiten Blättern und holzigen Wurzeln. Dort las ich Señor Larramendis Geständnis. Es lautete:

Sehr geehrter Señor Asmarats:
Ich wende mich mit diesem Geständnis an Sie, weil ich Sie für einen vertrauenswürdigen Menschen halte, der nichts mit den Männern zu tun hat, die hinter mir her sind, um mich zu töten, wie sie es schon mit der bedauernswerten Señorita Baxter getan haben. Und zwar durch meine Schuld, wie Sie wissen müssen. Wenn ich daran denke, wird mir ganz schlecht.

Die ganze Sache begann vor vielen Jahren. Ich hatte als junger Mann gerade das Studium der Wirtschaftswissenschaften beendet und als Gehilfe in der Kanzlei eines berühmten Wirtschaftsberaters angefangen, dessen Name ich hier aus Respekt vor seinem Andenken verschweigen will, denn er ist schon im Himmel. Da ich fleißig bin, gewann ich bald das

Vertrauen meines Chefs und war unter seiner Anleitung an mehreren nicht unbedeutenden Projekten beteiligt. Das wichtigste war folgendes: Damals hatte eine Gruppe katalanischer Unternehmer einen Geheimbund gegründet, der unter dem Namen AFMIDF bekannt war. Diese Herren – die davon überzeugt waren, dass der Wechsel in der Wirtschaftspolitik der Regierung (Liberalisierung, Öffnung der Märkte, Verhandlungen mit den Gewerkschaften) das Land in den Ruin treiben würde, und die mangels politischer Freiheit nichts dagegen unternehmen konnten – beschlossen, ihre treuhänderischen Vermögen (man könnte auch sagen, ihre gesamte Knete) in Sicherheit zu bringen. Dazu schufen sie ein komplexes Geflecht, mit dem sie ihre Kapitalflucht dermaßen verteilten und vertuschten, dass es unmöglich war, ihre Spur zurückzuverfolgen. Ich werde Sie nicht mit Einzelheiten langweilen, die Sie sowieso nicht verstehen würden, ich sage Ihnen nur ohne falsche Bescheidenheit, dass die allgemeinen Leitlinien sowie die raffiniertesten Details des Plans dem Hirn jenes Mannes entsprangen, der gerade diese Zeilen schreibt. Und dass das Manöver ein glückliches Ende nahm, ohne dass Verluste zu beklagen waren.

Als der Herrgott meinen Chef zu sich berief, kehrte ich der Privatwirtschaft den Rücken, und da Franco bereits tot und das Land zur Demokratie übergegangen war und ich meinem Land dienen wollte, begann ich, für die katalanische Landesregierung zu arbeiten. Wieder stieg ich dank meiner Fähigkeiten in ein hohes Amt auf, in dem ich vielen Leuten gefällig sein und von ihnen dafür Dankesbezeugungen entgegennehmen konnte. Die Presse machte beides öffentlich, sodass ich mich gezwungen sah, mein Amt niederzulegen. Kaum war ich in Ungnade gefallen, wandten sich alle Freunde, die ich gewonnen hatte, von mir ab. Ich suchte Arbeit, aber niemand wollte mir helfen, und auch meine Bitte um ein Darlehen war vergebens. Also nahm ich die unterschiedlichsten Aushilfsjobs an, den letzten in der Casa Cecilia, Spezialitäten aus Rioja, wo Sie mich kennenlernten und wo ich, um überzeugend als Koch durchzugehen und die Schatten der Vergangenheit auszulöschen, den falschen Namen Señor Larramendi annahm.

Als ich vor einigen Monaten eines Abends nach getaner Arbeit aus dem Restaurant kam, trat ein Bekannter aus alten Zeiten auf mich zu und fragte, ob ich nicht Lust hätte, mit ihm zu Abend zu essen, jeder käme für seinen Teil auf. Bei diesem Essen erklärte er mir, zunächst verhohlen und dann ganz offen, dass bedeutende Persönlichkeiten gerne meine Dienste in Anspruch nehmen würden. Anscheinend, so fuhr er fort, nachdem er mir eingeschärft hatte, dass alles, was er mir erzählte, streng vertraulich sei, wurde in höchsten Kreisen eine großangelegte Operation geplant, die zum Ziel hatte, Barcelona aus dem derzeitigen wirtschaftlichen Stillstand zu holen und zu einer internationalen Wirtschaftsmetropole zu machen. Zu diesem Zweck hatten die ursprünglichen Mitglieder des AFMIDF – oder die Erben derer, die nicht mehr unter uns weilten – beschlossen, das ins Ausland geschaffte Kapital zurückzuholen und in die Zukunft der Stadt zu investieren. Natürlich musste diese Rückführung ebenso verschleiert erfolgen wie die frühere Operation, denn wäre die eine oder die andere ans Licht gekommen, hätte das zivilwie strafrechtliche Folgen gehabt, und außerdem wollte natürlich niemand Steuern für Gelder bezahlen, die aus dem Nichts kamen. Da mein ehemaliger Chef, der die ursprüngliche Operation geleitet und organisiert hatte, nicht mehr am

Leben war, war ich die ideale Wahl zur Durchführung dieses Projekts. Darum hatte mein Bekannter mich aufgesucht.

Ich bin von Natur aus ein zurückhaltender, um nicht zu sagen, schüchterner Mensch, aber in diesem Augenblick verlor ich die Beherrschung. Ich weiß nicht, was in mich gefahren ist, Señor Asmarats. Diejenigen, die mich jetzt um Hilfe baten, waren dieselben, die mich im Stich gelassen hatten, die mich auf der Straße nicht gegrüßt und im Fernsehen öffentlich bekundet hatten, wie sehr sie mich verabscheuten. ‹Nein!›, rief ich mitten im Restaurant, «da nehme ich doch lieber für den Rest meines Lebens Tintenfische aus!› Ich ahnte nicht, dass ich mit diesen Worten mein Todesurteil und auch das der bedauernswerten Señorita Baxter unterschrieb.

Natürlich erwähnte mein Gegenüber in diesem Augenblick mit keiner Silbe, welche unheilvollen Folgen meine Reaktion haben würde. Er sagte gar nichts zu meinem Wutausbruch und wirkte auch nicht gekränkt. Ruhig und würdevoll bat er um die Rechnung, legte seinen Anteil auf den Tisch, stand auf und ging. Ich kehrte mit widersprüchlichen Gefühlen nach Hause zurück: Einerseits war ich stolz auf meine mannhafte Reaktion, gleichzeitig tat es mir leid um die vertane Chance. Immerhin bewies der Vorschlag, der mir soeben unterbreitet worden war, dass bedeutende Persönlichkeiten auf mich und meine Fähigkeiten vertrauten, und ihre Erwartungen zu erfüllen, könnte bedeuten, Vermögen und Ehre, die mir geraubt worden waren, zurückzugewinnen. Ich beschloss, für den Fall, dass ein weiteres Angebot erfolgen sollte, zweimal nachzudenken, ehe ich meinen Mut dermaßen ostentativ unter Beweis stellte.

Doch in den Tagen nach dieser Begegnung trat niemand mehr an mich heran. Enttäuscht und voller Furcht, der Auftrag sei nach meiner Weigerung einem anderen erteilt worden, erwog ich, mich mit dem Unterhändler in Verbindung zu setzen, um Verzeihung zu bitten und meine Dienste anzubieten.

Während ich noch am Zweifeln war, hatte ich eines Nachts einen beängstigenden Traum. Ich befand mich, ohne zu wissen, wie ich dorthin gekommen war, in einem kleinen, fensterlosen, stickigen Zimmer, vermutlich einem Kellerraum. In der Mitte des Raums standen ein Schreibtisch, ein Drehstuhl und eine Lampe; der Tisch war von ungeordneten Papierstapeln bedeckt: Das waren sämtliche Unterlagen über den Fall AFMIDF, die Jahre zuvor zu den Akten gelegt worden waren, Und weil kein Mensch damit gerechnet hatte, dass sie noch einmal zu etwas nütze sein könnten, waren sie unsachgemäß gelagert worden, so dass nun die Heft- und Büroklammern verrostet waren, die Gummibänder hart und porös, die Blätter an den Rändern vergilbt. In meinem Traum setzte ich mich an den Tisch und machte mich daran, Ordnung in dieses Chaos zu bringen. Ich erwachte völlig erschöpft und nervös, mit Kopfschmerzen und Bauchgrimmen. Als ich das Haus verließ, grüßte der Portier mich kühl, und seiner dümmlichen Miene war deutlich anzusehen, wie sehr er mich missbilligte und verachtete. Doch ich kümmerte mich nicht weiter darum. Träume sind Träume, wie Benavente einmal sagte. Dieser Traum aber verfolgte mich den ganzen Tag, so dass ich mich im Restaurant gar nicht richtig auf die Arbeit konzentrieren konnte.

Denselben Traum träumte ich mit geringen Abweichungen auch in der nächsten Nacht sowie in allen darauffolgenden Nächten. Von Traum zu Traum kam ich mit der Sichtung und Bearbeitung des Materials weiter voran. Manchmal hatte ich das Gefühl, dass noch jemand anderes anwesend sei, aber ich sah nie jemanden. Einmal bat ich diese vage Gestalt um einen PC zur Erleichterung der Arbeit, doch sie gab mir nichts weiter als einen armseligen Taschenrechner und warnte mich, meine Arbeit dürfe keinerlei Spuren hinterlassen. Außerdem war sie nicht nur vage, sondern auch knauserig. Wenn ich Durst hatte, bekam ich Leitungswasser vorgesetzt. Wie finden Sie das, Señor Asmarats?

Das Aufwachen fiel mir von Tag zu Tag schwerer, mein Gesundheitszustand verschlechterte sich, und der Portier verzog angewidert das Gesicht, wenn er mich sah. Ich überlegte, einen Arzt aufzusuchen, aber ich bin nicht krankenversichert.

Eines schönen Morgens, ich weiß nicht, wie viel Zeit inzwischen vergangen war, zog ich mich gerade an, um ins Restaurant zu gehen, als ich in der Innentasche meines Jacketts einen BIC-Kugelschreiber fand, der ganz sicher nicht mir gehörte, aber dem Kuli, den ich im Traum benutzt hatte, haargenau glich. Ich erschrak. Später, im Bus, fiel es mir wie Schuppen von den Augen: Der immer gleiche Traum mit der fortgesetzten Handlung, meine Müdigkeit und geistige Verwirrung, das Magengrummeln, selbst die finstere Miene des Portiers – all das konnte nur bedeuten, dass mein Traum kein Traum war, sondern die reine, unverfälschte Wahrheit. Verdammich, sagte ich mir, und was jetzt?

20

SEÑOR LARRAMENDI
BERICHTET WEITER

Dieser zweite Teil, man könnte ihn auch Kapitel nennen, ist trauriger. Wie ich Ihnen schon bei unserem ersten Gespräch erzählt habe, lebte bei mir im Haus ein junges, hübsches Mädchen. Sie nannte sich Olga Baxter, und dieser Name stand auch auf ihrem Briefkasten, aber ich habe immer vermutet, dass es ein Deckname war, so wie ich auch nicht Mikel Larramendi heiße, Gott bewahre. Señorita Baxter war nicht nur hübsch, sie wirkte auch klug, fröhlich und freundlich. Sie war umgänglich und gesprächig mit mir und den übrigen Nachbarn, wenn wir uns im Aufzug oder an der Portiersloge begegneten. Manchmal trafen wir zufällig aufeinander, wenn wir beide nach Hause kamen. Nein, in Wirklichkeit war das kein Zufall. Ich lauerte ihr auf und tat dann so, als handle es sich um eine rein zufällige Begegnung. Ob es das war, was man Liebe nennt? Ich weiß es nicht. Ich bin als Junggeselle auf die Welt gekommen und bis heute einer geblieben, und obwohl ich auf einer Klosterschule war, weiß ich wenig über die Menschen und kann meine Gefühle nicht gut ausdrücken. Außerdem trennten Señorita Baxter und mich Welten: Mal ganz abgesehen vom Altersunterschied, hätte ich ihr keine Zukunft bieten können. Wäre ich noch bei der katalanischen Landesregierung beschäftigt gewesen, hätte die Sache anders ausgesehen.

Während unserer kurzen Begegnungen erzählte sie mir,

dass sie gern Model wäre, sich bislang aber noch keine Chance ergeben habe, ihr Können unter Beweis zu stellen, so dass sie in ärmlichen, ungesicherten Verhältnissen lebe. Die Vorstellung, sie könne aufgrund ihrer Notlage auf die schiefe Bahn geraten, trieb mich zur Verzweiflung, und ich träumte davon, zu ihr zu gehen und zu sagen: «Hier hast du hunderttausend Peseten, mein Kind, nimm sie und zahl sie zurück, wann es dir passt, und wenn du mehr benötigst, brauchst du es nur zu sagen.»

Eines Tages, kurz nachdem ich den Kugelschreiber gefunden hatte, begegnete ich ihr auf dem Treppenabsatz vor meiner Wohnung. Sie sah so traurig und besorgt aus, dass ich nicht umhin konnte, sie zu fragen, was mit ihr los sei. Sie entgegnete, sie wolle mich nicht mit ihren Sorgen belasten, woraufhin ich heftig widersprach, sie sei nie eine Belastung und könne mir ihre Probleme ruhig anvertrauen, dazu seien Nachbarn schließlich da. Während wir gemeinsam die Treppe hinuntergingen, erzählte sie mir, dass sie am Ende des Monats ausziehen müsse, da sie die Miete nicht mehr bezahlen könne. Wie Sie sich sicher vorstellen können, bestürzte mich diese Nachricht zutiefst. Doch dann kam mir plötzlich ein Einfall, an den ich mich klammerte wie der Schiffbrüchige kurz vor dem Ertrinken an einen fliegenden Fisch. Ich sagte ihr, sie solle sich keine Sorgen machen, in ein, zwei Tagen wäre ich in der Lage, ihre und vielleicht auch meine missliche Situation zu beenden. Sie, die sicherlich des Öfteren beobachtet hatte, wie ich auf die Straße pinkelte oder mich übergab, bedachte mich nur mit einem mitleidigen und zugleich skeptischen Blick. Da erzählte ich ihr alles, nur damit sie mir glaubte. Dort auf dem Treppenabsatz, Señor Asmarats, erzählte ich ihr von meinem früheren Leben, von meinen Kontakten zur

AFMIDF und meinem jetzigen Doppelleben: tagsüber als Koch und nachts als Buchhalter. Ich berichtete ihr, wie ich bei der letztgenannten Tätigkeit, oder besser gesagt Reinkarnation, mit großen Geldsummen hantierte, die auf ferne und nicht ganz so ferne Steuerparadiese verteilt waren. Und ich versprach ihr, von diesem Geld etwas abzuzweigen und auf ein Konto in unser beider Namen umzuleiten, ein Konto, auf das wir beide gleichermaßen Zugriff hatten. Ich weiß nicht, ob sie mir glaubte.

In dieser Nacht versuchte ich im Traum zu betrügen. Es gelang mir jedoch genauso wenig wie in den folgenden Nächten. An der Fachhochschule für Wirtschaft hatte ich viele praktische Dinge gelernt, aber nicht, wie man die Traumwelt mit der realen Welt vereint. Ich kaufte mir eine Taschenbuchausgabe von *Die Traumdeutung*, aber da ging es immer nur um Pimmel, nie um Buchhaltung. Die Tage vergingen. Ich sprach nicht mehr mit Señorita Baxter, aber wie ich Ihnen bereits sagte, stand ich nachts am Fenster und beobachtete sie, und ein paarmal sah ich sie aus einem schwarzen Wagen steigen. Das gefiel mir gar nicht. Ich versuchte, dem Portier Informationen über die nächtlichen Gewohnheiten von Señorita Baxter zu entlocken, aber er wollte nicht mit mir reden und sagte nur, ich solle mich zum Teufel scheren.

Und dann, eines Morgens … Mir zittert die Hand, wenn ich diesen Moment beschreiben soll, Señor Asmarats, und Sie werden mir verzeihen, wenn mir der eine oder andere Rechtschreibfehler unterläuft … Eines Morgens klingelte das Telefon. Ich hob ab, und eine düstere Stimme sagte: «Tritt ans Fenster, dann wirst du deine kleine Freundin im Garten entdecken. Und kein Wort, sonst bist du der Nächste.»

Ich tat, wie mir der geheimnisvolle Anrufer geheißen hatte,

und sah, unter den Zweigen des Lorbeerbaums verborgen, einen leblosen Körper liegen. Halb bekleidet eilte ich die Treppen hinunter, nur um festzustellen, dass die Tote, die im Garten neben der Hecke lag, tatsächlich Señorita Baxter war. Ich lief zurück ins Haus, um den Portier zu holen, aber entweder putzte er die Treppe und hörte mich nicht, oder er hörte mich und stellte sich taub. Also lief ich hinaus auf die Straße und schrie um Hilfe. Da ich ohne Schuhe und Hosen und völlig außer mir war und jeder mich als Herumtreiber kennt, wichen die Nachbarn vor mir zurück. Ich rannte bis zum Paseo de San Gervasio, drehte mich um, lief zurück. In der Zwischenzeit muss jemand die Polizei benachrichtigt haben, denn genau in diesem Augenblick fuhr ein Krankenwagen vor, zwei Männer stiegen aus und luden die arme Tote auf eine Bahre. Unter den Schaulustigen machte das Gerücht die Runde, der Mörder sei ein erbarmungsloser Irrer. Ich widersprach nicht, aber ich glaubte es nicht. Später, nach dem Gespräch mit Ihnen, wurde meine Ungläubigkeit zur Gewissheit. Trotzdem sagte ich der Polizei nichts davon, nur, dass ich die Leiche gefunden habe.

Vorgestern Nacht nun klopfte der Geist – man könnte auch sagen: die ruhelose Seele – von Señorita Baxter an meine Tür. Ich verstand, warum sie gekommen war und was sie mir sagen wollte: Sie war ermordet worden, und nun war ich an der Reihe. Meine Arbeit als nächtlicher Buchhalter war so gut wie beendet, man brauchte mich nicht länger, und ich war ein gefährlicher Zeuge.

Ich ging wie jeden Tag zum Restaurant Casa Cecilia, Spezialitäten aus Rioja, und berichtete meinen Kollegen von der Erscheinung. Er hörte mich an und riet mir zu verschwinden. Das tat ich denn auch und trieb mich den ganzen Tag ziellos in der Stadt herum. Als es dunkel wurde, kehrte ich nach Hause zurück, weil ich nicht wusste, wo ich sonst hätte hingehen sollen und an wen ich mich wenden könnte, und legte mich ins Bett. Am liebsten wäre ich tot gewesen.

Ich schlief ein und erwachte davon, dass es klingelte. Es war dunkel. Als ich die Tür öffnete, sah ich einen Ninja auf der Schwelle stehen. Ich erschrak zu Tode und fragte ihn, ob er gekommen sei, um mich zu töten. Er sagte: «Nein, Dummkopf, ich bin hier, um dich zu retten.» Unter dem Kostüm erkannte ich die Stimme meines Arbeitskollegen aus dem Restaurant, aber ich war mir nicht sicher, ob er es war, oder ob ich mich wieder in einem meiner Träume befand. Ohne mir Zeit zu lassen, meine Sachen zusammenzupacken, befahl er mir, in einen Sack zu steigen, aus dem ich erst wieder herauskroch, als wir im Nachtbus in Sicherheit waren. Zwar erregten wir – er im Ninjakostüm und ich in Schlafanzug und Pantoffeln – einiges Aufsehen, aber niemand wagte es, sich mit uns anzulegen.

Jetzt bin ich bei ihm zu Hause in La Verneda. Die Wohnung ist klein, und er teilt sie sich mit sechs weiteren Asiaten, freundlichen und zurückhaltenden Menschen. Ich schreibe Ihnen dieses Geständnis auf sein Betreiben, und irgendjemand wird es zum Restaurant bringen, wo Sie, wenn alles gut geht, es finden und damit machen werden, was Ihnen richtig erscheint. Justiz und Medien müssen von der Existenz der AFMIDF und ihren teuflischen Machenschaften, einschließlich der Ermordung von Señorita Baxter, erfahren. Dieser Vereinigung gehören in Barcelona allseits bekannte Namen an: Muntaner, Casanovas, Villaroel, Rocafort, Viladomat, Entenza. Möge sie die ganze Härte des Gesetzes treffen, selbst wenn ihr Untergang zugleich der meine ist.

Unterzeichnet: Magín Amigó y Santaló.

An diesen ausführlichen Bericht waren einige Zeilen in festerer, aber dennoch schrecklich krakeliger Schrift angefügt. In dem kurzen, zornigen Tonfall, der für den Verfasser typisch war, stand da:

Wer das hier liest, ist doof. Ich bin Ubach aus Bhutan, der Kollege von Magín im Restaurant Casa Cecilia, Spezialitäten aus Rioja. Wir beide haben gestern auf dem Bürgersteig gesessen und über Gespenster geredet. Du warst ungläubig, aber ich glaubte an die Geistererscheinung und ihre Botschaft: Jemand wollte Magín umbringen. Das konnte ich nicht zulassen, also ging ich nach Feierabend zu ihm nach Hause. Ich habe keine Waffen und verstehe nichts von Kampfkunst, aber das ist egal: Auf den Geist kommt es an. Also ging ich zu einem Kostümverleih. Eigentlich wollte ich ein Yetikostüm ausleihen, aber das hatten sie nicht, deshalb nahm ich das Ninjakostüm, um den Leuten Angst zu machen. Und das hat auch funktioniert. Mithilfe des Portiers holte ich Magín aus seiner Wohnung heraus, bevor sie ihn erledigen konnten. Ich halte ihn versteckt, bis alles geklärt ist. Und du kannst mich mal.

Hier endete das Geständnis, dessen Lektüre mich zutiefst beunruhigte; denn wenn es auch die wichtigsten Fragen hinsichtlich des Falls beantwortete und mich von jeglicher Verantwortung an der Ermordung von Señorita Baxter freisprach, lieferte es doch keinerlei Hinweis darauf, wie ich im Folgenden verfahren noch was ich mit diesem Geständnis anfangen sollte.

Doch mir blieb keine Zeit zum Nachdenken. Noch bevor ich wusste, wie mir geschah, fand ich mich von vier sehnigen Armen von der Bank hochgezerrt, ein paar Meter mitgeschleift und vor einem Paar gewaltiger Schuhe zu Boden geschleudert.

«He, he, he, wen haben wir denn da?», säuselte eine wohlbekannte Stimme.

Ich war so in die Lektüre vertieft gewesen, dass ich nicht gemerkt hatte, wie der Wagen vorgefahren war noch wie die Insassen auf mich zugekommen waren.

«Es ist immer wieder eine Freude, Sie zu sehen, Kommissar», antwortete ich und schlug dreimal mit der Stirn auf den Boden, «und bei dieser Gelegenheit ist die Freude gleich zweifach.»

«Ah ja, und was ist der Grund für diese zweifache, wechselseitige Freude?», sagte er.

Es hatte keinen Sinn, ihm die Existenz des Geständnisses zu verschweigen, und so packte ich den Stier bei den Hörnern.

«Kommissar, ich habe das Vergnügen, Ihnen dieses bedeutende Dokument zu überreichen», sagte ich und tat, was ich sagte, «das jegliches Missverständnis zwischen uns ausräumen wird.»

Kommissar Flores nahm den Stapel Papiere, und während seine Beamten mir Handschellen anlegten und mich gründlich filzten, setzte er sich auf die Bank, auf der ich kurz zuvor noch gesessen hatte, und las sich Señor Larramendis Geständnis aufmerksam durch.

Als er fertig war, seufzte er und sagte: «Was für eine Bombe! Bei Gericht werden sie Überstunden machen müssen, wenn dieses Dokument in ihre Hände gelangt. Schade nur», fuhr er fort, während er die Blätter des Geständnisses einzeln fallen ließ, «dass hier oben auf dem Berg, sozusagen dem Himalaja von Barcelona, so ein fürchterlicher Wind weht.»

Von der sanften Brise aufgehoben, wirbelten die Blätter durch die Luft, mischten sich unter einen Schwarm Möwen und wehten schließlich in Richtung Meer davon. Ich verfluchte meine Leichtgläubigkeit, gab mich aber noch nicht geschlagen, sondern sagte, kaum dass die letzte Seite am Horizont verschwunden war: «Machen Sie sich keine Sorgen, Kommissar. In Voraussicht eventueller witterungsbedingter Widrigkeiten habe ich eine Kopie gemacht und sicher verwahrt.»

«Das glaube ich nicht», entgegnete Kommissar Flores mit einem leichten Lächeln auf seinen dünnen Lippen und dem Schatten eines Zweifels in seinen Schweinsäuglein.

Die Ankunft von Unterleutnant Asmarats erlöste uns aus dieser Pattsituation. Er trat plötzlich hinter den Büschen hervor, und sein rotes Gesicht ließ darauf schließen, dass er aufgeregt und in Eile war.

«Herr Kommissar ...», hob er an.

Kommissar Flores fiel ihm ins Wort. «Wo ist sie?», fragte er, an mich gewandt. «Na los, sag schon, wo ist diese Kopie?»

«Wo sie in diesem konkreten Augenblick gerade ist, kann ich Ihnen nicht sagen, Kommissar», sagte ich. «Ich habe sie heute Morgen Señorita Westinghouse übergeben. Die trifft sich jeden Tag mit ihren Freundinnen in einer Bar namens Facundo Hernández in der Calle Escudellers. Vielleicht treffen Sie sie dort noch an. Die Damen plaudern gern.»

Kommissar Flores stand von der Bank auf und wandte sich an seinen Untergebenen. «Asmarats, ruf an und sorg dafür, dass diese alte Fregatte verhaftet und mir auf der Stelle vorgeführt wird. Und ihre Kumpaninnen ebenfalls. Los, los, schwing die Hufe, Asmarats.»

Der Unterleutnant hob die Hände, die Handflächen nach

außen gekehrt, und zog ein gequältes Gesicht. «Das ist unmöglich, Herr Kommissar», murmelte er. «Wir können Señorita Westinghouse und Co. unmöglich verhaften.»

«Und warum nicht? Wo zum Teufel stecken sie?»

«Im Gefängnis, Herr Kommissar.»

«Im Gefängnis! Und welches Arschloch hat sie dorthin gesteckt?»

«Das war ich, Herr Kommissar.»

«Auf wessen Befehl?»

«Auf Anweisung der Stadtverwaltung, Herr Kommissar. Ich weiß schon, dass das Thema Nutten, Transvestiten und Stricher das Hohe Haus eigentlich nichts angeht, aber seit ein paar Wochen läuft eine Kampagne zur Säuberung des Hafenviertels. Der Gemeinderat hat die Sache dem Innenministerium übertragen, und dieses hat dann die Anweisung erteilt, die ich geflissentlich befolgt habe. Wie immer, Herr Kommissar.»

«Wenigstens haben wir dann auch ihre Habseligkeiten beschlagnahmt.»

«Nein, Herr Kommissar. Als wir die Damen verhaftet haben, haben sie keinen Widerstand geleistet und versprochen, kein Gezeter zu machen, wenn sie dafür ihre Tasche behalten dürften. Es war ein quid pro quo, Herr Kommissar.»

An diesem Punkt beschloss ich, mich in die angeregte Unterhaltung einzumischen. «Kommissar, wenn ich Sie wäre, würde ich im Gefängnis anrufen und befehlen, die Verhafteten sofort freizulassen, bevor die ersten Fotokopien des Dokuments auf den Gefängnisfluren die Runde machen. Knastbrüder lieben Tratsch.»

«Asmarats!», knurrte Kommissar Flores. «Du hast es gehört.»

Dieser begab sich eilig zum Streifenwagen, um den Anruf zu tätigen, kam dann zurück und informierte seinen Vorgesetzten, dass die Anweisung erteilt worden sei und unverzüglich ausgeführt werde.

«Wenn dem so ist», schlug ich vor, «könnten wir uns jetzt hier in dieser wunderhübschen Umgebung verabschieden. Es wird mir eine Ehre sein, Ihnen die Hände zu schütteln oder gar zu küssen, wenn Sie mir nur vorher die Handschellen abnehmen.»

«Denk nicht mal im Traum daran», erwiderte Kommissar Flores. «Da ich noch kein Geständnis gelesen habe, das dich von jedem Verdacht freisprechen würde, bleibst du für mich der Hauptverdächtige für die Ermordung dieses Mädchens.»

Mit einem verlegenen Hüsteln meldete sich Unterleutnant Asmarats zu Wort. «Verzeihen Sie, Herr Kommissar, gerade als sich dieser bedauerliche Windstoß ereignete, wollte ich Ihnen die Nachricht überbringen, dass sich der Schuldige freiwillig gestellt hat.»

«Der Schuldige an dem Windstoß?»

«Nein, Herr Kommissar. Der Schuldige an der Ermordung von Señorita Baxter.»

«Verdammte Scheiße, Asmarats, du redest auch nie aus, deswegen bekomme ich nichts mit. Und wer ist der Täter? Du wirst hier ja wohl kein Quiz veranstalten wollen.»

«Nein, Herr Kommissar», sagte Unterleutnant Asmarats. «Der mutmaßliche Mörder ist ein gewisser Llewelyn de Paris. Nach seinem richtigen Namen, so wie er im Ausweis steht, wird in unserem Archiv noch gesucht, und sie werden ihn uns baldmöglichst übermitteln. Der Bezichtigte, der zugleich der Bezichtigende ist, leitet eine Modelagentur, bei der die Tote unter Vertrag stand. Der Tatverdächtige hat sich aus eigener Initiative bei uns gemeldet, ist auf seinen eigenen Beinen zum Polizeirevier in seiner Nachbarschaft gegangen und hat dort gestanden, sie mit seinen eigenen Händen ermordet zu haben. Das Motiv war seine eigene Eifersucht. So steht es in der Aussage des Tatverdächtigen, die er selbst unterschrieben hat.»

«Er hat sie aus Eifersucht getötet?», rief ich aus, ohne mein Erstaunen zu verhehlen.

«In der Tat», sagte Unterleutnant Asmarats. «Nach seiner Aussage hat das Opfer es mit anderen getrieben. Im Fitnessstudio. Und mit einem Nachbarn aus dem Haus. Darum hat der Tatverdächtige sie getötet, und auch um zu beweisen, dass er nicht schwul ist.»

Eine ganze Weile lang schwiegen wir respektvoll, dann spuckte Kommissar Flores auf den Rasen und murmelte: «Was für eine alberne Auflösung!»

TEIL 2

CÁNDIDA AM FENSTER

Ein gefälschtes Dokument, das mich als Rentner ohne Rentenanspruch auswies, sowie mein Aussehen, das mich ohne weiteres als zu dieser Kategorie zugehörig klassifizierte, erlaubte mir, kostenlos Busse und U-Bahnen zu benutzen und noch dazu Anspruch auf einen der für Alte, Schwangere oder Behinderte reservierten Sitzplätze zu erheben, wenn ich nur die passende Mischung aus Hinfälligkeit und Übellaunigkeit an den Tag legte. So fuhr ich quer durch die Stadt.

Als ich an der Kreuzung Calle de Guipuzcoa und Calle de Cantabria aus der U-Bahn Linie 10 stieg, begann es gerade zu tröpfeln. Ich musste noch zehn Minuten laufen, und als ich schließlich vor der Tür stand, schüttete es bereits, deshalb drückte ich unablässig auf die Klingel, bis Cándidas Stimme erklang, die sich beschwerte, wer da so hartnäckig klingele.

«Mach auf, Cándida», drängte ich. «Ich bin's. Klatschnass.»

«Ich kenne niemanden, der so komisch heißt», sagte sie.

«So heiße ich doch nicht, du taube Nuss!», schrie ich sie an. «Ich bin's, dein Bruder.»

«Und woher weiß ich, dass du kein Bösewicht bist?»

«Ich bin beides. Erkennst du meine Stimme nicht?»

«Die könntest du nachahmen. Sag mir erst das Losungswort.»

«Seit wann hast du ein Losungswort?»

«Seit Mittwoch. Aber ich habe es noch niemandem verraten.»

«Und wie soll ich es dann wissen? Komm schon, Cándida, lass den Blödsinn und mach auf.»

Seit sie ans andere Ende der Stadt gezogen war, wirkte Cándida verzagt. Zuvor hatte weder ich noch irgendjemand jemals erlebt, dass sie sich vor irgendetwas gefürchtet hätte. Sie war in der tiefsten Gosse geboren und aufgewachsen und hatte ihr ganzes Leben dort verbracht, und ihr Umfeld, ihr Beruf, ihr mangelndes Urteilsvermögen und die Schwierigkeiten, in die sie durch meine Schuld immer wieder geriet, hatten sie schon häufig in gefährliche und gewalttätige Situationen gebracht, ohne ihre Gutgläubigkeit, ihr Vertrauen in die Mitmenschen und ihre Trägheit zu erschüttern. In ihrer Ignoranz, Kurzsichtigkeit und Beschränktheit fand sie völlig normal, was allen anderen als die Hölle erschienen wäre. Sie lebte in den Tag hinein, und wenn etwas schiefging, ließ sie das Unwetter über sich ergehen, so gut sie konnte, ohne sich zu wundern und ohne zu klagen, versteckte sich oder floh; wenn sie sich umzingelt sah, setzte sie sich mit dem zur Wehr, was sie gerade zur Hand hatte, sei es eine Bratpfanne, eine Schere, eine Steck- oder eine Sicherheitsnadel. Mangelte es ihr an Hilfsmitteln, teilte sie Fußtritte aus, Kopf- und Kniestöße, Schläge mit der flachen Hand, Knüffe mit dem Ellenbogen, kratzte und biss, und wenn all das nichts half, stellte sie sich tot, was normalerweise zum Erfolg führte, weil ihre ausdruckslose Miene, ihr fahler Teint und der Duft, den sie verströmte, die Verstellung glaubhaft machten.

Aber ihre furchtlose Unbekümmertheit war wie weggeblasen, als die Einwohner Barcelonas sich durch den Wandel der Stadt im letzten Jahrzehnt des zwanzigsten Jahrhunderts gezwungen sahen, aus den ungesunden, schäbigen Vierteln der Altstadt in neu gebaute, bestens ausgestattete Quartiere zu ziehen. Cándida lebte nun in einer dreißig Quadratmeter großen Wohnung mit Außenfenster, fließendem Wasser, Strom und den wichtigsten sanitären Einrichtungen im achten Stock eines Wohnblocks an der Kreuzung Calle del Pedagogo Carrasca und Calle del Vampiro Llopart im Neubauviertel Santa Perpetua Bondadosa, im Volksmund besser bekannt als die *Junkie Gardens*, einem Ort, der unvergleichlich besser war als der düstere Winkel, in dem sie aufgewachsen war; doch selbst mit der Zeit hatte Cándida sich nicht an die neue Umgebung gewöhnen können.

Völlig außer Atem kam ich vor ihrer Wohnungstür an, nachdem ich die acht Stockwerke zu Fuß hinaufgestiegen war, weil ein ausgefuchster Nachbar – wie Cándida selbst mir erzählt hatte – das Aufzugkabel ausgebaut und an einen Schrotthändler verscherbelt hatte, woraufhin die Hausgemeinschaft den Motor und das Gehäuse verkaufte und das Geld untereinander aufteilte. Ich klopfte an ihre Tür, versicherte ihr wieder, ich sei der, für den ich mich ausgäbe, hörte, wie Riegel zurückgeschoben, Ketten entfernt und Drehverschlüsse geöffnet wurden, dann ging die Tür, die so dünn war, dass ein Neugeborenes sie mit einem Schlag seiner Rassel hätte aufbrechen können, einen Spaltbreit auf.

«Was machst du denn um diese Zeit hier?», lautete die freundliche Begrüßung meiner Schwester. «Und was schleppst du in diesen Kartons an? Ach ja, und putz dir die Schuhe auf der Matte ab.»

«Ich wollte dich besuchen», antwortete ich geduldig. «Diese Kartons sind meine Arbeitsgeräte. Und deine Matte war schon einen Monat verschwunden, bevor der Bürgermeister von Hospitalet dieses Neubaugebiet einweihte.»

Sie ließ mich ein, und während sie die Tür wieder verrammelte – reine Zeitvergeudung –, betrat ich das Musterbeispiel an Schmutz, Unordnung und schlechtem Geschmack, das ihr Wohnzimmer darstellte, räumte alte Klatschzeitschriften vom Sofa und nahm Platz. Als sie mit der Tür fertig war, gesellte Cándida sich zu mir und wies auf die Pappkartons, die ich auf dem Tisch abgestellt hatte.

«Die triefen», sagte sie. «Sind die für mich?»

«Auf keinen Fall», sagte ich. «Ich habe einen wichtigen Posten in einem Chinarestaurant und hätte diese Bestellung schon vor einer Stunde abliefern müssen, aber unterwegs ist mir etwas Seltsames passiert. Deshalb bin ich hier. Ich brauche deine Hilfe.»

Ein nicht gänzlich unbegründetes Misstrauen verzerrte Cándidas Gesicht zu einer fürchterlichen Fratze. Die Ängste, unter denen sie seit ihrer Umsiedlung litt, wurden noch verstärkt durch die Abwesenheit von Viriato, ihrem nichtsnutzigen, geizigen, widerlichen Ehemann, der seit gut einem Jahr aufgrund eines peinlichen Vorfalls in einer Hochsicherheits-Altersresidenz saß, wo er seine geistige Verwirrung damit verbrachte, an die Decke zu starren, und seine sporadischen klaren Phasen mit dem Versuch, die übrigen Insassen des Altersheims zu berauben, zu schlagen oder von hinten zu nehmen.

«Andererseits hält uns natürlich nichts davon ab», fuhr ich fort, um Cándidas nur allzu verständliches Widerstreben zu überwinden, «diese Köstlichkeiten zu probieren. Wenn wir es vorsichtig angehen, wird niemand etwas bemerken.»

Während ich die Pappkartons behutsam öffnete, um sie später wieder so verschließen zu können, dass man ihnen nichts ansah, berichtete ich Cándida von dem Vorfall mit dem Hund und den Erinnerungen, die dieses scheinbar bedeutungslose Ereignis in mir geweckt hatte. Daran, wie ich Jahre zuvor zu Unrecht in der Anstalt eingesperrt war und man mich unter Vortäuschung falscher Tatsachen befreit und auf die Suche nach einem angeblich verloren gegangenen Hund geschickt hatte, nur um mich dann grundlos des Mordes an einem Model namens Olga Baxter zu bezichtigen; wie ich dank meiner Schlauheit die Polizei abgeschüttelt und alles daran gesetzt hatte, den Fall zu lösen und auf diese Weise meine Unschuld zu beweisen, kurz gesagt, all das, was ich in den vorherigen Kapiteln berichtet habe und dessen sich der geduldige Leser zweifellos noch entsinnt. Anfangs war Cándida so sehr mit Essen beschäftigt, dass sie mir gar nicht zuhörte, doch dann setzte sich ihr eingerostetes Hirn in Bewegung, und während ich die Episoden zum Besten gab, in denen sie ebenfalls eine kleine Rolle gespielt hatte – einschließlich ihrer Verhaftung und ihres Aufenthalts in der Gefängniszelle des Polizeipräsidiums –, wurde sie allmählich munter.

Nachdem ich meine Erzählung beendet und sie den Inhalt der Pappkartons restlos vertilgt hatte, zunächst in zaghaften kleinen Bissen und dann in gewaltigen Happen, stieß sie einen satten, resignierten Seufzer aus und sagte: «Trotzdem verstehe ich nicht, warum du jetzt mit dieser alten Geschichte ankommst und wie ich dir dabei nützlich sein soll. Ich erinnere mich kaum an den Fall und habe bis jetzt auch nie erfahren, wie er ausging.»

«Auf die lächerlichste Art und Weise», erklärte ich. «Der Liebhaber des Opfers gestand den Mord, und ich landete wieder in der Anstalt.»

«Na, das nenne ich mal ein Happy Ending», sagte Cándida.

«Aber ein unbefriedigendes», wandte ich ein. «Ich würde gerne mehr darüber wissen und noch ein paar ungeklärte Stellen der Geschichte erhellen.»

«Ich sehe immer noch nicht, wozu das gut sein sollte», sagte Cándida. «Der Schuldige hat seine Strafe erhalten, Punkt, aus. Was hättest du davon, noch einmal alles aufzuwühlen? Wenn es nichts Neues zu entdecken gibt, hast du dich umsonst bemüht. Und wenn es tatsächlich etwas aufzudecken gäbe, würdest du dich vielleicht wieder in Schwierigkeiten bringen. Und mich gleich mit dazu. Wozu das Ganze? Jetzt hast du einen großartigen Job, lebst wie ein Maharadscha …»

Ein Klingeln in meiner hinteren Hosentasche unterbrach ihre Ausführungen. Ich zog mein Handy hervor, antwortete einsilbig auf den Anruf und legte auf.

Cándida stieß einen Pfiff aus. «Sieh mal an, der feine Herr!», rief sie aus. «Mit eigenem Handy und allem … Da hättest du mich auch anrufen und Bescheid sagen können, dass du vorbeikommst, das hätte mir einen Schreck erspart.»

«Es ist ein Handy mit eingeschränkter Nutzung», erklärte ich. «Ich habe es von meinem Arbeitgeber bekommen. Damit kann ich angerufen werden, aber nicht selbst anrufen, und er nutzt es, um mir die Leviten zu lesen. Diesmal ging es um ein paar unersättliche Kunden, die sich beklagt haben, dass ihre Bestellung nicht angekommen ist.»

«Siehst du? Du hast noch gar nicht angefangen zu ermitteln, und schon gibt es Probleme.»

Ich schwieg. Es hatte aufgehört zu regnen, ein schwacher Sonnenstrahl bahnte sich mühsam seinen Weg durch die schmutzige Fensterscheibe, und auf ihm tanzten Staubflocken und Milben durch die Luft.

Cándida seufzte wieder. «Na gut», murmelte sie schulterzuckend, «du musst es ja wissen. Sag mir nur, was du von mir willst. Aber lass dir gesagt sein, dass ich rein gar nichts unternehmen werde.»

«Du bist ein Schatz, Cándida», sagte ich und fügte hastig hinzu, bevor ihre Hilfsbereitschaft wieder erlahmte: «Erinnerst du dich noch an Señorita Westinghouse? Dieses entzückende Mädchen, mit dem du deine zauberhafte kleine Wohnung geteilt hast? Hast du noch Kontakt zu ihr?»

«Nein», antwortete sie traurig. «Sobald sie genug Geld beisammen hatte, um die Umwandlung zu bezahlen, habe ich sie aus den Augen verloren. Sie hat nur dafür gelebt, und ich habe ihr meine bescheidenen Ersparnisse geliehen. Und kaum hatte sie ihr Ziel erreicht, ist diese undankbare Kröte verschwunden, ohne sich richtig zu verabschieden und ohne mir das Geld zurückzugeben. Sie war einzig und allein an meinem Geld für diese Umwandlung interessiert.»

«Was für eine Umwandlung, Cándida?»

«Na was für eine wohl? Die Umwandlung ihres Namens: Sie hieß Bermudo López und wollte sich in Bermudo Westinghouse umbenennen lassen. Beim Standesamt haben sie Zicken gemacht, sodass ihr nichts anderes übrig blieb, als einen gierigen Beamten zu schmieren. Zum Glück lässt sich in diesem Land alles regeln, wenn du nur genug Knete rausrückst, sonst weiß ich nicht, wo wir armen Leute hinkämen.»

«Und danach hast du nie wieder etwas von ihr gehört?»

Der Kummer über die Undankbarkeit ihrer Freundin und dazu noch die Wirkung der Gewürze der chinesischen Küche ließen ihr Tränen aus den Augen und aus den Nasenlöchern torpedogleich zwei gewaltige Popel schießen.

«Nichts», stammelte sie. «Keine Postkarte, nicht mal ein Weihnachtsgruß …»

«Und könntest du nicht herausfinden, wo sie steckt?», fragte ich.

Cándidas traurige Miene wurde finster und abweisend.

«Ich habe dir doch schon gesagt, dass ich keinen Finger rühren werde», verkündete sie.

«Das ist aber ziemlich dumm», entgegnete ich. «Wenn ich Señorita Westinghouse wiedertreffen würde, könnte ich ihr das Geld entlocken, das sie dir schuldet.»

«Wie denn?», klagte sie. «Ich habe keinerlei Beleg. Außerdem ist die Schuld bei der heutigen Rechtslage sicherlich bereits verjährt.»

«Überlass das nur mir», sagte ich. «Ich habe da so meine Methoden. Sie wird meinem Druck nicht standhalten können. Wir werden ihr den Gesamtbetrag, den sie dir schuldet, wieder abknöpfen und dazu noch den von der europäischen Weltbank festlegten Zinssatz. Und du weißt ja, wie die in Brüssel das Geld verschwenden.»

In Cándidas Äuglein blitzte Zweifel auf. Sie rechnete eine Weile hin und her und nickte schließlich. «Ich tue das nicht für mich, sondern für meinen armen Viriato», sagte sie. «Als ich neulich bei ihm im Altersheim war, war er putzmunter. Wären da nicht die Exkremente und all das, wäre er besser drauf als du und ich. Und jemand hat mir von einem Spezialisten erzählt ...» Sie ging zu einer Kommode ohne Beine, zog eine Schublade auf, ließ zuerst die Kakerlaken herauskrabbeln, die sie bewohnten, wühlte dann in Papieren und hielt mir zuletzt eine Visitenkarte hin, auf der stand:

EGREGIO DOTTORE ARCIMBOLDO
SCHARLATAN
bringt Idioten wieder zur Vernunft,
lässt Zwerge wachsen
und die Toten auferstehen
Preis nach Vereinbarung

«Bis vor kurzem war er in den Vereinigten Staaten tätig», sagte sie, «aber vor einem Monat hat er sich hier im Viertel niedergelassen, weil er den Stress des Ruhms nicht mehr ertrug.»

Sie legte die Visitenkarte zurück in die Schublade, wartete, bis die Kakerlaken wieder in Reih und Glied in ihre Behausung zurückgekehrt waren, schloss die Schublade und setzte sich ans Fenster.

«Dieser Mistkerl ist doch schon wieder dabei, seiner Frau die Kehle durchzuschneiden», murmelte sie angewidert.

Ich stellte mich neben sie und sah in die Richtung, die sie mir wies. Seit sie alleine lebte, hatte Cándida es sich zur Gewohnheit gemacht, stundenlang am Fenster zu sitzen und die Bewohner des gegenüberliegenden Hauses zu beobachten. Da die Straße breit und sie halb blind war, interpretierte sie alles, was sie sah, nach Gutdünken, und die Furcht, in der sie lebte, verwandelte in ihren Augen häusliche Alltagsszenen in unbeschreibliche Greueltaten.

«Cándida, das ist nur ein armer Teufel, der eine Honigmelone zerlegt», sagte ich zu ihr.

«Von wegen armer Teufel … ein Blaubart ist das!», entgegnete sie entschieden. «Jede Woche der gleiche Horror. Ich rufe telefonisch um Hilfe.»

Da ihre lange berufliche Laufbahn am diffusen Rand der Legalität sie mit einer unüberwindlichen Aversion gegen die staatlichen Sicherheitsorgane erfüllt hatte, rief sie nicht etwa bei der Polizei an, wenn sie glaubte, Zeugin eines entsetzlichen Verbrechens zu sein, sondern beim Kundendienst der Stadtwerke, der Telefongesellschaft, des Gas- oder Wasserwerks oder irgendeines anderen Versorgungsunternehmens. Derjenige, der dort nach langem Warten endlich abhob, hörte sie geduldig an und versuchte dann, ihr einen neuen Vertrag aufzuschwatzen, sodass nach einigem Hin und Her beide Seiten schließlich das Gefühl hatten, ihrer Pflicht Genüge getan zu haben.

Während Cándida, das schnurlose Telefon am Ohr, in ihrem kleinen Wohnzimmer auf und ab ging, aufmerksam auf das Gedudel lauschte, das aus dem Hörer drang, und darauf wartete, dass jemand abnahm, schrieb ich meine Handynummer auf ein Blatt Papier, damit sie mich anrufen konnte, falls sie etwas erfahren sollte, brachte die leeren Pappkartons in Ordnung, so gut es ging, und verließ die Wohnung, ohne mich von meiner Schwester zu verabschieden.

Der Himmel war mittlerweile wolkenfrei, und von dem Regenguss war nichts geblieben als ein paar schmutzige Pfützen auf dem holperigen Straßenpflaster. Ich lief eilig zur Bushaltestelle, um die Auslieferung der Essensbestellung, die ich schon vor zwei Stunden hätte erledigen sollen, nicht noch länger zu verzögern, aber bevor ich um die Ecke bog, hielt ich noch einmal an und blickte zu Cándidas Fenster zurück. Trotz der Spiegelung der Sonne glaubte ich, hinter der Scheibe ihre Silhouette zu erkennen, die, den Telefonhörer immer noch am Ohr, darauf wartete, ihre dringende Meldung loszuwerden. Natürlich hegte ich nicht die geringste Absicht, zum Dank für ihre Hilfe auch nur einen Finger zur Befreiung ihres Ehemanns zu rühren, aber als ich sie so besorgt dastehen sah, dachte ich, dass die Ablenkung, die meine Bitte ihr bot, vielleicht gar nicht schlecht für sie war.

2
AUF EIN NEUES

Ich nahm den Bus zurück zu meinem Ausgangspunkt, um endlich die beiden Pappkartons auszuliefern. Dazu musste ich natürlich zuerst einmal ihren Inhalt ersetzen, den Cándida verputzt hatte. Also nahm ich das Geld, das das Restaurant mir vor Beginn der Auslieferungen als Wechselgeld aushändigte und über das ich nach getaner Arbeit Rechenschaft abliefern musste – ein Angestellter überprüfte mithilfe eines Abakus,' ob alles stimmte, und machte ein großes Geschrei, wenn das nicht der Fall war –, ging in eine Pizzeria, ließ mir eine Portion des Tagesgerichts aufwärmen (Pizza mit Tomate, Mozzarella, Ananas, Süßkartoffeln und Spargel), teilte sie in zwei Hälften, quetschte diese in die beiden Pappkartons, die ich wieder verschloss. Das sah gar nicht so übel aus.

Nachdem ich somit formell wieder in der Lage war, meinen Auftrag zu erledigen, schickte ich mich an, das auch zu tun. Aber meine Erinnerungen und Grübeleien beschäftigten mich so sehr, dass ich, ehe ich es mich versah, den Bus H10 nahm, bei Cinc d'Oros in den V15 umstieg und mich nach nicht allzu langer Zeit an der Ecke Paseo de San Gervasio und Calle de Sant Hilari wiederfand.

In den Jahren seit meinem letzten Besuch schien sich nichts verändert zu haben, außer dass ich damals als Matrone gekleidet gewesen war und jetzt nicht. Die Häuser waren renoviert und neu gestrichen worden, um so reinlich auszusehen wie eh und je, die Gärten waren immer noch sorgfältig gepflegt, die Hecken nach wie vor gleichmäßig und dicht. Auch der Baum, in dem ich gesessen und beobachtet hatte, wie Señor Larramendi nach Hause gewankt und der unheimliche schwarze Wagen vorgefahren und wieder verschwunden war, stand noch immer. Wie allgemein bekannt, wirken die Dinge, sieht man sie nach einer langen Pause wieder, kleiner, als man sie in Erinnerung hat. Im Fall der Bäume wurde dieser psychologische Effekt dadurch ausgeglichen, dass sie mittlerweile gewachsen waren, und in meinem besonderen Fall war ich unterdessen ein paar Zentimeter geschrumpft, deshalb verschob ich diese komplizierten Überlegungen auf später und begab mich zum Eingang des Hauses Nummer 15. Ich ging durch den Vorgarten, fand die Haustür offen und trat ein. Der Tresen der Portionsloge war unbesetzt. Ich wartete ein paar Minuten, aber niemand ließ sich blicken. Aus dieser Nachlässigkeit schloss ich, dass der pflichtbewusste Portier von damals inzwischen wohl in Rente gegangen und durch einen weniger zuverlässigen ersetzt worden war. Als ich das Warten satt hatte, klopfte ich an die Tür der ehemaligen Portierswohnung. Sofort öffnete mir eine mollige Frau mit dichtgelocktem Haar und Glubschaugen. Ein paar Sekunden lang musterten wir einander, dann brach sie das Schweigen und fragte freundlich: «Hallo, wie geht es dir heute?»

«Danke, bestens», antwortete ich. Und nach einer erneuten Stille fügte ich hinzu: «Ich wollte Sie um ein paar Informationen bitten.»

Ihr Lächeln zog ihr Gesicht dermaßen in die Breite, dass die Grübchen bis zu den Augenbrauen hochrutschten und die Glubschaugen verschwanden.

«Großartig, großartig», sagte sie und trat beiseite. «Komm

rein, mach es dir bequem, und ich werde dir alle Informationen geben, die du willst.»

Ich trat ein, ein wenig verwundert über so viel Beflissenheit. Die Wohnung war nicht wiederzuerkennen. Der Boden war mit Teppichboden bedeckt, vor dem Schiebefenster hing eine Blümchengardine, durch die gedämpftes Licht hereinfiel, und an den Wänden hingen große Farbfotografien von verschneiten Bergen und Blumenwiesen. Das Mobiliar bestand aus einem Schreibtisch, mehreren mit weißem Stoff bezogenen Sesseln und ein paar Krankenhausschränken. An der Wand stand eine Liege mit Kopfteil. Die Frau schloss die Tür, bat mich, Platz zu nehmen, stellte sich vor mich hin, das Hinterteil an den Tischrand gelehnt, und betrachte mich ernst, bevor sie fragte: «Bist du mit den Grundlagen der Aromatherapie vertraut?»

«Nein, ich …»

«Das macht nichts, das macht nichts. Das Entscheidende ist, dass du alle Widerstände aufgibst und dich ganz deinen Sinneseindrücken überlässt. Also sag mir: Welcher unserer Sinne ist derjenige, der uns am meisten beeinflusst? Der Geruchssinn! Und warum? Weil wir uns den Gerüchen nicht verschließen können. Wir können die Augen und den Mund zumachen, die Hände bei uns behalten und uns taub stellen. Aber der Geruchssinn ist immer aktiv. Außerdem ist er direkt mit dem Hypothalamus verbunden, und der Hypothalamus ist etwas ganz Besonderes! Gerüche können uns stimulieren oder beruhigen, unsere Urinstinkte wecken oder betäuben. Lavendel, Bergamotte, Patschuli, Ylang-Ylang … Alles außer der Gestank nach aufgewärmter Pizza, den diese Pappkartons verströmen», sagte sie und zeigte auf die Kartons, die ich mühsam hochhielt, damit die Tomatensauce, die allmählich den

Boden durchweichte, nicht auf den Teppich tropfte. «Möchtest du etwas Bestimmtes wissen?»

«Ja. Sie sind nicht die Portiersfrau, oder?»

«Sehe ich etwa so aus?», fragte sie stirnrunzelnd.

«Das kann und will ich nicht beurteilen», sagte ich. «Früher hat hier einmal der Portier gewohnt. Deshalb habe ich gefragt.»

«Wenn das so war», sagte sie, immer noch verärgert, «dann muss das Jahrhunderte her sein. Als ich hier eingezogen bin, gab es keinen Portier mehr, und die Wohnung war in Geschäftsräume umgewandelt worden. Die habe ich gemietet und hier meine Beratung eingerichtet: Aromatherapie Rosamari.»

«Na, wenn das so ist …»

«Was soll das heißen, ‹wenn das so ist›? Du hältst wohl nichts von der Aromatherapie? Dann lass dir eins gesagt sein: Bis vor kurzem dachte ich wie du. Sieh mich an: Ich bin vierzig Jahre alt. Meine Eltern waren beide Hippies. Sie lernten sich in den Siebzigern auf Ibiza kennen, wo sie lebten. Jahrelang taten sie nichts anderes als zu kiffen, nackt zu baden und dummes Zeug zu reden. Als sie nach Barcelona zurückkehrten, weil sie es satt hatten, herumzuhängen und sich lächerlich zu machen, hatten sie ihre Jugend vergeudet und keinen einzigen Zahn mehr im Mund. Sie haben es nie geschafft, eine feste Arbeit oder ein Mindestmaß an seelischem Gleichgewicht zu finden. Seit ich mich erinnern kann, habe ich sie für komplette Vollidioten gehalten und ihnen das Tag für Tag in Worten und Taten gezeigt. Natürlich versuchten sie sich zu rechtfertigen, so gut es ging, obwohl ihre Hirne von zu viel Sonne und zu viel Haschisch aufgeweicht waren. Sie hätten in einer schwierigen Phase der Geschichte beschlossen, Liebe zu machen statt Krieg, bla, bla, bla. Woraufhin ich sagte: ‹Krieg? Welcher Krieg?› Und sie: ‹Na, welcher schon? Der Vietnamkrieg!› Und ich: ‹Der Vietnamkrieg? Deshalb seid ihr nach Ibiza gezogen? Ihr wisst doch nicht einmal, wo Vietnam überhaupt liegt!› Und so ging das Tag für Tag. Nur um sie zu ärgern, habe ich dann Unternehmensmanagement studiert. Zum Abschluss des Studiums organisierten einige meiner Kommilitonen, ohne mich zu fragen, eine Reise ausgerechnet nach Vietnam. Als ich dort war, wurde mir mit einem Mal alles klar. Sicherlich hatte es dort einen langen, blutigen Krieg gegeben, aber den hatten weder die Amerikaner noch der Vietcong gewonnen, sondern meine Eltern. Jetzt erinnerte sich nicht einmal mehr Chuck Norris an den Krieg, und in Vietnam sah es ähnlich aus wie auf Ibiza. Wie es sich für einen anständigen Yuppie gehört, knüpfte ich geschäftliche Kontakte mit ehemaligen Kämpfern beider Seiten und eröffnete nach meiner Rückkehr nach Barcelona eine Praxis für Aromatherapie. Sie schickten mir Duftmischungen und machten auf Facebook Werbung für mich. Anfangs lief es gar nicht gut, später mittelprächtig, und seit der Krise läuft es wie geschmiert. Die Arbeitslosen haben jede Menge Zeit, und hier kann man sie für wenig Geld totschlagen und dabei noch etwas für seine Gesundheit tun. Du glaubst, es bringt nichts, an Flaschen zu schnuppern? Natürlich bringt es nichts! Placeboeffekt? Na eben. Aber was ist heute kein Placeboeffekt? Die Männer gehen in den Puff und reden über Fußball, die Frauen sehen fern. Aber das reicht nicht, vor allem den Frauen nicht. Deshalb trinken sie und nehmen Drogen, das haben sie schon immer getan, mehr als die Männer. Wenn die Frauen nicht wären, hätten es Escobar, El Chapo und die halbe Menschheit nie so weit gebracht. An den Eingängen der Supermärkte in

Barcelona findest du mehr Dealer als in Baltimore, aber das wird in den Filmen und Fernsehserien nicht gezeigt, weil die Frauen wie bei allem auch dabei schon immer sehr diskret vorgegangen sind. Aromatherapie Rosamari hilft ihnen, ihre Bedürfnisse zu verwirklichen. Eine Oase des Friedens und zugleich eine Entziehungsanstalt. Willst du noch mehr wissen?»

«Ja», sagte ich, als sie wieder Atem geschöpft und sich halbwegs beruhigt hatte. «Kennen Sie alle Hausbewohner? Sie müssen mir nicht sagen, ob sie drogenabhängig sind. Nur, ob es einen gibt, der schon seit Jahren hier wohnt.»

«Im dritten Stock rechts wohnt ein altes Ehepaar. Als ich hier eingezogen bin, waren die schon hier, die kannst du fragen.»

«Vielen Dank. Und entschuldigen Sie bitte die Störung.»

Ich stieg in den dritten Stock und klingelte. Nach einer Weile öffnete ein hagerer, gekrümmter Mann mit faltigem Gesicht und zittrigen Knien. Er trug einen grauen einteiligen Pyjama unter einem karierten wollenen Schlafrock, und eine braune Decke hing wie ein Umhang über seinen Schultern bis zu den Knöcheln. Die Wohnung lag im Dunkeln, nur vom Treppenhauslicht erhellt.

«Guten Tag», sagte ich mit lauter Stimme, für den Fall, dass er schwerhörig war. «Ich bin weder Geldeintreiber noch Inspekteur oder Verkäufer. Ich mache auch keine Umfrage.»

Der Mann runzelte die Stirn. Das mit der Umfrage hatte ihn offenbar enttäuscht.

«Was wollen Sie dann?», fragte er kühl.

«Vor ein paar Jahren», sagte ich, ohne mich entmutigen zu lassen, «lebte in diesem Haus ein gewisser Señor Larramendi, ein anerkannter Gastronom. Ich war oft bei ihm, um ihm Essen wie dieses hier zu bringen.» Mit diesen Worten hob ich die Pappkartons. «Señor Larramendi hatte eine Schwäche für Pizza … Und für chinesische Küche. Señor Larramendi mochte einfach alles. Sie wissen sicher, von wem ich spreche.»

«Der Larramendi mit dem Mord? Klar doch. Ich habe immer gesagt, dass es einmal so mit ihm enden würde.»

«Was?»

«Die ganze Sache.»

«Die Sache mit dem Mord?»

«Ja, der Mord an Señorita Baxter. Wenn die Polizei damals auf mich gehört hätte, anstatt meine Fingerabdrücke zu nehmen …»

«Könnten wir uns ausführlicher und an einem diskreteren Ort über dieses Thema unterhalten?», fragte ich.

«Ich habe nichts dagegen und mehr als genug Zeit», sagt der Mann, sichtlich erfreut über die Aussicht, einem Fremden sein Herz ausschütten zu können. Er dachte einen Augenblick nach und fuhr dann fort:

«Ich würde Sie ja hereinbitten, aber in meiner Wohnung ist es eiskalt. Zwar hat Barcelona zweifellos ein angenehmes Klima, doch das Problem ist, dass die Straßen eng und die Gebäude hoch sind, sodass die Sonne nirgendwo hinkommt – außer im Sommer, wenn man es lieber schattig hätte. Zu dieser Jahreszeit ist es an der frischen Luft angenehm, in den Wohnungen hingegen hängt immer noch die feuchte Winterkälte, sodass man fast erfriert. Das ist bei uns nicht anders. Damit meine ich meine Frau und mich. Wir frieren leicht; die Kälte dringt uns in die Knochen, und selbst im schönsten Frühling bibbern wir bis Sankt Johannis und manchmal sogar Sankt Jakobus. Früher …»

Aus der dunklen Wohnung rief eine schrille, vorwurfsvolle Stimme: «Jovellanos! Die Zuckererbsen!»

Mein Gesprächspartner hob entschuldigend die knochigen Hände. «Entschuldigen Sie die Unterbrechung», murmelte er. «Das ist meine Frau. Wenn Sie gestatten …»

Ich nickte, und er wandte sich um und schrie in die Dunkelheit hinein: «Im Kühlschrank, Cholita!»

Dann wandte er sich wieder zu mir um und erklärte mit gedämpfter Stimme: «Die sind für die Schildkröte. Sie war das Haustier unseres Sohnes. Er hatte sie, seit er klein war. Wir haben sie ihm an einem Stand auf den Ramblas gekauft, als er noch nicht laufen konnte, und jetzt ist er ein erwachsener Mann. Diese Tiere werden sehr alt: hundert Jahre oder mehr, wenn sie nicht überfahren werden oder ihnen sonst ein Unglück zustößt. Unser Sohn lebt in Australien. Hier hat er keine Arbeit gefunden, und dort gibt es jede Menge Möglichkeiten für junge Menschen. Aber die Schildkröte durfte er nicht mitnehmen. Er hat übers Internet bei der Botschaft angefragt, und die haben rundheraus nein gesagt. In Australien gibt es Haie, Krokodile und Giftschlangen, aber einer armen Schildkröten haben sie die Einreise verweigert. Da wir sie ja nicht gut wegwerfen konnten, haben wir sie behalten. Sie leistet uns Gesellschaft, wenn auch, ehrlich gesagt, keine besonders gute. Sobald es kalt wird, beginnt sie ihren Winterschlaf, und das ist in dieser Wohnung fast das ganze Jahr über der Fall. Jetzt ist sie aus dem Winterschlaf erwacht und verlangt ständig nach Futter. Schildkröten sind ganz verrückt nach Zuckererbsen.»

«Wie wir alle», stimmte ich ihm zu. «Aber Sie wollten mir gerade etwas erzählen, als wir unterbrochen wurden.»

Der verfrorene Alte überlegte, dann rief er aus: «Ah ja! Ich wollte Ihnen erzählen, dass wir früher eine Elektroheizung hatten. Die ist aber vor fünf Jahren kaputtgegangen, und wir wissen einfach niemanden, der sie reparieren könnte. Vor allem in einem so vornehmen Viertel wie diesem. Und eine neue Heizung zu kaufen, können wir uns nicht leisten. Trotzdem hoffe ich, dass das Problem bald gelöst ist, denn in ein, zwei Jahren kommt unser Sohn uns besuchen, und Sie werden sehen, das Erste, was er nach seiner Ankunft tun wird, ist, uns eine neue Heizung zu kaufen.»

«Über diese interessanten Themen haben Sie sicher oft mit Señor Larramendi geredet, nehme ich an», sagte ich.

«Nein, nein, überhaupt nicht», wehrte er ab und wedelte dabei grimassierend mit den Händen, als hätte er soeben ein Gespenst gesehen oder sich selbst in eines verwandelt. «Meine Frau und ich haben den Kontakt zu Señor Larramendi gemieden. Selbst die Schildkröte hat sich in ihren Panzer verkrochen, wenn sie einander zufällig begegnet sind.»

«Dürfte ich den Grund für diese Abneigung erfahren?», fragte ich.

Der Alte zögerte. Um seine Skrupel zu überwinden und angesichts der vorgerückten Stunde schlug ich ihm vor, nicht nur die Information, sondern auch die Pizza mit mir zu teilen. Das gab den Ausschlag. Er bedeutete mir zu warten und schlurfte zurück in seine ungemütliche Behausung.

3

DER VERFRORENE ALTE BRINGT MICH
AUF DEN NEUESTEN STAND

Eine ganze Zeitlang stand ich im Treppenhaus und wartete darauf, dass etwas geschah. Wenn ich das Ohr an die Wohnungstür legte, konnte ich drinnen Zähneklappern und das Gewirr von Stimmen hören, die zu streiten schienen. Endlich ging die Tür wieder auf, und der Alte erschien mit zwei wackeligen Plastikhockern.

«Hier», sagte er, stellte die Hocker auf den Treppenabsatz und bot mir mit einer höflichen Geste Platz an, «werden wir es sehr gemütlich haben. Um diese Uhrzeit sind die erwachsenen Hausbewohner auf Arbeit und die Kinder noch in der Schule. Meine Frau lässt sich entschuldigen und dankt für Ihr Angebot, aber sie leidet an einer Glutenunverträglichkeit.»

Unter diesen und anderen Höflichkeitsbekundungen setzten wir uns, ich klappte die Pappkartons auf, gab dem Alten ein Stück Pizza, über das er sich genüsslich hermachte, und aß selbst das andere, während ich aufmerksam seiner Erzählung lauschte.

«In meinem ganzen langen Arbeitsleben», begann er, «war ich im öffentlichen Dienst beschäftigt. Ehrlich und arbeitsam wie kein anderer, hinderte mich mein striktes Pflichtbewusstsein nicht daran, mich den Mächtigen gegenüber auf widerlichste Weise unterwürfig zu zeigen – und in meiner Stellung waren das fast alle. Jahre- und jahrzehntelang sah ich Tausende von Mächtigen kommen und gehen, aufsteigen und stürzen, wieder und wieder. Allen habe ich gleichermaßen geschmeichelt, von allen bin ich gleichermaßen schlecht behandelt worden. Schließlich habe ich nach einem ganzen Leben voller Trott und Erniedrigungen etwas gelernt, und diese Lehre werde ich hier und jetzt an Sie weitergeben, in diesem Augenblick auf dem Treppenabsatz. Die Lehre lautet: Macht bedeutet Gefahr. Merken Sie sich das: Macht ist gefährlich.»

Er spuckte die Klumpen und kleinen Steinchen aus, die man in billigem Essen unweigerlich findet, hustete und fuhr nach einer Pause fort: «Verstehen Sie diese Maxime recht: Die Macht ist gefährlich für denjenigen, der sie ausübt, das ist leicht zu sehen, man braucht nur die Zeitung aufzuschlagen oder den Fernseher einzuschalten. Die Mächtigen von gestern bevölkern heute die Gefängnisse dieses Landes, ha, ha. Aber meine Warnung bezieht sich nicht auf diese Facette der Macht. Hören Sie gut zu, junger Mann: Die Macht birgt auch eine ernsthafte Gefahr für denjenigen, der in ihre Nähe kommt, und ganz besonders für denjenigen, der ganz nah an sie heranrückt. Es heißt, in den legendären Königreichen des Orients hätten die Untertanen ihre Augen bedecken müssen, wenn der Herrscher an ihnen vorbeizog, damit sie sein Gesicht nicht sehen konnten. Wer es erblickte, und sei es auch flüchtig, zahlte diese Unverschämtheit mit seinem Leben. Sie müssen wissen, dass diese weise Maßnahme nicht etwa dazu diente, die Gestalt des Herrschers zu erhöhen, sondern dazu, die Bevölkerung zu schützen. Aber ach!», fügte er hinzu und rieb sich die Hände, aus Zufriedenheit oder um sich zu wärmen, «ach!», wiederholte er, «wie schwierig ist es doch, den Verlockungen der Macht zu widerstehen! Wie in der berühmten Fabel schwärmen die Fliegen zu Tausenden um die Honigwabe.»

«Aus Ihren Worten schließe ich, dass dies bei Señorita

Baxter der Fall war», warf ich ein. «Ich sage das bloß, weil ich noch eine Bestellung zu erledigen habe, und wenn wir so weitermachen, kommen wir bis zum Sankt Nimmerleinstag nicht zur Sache.»

Der Alte fuhr sich mit dem Handrücken über die Lippen, wischte ihn dann an der Hose ab und sagte: «Als ich Señor Larramendi das erste Mal sah, nahm ich rund um seinen Kopf die Aura dessen wahr, der einmal mächtig gewesen war: ein unauslöschlicher Nimbus, der den Mächtigen umgibt wie den gefallenen Engel, selbst im Augenblick körperlichen, moralischen und pekuniären Niedergangs. Deshalb mied ich nach Möglichkeit den Umgang mit ihm.»

«Nicht so Señorita Baxter …»

«Die ist später hier eingezogen. Sie kam mit leeren Händen und dem Kopf voller Träume in die große Stadt. In jenen Jahren hätte niemand auch nur einen Céntimo für Barcelona gegeben, trotzdem kamen immer mehr junge Leute in die Stadt und wurden von dem erbarmungslosen Behemoth verschlungen. Sie wissen, wer Behemoth war?»

«Der Bürgermeister?»

«Aber nein! Ein Ungeheuer aus der Mythologie. Und wie dieses Ungeheuer verschlingt auch die Stadt unvorsichtige junge Mädchen. Wenn sie dumm sind, werden sie von den Männern im Flug gefangen. Sind sie schlau, erkennen sie, wo sie gelandet sind, und gehen selbst auf die Jagd nach kleinen Vögelchen. Zu welcher Kategorie gehörte Señorita Baxter? Hm. An Instinkt mangelte es ihr nicht. Sobald sie Señor Larramendi sah, erkannte auch sie die Aura der Macht und wurde davon angezogen wie eine Motte vom Licht oder die Fliegen vom Honig … Das mit den Fliegen sagte ich bereits, nicht wahr?»

«Ja.»

«Nun gut, dann wie der Affe von grünen Trauben. So begann Señorita Baxter Señor Larramendi zu umkreisen, tat so, als begegneten sie sich rein zufällig …»

«Ich dachte immer, es sei Señor Larramendi gewesen, der die zufälligen Begegnungen herbeiführte.»

«Beide waren es. Ich weiß auch nicht, wieso sie nicht ständig aneinandergerempelt sind bei so vielen zufälligen Begegnungen.»

«Verzeihen Sie, aber haben Sie mir schon erzählt, wer danach kam?»

«Nach was?»

«Nach Señor Larramendi. Nach meinen Informationen lebte Señorita Baxter schon seit einiger Zeit im dritten Stock links, als Señor Larramendi seine Wohnung mietete.»

Der Alte hob die Hände an den Kopf und bewegte ihn hin und her, wie um sich zu vergewissern, dass er noch fest auf dem Hals saß.

«Bringen Sie mich nicht durcheinander», klagte er. «Mal sehen … Señor Larramendi dürfte so etwa zwei Jahre im zweiten Stock rechts gelebt haben, als Señorita Baxter kam. Wenn mein Gedächtnis mich nicht trügt, zog Señorita Baxter ein oder zwei Monate vor ihrer Ermordung in dieses Haus ein.»

Wir schwiegen eine Weile, während wir im Geiste die Abfolge der Ereignisse rekonstruierten.

«Und wer hat vor Señorita Baxter im dritten Stock links gelebt?», fragte ich.

«Ein junges Paar mit einem Baby. Er war Architekt und sie Psychologin. Das Baby hat nachts immer geschrien, deshalb erinnere ich mich noch an sie. Zum Glück wurde die Psychologin wieder schwanger, und sie sind in eine größere Wohnung gezogen. Und dann kam Señorita Baxter, aber die ist nicht länger als einen oder anderthalb Monate geblieben. Vielleicht noch weniger. Sie hatte das Pech, Señor Larramendi zu begegnen, und da ist es ihr, wie ich bereits sagte, wie den Motten ergangen. Die fliegen in die Flamme, ohne etwas dagegen tun zu können, und dort verbrennen sie dann auf die abscheulichste Weise. Die anderen im Schwarm sehen es, aber sie werden aus fremdem Schaden nicht klug. Im Gegenteil, sie schubsen und beschimpfen sich, um als Erste zu den Flammen zu gelangen und zu verbrennen. Und so verbrennen sie haufenweise und verströmen dabei einen unerträglichen Gestank, wie bei einem Fest, bei dem mit Schwefel gegrillt wird, wenn Sie mir den Vergleich gestatten.»

«Nur zwei Monate?»

«Die Motten? Nein, die machen das immer so.»

«Ich meinte Señorita Baxter. Nach Ihrer Aussage hat sie nur zwei Monate in der Wohnung gelebt.»

«Das ist nur eine Schätzung. Ich führe keine Listen über die Hausbewohner, und außerdem ist das Ganze schon so lange her. Wenn ich mich überhaupt noch daran erinnere, dann nur wegen des Mordes und des Aufruhrs, den er ausgelöst hat. Sogar das Fernsehen war da. Señorita Baxter hat zwei Monate hier gewohnt oder noch kürzer. Länger auf keinen Fall. Im Sommer jenes Jahres war da noch das ewig heulende Baby. Wenn das Fenster offen war, hat es uns die ganze Nacht wach gehalten. Nachdem der Architekt mit seiner Familie ausgezogen war, stand die Wohnung einige Wochen lang leer. Bis dann Señorita Baxter eingezogen ist.»

Da das Gedächtnis des Alten zu diesem Thema nicht mehr hergab, beschloss ich, die Angelegenheit von einer anderen Seite aus anzugehen.

«Hat nach dem Tod von Señorita Baxter Señor Larramendi noch lange hier gewohnt?»

«Nein. Auch das weiß ich noch, weil das Ganze ziemlich merkwürdig war. Sehen Sie: Eines Tages ist Señor Larramendi einfach verschwunden, ohne etwas zu sagen oder sich zu verabschieden. Der Portier behauptete, sie hätten ihn ermordet, wie Señorita Baxter. Ein Ninja oder etwas Ähnliches habe ihn zerstückelt und die Stücke in einem Sack fortgeschleppt. Natürlich hat ihm niemand geglaubt. Und zwar zu Recht, denn zehn oder zwölf Tage nach seinem Verschwinden war Señor Larramendi wieder da, quicklebendig und mit allen Körperteilen da, wo sie hingehörten.»

«Hat er gesagt, wo er war oder weshalb er verschwunden war?»

«Zu mir hat er gar nichts gesagt. Und ich habe weiterhin jeglichen Kontakt zu ihm gemieden, jetzt aus noch besserem Grund als zuvor.»

«Aber er hat weiter hier gelebt. Señor Larramendi, meine ich. Nachdem er unzerstückelt wieder aufgetaucht war.»

«Nein. Nicht einmal eine Woche später hat er seine Sachen auf einen Umzugswagen geladen und ist endgültig verschwunden.»

«Was hat denn der Portier zu diesem ständigen Hin und Her gesagt?»

«Das weiß ich nicht. Der Portier und ich unterhielten nicht gerade das, was man eine enge verbale Beziehung nennt. Er war ein ziemlicher Schwätzer, und ich … Sie sehen ja. Zusammen hätten wir ein Schwarzes Loch gebildet.»

«Der Portier hat das Gebäude vor Jahren verlassen», sagte ich, um seine Erinnerungen noch einmal aus einem anderen

Blickwinkel zu beleuchten. «Ich nehme an, er ist in Rente gegangen.»

«Oh nein. Er hat das Rentenalter gar nicht erreicht. Noch so einer, der ein böses Ende genommen hat.»

«In welcher Hinsicht?»

«In der schlimmsten Hinsicht. Und alles durch seine Schuld. So auf Anhieb fällt mir dazu keine passende Fabel ein, aber während ich Ihnen diese traurige Geschichte erzähle, komme ich schon noch auf eine.

Seit den grässlichen Ereignissen, denen meine Nachforschungen galten, waren einige Jahre vergangen, und allmählich war in der Calle de Sant Hilari wieder Ruhe, im Haus Nummer 15 dieser Straße wieder Normalität und bei den Bewohnern dieses Hauses wieder Seelenfrieden eingekehrt, als eine neue, merkwürdige Gestalt die ruhigen Wasser aufwühlte, die das Leben derer, die diese Gewässer behausten, für immer verändern sollte. Diese merkwürdige Gestalt war eine Frau unbestimmten Alters, die arm aussah, schäbig gekleidet war und sich undurchsichtig verhielt. Sie bettelte nicht und wühlte auch nicht in den Mülltonnen, aber ihr ständiges Umherwandern, Straße auf und Straße ab, Tag für Tag, machte sie verdächtig. Schon mehrmals hatte der Portier ihr durch Gesten zu verstehen gegeben, dass sie aufhören solle, die Straße auf und ab zu gehen, hatte einmal sogar den Besen geschüttelt, um sie zu verscheuchen, aber da die Frau nichts Schlimmes tat und der Portier über die Passanten nicht zu bestimmen hatte, war sein Bemühen, sie zu vertreiben, vergebens. Mit der Zeit wurde die begrenzte Kommunikation, die sich zwischen dem Portier und der Obdachlosen – zunächst durch Gesten und später dann mit dem Besen – entsponnen hatte, immer länger und ausführlicher. Mit ihren wenigen Brocken

Spanisch erklärte sie ihm, sie sei erst kürzlich aus einer politisch instabilen und wirtschaftlich darniederliegenden Balkanregion nach Barcelona gekommen, habe weder Arbeit noch Unterkunft und sei von bösen Menschen sowie der Polizei überfallen und misshandelt worden, weshalb sie sich in diese abgelegene, friedliche Straße geflüchtet habe, wo sie sich relativ sicher fühle. Sie sagte ihm auch, sie heiße Sardina, was in ihrer Sprache so viel bedeute wie Distelfink. Je näher sie einander kamen und je öfter sie sich unterhielten, desto deutlicher wurde dem Portier, dass die Frau gar nicht so alt war, wie ihr heruntergekommenes Aussehen ihn anfangs hatte glauben lassen, dass sie einfach und freundlich im Umgang war und gewaschen und gekämmt nicht einmal unattraktiv. Schließlich bot er ihr Unterkunft in seiner Wohnung an, und sie zog bei ihm ein. Der Portier sprach beim Eigentümer sowie der Hausverwaltung vor und klopfte demütig bei jedem einzelnen Mieter an die Tür, um allen zu versichern, dass dies gegen keinerlei ethische noch vertragliche Regelung verstieß, da es zwischen ihm und der Frau nicht zu Intimitäten gekommen war und auch nicht kommen würde, bis sie den Bund der Ehe schlossen, was sich – wie der Portier seufzend hinzufügte – als schwieriger erwies als anfangs gedacht, da das Land, aus dem seine zukünftige Gattin stammte, aufgrund seines exorbitanten Wirtschaftsdefizits und flagranter Verstöße gegen die Bedingungen des Rettungsplans ohne Umschweife aus der Europäischen Union ausgeschlossen worden war. Das hatte zur Folge, dass die Untertanen dieses Landes automatisch zu illegalen Einwanderern geworden waren, womit die für die Heirat benötigten Papiere, die sie eigentlich schon zusammengetragen hatten, ungültig waren und sie von vorn anfangen mussten, ein nun sehr viel längeres und komplizierteres Verfahren. Unterdessen hielt sich die Frau weiter diskret im Hintergrund, behandelte jedermann höchst respektvoll und half dem Portier beim Treppenputzen. Drei Wochen nach dieser keuschen Übereinkunft ließ die Frau, während der Portier tief und fest schlief – zweifellos aufgrund eines Schlafmittels, das sie ihm ins Abendessen gegeben hatte –, fünf Männer ins Haus und gab ihnen Kopien sämtlicher Wohnungsschlüssel, die sie hatte anfertigen lassen, während sie die Türen abgestaubt und die Türklinken gewienert hatte. In Nullkommanichts hatte die Bande alle Wohnungen leergeräumt, ohne die Bewohner zu wecken. Als es der Polizei am nächsten Morgen gelang, den Portier aus seiner Betäubung wachzurütteln, und dieser verstand, was geschehen war, erlitt er einen Hirnschlag, von dem er sich nie wieder erholte. Er lebte dann noch eine Zeitlang in einem Pflegeheim, wagte es aber nicht, sein Zimmer zu verlassen, nicht einmal wenn ein Verhaltenspsychologe, um ihn zu ermuntern, ihm sagte, es sei ein Paket oder ein Einschreiben angekommen. Die Frau und ihre Komplizen wurden nie geschnappt, und auch die Beute, die sie mit diesem niederträchtigen Trick gemacht hatten, tauchte nie wieder auf.

Der Alte wollte gerade seine Erzählung mit einer Moral krönen, als mein Handy klingelte. Wie zu befürchten, riefen die Betreiber des Chinarestaurants an, um zu fragen, warum ich meine Bestellung immer noch nicht abgeliefert hätte, denn der Kunde hatte seinerseits bei ihnen angerufen und gedroht, die Bestellung rückgängig zu machen und sich ein Omelett zu braten, da er halb verhungert sei. Ich antwortete, ich sei schon fast da, legte auf und stürzte davon.

4

DIE SPORTLERIN,

DIE ES NIE GAB

Der Sporting Club Santa Clara hatte seinen Namen in Club Esportiu Santa Clara de l'Ou, Heiliges Eiweiß, geändert, sah aber noch genauso aus wie früher: Der Rasen wirkte frisch und grün, die Sträucher waren zu Figuren gestutzt, und das Gebäude war makellos sauber. Wie zu erwarten, stand Mingo, der scharfsinnige Rezeptionist, nicht länger am Empfang, und Don Bernabé de Paquito war nicht länger Leiter dieser Einrichtung, wie der neue Rezeptionist auf meine Nachfrage hin erklärte. Als ich sagte, ich wolle mit dem neuen Direktor sprechen, musterte mich der Mann, der seinem Namensschild nach Melcior hieß, von oben bis unten, dann blieb sein Blick für einen Augenblick an den Pappkartons hängen, die unübersehbar leer, aber keineswegs sauber waren, und fragte mich, warum.

«Es geht um die Sauna», sagte ich aufs Geratewohl.

«Was ist mit der Sauna?», fragte Melcior.

«Nichts», antwortete ich. «Ich wollte nur wissen, ob sie immer noch funktioniert.»

«Bis gerade eben haben sämtliche Anlagen des Clubs einwandfrei funktioniert, andernfalls wäre ich der Erste, der davon erfährt», erwiderte Melchior mit pikiert hochgezogenen Augenbrauen. «Deshalb wollten Sie den Direktor sprechen?»

«Nun ja, deshalb, und um mit ihm über einen Mordfall zu reden, in den der Club vor einigen Jahren verstrickt war. Aber wenn der Herr Direktor keine Zeit hat, kann ich natürlich auch später mit einem Durchsuchungsbefehl und einem Streifenwagen wiederkommen.»

«Wenn Sie so freundlich wären, eine Sekunde zu warten», sagte Melcior.

Der neue Direktor war Ende dreißig, breitschultrig, hatte einen Bürstenhaarschnitt und strotzte geradezu vor Jovialität.

«Setzen Sie sich, mein Freund, setzen Sie sich, und machen Sie es sich bequem», sagte er und deutete auf einen Stuhl, der genauso aussah wie der, auf dem ich bei meinem letzten Besuch gesessen hatte, aber glänzte, als hätte seit jenem weit zurückliegenden Tag niemand mehr darauf Platz genommen. «Wenn Sie möchten, kann ich Anweisung erteilen, dass man Sie von diesen fettigen Pappkartons befreit.»

«Nein», antwortete ich und stellte die Pappkartons unter den Stuhl, um sie vor seinem forschenden Blick zu verbergen, «sie sind Teil der Ermittlung.»

«Ah ja, ich verstehe», sagte der neue Direktor mit einem verzerrten Lächeln. «Forensiker, was? Beeindruckend, welche Fortschritte die Wissenschaft heute macht! Man betrachtet ein Haar von dir unter dem Mikroskop, und schon weiß man, wie lange du nicht mehr gevögelt hast. Ha, ha, ha. Womit kann ich Ihnen dienen?»

«Sehen Sie, Señor ...»

«Niko.»

«Señor Niko ...»

«Einfach nur Niko genügt. Meine Freunde nennen mich einfach nur Niko.»

«In diesem Fall», sagte ich, «komme ich direkt zur Sache. Vor einigen Jahren wurde ein weibliches Mitglied dieses

Clubs ermordet. Nicht auf dem Clubgelände, sondern außerhalb. Nachdem alle erforderlichen Ermittlungen durchgeführt worden waren und der Täter spontan gestanden hatte, stellte sich heraus, dass auch er Mitglied dieses Clubs war. Diese Tatsache, im Allgemeinen schon bedauerlich, besonders aber wegen des Misskredits, in den sie den Club hätte bringen können, drang nie ans Licht der Öffentlichkeit, was der sofortigen und effizienten Unterstützung des damaligen Direktors des Clubs, Don Bernabé de Paquito, zu verdanken ist, mit dem zusammenzuarbeiten ich das Vergnügen hatte, und zwar Seite an Seite in größter Eintracht.»

«Ah, Don Bernabé de Paquito!», rief Niko aus und hob die Arme zur Zimmerdecke, wie um den Geist des Abwesenden zu beschwören. «Die Erinnerung an ihn wird die Jahrhunderte überdauern. Was für eine Persönlichkeit! Er hat den Club erst groß gemacht. Der Club schuldet ihm viel. Unglücklicherweise», fuhr er nach einer kurzen Pause fort, «hat auch er dem Club viel geschuldet, und schließlich haben sie ihm einen Tritt in den Allerwertesten verpasst. Was für eine Persönlichkeit! An Elan, wenn man es so nennen mag, hat es ihm nie gefehlt. Von Verwaltung hatte er allerdings nicht die leiseste Ahnung. Er glaubte, alles regle sich von allein, wenn man nur ständig kokst. Nach einer Weile hat er dann angefangen, in die Kasse zu greifen, um seine Dealer zu bezahlen. Als die Pleite abzusehen war, haben einige Mitglieder es vorgezogen, die Außenstände zu begleichen und dafür ihren Tennisplatz zu behalten. Don Bernabé de Paquito haben sie gesagt, er solle die Schlüssel auf den Tisch legen, unauffällig hinausgehen und die Tür leise hinter sich schließen.»

«Und was geschah dann?», fragte ich.

«Daraufhin wurde das Amt des Sportdirektors von dem

des Geschäftsführers getrennt. Einer verwaltet das Geld, der andere – das bin ich – ist für die Unterhaltung zuständig. Ich erzähle Ihnen das alles, um deutlich zu machen, dass dieser Club nichts mehr mit dem Club von Don Bernabé de Paquito zu tun hat.»

«Sie wissen nicht zufällig, wo ich ihn finden könnte?», fragte ich. «Ich würde gern mit ihm sprechen.»

«Ich weiß nichts über Don Bernabé de Paquito», sagte Niko. «Ich bin erst seit anderthalb Jahren hier, und der Club als solcher will lieber nichts über ihn wissen, auch nicht, was aus ihm geworden ist. Irgendjemand hat gehört, dass er nach seinem Ausscheiden hier in einem eher armseligen Club als Tennislehrer gearbeitet habe und danach als Rezeptionist in einem Hotel in Salou. Dort verliert sich seine Spur. Kann ich Ihnen mit irgendetwas anderem behilflich sein als mit der Biografie von Don Bernabé de Paquito?»

Ich wollte gerade verneinen, da kam mir eine Idee.

«Ich würde gerne die Daten eines weiblichen Mitglieds einsehen, das vor langer Zeit wegen des eben erwähnten Mordes an einem anderen weiblichen Mitglied, mit dem sie eng befreundet war, den Club verlassen hat. Damals habe ich diese Daten erbeten, und mir wurde gesagt, sie seien nicht mehr vorhanden, weil das fragliche Mitglied gekündigt habe. Könnte es sein, dass irgendwo die Daten sämtlicher Mitglieder dieses Clubs aufbewahrt werden, der aktiven wie der ehemaligen?»

«Nein. Die handschriftlich ausgefüllten Karteikarten wurden durch die neuen Technologien überflüssig, und als die Verwaltung auf Computer umgestellt wurde, wurden in die Datenbank nur die Namen der zu diesem Zeitpunkt aktiven Mitglieder aufgenommen.»

«Tja, dann habe ich wohl kein Glück», sagte ich und stand auf. «Ich danke Ihnen für Ihre Freundlichkeit und will Sie nicht länger aufhalten.»

«Danken Sie mir nicht», sagte Niko, ohne aufzustehen. «Meine wichtigste Funktion ist es, sportlich wie persönlich einen positiven Eindruck des Clubs zu hinterlassen. Mein Motto lautet: ‹Nicht verzagen, Niko fragen.› Dürfte ich wissen, warum diese Daten Sie interessieren?»

«Dieses weibliche Mitglied», sagte ich, nachdem ich mich erhoben und die Pappkartons aufgenommen hatte, schon auf dem Weg zur Tür, «zeigte seinerzeit besonderes Interesse an dem Mord an ihrer Freundin und verfügte über nützliche Informationen für eine mögliche Lösung des Falls. Wenn ich jetzt mit ihr sprechen könnte, würde ich ihr einige zusätzliche Fragen über Aspekte des Falls stellen, die damals ungeklärt geblieben sind. Aber dazu müsste ich sie auffinden, und ich kenne nur ihren Namen, und es gibt keine Telefonbücher mehr.»

Niko schlug mit den flachen Händen auf die Tischplatte, um seiner Begeisterung Ausdruck zu verleihen, und rief: «Setzen Sie sich wieder! Wenn wir den Namen der Person haben, können wir die Suche anders angehen. ‹Vertrau auf Niko, und du wirst nicht enttäuscht›, lautet mein Motto … eines meiner Motti.»

Er hob den Telefonhörer ab, drückte auf einen Knopf und sagte gleich darauf: «Lorena, Süße, tu mir einen Gefallen, ja? Bleib, wo du bist, wir kommen zu dir.»

Er legte auf, ohne die Antwort abzuwarten, und schenkte mir ein breites Lächeln. «Damals, als es diesen Ärger mit Don Bernabé de Paquito gab, waren die Kundendaten uninteressant, aber aus buchhalterischen Gründen wurde eine genaue

Liste aller gezahlten Mitgliedsbeiträge seit Gründung des Clubs erstellt. Diese Liste muss noch irgendwo auf der Festplatte sein. Ich weiß nicht, wo oder wie man sie wiederherstellen kann, aber irgendwo muss sie sein. Mit ein wenig Geschick und einer Prise Glück finden wir vielleicht den Namen des Mitglieds und von dort ausgehend ihre Personalausweisnummer, ihre damalige Adresse oder etwas anderes. Lorena ist für die Rechnungen zuständig und ein echtes Informatik-Ass.»

Wir gingen in ein anderes Büro, wo Lorena schon auf uns wartete, eine blondgefärbte Dame in den Fünfzigern, die aussah, als sei mit ihr nicht gut Kirschen essen. Niko erklärte ihr, was ich suchte, und Lorena begab sich in den Kampf gegen einen Bildschirm, der es sich in den Kopf gesetzt hatte, auf alle ihre Versuche mit einer «Error»-Meldung zu reagieren. Nachdem sie das System mehrmals neu gestartet hatte, seufzte sie und sagte: «Da haben wir es.»

«Habe ich es nicht gesagt?», rief Niko. «Ein Ass!»

«Wie hieß die Person, die Sie suchen?», fragte Lorena.

«Callado», sagte ich. «Normalina Callado.»

«Haben wir hier nicht», sagte Lorena, nachdem sie etwas eingetippt und mehrmals die Tasten Ctrl und Alt gedrückt hatte.

«Wenn eine andere Person die Aufnahmegebühr und die Monatsbeiträge gezahlt hätte», schlug ich vor, «zum Beispiel der Vater des Mitglieds: Wer würde dann in Ihrer Liste erscheinen?»

«Das Mitglied», erwiderte Lorena wie aus der Pistole geschossen. «Wo das Geld herkommt, ist für die Buchhaltung irrelevant. Viele Mitglieder lassen sich ihre Beiträge von ihren Arbeitgebern bezahlen, die sie dann als Spesen absetzen. Uns ist das völlig egal. In der Liste stehen der Name und die Ausweisnummer des Mitglieds.»

«Woraus ich schließen muss», sagte ich, «dass in diesem Club niemals eine Person namens Normalina Callado Mitglied war.»

«Niemals», bestätigte Lorena entschlossen. «Es tut mir leid, dass ich Ihnen nicht weiterhelfen konnte.»

«Nein, nein, ganz im Gegenteil», entgegnete ich. «Diese Bestätigung hat mir sehr geholfen. Ehrlich gesagt, habe ich so etwas Ähnliches schon geahnt, und jetzt hat sich mein Verdacht bestätigt. Lassen Sie mich noch einmal sagen, wie dankbar ich Ihnen bin. Und wenn es Ihre Freundlichkeit nicht allzu sehr strapaziert: Kennen Sie einen Ort hier in der Nähe, wo ich günstig chinesisches Essen bekomme?»

Niko schüttelte verneinend den Kopf.

Lorena sah erst die Pappkartons an, dann mich und sagte: «Der Club hat ein Restaurant. Dort gibt es Quinoa, Tofu und Ähnliches. Es ist nur zur Mittagszeit geöffnet, jetzt bekommen Sie dort nichts mehr zu essen, und das, was übrig geblieben ist, wandert in den Müll. Ich könnte anrufen und sie bitten, Ihnen etwas aufzuheben. Wenn nicht: Hinter der Küche befinden sich die Müllcontainer. Viel Glück.»

Ich verließ den Club hochzufrieden und mit gefüllten Pappkartons, als mein Handy wieder klingelte. Beinahe wäre ich nicht drangegangen, aber dann tat ich es doch und vernahm zu meiner großen Überraschung nicht etwa eine bitterböse Schimpftirade, sondern Cándidas schnapsgetränkte Stimme.

«Du kannst stolz auf mich sein», rief sie freudig erregt. «Ich habe Señorita Westinghouse ausfindig gemacht! Hast du einen Augenblick Zeit?»

«Ich bin bei einem Lieferanten», antwortete ich, «aber ich höre dir zu. Bei dem, was ein Anruf von Handy zu Handy kostet, wird es sicher nicht lange dauern.»

«Ich habe eine Flatrate, Dummkopf. Und gute Kontakte, wie du sehen wirst.»

Während sie so prahlte, entfernte ich mich ein paar Meter vom Eingang des Clubs, setzte mich auf die Bordsteinkante und hörte mir an, was Cándida zu berichten hatte.

Die Zeiten waren schlecht für viele Menschen, und für niemanden waren sie schlechter als für Señorita Westinghouse. Der wirtschaftliche Aufschwung Barcelonas, auf den sie so große Hoffnungen gesetzt hatte, ließ weiter auf sich warten; ihre Englischkenntnisse waren zuerst stagniert und dann mangels Übung schlechter geworden; die Einkünfte aus ihren beruflichen Aktivitäten schwanden in besorgniserregendem Maße; der Zahn der Zeit nagte unwiderruflich sowohl an ihrem Aussehen als auch an ihrer Moral, und allmählich schwand ihre Hoffnung, einen guten – oder auch nur einen schlechten – Mann zu finden, der sie zum Altar führen würde. Das alles und die Tatsache, dass eine fortschrittliche Regierung und eine tolerante Öffentlichkeit moderne Gesetze ermöglicht hatten, die uralte Hindernisse beseitigten und frühere Formen der Diskriminierung auslöschten, hatten dazu geführt, dass Señorita Westinghouse ihren Traum begraben hatte, eine amerikanische Hausfrau zu werden, und ihre Wiederaufnahme in die Guardia Civil beantragt hatte. Nachdem diese ihr sofort und umstandslos gewährt worden war, stellte sie zu ihrer freudigen Überraschung fest, dass sie in der langen Zeit ihrer Beurlaubung aufgestiegen war und nun einen Posten als Kommandant innehatte. Schweren Herzens, aber ohne zu zögern, verbannte sie ihre geblümten Kleider, die

Strümpfe, die hochhackigen Schuhe, BHs und Ähnliches in den Kleiderschrank, warf die Perücke, die falschen Fingernägel und Wimpern so wie die unzähligen Tuben und Fläschchen mit Schminke in den Müll, zog Uniform, Stiefel, Pistolengurt und Kappe an, ließ sich einen dichten Schnurrbart wachsen und tat mehrere Jahre lang treu ihre Pflicht, nicht besser und nicht schlechter als ihre übrigen Kameraden, zuerst bei der Küstenwache, dann in einem Büro, von dem aus sie die Arbeit der Bergrettung koordinierte, und zuletzt als Lehrer im Zentrum zur Ausbildung junger Rekruten, bis sie sich mit dem Dienstgrad eines Obersten, einer mustergültigen beruflichen Laufbahn, einem halben Dutzend Medaillen und einer ansehnlichen Pension zur Ruhe setzte. Außerhalb des aktiven Dienstes veröffentlichte sie ein Handbuch mit dem Titel *Wie man seine Kasernenunterkunft in ein modernes Heim verwandelt* sowie eine Anleitung zur Befragung möglicher Terroristen, die sie *Pillow Talk* nannte – zur Erinnerung an Doris Day, die sie ihren Schülern stets als ein jederzeit und in jeder Situation zu befolgendes Vorbild hingestellt hatte.

«Das ist ja alles schön und gut, Cándida», sagte ich, als meine Schwester mit dem Bericht über die damalige Weggefährtin meiner Ermittlungen geendet hatte. «Aber mich würde interessieren, wo und wie ich Señorita Westinghouse heute finden kann.»

«Verdammt, da setze ich Himmel und Hölle in Bewegung, und dir ist das immer noch nicht genug», murrte Cándida.

«Cándida, ich will deine Leistung ja gar nicht in Abrede stellen. Aber das bringt mir nichts. Forsche weiter, und sobald du etwas Konkreteres hast, rufst du mich unter dieser Nummer an.»

«Klar doch, und wer zahlt die Handyrechnung?»

«Hast du nicht gesagt, du hättest eine Flatrate?»

«Nur für die ersten drei Anrufe, dann kostet es fünf Euro pro Minute. Und wenn ich weniger als eine Minute lang telefoniere, muss ich eine Strafgebühr zahlen.»

5

DER ANGELHAKEN

Nachdem ich mit Cándida gesprochen hatte, gebot mir mein
Ehrgefühl, alle weiteren Aktionen im Zusammenhang mit
dem Fall zurückzustellen, bis ich die Lieferung ordnungsge-
mäß zugestellt hatte. Also ging ich zu Fuß bis hinunter zur
Plaza Bonanova und nahm dort den Bus Nummer 58. Die
Schule war gerade aus, und so war der Bus voller Kinder, großer wie kleiner, doch alle gleichermaßen lebhaft, sodass ich
mich gezwungen sah, die Pappkartons in die Höhe zu halten,
damit niemand dagegenstieß und sie zerdrückte. Das wiederum hinderte mich daran, mich an den Haltegriffen festzuhalten, und so wurde ich fortwährend quer durch den Bus
geschleudert, vor und zurück und von rechts nach links. Erschöpft stieg ich an der Ecke Muntaner und Aragón aus und
wartete auf die Nummer 20, um den restlichen Weg zurückzulegen. Aber wie ich so an diesem Kreuzpunkt der Koordi-
naten stand, überkam mich mit einem Mal der Wunsch, den
Ort aufzusuchen, an dem sich früher einmal das Restaurant
Casa Cecilia, Spezialitäten aus Rioja, befunden hatte, an das
ich eine sehr glückliche Erinnerung hegte, das aber leider
schon lange nicht mehr existierte. Da es zentral gelegen war,
war ich schon unzählige Male daran vorbeigegangen und
hatte dabei stets die köstlichen Momente heraufbeschworen,
die ich in seinen vier oder mehr Wänden erlebt hatte, aber als
ich aus der Anstalt entlassen wurde und die Stadt wieder für
mich entdeckte, war das Restaurant schon seit geraumer Zeit

geschlossen und ein Geschäft für Sportschuhe an seine Stelle getreten, das später von einer Videothek abgelöst wurde. Als diese ihre Pforten schloss, verlor dieser Ort, der nichts mit mir zu tun hatte und keinerlei Erinnerung mehr in mir weckte, jegliches Interesse für mich. Wenn mein Job, die Nostalgie oder irgendein anderer Grund mich in diese Gegend führte, ging ich gedankenverloren daran vorbei, die Augen auf den Boden geheftet oder zum Himmel erhoben, ohne auch nur einen flüchtigen Blick darauf zu werfen. Dieses Mal aber trieb mich etwas wie ein innerer Ruf oder Drang, kurz von meinem Weg abzuweichen und mich an den Ort zu begeben, der heute nur noch Erinnerungen für mich barg, mir seinerzeit aber entscheidend bei der Spurensuche geholfen hatte.

Die Räume, in denen sich früher das Restaurant befunden hatte, beherbergten nun ein modernes Geschäft. Ein Schild verhieß:

DER ANGELHAKEN
Fertiggerichte und Paella
Wein- und Gin-Tonic-Verkostung
Kaffee, Tee, Kräutertees und Ochsenherztomaten
Schokolade mit und ohne Kakao
Alles aus eigener Herstellung

Ich trat näher und spähte durch das Fenster. Das Innere des Ladens erinnerte in nichts an das frühere Restaurant: Wo Halbdunkel und Enge geherrscht hatten, war es nun weit und hell. Auf weißlackierten hölzernen Wandregalen reihten sich Weckgläser, Konservendosen und Flaschen aneinander, und auf der Ladentheke eine Auswahl köstlicher kleiner Happen. Der Laden war menschenleer.

Noch bevor ich wusste, was ich tat, hatte ich schon die Tür

geöffnet und war eingetreten. Ein Glöckchen bimmelte fröhlich, und sofort trat aus dem Hinterraum eine hübsche, wenn auch etwas füllige, lächelnde junge Frau mit einer weißen Schürze hervor. In einer Hand hielt sie einen halb gegessenen Müsliriegel. Sie stellte sich hinter die Theke und sagte: «Möchten Sie die Karte sehen, oder wissen Sie schon, was Sie wollen?»

«Weder noch», entgegnete ich. «Eigentlich wollte ich Ihnen nur eine Frage stellen. Es hört sich vielleicht ein wenig dumm an, aber wissen Sie, wo Sie vor Ihrer Geburt waren? Das hier ist keine Umfrage oder irgendetwas Offizielles, und wahrscheinlich habe ich mich nicht genau genug ausgedrückt. Kurz gesagt, ich interessiere mich für das Lokal, nicht für Sie. Sehen Sie, bevor das hier eine Metzgerei war, oder wie auch immer Sie das nennen, befand sich an dieser Stelle ein anderes Geschäft und vor langer Zeit einmal ein ziemlich schlechtes Restaurant …»

Während ich sprach, hatte die Verkäuferin den Müsliriegel ganz aufgegessen. Sie leckte sich die Lippen und sagte: «Meinen Sie etwa die Casa Cecilia, Spezialitäten aus Rioja?»

«Genau!», sagte ich. «Haben Sie etwa davon reden hören?»

«Schon oft.»

«Wie kann das sein, wenn die Frage erlaubt ist?»

«Die Frage ist erlaubt», antwortete sie, «und die Antwort ist ganz einfach: Die ehemalige Besitzerin von Casa Cecilia, Spezialitäten aus Rioja, ist meine Mutter. Was, nebenbei gesagt, Ihre erste Frage beantwortet. Das Restaurant gründeten meine Großeltern, als sie aus ihrer Heimatstadt Logroño nach Barcelona zogen. Nach ihrem Tod führte meine Mutter das Geschäft weiter, bis sie es in den Ruin getrieben hatte. Als sie meinen Vater heiratete, schlossen sie das Restaurant, ohne jedoch den Mietvertrag für die Räumlichkeiten zu kündigen. Sie eröffneten dann hier ein Geschäft für Sportschuhe, danach eine Videothek und ich weiß nicht was noch alles – alles ging pleite. Jetzt haben wir die Metzgerei. Sie geht gar nicht mal so schlecht, aber der alte Mietvertrag läuft demnächst aus, und die Eigentümerin will ihn uns nur verlängern, wenn wir das Dreifache bezahlen, deshalb werden wir schließen, und diesmal für immer.»

«Sie hat geheiratet?»

«Die Eigentümerin?»

«Ihre Mutter.»

«Ich bin ehelich geboren, wenn Sie das interessiert.»

«In gewisser Weise ja», sagte ich. «Lebt sie noch? Ihre Mutter, meine ich.»

«Mein Vater und meine Mutter sind am Leben und erfreuen sich bester Gesundheit», sagte sie, nicht besonders fröhlich. «Meine Mutter ist kurz weg, um etwas zu erledigen, aber sie wird bald wieder zurück sein. Wenn Sie auf sie warten wollen, habe ich nichts dagegen. Ich würde Sie nur bitten, diese fettigen Pappkartons zu verbergen, um unsere Kundschaft nicht zu verscheuchen.»

Wir diskutierten freundschaftlich darüber, wo man die Pappkartons zwischenzeitlich lagern könnte, und kamen zuletzt überein, dass ich sie weiterhin in der Hand halten würde, mich mit ihnen aber im Hinterraum des Ladens verstecken müsse, sobald ein Kunde eintrat. Noch feilten wir an den Einzelheiten, als die Tür aufging und das Glöckchen einen Neuankömmling ankündigte. Als ich sah, wer es war, vergaß ich mich zu verstecken, und blieb stocksteif stehen, vor Überraschung gelähmt.

Er atmete schwer wie jemand, der einen schnellen oder

anstrengenden Lauf hinter sich hat, und hinkte leicht. Bei meinem Anblick verfinsterte sich seine Miene misstrauisch. Er hatte mich nicht wiedererkannt, aber meine Gesichtszüge weckten wohl eine vage Erinnerung in ihm.

Mit gerunzelter Stirn und unverhohlenem Verdruss wandte er sich an die Verkäuferin. «Bist du mit diesem Kunden fertig?», fragte er barsch.

«Das ist kein Kunde», antwortete die junge Frau und warf ihm einen finsteren Blick zu. «Der Herr hat mir ein paar Fragen gestellt, und ich war gerade dabei, sie zu beantworten.»

«Was für Fragen?»

«Über den Laden und so.»

Ich stand immer noch stumm und reglos da, bereit, jederzeit davonzulaufen, falls es nötig sein sollte. Ein scharfer Blick auf mich verstärkte das Misstrauen des Neuankömmlings noch.

«Besser, du rückst nicht so ohne weiteres mit irgendwelchen Informationen heraus», brummte er. «Man weiß nie, was sich hinter einer scheinbar harmlosen Frage verbirgt. Im Geschäftlichen wie im Leben allgemein kann man nie vorsichtig genug sein, das habe ich dir schon tausendmal gesagt, Vero. Aber du bist einfach zu gutgläubig. Gutgläubig und aufsässig. Genau wie deine Mutter. Als ich deine Mutter kennenlernte, hat sie es genauso gemacht: Sie konnte einfach niemandem etwas abschlagen. Ich habe sie ermahnt, mit ihr geschimpft, ihr sogar ab und zu eine Ohrfeige verpasst, zur Warnung. Und hat sie auf mich gehört? Kein bisschen! Selbst nach deiner Geburt ließ sie sich vom Erstbesten einwickeln, der ein paar nette Worte zu ihr sagte. Ihr Frauen verwechselt gute Erziehung mit guten Absichten!»

«Soll das etwa heißen, dass ich unsere Kunden schlecht behandeln soll?», entgegnete Vero.

«Sie bändigen», lautete die Antwort. «In seinem Laden ist der Besitzer König. Dem Kunden muss man ordentlich einheizen. Deine Mutter hat diese Regel nie richtig verstanden und alles verloren bis auf die Unterhose.»

Das klang nicht gerade nach einer glücklichen Familie, dachte ich, als er sich in barschem Ton an mich wandte, entschlossen, die soeben ausgeführte Theorie am praktischen Beispiel zu demonstrieren.

«Nun, dann wollen wir mal sehen, mein neugieriger Herr», sagte er. «Was wollten Sie über dieses Geschäft wissen?»

«Wie es entstanden ist und sich bisher entwickelt hat», antwortete ich brav.

«Daran ist nichts Besonderes», brummte mein Gegenüber. Und dann, vielleicht weil er mich für einen Ausländer oder für jemanden hielt, der zwar von hier, aber lange Zeit fort gewesen war, fügte er hinzu: «Barcelona hat sich in den letzten Jahren sehr verändert.»

«Das ist mir bewusst», sagte ich, «und immer zum Besseren, dank der Bürgermeister, die uns der Himmel in den letzten Jahren geschickt hat … Ganz zu schweigen von der katalanischen Zivilgesellschaft, die ihresgleichen auf der Welt sucht.»

Diese Worte schienen ihn zu besänftigen. «Dieser Herr hier, will sagen, unser geschätzter Kunde», sagte er, wieder zur Verkäuferin gewandt und mit dem Daumen über die Schulter auf mich zeigend, «scheint ein ehrenwerter Mann zu sein. Aber das», fügte er sofort in strengem Tonfall hinzu, «entschuldigt dich nicht. Erinnere mich heute Abend daran, dir eine Tracht Prügel zu verpassen.»

«Wenn du mich anfasst, zeige ich dich an», fauchte Vero.

«Und wenn du das tust, bringe ich dich um, Rotzgöre», knurrte er.

Das durchdringende Bimmeln des Glöckchens, das diesmal den Auftritt einer weiblichen Person ankündigte, beendete dieses rüde Zwiegespräch.

Die Jahre, die seit unserer letzten, leidenschaftlichen Begegnung vergangen waren, hatten Cecilia überhaupt nicht verändert, abgesehen davon, dass sie ein wenig in die Breite gegangen war, ihre Haut welk geworden war, sie einen bitterem Zug um die Lippen hatte und ihr Haar schlecht geschnitten und noch schlechter gefärbt war. Außerdem waren ihre Nase und ihre Augenbrauen sichtlich größer. Sie beachtete mich gar nicht, sondern spürte sofort die Anspannung zwischen Vero und ihrem Vater; ihr Gesicht rötete sich, und sie öffnete den Mund, um etwas zu sagen. Doch bevor es dazu kam, bemerkte sie, dass ein Fremder anwesend war, sah mich an, wechselte von blutrot zu leichenblass und rief aus: «Scheiße! Du?»

«Du kennst ihn?», fragte der Herr des Hauses und runzelte wieder die Stirn.

«Ja», antwortete sie, «und du hättest ihn auch wiedererkannt, wenn dein Hirn nicht weich wie Pudding wäre.»

Er zuckte die Achseln. «Ich habe in meinem Leben viele Taugenichtse gesehen», sagte er verächtlich. «Ich kann mich nicht an alle erinnern.»

Es wurde still, und aller Augen richteten sich auf mich. Ich hätte diese momentane Pause ausnutzen müssen, um das Lokal auf dem gleichen Wege zu verlassen, wie ich hereingekommen war, aber inmitten der wogenden Leidenschaften wallten auch meine Gefühle auf.

«Cecilia», sagte ich mit leiser Stimme, «wie konntest du mir das nur antun?»

Als sie meine schmerzerfüllten Worte hörte, fragte Vero: «Mami, kennst du etwa diese Made?»

Cecilia bedachte erst ihre Tochter, dann ihren Mann mit einem raschen Blick und antwortete: «Hüte deine Zunge, meine Hübsche; diese Made könnte dein Vater sein.»

Vero wurde rot vor Scham, ich wurde rot vor Verwirrung, und der vermeintliche Vater wurde rot vor Zorn. So standen wir alle vier mit geröteten Gesichtern unbehaglich beisammen.

Doch das hielt Cecilia nicht davon ab, in ätzendem Spott zu mir zu sagen: «Was dachtest du denn? Hätte ich etwa seelenruhig abwarten sollen, während das Restaurant in die Binsen ging, meine Angestellten sich ohne jede Erklärung verdrückten und du im Knast vor dich hin rottetest? Irgendwie musste ich ja aus dem Schlamassel herauskommen.»

«Ja, ja», erwiderte ich, «das verstehe ich. Ich verstehe sogar, dass du einen anderen geheiratet hast, weil ich nicht da war. Aber musste das ausgerechnet Asmarats sein?»

«Ach, mein Lieber, er war der Einzige, den ich abkriegen konnte. Unter dem Vorwand, dass er hinter dir her sei, kam er Tag für Tag ins Restaurant. Und nachdem du verhaftet warst, kam er immer weiter, als hätte ich nicht mitbekommen, was passiert war. Er selbst hat den Kopf in die Schlinge gesteckt. Ich musste ihn nur noch zum Standesamt zerren. Als Ehemann ist er ein Widerling, aber hätte ich ihn nicht genommen, wäre ich auf der Straße gelandet.»

An dieser Stelle mischte sich Vero ins Gespräch. «Mami, es gehört sich nicht, dass du so über Papi redest.»

«Du hältst den Mund», sagte Asmarats, «oder Papi schlägt dir die Zähne ein. Ich kann mich sehr wohl selbst verteidigen, dazu brauche ich dich nicht. Und im schlimmsten Fall habe ich noch meine Dienstwaffe und ein Kilo Plastiksprengstoff, den wir damals in den guten alten Zeiten den Terroristen von der GRAPO abgenommen haben. Soll heißen, wenn mir der Sinn danach steht, baue ich eine Bombe, bringe mich um und sprenge danach das Lokal in die Luft.»

Er stieß einen Seufzer der Befriedigung über sein feuriges Plädoyer aus, wandte sich an mich und tippte mit dem kleinen Finger auf die Stelle zwischen meinen Augen. «Und Sie», fuhr er fort, «hören mir gefälligst zu, ganz gleich, wer Sie sind.»

Er machte eine Pause, um seine Gedanken zu ordnen und seine Gefühle unter Kontrolle zu bekommen. Das war ihm gelungen, als die Ladentür erneut aufging, das Glöckchen bimmelte und ein vornehm gekleidetes Ehepaar das Geschäft betrat.

Ohne die Stimme zu erheben oder den Blick von einem Gesicht zu wenden, sagte Asmarats: «Wir haben zu. Auf dem Schild steht GEÖFFNET, und das heißt auf gut Deutsch GE-SCHLOSSEN.»

«Wir wollten nur hundert Gramm gekochten Schinken», sagte die Dame, die soeben hereingekommen war.

«Im Supermarkt finden Sie besseren und billigeren. Außerdem ist es dort weniger wahrscheinlich, dass jemand Sie erschießt.»

Das Ehepaar grüßte und ging mit der Gesetztheit, mit der die Reichen auf eine Abfuhr reagieren.

Nachdem er die unliebsamen Kunden losgeworden war, setzte Asmarats seine unterbrochene Rede fort. «Sollte meine Frau Recht haben», sagte er, unaufhörlich weiter mit dem Finger auf mich zeigend, «dass wir beide uns aus früheren Zeiten kennen, zweifellos aus einer Zeit, in der öffentliche und private Institutionen, einschließlich der Ehe, stärker respektiert wurden, werden Sie wissen, dass ich zwar alles Mögliche gewesen sein mag, aber nie ein Feigling. Wo ich hinging, flößte ich Respekt, wenn nicht gar Furcht ein. ‹Achtung, da kommt Asmarats! Ein unlösbarer Fall? Lasst uns Asmarats holen! Asmarats will etwas sagen, spitzt die Ohren!› … Herrje, man hätte es fast als die ‹Ära Asmarats› bezeichnen können. Sehen Sie mich hingegen heute an: Verkäufer in einer Metzgerei. Und das alles nur, weil ich auf dieses Miststück gehört habe. Als der unvergessliche, unvergleichliche, tiefbetrauerte Kommissar Flores in Rente ging, wäre ich der ideale Nachfolger gewesen. Und bin ich ihm nachgefolgt? Ha! Stattdessen haben sie einen Kerl von der damals regierenden Partei eingeschoben wie ein Zäpfchen, und mir haben sie ein Leben voller Hingabe, Opfer und unvergleichlicher Resultate mit einem Fußtritt in einen Körperteil gedankt, den ich hier nicht namentlich erwähnen möchte. Natürlich haben sie sich nicht getraut, mich rauszuwerfen, dafür wusste ich zu viel. Meinen Dienstgrad und meine Bezüge durfte ich behalten. Aber für einen Mann, der voller Adrenalin von Dachterrasse zu Dachterrasse sprang und dabei unaufhörlich aus seiner AK-47 schoss, ist es reizlos, Falschparkern Knöllchen zu verteilen. Es stimmt schon, dass man auf vielerlei Weise zum Wohl der Allgemeinheit beitragen kann, aber mich hat es erbittert, Strafzettel auszustellen. Ich weiß nicht, ob ich mich deutlich ausdrücke. Damals hat das Miststück zu mir gesagt: ‹Verlass die Polizei, Asmarats, lass nicht zu, dass sie auf dir rumtrampeln, du bist mehr wert als alle anderen zusammen.› Sie wissen ja, wie überzeugend Frauen sein können, wenn sie Süßholz raspeln. ‹Geh in den Vorruhestand, Hasilein, du brauchst Risiko und Abenteuer›, hat sie zu mir gesagt. Und mit diesen und anderen Schmeicheleien hat sie mich überzeugt. Hätte ich bloß nicht auf sie gehört! Alles war gelogen. Sie brauchte einen Kerl wie mich, um ihren miesen Laden zum Laufen zu bringen. Außerdem war sie schwanger. Angeblich von mir, aber wer weiß das schon. Und ehe ich wusste, wie mir geschah, war ich Sportschuhverkäufer, später Verleiher von Video-Raubkopien, und jetzt verkaufe ich Schwachsinn wie diesen.»

Er ging zu einem Regal, nahm eine Flasche heraus und hielt sie mir vor die Nase. «Sehen Sie sich das an», knurrte er. «Reisschnaps. Wie finden Sie das? Selbst die Schnapsbrennereien sind in der Hand von Schwuchteln.»

Draußen war es inzwischen dunkel geworden, die Autos hatten die Scheinwerfer eingeschaltet. Im Innern des Ladens standen wir stumm und reglos beisammen, ein trauriges Quartett. Asmarats' Wut war verflogen; nun war er nicht mehr streitsüchtig, sondern weinerlich. Nach einer Weile öffnete er, um seine Verlegenheit zu überspielen und sich aufzuheitern, die Flasche mit dem geschmähten Schnaps und trank einen Schluck. Er verzog das Gesicht, nieste wie ein Vulkan und hustete wie ein Erdbeben, korkte die Flasche wieder zu und stellte sie zurück ins Regal. Dann wischte er sich die Lippen mit dem Jackenärmel ab, sah mich mit tränenden Augen an und fuhr fort: «Wozu sind Sie hergekommen? Alles war in bester Ordnung, bis Sie dreckiger Kerl mit Ihren widerlichen Pappschachteln uneingeladen und offensichtlich ohne die Absicht, hier Geld zu lassen, über diese Schwelle getreten sind. Verschwinden Sie! Wir wollen Sie hier nicht haben. Hauen Sie ab. Dies ist ein anständiges und angesichts der Konjunkturlage halbwegs gut gehendes Geschäft. Was uns drei betrifft, mich, meine Gattin und unsere liebreizende Tochter Vero: Wir sind eine glückliche Familie. Vielleicht nicht glücklich in dem Sinne, in dem die Regenbogenpresse dieses Wort verwendet, wenn sie über internationale Stars und schwerreiche Sportler berichtet, sondern eher glücklich wie die Kühe auf der Weide. Ich weiß nicht, ob ich mich deutlich ausgedrückt habe. Ich bin ein Mann schlichter Worte. Es stimmt schon, dass Cecilia und ich nicht das perfekte Ehepaar sind. Bestimmt betrügt sie mich mit anderen, außerdem verbreitet sie hinter meinem Rücken Gemeinheiten über mich und sagt sie mir auch mitten ins Gesicht; sie lacht mich aus, schummelt bei den Abrechnungen, vernachlässigt den Haushalt, und wenn sie könnte, würde sie mir Zyankali in den Schnaps schütten. Aber sagen Sie selbst: Sind nicht alle spanischen Frauen so? Letztendlich kommt es nicht darauf an, sondern auf etwas anderes, nämlich, dass klar ist, wer die Hosen anhat. Und das ist meine Wenigkeit. Sie sehen mir nicht aus, als wären Sie Manns genug, um meine Ehephilosophie zu verstehen, aber ich erkläre sie Ihnen trotzdem: Ich bin weiß Gott nicht für Gewalt gegen Frauen, aber manchmal muss man eben zur Pistole greifen, um seine Ehre zu verteidigen. Und was Vero betrifft – was soll ich Ihnen sagen? Das Mädchen ist in einem schwierigen Alter. Vielleicht sollte sie schon aus der Pubertät heraus sein, im Dezember wird sie vierunddreißig. Aber Frauen sind da eben komisch, nicht wahr? Sie hat einfach noch nicht zu sich selbst gefunden, das ist es. Sie trinkt, raucht, nimmt Drogen, treibt sich mit miesen Typen herum, ist an allen möglichen Stellen gepierct und am Hintern tätowiert; sie ist aufsässig, faul, frech, schlampig und hasst mich. Sollte ich tatsächlich nicht ihr biologischer Vater sein, wäre das eine Erleichterung für mich. Und dennoch …» Er unterbrach sich, weil ihm vor Rührung die Stimme versagte, räusperte sich, spuckte auf den Boden und fuhr dann mit belegter Stimme fort: «Dennoch liebe ich die beiden und werde nicht zulassen, dass jemand ihnen weh tut oder sich zwischen uns stellt und die Harmonie dieses Heims zerstört, schon gar nicht mit falschen, unbegründeten Behauptungen, haben Sie mich verstanden? Falschen Behauptungen!»

Als er geendet hatte, schien die Luft in der geladenen Atmosphäre der Metzgerei zu vibrieren. Ich hielt seinem drohenden Blick stand und sagte: «Aber ich habe doch gar nichts gesagt.»

Er sah mich verwirrt an, zog ein zerknittertes Taschentuch aus der hinteren Hosentasche, wischte sich damit die Tränen ab, die ihm über die Wangen liefen, putzte sich die Nase und steckte es wieder ein. Dann zuckte er mit den Achseln und sagte: «Na dann …»

Er drehte sich um und verschwand durch die Tür, durch die Vero zu Beginn des Kapitels hereingekommen war.

«Er quatscht zu viel», sagte Cecilia, als Asmarats die Tür hinter sich geschlossen hatte und uns nicht mehr hören konnte.

«Misshandelt er dich?», fragte ich.

«Das will ich ihm nicht geraten haben», antwortete sie, «es sei denn, du betrachtest Sentimentalität als eine Art von Misshandlung. Im Grunde ist er ein Weichei. Es ist alles nur Gerede. Und um die Pistole brauchst du dir keine Sorgen zu machen: Er weiß nicht mehr, wo er sie aufbewahrt, es gibt keine Munition, und er hat keine Ahnung, wie man sie benutzt.»

Sie machte eine lange Pause, dann fragte sie traurig: «Sonst noch eine Frage?»

«Nein», sagte ich. «Was ich wissen wollte, habe ich schon erfahren.»

«Oh. Und wie gedenkst du das zu nutzen, was du erfahren hast?»

«Das habe ich noch nicht entschieden. Jetzt muss ich erst

einmal gehen. Meine Kunden warten auf ihr Essen», erklärte ich und hob die Pappkartons hoch, die ich immer noch in beiden Händen hielt und aus denen grünlicher Schleim tropfte.

«Du wirst schon sehen», sagte Cecilia. Mit gedämpfter Stimme fügte sie hinzu: «Aber wenn du etwas findest, was meinen Mann oder sonst irgendjemanden belasten könnte, denk daran, dass ich dir einmal, als das hier noch die Casa Cecilia, Spezialitäten aus Rioja, war, geholfen und dir umsonst Essen und auch sonst noch einiges gegeben habe. Hast du in der Schule nicht gelernt, dass Dankbarkeit eine Tugend ist?»

«Ich bin nie zur Schule gegangen», entgegnete ich. «Aber man muss nicht zur Schule gehen, um das zu wissen.»

«Wie auch immer, pass auf dich auf», seufzte sie, schon auf dem Weg zum Hinterraum. «Und wenn du etwas brauchst, weißt du ja, wo du uns finden kannst.»

Vero und ich blieben allein zurück. Sie musterte mich eine Zeitlang ebenso neugierig wie ich ihre Piercings. Schließlich fragte sie herausfordernd: «Könntest du wirklich mein Vater sein?»

«Nein», antwortete ich.

«Meine Mutter hat das aber gesagt», wandte sie ein.

«Die Leute sagen viel, vor allem, wenn sie nervös sind», sagte ich und machte mich auf den Weg zur Tür. «Du solltest versuchen, dich aus allen Schwierigkeiten herauszuhalten und die Erwachsenen ihre eigenen Schwierigkeiten lösen lassen, so gut sie können.»

6

DIE HELDENTATEN
DER SEÑORITA WESTINGHOUSE

Ich machte mich auf den Weg. Es war schon dunkel. Als ich auf der Höhe der Plaza Letamendi war, rief mich Cándida auf dem Handy an. Ich war so müde, dass ich mich auf einer Parkbank unter einer Palme niederließ. Cándida berichtete wortreich, weitschweifig und konfus, sie habe etwas Neues über Señorita Westinghouse in Erfahrung gebracht, das mir vielleicht helfen könne, sie zu finden, falls ich noch daran interessiert sei. Nachdem ich gesagt hatte, ja, das sei ich, erzählte mir Cándida, dass Señorita Westinghouse seit einigen Jahren in ihrer neuen Gestalt als Oberst Westinghouse – jetzt in der passiven Reserve – in einer nächtlichen Fernsehsendung auftrat, die zwar nur sehr wenige Zuschauer hatte, aber aufgrund der Deutlichkeit der dort geäußerten Meinungen viel Widerhall in den sozialen Netzwerken fand. Cándida, die nicht gerne Fernsehdebatten sah, weil sie Mühe hatte, ihnen zu folgen, kannte die Sendung nicht, aber ihr Informant hatte ihr gesagt, der Titel sei *Bukephalos ist ein spanisches Pferd*, sie werde von einem privaten Fernsehsender in Madrid ausgestrahlt, und während der Sendung werde ein Studio in Barcelona zugeschaltet, von dem aus Oberst Westinghouse unter dem Namen «Die Standarte» feurige Reden und Schimpftiraden zu hochbrisanten Themen abließ. Als ich Cándida drängte, endlich zur Sache zu kommen, gestand sie, dass ihr Informant ihr nicht hatte sagen können, wo sich das Studio befand, von dem aus «Die Standarte» sendete. Plötzlich war ich erschöpft und übellaunig, und so tadelte ich sie für ihre mangelnde Effizienz und legte auf.

Auf einer anderen Bank, durch ein Gebüsch vor der Neugier der Passanten geschützt, saß ein junges Paar. Er war damit beschäftigt, sich einen Joint zu rollen, sie tippte auf ihrem Handy herum. Ich ging langsam und lächelnd auf sie zu, um sie nicht zu verschrecken. Das Mädchen beachtete mich gar nicht, und der Junge beschränkte sich darauf, der Form halber den Joint zu verstecken.

«Entschuldigt die Störung, ihr beiden», sagte ich. «Ich wollte euch nur bitten, ob ihr mir über Google oder so was eine Adresse heraussuchen könnt.»

«Was für eine Adresse?», fragte der Junge.

«Die Adresse eines Fernsehstudios, in dem eine Sendung namens *Bukephalos ist ein spanisches Pferd* ausgestrahlt wird.»

«O Mann, Alter, ich weiß, welche Sendung du meinst», sagte der Junge. «Das ist so eine Sendung von Faschos für Faschos. Ich habe sie zwar noch nie gesehen, aber ein Kumpel schickt mir immer den Link. Da taucht so eine Schwuchtel auf, die die Katalanen beschimpft und bedroht. Wegen der Unabhängigkeit und so. Bist du etwa auch einer von denen?»

«Ich weiß nichts über das Thema und auch nichts über die Sendung», sagte ich. «Mir geht es um etwas anderes. Ich will eine alte Rechnung begleichen.»

«O Mann, Alter», rief der Junge aus, «voll geil.»

Man braucht den jungen Leuten nur ein Wort zu sagen, und schon spinnen sie sich ganz von allein eine Geschichte zurecht.

Das Mädchen hatte unterdessen unablässig weitergetippt. Jetzt murmelte sie, ohne den Kopf zu heben, eine Adresse an der Ecke Calle Concilio de Trento und Julián Besteiro. Ich gratulierte ihr zu ihrem Geschick und ihrer Schnelligkeit.

Der Junge hatte den Joint fertig gerollt und steckte ihn sich zwischen die Lippen. «Hör mal», sagte er, «wenn du das Fernsehstudio findest und Gelegenheit hast, mit der Schwuchtel zu reden, sag ihr, dass die Unabhängigkeit kommt, ob es ihr nun passt oder nicht. Und wenn die Spanier unseren katalanischen Sekt boykottieren, reißen wir die Weinreben im Penedés eben aus und pflanzen Cannabis.»

«Und sag ihm auch», fügte das Mädchen hinzu, als ich mich zum Gehen wandte, «wenn wir erst unabhängig sind, fliegen wir aus der Eurozone raus, und zur Pesete können wir nicht zurück, deshalb wird es dann in Katalonien keinen Unterschied zwischen Arm und Reich mehr geben.»

Die beiden wirkten entspannt und freundlich. Ich sagte ihnen, dass ich gerne noch ein Weilchen geblieben wäre, um mit ihnen zu schwatzen, aber keine Zeit dazu hätte.

Als ich den Park verließ, bemerkte ich, dass Cándidas Geplapper mich so sehr abgelenkt hatte, dass ich die Pappkartons auf der ersten Bank hatte stehen lassen. Ich rannte zurück, um sie zu holen. Sie standen noch da, aber eine räudige Katze hatte sie aufgerissen und ihren Inhalt auf dem Boden verstreut. Ich jagte sie fort, setzte die Kartons aus den losen Pappstücken wieder zusammen und legte hinein, was ich zusammenklauben konnte. Dann lief ich zur Calle Balmes und wartete dort auf den Bus Nummer 7 in Richtung Diagonal Mar.

Der Weg war ziemlich weit, und nachdem ich aus dem Bus gestiegen war, irrte ich noch eine ganze Weile durch das Viertel, in dem seit Jahren ständig umgebaut wurde. Deshalb war es schon spät, als ich an dem Gebäude ankam, in dem sich laut Informationen des Mädchens von der Plaza Letamendi das Fernsehstudio befinden musste. Die Straße war menschenleer, und das Gebäude schien verlassen. Ich drückte auf sämtliche Klingeln, und eine weibliche Stimme fragte durch die Gegensprechanlage, wer da sei.

«Die Standarte?», fragte ich zurück.

«Monsignore?», fragte sie zurück.

Ich antwortete mit einem Gemurmel, das weder bestätigend noch verneinend klang.

«Dritter Stock», sagte die Stimme.

Die Tür ging auf, ich trat ein und stieg eine schlecht beleuchtete Treppe hinauf. Im dritten Stock erwartete mich eine Frau mittleren Alters mit grauem Haar und wässrigen Augen in einem grauen Kittel. Als sie mich sah, machte sie einen Knicks und sagte: «Gelobt sei Gott. Segnen Sie dieses Studio, Eure Heiligkeit.»

«Wenn es denn sein muss», sagte ich abweisend, um zu verhindern, dass das Gespräch eine Richtung nahm, die mir nicht geheuer war.

«Treten Sie ein», sagte sie und ließ mich in die schäbige Wohnung. «Wir hatten Sie schon früher erwartet. Glücklicherweise hat uns die Vorsehung ein kleines technisches Problem geschickt, sodass wir verspätet sind. Ich werde Bescheid sagen, dass Sie jetzt da sind. Wenn Sie unterdessen freundlicherweise im Wartezimmer Platz nehmen wollen. Ich bitte Sie nicht, sich zu schminken, weil das mit Ihrer Würde nicht vereinbar wäre und unser Budget uns nicht erlaubt, unsere Gäste anzupinseln. Aber es steht ein kleiner Imbiss für Sie bereit. Ich bin gleich wieder für Sie da. Mein Name ist Velorio, stets zu Ihren Diensten.»

Sie ging und ließ mich in einem Raum allein, in dem ein

zerschlissenes Sofa und ein Tisch standen. Darauf fand ich, mit einer Zeitungsseite zugedeckt, vier Brioches, die so hart waren, dass selbst die Termiten sich geweigert hatten, sie anzufressen. Auf dem einen lag eine graue Scheibe, auf dem anderen ein grünliches Quadrat. Nach beendigter Inspektion deckte ich sie wieder mit der Zeitungsseite zu.

Velorio kam herein und knickste erneut. Ihre grauen Haare standen wirr vom Kopf ab. «Sie müssen uns verzeihen, Monsignore», sagte sie, den Tränen nahe. «Die Panne ist immer noch nicht behoben. Ich appelliere an Ihre Nachsicht.»

In diesem Augenblick flog die Tür auf, und Oberst Westinghouse stürmte herein. Ohne mich zu beachten, stürzte er auf Velorio zu und schrie aufgebracht: «Darf man erfahren, was zum Teufel hier los ist?»

«Bonito kümmert sich schon darum», sagte Velorio.

Als habe er nur auf dieses Stichwort gewartet, stolperte ein kräftiger, gutaussehender junger Mann mit kahl geschorenem Schädel in den Raum. Er trug ein hautenges schwarzes T-Shirt und mehrere Ketten um den Hals. Das muss wohl Bonito sein, dachte ich mir, und der nachfolgende Dialog bestätigte meine Vermutung.

«Das System ist zusammengebrochen», verkündete er.

«In Madrid auch?», fragte Oberst Westinghouse.

«Im ganzen Universum!», antwortete Bonito mit keckem Hüftschwung.

«Das ist der Wille des Höchsten», seufzte Velorio und bekreuzigte sich.

«Und was machen die in Madrid?», fragte Oberst Westinghouse weiter.

«Dasselbe wie immer», antwortete Bonito, durch den

Raum tänzelnd. «Sie zeigen mal wieder *Botón de ancla*, diesen uralten Schinken, und gehen inzwischen einen trinken.»

Oberst Westinghouse ließ entmutigt den Kopf sinken. «Das Land stürzt kopfüber in den Abgrund, und du übst hier deine Tanzschritte», sagte er tadelnd. «Ich will, dass morgen alles wieder in Ordnung ist, oder ich stecke dir den Router sonst wohin. Kapiert?»

«Ja, Süßer», säuselte Bonito.

«Es heißt: ‹Zu Befehl, mein Oberst›», verwies ihn Oberst Westinghouse.

Bonito begab sich zur Tür. «Was auch immer du sagst, mein tapferer Soldat», sagte er, schon auf der Schwelle.

Oberst Westinghouse zuckte mit den Achseln und lächelte nachsichtig. «Die Jugend von heute hat keine Manieren», seufzte er und fuhr dann fort, wie zu sich selbst: «Die Neonazis sind Nazis zweiter Klasse.» Und, an Velorio gewandt: «Nun gut, viel mehr können wir nicht tun, Schwester. Gehen Sie nach Hause.» Er wies auf mich. «Aber bevor Sie gehen, sagen Sie mir, was diese Gestalt hier verloren hat.»

«Schwester?», fragte ich überrascht.

«Aber ja doch», sagte Oberst Westinghouse. «Velorio war so, wie sie hier in voller Schönheit vor dir steht, Nonne in Klausur, bis sie aus dem Orden ausgestoßen wurde, weil sie eine Langweilerin war. Stimmt doch, Velorio, oder?»

«Ich bitte Sie, Oberst!», rief Velorio klagend. «Was soll denn Monsignore denken?»

«Von wegen Monsignore», sagte Oberst Westinghouse. «Das hier ist ein Niemand, der sich ins Studio geschlichen hat.»

«Ein Eindringling!», schrie Velorio. Dann sagte sie leise und mit gesenktem Kopf: «Es ist meine Schuld. Da wir auf Monsignore gewartet haben, bin ich davon ausgegangen, dass er derjenige sei, der klingelt, und habe versäumt, ihn zu bitten, sich auszuweisen. Schlagen Sie mich, Oberst.»

«Nun übertreiben Sie mal nicht, Schwester», sagte Oberst Westinghouse. «Dass Sie ihn verwechselt haben, ist verständlich.» Und an mich gewandt erklärte er: «Wir haben auf Monsignore Castañuelas gewartet. Ich weiß nicht, ob du schon von ihm gehört hast. Er ist der Einzige, der die Eier hatte, der Bischofskonferenz die Meinung zu geigen. Und wenn sie ihn gehen ließen, würde er nach Rom fahren und diesem Papst, den sie uns angedreht haben, auch ein paar Takte sagen. Das hat uns gerade noch gefehlt: ein Amateur auf dem Stuhl Petri! Sein Vorgänger war da ein ganz anderes Kaliber, der hatte Schneid. Aber er wurde durch Erpressung und ähnliche Methoden zum Rücktritt gezwungen. Die ganze Kurie ist verfault. Du wirst sehen, den werden sie auch nicht selig sprechen, weder in diesem Jahrhundert noch in den nächsten. Der heilige Benedikt XVI, Astronaut und Märtyrer! Und du, warum bist du hier?»

«Soll ich die Polizei rufen, Oberst?», fragte Velorio.

Oberst Westinghouse lachte auf. «Nicht nötig, Schwester», sagt er. «Ich kenne diesen Typen, er ist harmlos. Wir haben vor einigen Jahren gemeinsam ein paar Abenteuer bestanden. Damals wussten wir noch, wie man sich amüsiert, findest du nicht auch? Wie hast du mich gefunden?»

«Das war ein Kinderspiel», schwindelte ich. «Die Sendung ist sehr beliebt.»

Oberst Westinghouse sah mich schräg an. «Darauf kannst du Gift nehmen», sagte er herausfordernd. Und an Velorio gewandt: «Lassen Sie uns allein, Schwester. Mein Freund und ich haben einiges zu bereden.»

Velorio hob eine zerknitterte grüne Nylontasche auf, die

in einer Ecke gelegen hatte, und ging, ständig knicksend, zerknirscht hinaus. Als wir allein waren, musterte mich Oberst Westinghouse von oben bis unten und rief aus: «So lange haben wir uns nicht mehr gesehen, und trotzdem haben wir uns kein bisschen verändert! Na ja, du bist ein bisschen in die Jahre gekommen. Ich hingegen ... also, das siehst du ja: Nicht ein Gramm, keine Falte, kein graues Haar.»

Er hatte mindestens vierzig Kilo zugelegt, und die Nähte seines abgetragenen Polyesteranzugs drohten jeden Augenblick zu platzen; er war so fett, dass die matte Haut seines aufgedunsenen Gesichts straff und faltenlos war, und das gedämpfte, aber erbarmungslose Licht der von der Decke hängenden Glühbirne bildete violette Reflexe auf dem mottenzerfressenen Toupet, das seinen kahlen Schädel bedeckte. Ich beeilte mich ihm zuzustimmen, und er nahm bedächtig den falschen Schnurrbart ab, der seine Oberlippe zierte, und sagte hochzufrieden, während er ihn in einem Etui verstaute: «Ab einem gewissen Alter ist das Aussehen weniger eine Frage des Stoffwechsels als vielmehr der Auftretens.» Mit diesen Worten ließ er sich in einen Klappstuhl sinken, der unter seinem Gewicht ächzte, massierte sich die Nieren und betrachtete mich misstrauisch. «Bist du gekommen, um mich um Arbeit zu bitten?», fragte er. «Oder um Geld?»

Ich schüttelte den Kopf, und er lächelte. «Gut gemacht», sagte er.

Mühsam rappelte er sich hoch, schlurfte zur Tür des Studios, blieb eine Zeitlang weg, und als er wiederkam, trug er eine bis zum Hals zugeknöpfte Kittelschürze, aus der nur seine dünnen, bleichen Beine hervorragten. Eine strohige, von einer winzigen Haarklammer notdürftig festgehaltene Perücke und Socken mit Sandalen rundeten das Bild nach oben und unten hin ab. In der Hand hielt er einen Putzlappen und Schippe und Besen.

«Bevor ich gehe, muss ich noch das Studio in Ordnung bringen», sagte er. «Morgen kommen ein paar Heiler zu Dreharbeiten. Virtuelle Akupunktur, du weißt schon …» Er händigte mir Schippe und Besen aus und fügte hinzu: «Wenn du mir hilfst, geht es schneller.»

Als wir fertig waren mit Putzen, löschte er alle Lichter im Studio. Dann holte er eine Brotdose aus Aluminium aus dem Schrank und setzte sich wieder.

«Bevor ich das Studio verlasse, esse ich hier immer zu Abend», erklärte er. «Ich würde dich ja einladen mitzuessen, aber um meine Figur zu wahren, hat mir mein Ernährungsberater genaue Rationen eingeteilt, und ich darf nicht mit Proteinen geizen. Früher», fuhr er fort, während er sich mit einer weißen Plastikgabel ein paar mit Hähnchenstreifen gespickte Salatblätter in den Mund schaufelte, «habe ich immer in einer Bar hier ganz in der Nähe zu Abend gegessen. Wenn man dort ein Bier bestellt hat, durfte man sein eigenes Essen mitbringen. Aber in letzter Zeit ist dieses Viertel hier sehr schick geworden, und man darf sich nirgendwo mehr hinsetzen, wenn man nicht von der Karte bestellt. Also esse ich jetzt hier. Wenn ich fertig bin, gehe ich noch ein paar Büros hier in der Nähe putzen. Wie du siehst, bin ich sehr gut organisiert. Trotzdem komme ich an manchen Tagen nicht vor drei Uhr morgens ins Bett. Und man ist ja kein junges Mädchen mehr, das die ganze Nacht durchfeiert und trotzdem am nächsten Tag frisch wie eine Rose ist.»

Inzwischen hatte er sein karges Mal beendet. Er leckte die Brotdose sorgfältig aus, bedachte sie mit einem traurigen Blick, klappte sie zu und steckte sie in seinen Rucksack.

«Ich dachte, du erhieltest eine üppige Pension», sagte ich.

«Woher denn», antwortete er. «In den Jahren, in denen ich beurlaubt war, habe ich nicht in die Rentenkasse eingezahlt. Als ich dann wieder im aktiven Dienst war, habe ich ordentlich verdient, das ja. Aber ich habe es getrieben wie zuvor und das Geld mit vollen Händen ausgegeben. Anstatt eine private Rentenversicherung abzuschließen, wie meine Kameraden mir geraten haben, habe ich alles für Kleider und Schuhe ausgegeben. Die Schuhe waren mein Ruin: Da es keine hochhackigen Schuhe in meiner Größe gibt, habe ich sie mir maßfertigen lassen, und zwar nur in den besten Häusern. Mit Schönheitsoperationen lässt sich viel erreichen, aber wenn du Schuhgröße siebenundvierzig hast, kann selbst ein Fachmann dir keine Geishafüßchen zaubern. Letztendlich war das alles aber rausgeschmissenes Geld. Eines Tages bekam ich Rückenschmerzen, und mein Osteopath hat mir verboten, Stilettos zu tragen – nun habe ich eine ganze Kollektion von Ferragamo und Jimmy Choo, die so gut wie neu sind, weil ich tagsüber in Uniform ging und mich nur abends fein machte, um auszugehen …»

Er schwieg eine Weile, in Gedanken versunken, dann fuhr er mit leiser Stimme fort: «Jetzt gehe ich schon seit längerem nicht mehr aus. Selbst wenn ich wollte, hätte ich keine Zeit, aber ehrlich gesagt will ich auch gar nicht. Die Szene ist sehr schrill geworden. Es geht nicht mehr so gesittet zu wie früher. Außerdem hält mich die Fernsehsendung auf Trab. Dort kann ich mich ausleben. Und das ist auch besser so, denn obwohl ich mich totschufte, habe ich nicht einen müden Euro. Der Fernsehsender bezahlt mich nicht für die Sendung, im Gegenteil: Die Miete für das Studio, die Gerätschaften und das technische Personal, alles zahle ich aus eigener Tasche. Dazu kommen die Strom- und Wasserrechnungen, die Reparaturen und sogar die Kosten für diese Brioches, die seit wer weiß wie vielen Monaten hier liegen, für den Fall, dass sich irgendein Gast tatsächlich mal hierher verirrt, statt mir abzusagen wie die meisten. Die haben alle keine Manieren. So ist es: keine Manieren.»

«Hast du nie erwogen, das Ganze einfach aufzugeben?», fragte ich.

«Das kann ich nicht», antwortete er. «Ehrlich gesagt dachte ich, als ich mit der Sendung anfing, ich könne damit innerhalb kurzer Zeit ein Vermögen machen. Ich dachte, wenn ich eine gute Zuschauerquote erzielte, bekäme ich jede Menge Werbeeinnahmen. Adidas, Chanel, BMW ... stell dir mal vor, wie viel Geld das bedeutet. Aber mit der Zuschauerquote im Keller und der verdammten Krise gibt hier keiner Werbung in Auftrag. Das Ganze aufgeben, sagst du? Das verbietet mir mein Pflichtgefühl. Ich bin eine leichtfertige Frau, aber ein Mann von Ehre. Und das Land braucht mich.»

Er sah auf die Uhr und sagte: «Es ist spät, und ich habe noch einige Stunden Plackerei vor mir. Komm mit, dann können wir uns unterwegs weiter unterhalten. Den Strom hier zahle ich, die Straßenbeleuchtung dagegen zahlen wir alle.»

7

ABSCHIED VON
SEÑORITA WESTINGHOUSE

Wir gingen durch menschenleere Straßen bis zur Diagonal. Ein kalter, feuchter Wind war aufgekommen, der die dürren, kürzlich gepflanzten Bäumchen schüttelte. Die Baumgruben, in denen sie standen, waren viel zu groß für sie, darauf angelegt, dass sie irgendwann einmal groß und kräftig sein würden. Señorita Westinghouse ging langsam und sprach mit keuchender Stimme, häufig unterbrochen von einem trockenen Husten.

Stück für Stück nahm sie den Faden ihrer im Studio begonnenen Erzählung wieder auf: Wie sie zum Fernsehen gegangen war, weil das Showgeschäft sie unwiderstehlich anzog und sie hoffte, dabei reich zu werden; wie sich ihre Erwartungen weder in der einen noch in der anderen Hinsicht erfüllt hatten, ihr aber bewusst geworden war, wie schlecht es um die Welt stand, je länger sie die Lage abschätzte und darüber sprach.

«Und deshalb mache ich weiter», schloss sie mit müder Stimme. «Jemand muss die Dinge beim Namen nennen. Jemand muss seine Stimme gegen den Blödsinn erheben, der allenthalben verbreitet wird, gegen all diese modernen Ansichten. Wir hätten das Mittelalter niemals hinter uns lassen sollen! Spanien geht vor die Hunde, und niemand rührt auch nur einen Finger zu seiner Rettung. Mehr noch: Alle tragen dazu bei, dass es vor die Hunde geht. Ob willentlich oder aus

Gedankenlosigkeit, alle tragen dazu bei, das Land zu schwächen und damit letztendlich den Staat zu zerstören. Ja, der Staat selbst arbeitet kräftig an seiner eigenen Abschaffung mit. Heutzutage werden die Geschicke Spaniens nicht von der Regierung oder den Parteien bestimmt, sondern von der Fünften Kolonne. Das ist ein militärischer Begriff. Aus dem Munde eines anderen würde es vielleicht besserwisserisch klingen, aber ich darf diesen Begriff verwenden, weil ich Oberst bin. Die Fünfte Kolonne. Und nun frage ich dich: Was passiert wohl, wenn du eine verfaulte Kolonne in einen Korb voller Äpfel setzt? Das, was immer passiert: Innerhalb kürzester Zeit sind alle Äpfel voller Würmer, und die einzig vernünftige Lösung ist, sie alle an die Wand zu stellen. Und eine Nation oder ein Land oder wie auch immer man es nennen mag, ist wie ein Korb voller Äpfel, oder besser gesagt, wie ein Korb voller Würmer, wenn es keinen starken Staat gibt. Sieh mal, im alten China – und ich rede nicht von dieser Fabrik für Billigprodukte, zu der das Land heutzutage verkommen ist, sondern vom China vor Tausenden von Jahren – hielten alle, angefangen mit dem weisen Konfuzius, den Staat für die Verkörperung des Himmels auf Erden. Den Kaiser auch, aber der Kaiser war für sie eben auch die Verkörperung des Staats. Ich weiß nicht, ob ich mich deutlich ausdrücke, manchmal komme ich bei diesen Geschichten aus China ein bisschen durcheinander. Aber wie gesagt: In China bildete vor vielen tausend Jahren die Bürokratie das Rückgrat des Staates. Wenn der Staat die Verkörperung des Himmels war, so war die Bürokratie die Verkörperung der universellen Ordnung mit all ihren Galaxien und Quasaren. Die Bürokraten waren wichtiger als der Adel, die Priester oder die Soldaten. Die Bürokraten waren das Höchste. Und wer, glaubst du, hatte unter den

Bürokraten das höchste Amt inne? Sicher wirst du mir jetzt sagen: der Wirtschaftsminister oder der oberste Befehlshaber des Militärs. Aber weit gefehlt. Was meinst du? Wer war der ranghöchste Beamte?»

«Ich komme nicht drauf», sagte ich.

«Der Henker», antwortete er. «Und an zweiter Stelle nach dem Henker kam der Mann, der für die Kerzen im kaiserlichen Palast verantwortlich war. Für die Kerzen und Leuchter.»

«Und warum?», fragte ich.

«Keine Ahnung», erwiderte er. «Das habe ich in einer Zeitschrift gelesen. Und ich erzähle es dir, damit du siehst, welche Bedeutung dem Staat im alten China beigemessen wurde. Ich weiß noch, wie viel ich von dir gelernt habe, als wir vor Jahren zusammen unterwegs waren, um den Fall des ermordeten Mädchens zu lösen. In vielen Dingen war ich ein alter Hase, aber was die Ermittlungsarbeit und das Aufspüren von Mördern betraf, war ich völlig ahnungslos. Du hast mich mit der Methodik vertraut gemacht und mir ein paar berufliche Kniffe verraten. Die haben mir zwar nichts gebracht, aber es hat mir Spaß gemacht, sie zu lernen. Dafür erkläre ich dir jetzt im Gegenzug das mit dem Staat am Beispiel von China und zeige dir, wie man die politische Wirklichkeit in all ihrer Härte analysiert.»

«Ich danke dir», sagte ich und ergriff die Gelegenheit, die er mir bot, beim Schopfe. «Denn genau darüber wollte ich mit dir sprechen: über den Mord an Señorita Baxter.»

«Diese alte Geschichte?», sagte Oberst Westinghouse. «Ich dachte, die sei längst erledigt. Am Ende haben sie herausgefunden, wer das Mädchen ermordet hat, und dich wieder eingebuchtet. Ende, aus.»

«Genau so war es», stimmte ich zu. «Aber heute Morgen, als

ich gerade mit einem Auftrag unterwegs war – den ich im Übrigen noch erledigen muss –, hatte ich eine zufällige Begegnung. Mit einem Hund. Diese Begegnung hat mir plötzlich mit geradezu unheimlicher Deutlichkeit all die vergangenen Ereignisse in Erinnerung gerufen, und dabei ist mir aufgefallen, dass die ganze Geschichte doch noch einige Lücken aufweist, und zwar ein paar ziemlich große. Im Lauf des Tages habe ich mit allen möglichen Leuten geredet, nachgedacht und meine Schüsse gezogen und glaube nun zu wissen, was passiert ist. Was wirklich passiert ist, meine ich, nicht die offizielle Version. Aber ich habe keine Beweise, und um die liefern zu können, brauche ich Hilfe. Du kennst den Fall, warst bei vielem dabei. Nur du kannst mir helfen. Wirst du das tun?»

Er blieb stehen und starrte mich blinzelnd an, als hätte er nicht verstanden, was ich sagte. Ich fragte ihn, ob er mir zugehört habe, und er nickte, sah mich aber weiterhin verwirrt an.

«Soll das heißen, ich kann auf dich zählen?», fragte ich.

«Klar doch», antwortete er hüstelnd. «Aber nicht jetzt. Jetzt gerade bin ich sehr beschäftigt. Und damit meine ich nicht die Büros, die ich putzen muss, das erledige ich im Handumdrehen. Ich meine die Sendung. Die Lage ist sehr ernst. Wie ich anhand des Beispiels vom alten China zu beweisen versuchte, ist der Staat ...»

Er verstummte plötzlich, als sei ihm soeben etwas eingefallen, sah sich unruhig um und flüsterte: «Wir dürfen hier nicht stehen bleiben. Komm, lass uns weitergehen. Die Straßen sind sehr einsam, und zwei ältere Menschen wie wir sind hier nicht sicher. Es gibt Jugendbanden ... Junkies, Messerstecher, Staatsfeinde. Bonito und seine Gang streifen oft nachts durch diese Gegend, und wenn die mich sähen, würden sie über mich herfallen. Zweimal haben sie mich schon ordentlich verdroschen.»

«Meinst du mit Bonito etwa den jungen Mann, mit dem du eben noch geflirtet hast?», fragte ich.

«Genau den», bestätigte er und schritt schneller aus, ängstliche Blicke nach allen Seiten werfend.

Ich schloss zu ihm auf, und wir gingen eine Zeitlang schweigend nebeneinander her. Als er meine Ungläubigkeit bemerkte, sagte er: «Er ist ein guter Junge, respektiert mich als Chef, schätzt mich als Mensch, bewundert mich als Ideologen. Aber als Transvestit verprügelt er mich. Man muss eben differenzieren. Und in gewisser Weise hat er ja recht. Ich finde das nicht amüsant, aber im Prinzip stimme ich ihm unumwunden zu und habe mich schon häufig für die Ausrottung von Asozialen ausgesprochen. Im neuen Staat ist für Typen wie mich kein Platz. Übrigens auch nicht für Typen wie dich – ohne dir zu nahe treten zu wollen. Wir sind Parasiten, soziale Schädlinge, menschlicher Abfall, Giftmüll einer lange vergangenen Zeit. Nach außen hin mögen wir harmlos wirken, in Wirklichkeit aber sind wir gefährlich, nicht auf lange Sicht, sondern mittelfristig oder sogar unmittelbar, das ist einerlei. Der starke Feind greift dich von vorn an und ist leicht abzuwehren; der schwache hingegen ist hinterrücks und schlau. Gegen ihn ist man machtlos.»

Da er beim Erzählen rasch ausgeschritten war, musste er stehen bleiben und sich an eine Hauswand lehnen, um Atem zu schöpfen. Ich klopfte ihm ein paarmal auf die Schulter.

«Sag mal, ist bei dir alles in Ordnung?», fragte ich, als er sich beruhigt hatte. «Im Oberstübchen, meine ich.»

«Ich weiß, was du denkst», sagte er. «Und das beweist, dass ich mit meiner Behauptung recht habe. In der Welt der Logik ist die Verneinung gleichbedeutend mit Bestätigung. Aber Logik ist aus der Mode gekommen. Denken ist aus der Mode gekommen. Alles ist aus der Mode gekommen. Ohne dass wir es bemerkt haben, hat man unter dem Vorwand der freien Meinungsäußerung die wenigen festen Überzeugungen, die wir früher einmal hatten, aus unseren Köpfen verbannt. Heutzutage ist alles leicht und flüchtig. Die Freundin eines Toreros und die heilige Teresa von Ávila haben auf dem Jahrmarkt der Frivolitäten den gleichen Stellenwert. Was glaubst du, wie viele Leute sich bei einer Straßenbefragung noch an die Grundsätze der Franco-Bewegung erinnern könnten? Wo ist die Dankbarkeit gegenüber diesem großen Mann geblieben? Zu seinen Lebzeiten konnte man in seinem Büro im Pardopalast die ganze Nacht über die Schreibtischlampe brennen sehen. Damals konnte Spanien ruhig schlafen, es wusste, dass es jemanden gab, der es bewachte und beschützte. Und wenn im Kaufhaus Corte Inglés Ausverkauf war, war der *Caudillo* immer als Erster da, er hatte so viel Spaß daran … Wo sind nur die Ideale hin?»

Wir setzten uns wieder in Bewegung. Inzwischen waren wir in der Nähe der Diagonal angekommen, auf der auch um diese Zeit noch Autos unterwegs waren. Aber Oberst Westinghouse zog es weiterhin vor, auf verschlungenen Pfaden immer wieder in dunkle, einsame Gassen einzubiegen, um nicht aus dem Hinterhalt überfallen zu werden.

«Ich will dir ein brandaktuelles Beispiel nennen», sagte er, als Erschöpfung und Husten ihn zwangen, eine weitere Pause einzulegen. «Durch Demagogie und Fehlentscheidungen haben die Feinde des Staates, allen voran seine Repräsentanten selbst, in fast allen zivilisierten Ländern zuerst die Duldung und später die rechtliche Anerkennung der Schwulenehe durchgesetzt. Mir kommt das natürlich nicht ungelegen. Sollte ich, so Gott will, eines Tages doch noch vor den Altar treten, dann mit einem Fernfahrer, und beide ganz in Weiß. Für den Staat aber bedeutet es das Ende.»

«Inwiefern?», fragte ich.

«Das wirst du gleich verstehen, wenn ich es dir erkläre», sagte er. «Seit undenklichen Zeiten dienten die Frauen als Tauschobjekte zwischen Völkern und Ethnien. Sie waren das, was man auf Englisch *commodities* nennt. So wurden die ersten Bündnisse zwischen Clans und Stämmen geschlossen, und im Laufe der Zeit entwickelte sich auf der Grundlage einer Gemeinschaft von Interessen und Tauschgeschäften das Staatsgefüge. Heutzutage dagegen sind sich die Provinzen aufgrund der Schwulenehe selbst genug und werden einseitig ihre Unabhängigkeit erklären, ohne die Folgen fürchten zu müssen.»

Unterdessen waren wir vor einem Hochhaus mit einer Fassade aus Rauchglasfenstern angekommen, das um diese Uhrzeit völlig leer und verlassen dalag. Oberst Westinghouse stieß den erleichterten Seufzer eines Menschen aus, der endlich sicher und unverletzt sein Ziel erreicht hat.

«Hier verdiene ich mir einen Lebensunterhalt», sagte er und wies mit kaum verhohlenem Stolz auf die hohen Mauern mit ihren unzähligen Fenstern. «An dieser Stelle trennen sich unsere Wege. Es hat mich sehr gefreut, dich nach so vielen Jahren wiederzusehen.»

«Sag mal», fragte ich, «glaubst du das wirklich alles, was du sagst?»

«Dein Zweifel kränkt mich!», rief er und betastete seine Oberlippe, um sich den Schnurrbart zurechtzurücken, den er vor einer Weile in die Tasche gesteckt hatte. «Natürlich glaube ich das. Und wenn nicht, bemühe ich mich redlich, mich selbst zu überzeugen. Was hattest du mir noch einmal vorgeschlagen? Wir haben so angeregt miteinander geplaudert, dass es mir entfallen ist.»

«Vergiss es», sagte ich, und um das Thema zu wechseln, fügte ich hinzu: «Wie ich sehe, übst du immer noch Englisch.»

«O nein», antwortete er. «Das habe ich schon lange aufgegeben. Es gab eine Zeit, da dachte ich, es wäre nützlich, ja sogar unabdingbar für die Entwicklung dieser Stadt. Aber seit einiger Zeit gibt es in Barcelona immer mehr Ausländer, und mein Englisch wird nicht mehr gebraucht. Sollen sie es doch untereinander reden.»

Wieder sah er unruhig auf die Uhr. Es war nicht zu übersehen, dass er nicht wusste, wie er mich loswerden sollte, um an die Arbeit zu gehen.

Doch bevor ich ging, unternahm ich noch einen letzten Versuch. «Hör mal», sagte ich, so freundlich ich konnte, «warum lässt du das Ganze nicht einfach sausen? Die Putzerei und die Sendung. Gleich morgen früh rufst du deine Arbeitgeber an und sagst, dass du nicht mehr kommst. Nicht mehr in die Büros zum Putzen und auch nicht mehr zum Fernsehstudio. Und wenn sie dich fragen, warum du nicht weitermachen willst, sagst du ihnen, dass du das gesundheitlich nicht mehr schaffst, dass du zu alt bist und einen Platz im Altersheim gefunden hast … was auch immer. Sie werden jede Ausrede schlucken, und bei der derzeitigen Arbeitslosenquote finden sie auch gleich jemanden, der ihnen die Büros putzt. Beim Fernsehen werden sie hocherfreut sein, ‹Die Standarte› absetzen und dich durch eine Wahrsagerin ersetzen zu können, so wie deine Freundin, die uns damals in die Korsettmacherei von Señor Muñoz geführt hat. Seht ihr euch noch?

Du musst mir irgendwann einmal erzählen, was aus dieser Runde entzückender Mädchen geworden ist.»

Ich legte eine Pause ein, in der Hoffnung, die Erwähnung seiner Kumpel werde ihn aufheitern. Als ich sah, dass er nichts sagte, fuhr ich aufmunternd fort: «Morgen früh machst du das, was ich dir gesagt habe. Und jetzt kommst du mit mir und hilfst mir bei meinen Ermittlungen. Wir werden jede Menge Spaß haben, du wirst schon sehen. Und als Erstes gehen wir zur Diagonal und steigen dort in die erstbeste Straßenbahn, die vorbeikommt. Die haben sie schon vor Jahren wieder eingeführt, und ich bin noch nie mit ihr gefahren. Sie ist fantastisch, kein Vergleich zu den Vehikeln aus unserer Kinderzeit, an die wir uns angehängt haben, um mitzufahren. Die neue Bahn ist der letzte Schrei. *El Trambaix* heißt sie, die Niederflurbahn. Der Name sagt schon alles. Plump, aber dynamisch. Es heißt, in ihr zu fahren sei ein wunderbares Gefühl. Wie fliegen, nur auf Gleisen. Komm schon, gib dir einen Ruck. Allein die Fahrt im *Trambaix* lohnt sich. Und dazu noch die Ermittlungen … Wer weiß, was wir alles herausfinden.»

Er legte mir sacht die Hand auf den Unterarm, um mich zu unterbrechen, und sagte: «Sprich nicht weiter, ich weiß, worauf du hinauswillst. Du warst schon immer gut darin, Leute zu überzeugen, du hast diese Begabung. Ich für meinen Teil würde nur zu gern mit dir gehen, dir bei deinen Ermittlungen helfen *and so on and so forth*. Das Problem ist, dass ich für dieses Tempo nicht mehr geschaffen bin. Das Gehen und Atmen fällt mir schwer, ich höre schlecht, und das, was ich höre, verstehe ich falsch; jede Kleinigkeit macht mich nervös. Besser, ich lebe weiter mein ruhiges Leben und meinen Alltagstrott. Außerdem würde dir meine Hilfe wenig nützen. Ich habe verlernt, mich in fremder Umgebung zu bewegen, und habe nirgendwo mehr Freunde oder Kontakte.»

Er zeigte auf den blau und granatrot beleuchteten Torre Acbar, der sich vor den Lichtern der Stadt abzeichnete, auf den Stadtteil Ensanche. «Diese Stadt», sagte er, «ist nicht mehr meine Stadt. Ich weiß nicht, ob du dich erinnerst: Als wir uns kennenlernten, glaubte ich noch fest an die Zukunft Barcelonas. Damals hat niemand auf mich gehört, und viele haben mich ausgelacht. Das war mir egal, ich war mir meiner Sache sicher und bin standhaft geblieben. Wir müssen uns der Welt öffnen, sagte ich, wir müssen Englisch lernen, wir müssen unseren Tagesablauf dem anpassen, was im Rest Europas üblich ist. Habe ich mich geirrt? Ja und nein. Heute ist Barcelona eine lebendige, prosperierende, glamouröse Stadt, das Mekka des internationalen Tourismus – außer für die Islamisten, die ihr eigenes Mekka haben. Aber es ist nicht so, wie ich es mir vorgestellt hatte. Ich hatte mir ein Barcelona vorgestellt, und sie haben ein anderes daraus gemacht. Aber das ist nicht wichtig: Die Zeit vergeht, und alles wird vom Winde verweht, wie schon Scarlett O'Hara in der Szene sagt, in der sie die Faust mit der ausgegrabenen Steckrübe schüttelt. Du hast mich eben nach meinen Freundinnen gefragt, nach der Runde, die sich immer im Facundo Hernández traf. Außer mir ist nur noch Tifus am Leben. Sie ist ständig im Krankenhaus und ich – na, du siehst ja, wie es um mich steht. Die Bar wurde geschlossen, und als sie wieder aufgemacht hat, gehörte sie zu einer Franchisekette von Tapasbars. Dort, wo früher die Korsettmacherei Muñoz war, kann man jetzt Barça-Trikots, Plastikfächer und Handys zweifelhafter Herkunft kaufen. Wenn du in letzter Zeit einmal in unserem alten Revier unterwegs warst, weißt du, was ich meine. Barcelona hat sich verändert, wie ich vorhergesehen habe, aber es ist zur Hauptstadt der Billigprodukte und der Idiotie geworden. In diesem Barcelona haben wir nichts mehr verloren.»

Er machte eine Armbewegung, die die ganze Umgebung umfasste, und fügte hinzu: «Hier in diesem Viertel fühle ich mich wohl. Es ist ein relativ ruhiges Büroviertel, alles ist neu und unpersönlich. Ich habe mir ein neues Leben aufbauen können, von dem alten will ich nichts mehr wissen. Meinen Lebensunterhalt verdiene ich, indem ich Büros putze, und in der ‹Standarte› kann ich nach Lust und Laune vom Leder ziehen, ohne mich lächerlich zu machen: Die Ausfälle eines ehemaligen Militärpolizisten sind völlig normal, ein alter Transvestit, der dummes Zeug redet, ist hingegen nur peinlich.»

Er schwieg lange. Ich wartete schweigend.

«Als wir geboren wurden, war der Krieg zu Ende», fuhr er schließlich fort, «und wir werden sterben, bevor der nächste anfängt. Wen schert es da schon, was wir tun oder sagen? Ein paar Jahre lang hatten wir Transvestiten und andere verkrachte Existenzen das Sagen. Aber es ist uns nicht gelungen, etwas Ernsthaftes oder Bleibendes zu erschaffen. Vielleicht ist es besser so. Die großen Ideen sind allesamt katastrophal, und die kleinen kommen gleich wieder aus der Mode, weil das Banale ermüdet und beschämt. Am Ende verläuft alles im Sande. Würde ich noch einmal geboren, wollte ich keine amerikanische Hausfrau mehr sein. Aber auch das ist egal, weil ich nicht noch einmal geboren werde.»

Er beendete seine Rede mit etwas, das wie ein Schnarchen klang. Es gab nichts weiter zu sagen, und so wandte ich mich zum Gehen.

«Warte», sagte er, als er es bemerkte. «Bevor wir auseinandergehen, will ich dir etwas erzählen. Ich habe es niemandem erzählt, und du musst mir versprechen, es auch nicht zu tun. Ich möchte nicht, dass die Geschichte die Runde macht und mich alle für verrückt erklären. Ich meine, für geisteskrank.»

Ich versprach es ihm, und er fuhr fort: «Vor einiger Zeit … ich weiß nicht mehr genau wann, vielleicht vor zwei Jahren … ist mir Jesus Christus erschienen. Im Traum. Das klingt ziemlich unglaubwürdig, ich weiß. Ausgerechnet Jesus Christus. Die Muttergottes erscheint ja ganz gerne mal, aber Er nicht, man könnte fast meinen, Er bliebe lieber zu Hause … Und dann erscheint Er auch noch ausgerechnet einer verrückten alten Schachtel wie mir! Trotzdem ist es passiert. In meinen Träumen ist mir Jesus Christus erschienen. Anfangs habe ich Ihn kaum erkannt, weil Er auf dem Fahrrad unterwegs und wie ein normaler Mensch angezogen war, ganz schlicht, keine Markenklamotten oder so, nur mit einem Schildchen am Lenker, auf dem INRI stand. Als ich erkannte, dass es wirklich Er war und kein Imitator, war ich *flabbergasted*. Ich wusste nicht, was ich tun, und noch weniger, was ich sagen sollte. Die Szene dauerte nur wenige Sekunden. Jesus Christus fuhr einfach an mir vorbei, drehte sich zu mir um, hob ein, zwei Mal die Augenbrauen, ohne anzuhalten, und war verschwunden. Das war alles. Lange war ich sehr aufgewühlt und versuchte herauszufinden, was diese ungewöhnliche Vision bedeuten mochte. Nach langem Überlegen kam ich zu einem Schluss. Willst du wissen, zu welchem? Denk dran, du hast versprochen, das Geheimnis für dich zu behalten. Also: Jesus Christus wollte mir sagen, dass die Wege des Herrn nicht unsere Wege sind. Da ist nix zu machen.»

8

DIE AUSLIEFERUNG

Das mit der Straßenbahn war nur Gerede gewesen. Um diese Uhrzeit fuhr nur noch der Nachtbus und auch der nicht allzu oft. Zu meinem Glück fuhr in dieser Gegend der N7 vorbei. An einen Baum gelehnt, wartete ich eine Weile auf ihn. Als er dann kam, stieg ich ein und setzte mich. Ich war der einzige Fahrgast. Gemächlich fuhr der Bus durch die Nacht, und ich dachte nach. Das Gespräch mit Señorita Westinghouse hatte mich zuerst verwirrt und dann verärgert. Sah man einmal von ihrem Pessimismus und dem unübersehbaren Verfall ihrer geistigen Fähigkeiten ab, war das, was sie sagte, keineswegs bedeutungslos, ja sogar weise. Wie sie war auch ich gesund, doch auch mein Leben neigte sich dem Ende entgegen. Aber abgesehen von dieser Kleinigkeit konnte ich mich in beinahe allem anderen glücklich schätzen: Ich hatte einen festen Job, der so mies und so schlecht bezahlt war, dass ich niemals Gefahr lief, einer Entlassungswelle oder einem Spar- oder Rationalisierungsprogramm zum Opfer zu fallen; auch besaß ich eine Wohnung, die aus dem gleichen Grund von der Spekulation verschont bleiben würde, und war schon seit geraumer Zeit nicht mehr mit der Obrigkeit in Konflikt geraten. Unter diesen Umständen war der Versuch, ein Rätsel zu lösen, das mir nichts bedeutete und nie etwas bedeutet hatte und für das man mich nach all den Jahren nicht mehr zur Verantwortung ziehen konnte, gewagt, dumm und anmaßend.

Der Entschluss, das Ganze auf sich beruhen zu lassen und

unwichtige Geschichten aus einer Vergangenheit, an die man besser nicht mehr rührte, ein für alle Mal zu vergessen, beruhigte mich so sehr, dass ich einschlief und erst aufschreckte, als der Bus an der Haltestelle hielt, an der ich aussteigen musste.

Ich lief bis zur Calle Bailén 128 und betätigte dort so lange entschlossen die Klingel der Wohnung im zweiten Stock, vierte Tür, bis eine verschlafene Männerstimme fragte, wer da sei.

«Bin ich richtig bei Monturiol?», fragte ich.

«Montpensier», verbesserte mich die Stimme aus der Gegensprechanlage.

«Egal», sagte ich. «Ich komme vom Chinarestaurant und bringe Ihnen das bestellte Gericht.»

«Das war heute Morgen», sagte der Mann.

«Ja», gab ich zu, «es hat ein bisschen länger gedauert. Wir hatten mehrere Gruppen zum Essen, und die Küche war überlastet. Machen Sie auf, damit ich Ihnen die Kartons aushändigen kann.»

«Nehmen Sie Ihre Kartons wieder mit und lassen Sie uns in Ruhe», sagte der Adressat der Pappkartons ungeduldig. «Es ist halb drei Uhr morgens, und wir liegen schon im Bett.»

«Das ist mir durchaus bewusst», entgegnete ich ungerührt, «aber ich muss die Bestellung abliefern, Sie müssen mir den Empfang quittieren. Wenn Sie dann das Bestellte nicht essen wollen, lassen Sie es einfach bleiben, das geht mich nichts mehr an. Aber ohne Ihre Unterschrift gehe ich nicht zurück zur Arbeit. Ich könnte Schwierigkeiten bekommen.»

«Na gut, na gut», brummte der Kunde. «Kommen Sie hoch, ich unterschreibe, und Sie verschwinden wieder, einverstanden?»

Kurz darauf öffnete mir ein rundlicher, breitschultriger Mann unbestimmten Alters mit schütterem Haar und unrasierten Wangen. Da er barfuß und im Pyjama war, bat er mich in den kleinen, quadratischen Flur. Als ich eingetreten war, schloss er die Tür und starrte aus geröteten Augen auf den fleckigen Fetzen Papier, den ich aus den Tiefen meiner Tasche gegraben hatte und ihm nun unter die Nase hielt.

«Sie müssen einfach nur hier unterschreiben», sagte ich. Und während er einen Kugelschreiber aus einem Tischchen holte und unterschrieb, fügte ich hinzu: «Wundern Sie sich nicht, wenn der Inhalt der Kartons nicht genau dem entspricht, was Sie bestellt haben. Ich habe Ihnen ja erzählt, dass es in der Küche drunter und drüber ging. Der Quinoasalat ist auch eine Spezialität unseres Hauses. Er ist ein wenig welk, aber wenn Sie ihn über Nacht in Wasser legen, ist er mit etwas Glück morgen genießbar.»

Señor Monturiol schien mir gar nicht zuzuhören. Er gab mir den unterschriebenen Zettel zurück und sah mich an. Ich rührte mich nicht vom Fleck, in der Hoffnung, er käme drauf, dass noch das Trinkgeld fehlte.

«Mal sehen», sagte ich, um Zeit zu schinden, «ob es morgen im Restaurant besser läuft und die Kunden mit dem Lieferservice zufriedener sind. Das heute war eine Ausnahme.»

«Sie brauchen sich nicht zu entschuldigen», sagte er, offenbar meine Absicht missverstehend. «Wie gesagt, lag ich schon im Bett, aber geschlafen habe ich noch nicht. Ich leide schon lange an chronischer Schlaflosigkeit. Früher habe ich geschlafen wie ein Engelchen, kaum habe ich die Augen zugemacht. Doch dann habe ich einige Zeit im Knast verbracht, und dort bin ich unzählige Male vergewaltigt worden. Damals war ich jung und schön, und man hielt mich fälschlich für schwul. Als ich eingeliefert wurde, war mir mein Ruf vorausgeeilt, und es gab schon eine Warteliste. Während meiner Haftzeit haben mich die Insassen, die Wärter und sogar die Angehörigen, die zu Besuch kamen, vergewaltigt. Ich bin nicht schwul, aber ich habe mich auch nicht gewehrt. Irgendwie musste man sich ja Freunde machen. Nach meiner Entlassung habe ich dann geheiratet. Ich erzählte meiner Frau, was mir widerfahren war, aber sie hat sich nicht daran gestört. Weder dies noch irgendetwas anderes hat je zwischen uns gestanden. Aber nach einiger Zeit begann ich, ohne konkreten Anlass an Schlaflosigkeit zu leiden. Nicht einmal Schlaftabletten haben geholfen. Schließlich bin ich dem Rat meiner Frau gefolgt und zu einem Psychiater gegangen. Der hat mich drei Jahre lang analysiert, mir ein Vermögen aus der Tasche gezogen und zuletzt gesagt, ich hätte ein Trauma, das verschwinden würde, wenn ich das Gedächtnis verliere.»

Aus dem dunklen Flur erklang das Geräusch einer sich öffnenden Tür.

«Mit wem redest du da, Schatz?», fragte eine weibliche Stimme leicht beunruhigt.

Señor Monturiol wandte sich in die Richtung, aus der die Stimme kam. «Es ist nichts weiter», sagte er. «Der Herr vom Chinarestaurant ist da, und ich habe ihm von meiner Schlaflosigkeit erzählt und davon, wie es zu diesem Leiden gekommen ist, wenn man es so nennen mag.»

Aus dem Dunkeln tauchte eine Frau in Morgenrock und Pantoffeln auf. Sie hatte für ihr Alter eine gute Figur, und ihr Gesicht hatte noch die ganze Schönheit ihrer Jugend, wenn auch ihre Miene durch einige kleinere Eingriffe und die fettige Haut, die auf die Verwendung einer Antifaltencreme schließen ließ, distanziert und künstlich wirkte.

Sie warf mir einen kurzen argwöhnischen Blick zu, dann wandte sie sich an ihren Mann, als hätte sie mich nicht gesehen. «Schatz», sagte sie in zärtlichem Vorwurf, «du solltest das mit dem Gefängnis nicht überall herumerzählen. Es interessiert die Leute nicht, und dir tut es nicht gut, darüber nachzugrübeln.»

«Ich weiß nicht, warum ich es verschweigen sollte, Liebling», antwortete er. «Ich brauche mich nicht dafür zu schämen, dass ich im Gefängnis war. Heutzutage landen alle Prominenten im Knast. Und außerdem wurde ich für ein Verbrechen verurteilt, das ich gar nicht begangen habe.»

«Das weiß ich doch, Schatz», beharrte sie, übertrieben bedächtig. «Wir haben schon so oft darüber gesprochen. Du hast nichts Schlimmes getan, aber es gab einen Prozess, du wurdest verurteilt und hast deine Strafe abgesessen. Wer soll denn da an deine Unschuld glauben?»

«Ich», mischte ich mich in diesem Augenblick ins Gespräch, unfähig, mich noch länger zu beherrschen. «Ich glaube an seine Unschuld. Señor Monturiol hat Señorita Baxter nicht getötet. Genauso wenig wie ich. Und Sie, Señora Monturiol, wissen das besser als jeder andere, weil sie alles von Anfang an geplant hatten.»

Als meine Worte verhallt waren, herrschte angespannte Stille im Flur. Nach ein paar Sekunden warf Señora Monturiol ihrem Mann einen vorwurfsvollen Blick zu und öffnete den Mund, offenbar in der Absicht, ihn zu rügen.

Ich kam ihr zuvor: «Señor Monturiol hat mir nichts erzählt», sagte ich. «Er hätte auch gar keinen Grund dazu, denn er hat mich genauso wenig wiedererkannt wie ich ihn. Es ist lange her, und wir haben uns beide verändert. Sie hingegen – wenn Sie mir die Bemerkung gestatten – sind noch genau so attraktiv wie bei unserer ersten und bisher letzten Begegnung auf dem Paseo de San Gervasio. Deshalb geben Sie Ihrem

Mann nicht die Schuld: Wären Sie im Bett geblieben, anstatt uns nachzuspionieren, hätte ich mir die Klagen eines an Schlaflosigkeit leidenden Mannes angehört, ohne ihm weiter Beachtung zu schenken, und wäre wieder verschwunden. Und hätte ich heute Morgen, als ich auf dem Weg zu Ihnen von einem frechen Köter gebissen wurde, schon gewusst, dass ausgerechnet Sie die Empfänger dieser Lieferung sind, wäre ich schon viel früher bei Ihnen aufgetaucht und hätte meine Energie nicht damit vergeudet, hierhin und dorthin zu laufen, nicht ahnend, dass das Schicksal mir diese Chance vergönnt. Logischerweise konnte ich nicht vorhersehen, dass der Zufall die Lösung des Rätsels in meine Hand legen würde. Aber da es nun mal so ist, können wir das Gespräch vielleicht trotz der späten Stunde in einem gemütlicheren Raum und wenn möglich im Sitzen weiterführen.»

Herr und Frau Monturiol tauschten Blicke, Winke und Gesten. Da jedoch keiner von beiden verstand, was der andere ihm wortlos bedeuten wollte, sagte er schließlich: «Na gut, dann gehen wir eben ins Wohnzimmer.»

Durch einen kurzen Flur gelangten wir in ein mittelgroßes, gemütliches Zimmer, das man durchaus als Bibliothek hätte bezeichnen können, hätte es in diesem Hause auch nur ein einziges Buch gegeben. Ich nahm auf einem Stuhl Platz und die beiden auf einem eleganten Ektorp-Zweiersofa. Da saßen sie nun, dicht beieinander, die Hände zum Zeichen der Zuneigung und gegenseitigen Unterstützung verschränkt, und betrachteten mich schweigend aus von Schläfrigkeit und Misstrauen schweren Augen.

«Als Erstes möchte ich klarstellen», sagte ich, um die Anspannung zu lösen, die in der Luft hing, «dass ich aus rein kognitivem Interesse hier bin. Vor einigen Jahren haben sich unsere Wege gekreuzt, und aus dieser Begegnung haben sich Verwicklungen ergeben, die für mich leidvoll und für Sie unglücklich waren. Sollte ich der indirekte Grund für diese Verwicklungen gewesen sein, so tut mir das leid, auch wenn ich nie die Schuld für etwas auf mich nehmen werde, das ich weder gesucht noch gewollt habe. Für den Fall, dass Sie es immer noch nicht kapiert haben sollten: Ich bin derjenige, dem man damals den Mord an einem angehenden Model namens Olga Baxter anhängen wollte. Sie, Señor Monturiol, haben den Mord an besagter Dame gestanden und wurden dafür verurteilt. Und Sie, Señora Monturiol, sind niemand anderes als eben diese Señorita Baxter. Korrigieren Sie mich, wenn ich falsch liege.»

«Nur in einem Punkt», sagte er. «Ich heiße jetzt Montpensier. Den Namen habe ich angenommen, als ich aus dem Gefängnis kam, um ein neues Leben anzufangen.»

«Das ist egal», sagte ich. «Das Einzige, was zählt, ist, dass Sie zum besagten Zeitpunkt die Modelagentur Llewelyn de Paris leiteten, bei der Señorita Baxter angemeldet war. Und nun erzählen Sie mir endlich, was damals passiert ist. Dank meiner Ermittlungen habe ich die Ereignisse rekonstruieren können und mir eine Theorie darüber zurechtgelegt, wie es damals wirklich war, aber die Bestätigung dieser Theorie und die Klärung einiger dunkler Punkte wäre meinem Seelenfrieden ungemein zuträglich.»

«Ich wüsste nicht, was dagegen spräche», sagte er.

«Ich auch nicht», sagte sie.

Und dann erzählten sie mir abwechselnd die Geschichte, die ich im Folgenden wiedergebe, wobei ich versuchen werde, all das auszulassen, was der kluge, aufmerksame Leser bereits weiß.

9

DIE ERMORDUNG
DER SEÑORITA BAXTER

Bereits in jungen Jahren war Señorita Baxter von ihrer Heimatstadt Figueras nach Barcelona gezogen, um ihr Glück in der Welt der Mode und der Werbung zu suchen. Die Zeit verging, doch der Erfolg ließ auf sich warten, und eines Tages stand sie ohne Arbeit und ohne Hoffnung da, jemals welche zu finden; außerdem waren ihre Ersparnisse aufgebraucht. In dem Haus, in dem sie kurz zuvor eine Wohnung gemietet hatte, lebte ein gewisser Señor Larramendi, mit dem sie nur oberflächlichen Umgang pflegte, was sie aber nicht davon abhielt zu bemerken, dass es mit ihm rasant bergab ging. Dann machte Señor Larramendi bei einer ihrer Begegnungen wirre Andeutungen über eine mysteriöse, aber lukrative Geheimoperation und versprach ihr, diese zu nutzen, um ihr aus der Bredouille zu helfen. Doch aus dem Versprechen wurde nichts. Und so beschloss Señorita Baxter mit dem Mut der Verzweiflung, die vertraulichen Informationen ihres Nachbarn zu verwenden, um selbst an Geld zu kommen. Sie nahm all ihren Mut zusammen, wandte sich an die Fahrer eines schwarzen Wagens, aus dem Señor Larramendi Abend für Abend, mal aufrecht, mal schwankend, ausstieg, und sagte ihnen, sie sei über die Aktivitäten ihres Nachbarn im Bilde und werde sich an die Presse wenden, wenn sie ihr nicht zehn Millionen Peseten für ihr Schweigen bezahlten. Sie war bereit, mit sich handeln zu lassen, aber fest entschlossen, auf keinen Fall unter fünf Millionen Peseten zu gehen. Die Fahrer des schwarzen Wagens entgegneten, sie seien nur Befehlsempfänger, würden ihr Angebot aber an die entsprechende Person weiterleiten, und sie werde sicher in Kürze eine Antwort erhalten.

Als Señorita Baxter zwei Tage später aus einem Geschäft am Paseo de Gracia kam, hielt der schwarze Wagen neben ihr, und der Fahrer forderte sie auf einzusteigen. Señorita Baxter tat, wie ihr geheißen, und fand sich in Gesellschaft zweier distinguiert wirkender Herren, die sie einluden, zwischen ihnen Platz zu nehmen.

«Haben Sie keine Angst», sagte einer der Herren sanft und freundlich. «In unserem Alter und bei unserer sorgfältigen Erziehung werden wir die Gelegenheit nicht nutzen, Sie zu befummeln.»

Diese Vorstellung beunruhigte Señorita Baxter weit weniger als die Tatsache, dass die beiden Herren ihre Gesichter hinter Pina-Bausch-Masken verbargen. Der Herr, der sie angesprochen hatte, bemerkte ihre Unruhe und bat um Entschuldigung für die Masken. Da es noch lange hin war bis Karneval, hatten sie keine gewöhnlicheren Masken gefunden und daher auf diese zurückgegriffen, Überbleibsel vom Theaterfestival *Grec* im Vorjahr, das sie großzügig finanziell unterstützt hatten.

«In unserer Vereinigung», sagte der zweite Herr, «unterhalten alle eine Stiftung, der eine mehr, der andere weniger.»

«Wir erzählen dir das alles», sagte der erste Herr, «damit du siehst, wie sehr wir uns für die Kultur in Barcelona einsetzen. Und unser Interesse beschränkt sich nicht auf die Kultur, denn wir setzen großes Vertrauen und große Hoffnung in die Zukunft unserer geliebten Stadt.»

«Das Barcelona, das wir aufbauen werden», sagte der zweite Herr, «ist für euch, die jungen Leute, vor allem für so pfiffige junge Leute wie dich. Wir sind schon alt, und es gelingt uns nur unter Mühe und Schmerzen, uns die lästigen Darmwinde zu verkneifen – wenn auch nicht immer», fügte er hinzu und trat sogleich den Beweis für seine Worte an.

«Es wäre ein Jammer», sagte der erste Herr, ließ das Wagenfenster einen Spaltbreit herunter und schloss es wieder, als genug frische Luft eingedrungen war, «wenn so viel Begeisterung und selbstlose Mühe wegen eines kleinen Missverständnisses umsonst wären.»

Unterdessen war der Wagen den Paseo de Gracia hinaufgefahren, auf den Seitenstreifen der Diagonal eingebogen, hatte dann die Via Augusta und später die Calle Balmes eingeschlagen, die zuletzt in den Paseo de San Gervasio mündete. Schließlich hielten sie vor dem Haus Nummer 15 der Calle de Sant Hilari.

Bevor er die Tür öffnete, zückte der erste Herr eine Brieftasche aus Krokoleder und zog daraus einen Fünftausend-Peseten-Schein hervor, den er Señorita Baxter gab. «Betrachte es als Anzahlung», sagte er. «Über den Rest reden wir später. Dein Vorschlag klingt vernünftig, aber wir können in dieser Angelegenheit nichts entscheiden, ohne die restlichen Beteiligten zu Rate zu ziehen, und das ist nicht einfach: Alle sind permanent auf Reisen und haben zahlreiche Verpflichtungen. Hab etwas Geduld. Wir halten dich über die Verhandlungen auf dem Laufenden. Wie du siehst, wissen wir, wo du wohnst, und sind über alle deine Aktivitäten bestens informiert.»

Mit diesen einschmeichelnden und zugleich beunruhigenden Worten endete die erste Begegnung Señorita Baxters mit den Herren von der AFMIDF, der Geheimgesellschaft, von der sie zu diesem Zeitpunkt noch nichts wusste, die aber über ihr zukünftiges Schicksal bestimmen sollte. Die nächsten Begegnungen erfolgten in kurzen Abständen und mit nur geringen Variationen. Der Wagen war immer derselbe, ebenso der Fahrer und der Beifahrer, aber auf der Rückbank saß von nun an nur noch ein Herr, und zwar jedes Mal ein anderer, obgleich alle Herren die gleiche Maske benutzten, um ihre Identität zu verschleiern. Auch betonten sie bei jedem Treffen aufs Neue ihre Bereitschaft zu zahlen, sobald einige Fragen innerhalb der Organisation geklärt seien, wie der Bericht des Schatzmeisters, der von jedem zu entrichtende Anteil an der Gesamtsumme und so weiter und so fort. Die Begegnungen endeten stets mit einer Barzahlung, wenn auch der Betrag von Mal zu Mal kleiner wurde. Der letzte der Herren besaß die Unverschämtheit, sie zu fragen, ob sie auf einen Tausender herausgeben könne, und konnte sich erst, als sie dies brüsk verneinte, dazu aufraffen, ihr mit einem gequälten Seufzer den Schein auszuhändigen. Abgesehen davon war der Umgang immer korrekt, ja häufig sogar herzlich. Da Señorita Baxter hübsch, klug und freundlich war, nutzten die Herren die Spazierfahrten, um mit ihr zu plaudern, erzählten ihr von ihren beruflichen Erfolgen und Misserfolgen, ihren Plänen, ihren Ehesorgen, den Problemen mit den Kindern und ähnlichem. Einer von ihnen war so ergriffen, als er ihr vom Tod seines Haustiers berichtete, eines unglückseligen Papageis, dass er einen Augenblick lang die Maske abnehmen musste, um sich zu schneuzen und seine Tränen zu trocknen. Schließlich kam Señorita Baxter zu dem Schluss, dass die Herren trotz aller Versprechungen nicht wirklich die Absicht hatten, die Millionen zu zahlen, die sie von ihnen hatte erpressen wollen, sondern dass ihre nächtlichen Spazierfahrten nur dazu dienten, sie hinzuhalten und ihre Gegenwart zu genießen, die umso willkommener war, als der Herr, der jeweils dran war, auf Kosten aller die Aufmerksamkeit, Diskretion und Zeit eines hübschen, verständnisvollen Models ganz für sich alleine hatte.

An dieser Stelle unterbrach Señora Montpensier ihre Erzählung und überließ ihrem Mann das Wort, der dort ansetzte, wo sie aufgehört hatte.

Als Señor Llewelyn in der Zeit, in der sich dies alles zutrug, eines Abends seine Modelagentur verließ – es war bereits dunkel –, wurde er vom stämmigen, aber höflichen Fahrer eines schwarzen Wagens, der quer über dem Bürgersteig stand, aufgefordert einzusteigen. Im Wagen, so sagte ihm der stämmige Fahrer nachdrücklich, aber ehrerbietig, sitze ein Herr, der ihm einen Vorschlag unterbreiten wolle. Señor Llewelyn beeilte sich klarzustellen, dass er nicht schwul sei; der stämmige Fahrer versicherte ihm, es gehe um etwas anderes, und Señor Llewelyn, dem kein Grund einfiel, warum er weiter auf seiner Weigerung beharren sollte, stieg in den Wagen. Der ältere Herr mit Anzug und Maske, der darin saß, gab ihm die Hand, erkundigte sich nach seinem Wohlbefinden und kam dann gleich zur Sache: Er und eine Reihe anderer Herren – allesamt wirtschaftlich und gesellschaftlich bedeutende Persönlichkeiten – hatten in letzter Zeit Scherereien wegen einer im Übrigen reizenden jungen Dame, die Schülerin in Señor Llewelyns Modelagentur war, weswegen die von dem unangemessenen, widerspenstigen Verhalten ebendieser jungen Dame betroffenen Herren Señor Llewelyn bitten wollten, in dieser unerquicklichen Angelegenheit tätig zu werden. Dafür würde er selbstverständlich eine Vergütung erhalten, die der Größe des Problems entsprach. Señor Llewelyn antwortete, dass Interventionen dieser Art eigentlich nicht in seinen Zuständigkeitsbereich als Leiter der Agentur fielen; dennoch sei er angesichts der Wichtigkeit seines Gesprächspartners ausnahmsweise bereit, die junge Dame zur Rede zu stellen und zur Vernunft zu bringen; allerdings müsse er dazu wissen, wo das Problem lag und wie die junge Dame hieß, die dafür verantwortlich war.

«Ich danke Ihnen für Ihre Freundlichkeit und Ihre Bereitschaft», sagte der maskierte Herr. «Aber ich meinte eigentlich nicht diese Art von Intervention, wir dachten eher an eine radikale, endgültige Lösung des Problems. Die junge Dame, von der ich sprach, ist störrisch und uneinsichtig.»

«Ha, ha», lachte Señor Llewelyn fröhlich, wie es seine Art war. «Sie werden ja wohl nicht von mir verlangen, sie umzubringen.»

«Es ist immer ein Vergnügen, mit intelligenten Menschen zu tun zu haben, die auf Anhieb verstehen, was man von ihnen will», sagte der Herr.

«Wollen Sie mich auf den Arm nehmen?», rief Señor Llewelyn, dem allmählich mulmig zumute wurde.

«Señor Llewelyn», antwortete Herr leicht ungehalten, «meine Zeit ist kostbar. Ich bin so bedeutend, dass selbst die Zeit meines Fahrers kostbar ist. Und diese kostbare Zeit möchte ich um keinen Preis durch Geplänkel mit dem Leiter einer bankrotten Modelagentur vergeuden.»

«Na, also hören Sie mal!», protestierte Señor Llewelyn. «Meine Agentur ist nicht bankrott!»

«Sie wird es sein, wenn Sie sich nicht etwas gefügiger zeigen», erwiderte der Herr. «Wir kennen Ihre Buchhaltung bis aufs i-Tüpfelchen, genauso wie die Summe der ausstehenden

Kredite. Mehr noch, wir sind Ihre wichtigsten Gläubiger. Ich hoffe, ich habe mich deutlich ausgedrückt. Ich verstehe, dass Sie zaudern. Uns ist diese Vorgehensweise auch nicht angenehm, und wir würden nicht darauf zurückgreifen, gäbe es eine andere Lösung. Auch handelt es sich keineswegs um einen voreiligen Entschluss. Katalanische Unternehmer sind fleißig und tatkräftig, doch scheuen sie sich, Stellung zu beziehen. Die Entscheidung wurde ausgiebig debattiert und per Mehrheitsentscheid getroffen. Wir sind auch nicht glücklich darüber, auf Sie zurückgreifen zu müssen. Aber zu den vielen Dingen, an denen es Barcelona derzeit mangelt, gehört auch ein Dienstleister, der zu einem vernünftigen Preis effizient, sauber, unverzüglich und straffrei lästige Personen eliminiert – Dienstleister, wie sie in Metropolen, die diesen Namen verdienen, gang und gäbe sind. Es gibt nichts weiter zu besprechen, Señor Llewelyn. Sie haben achtundvierzig Stunden, um … wie soll ich sagen? … uns aus unserer heiklen Lage zu befreien.»

«Aber ich habe so etwas noch nie gemacht», jammerte Señor Llewelyn. «Ich wüsste gar nicht, wie ich anfangen sollte. Und auch nicht, wie ich mir ein Alibi beschaffe. Man wird mich entdecken und verurteilen.»

«Wo ein Wille ist, ist auch ein Weg, Señor Llewelyn», schloss der Herr. «Sie werden schon eine Möglichkeit finden. Die Models der Agentur vertrauen Ihnen. Das verschafft Ihnen einen großen Vorteil. Und haben Sie keine Furcht vor den Folgen. Wir haben überall unsere Kontakte, und gewisse Herren in leitender Position bei der Polizei sind in unsere Pläne eingeweiht. Erledigen Sie Ihren Part, und andere werden sich darum kümmern, einen glaubhaften Schuldigen zu finden. Sagen Sie uns Bescheid: Wenn Sie bereit sind loszulegen, rufen Sie die Nummer auf diesem Zettel an, hinterlassen eine Nachricht auf dem Anrufbeantworter, essen den Zettel auf und erledigen Ihren Auftrag. Wir werden dann alles in die Wege leiten, um Sie von jedem Verdacht reinzuwaschen. Wenn alles läuft wie geplant, werden Sie angemessen entschädigt. Und jetzt steigen Sie aus. Ich bin in Eile.»

Obwohl er sich wie betäubt fühlte, war Señor Llewelyn geistesgegenwärtig genug, vor dem Aussteigen noch nach dem Namen der jungen Dame zu fragen, die er eliminieren sollte. Der Herr beugte sich zu ihm hinüber, flüsterte ihm den Namen von Señorita Baxter ins Ohr und nutzte die Gelegenheit, um Señor Llewelyn in den Hintern zu zwicken.

10

IN DER PEDRERA

Erschüttert von der Erinnerung an dieses haarsträubende Abenteuer, unterbrach Señor Montpensier seine Erzählung, um sich mit dem Pyjamaärmel den Schweiß von der Stirn zu wischen. Seine Gattin nutzte die Pause und holte sich einen Schal, um sich vor der Nachtluft zu schützen. Nach dieser Unterbrechung setzte Montpensier seinen Bericht fort.

Die ganze Nacht über hatte der damalige Señor Llewelyn kein Auge zugetan, Pläne geschmiedet und wieder verworfen, von denen jeder verwickelter und abscheulicher war als der vorhergehende. Gleich nach Tagesanbruch ging er wie immer zur Agentur und bat die Empfangsdame, Señorita Baxter zu ihm zu zitieren, sobald sie die Agentur betrat.

Als die junge Frau vor ihm stand, sagte er: «Es gehört zu meinen Aufgaben, dafür zu sorgen, dass die Models dieser Agentur eine anständige Ausbildung erhalten, und zwar nicht nur, was ihr Äußeres betrifft, sondern auf sämtlichen Wissensgebieten. Wissen benötigt keinen Raum und macht, klug angewendet, auf die Kunden einen guten Eindruck. Deshalb werden wir beide heute ein wenig Kultur machen.»

Sie gingen hinaus auf die Diagonal und schlenderten sie gemächlich entlang bis zum Paseo de Gracia. Es war ein wunderschöner Frühlingsmorgen. Vor der Pedrera hielten sie an.

«Hier siehst du», sagte Señor Llewelyn, «eines der berühmtesten Bauwerke der Stadt, erbaut von dem aus Reus stammenden Antoni Gaudí.»

Señorita Baxter betrachtete das Gebäude mit schiefgelegtem Kopf und sagte dann: «In Figueras haben wir so etwas auch, wenn auch in kleiner. Da machen das die Kühe.»

Señor Llewelyn kaufte zwei Eintrittskarten für die erst kürzlich für die Öffentlichkeit freigegebene Dachterrasse. Da Gaudi damals unter den Einwohnern Barcelonas wenig galt und die wenigen ausländischen Besucher der Stadt nie von ihm gehört hatten, waren Señor Llewelyn und Señorita Baxter auf der Dachterrasse ganz für sich allein. Señorita Baxter trat an das Geländer, um die Menschen zu betrachten, die auf dem Paseo de Gracia auf und ab gingen. Señor Llewelyn stellte sich neben sie und blieb dort stehen, in düsteres Schweigen versunken. Nach einer Weile fragte Señorita Baxter, ob sie nun wieder gehen könnten, denn sie sei völlig von Kultur durchdrungen und langweile sich entsetzlich.

«Noch nicht», antwortete Señor Llewelyn mit rauher Stimme. «Offen gestanden ist die Architektur von Gaudi nicht der eigentliche Grund für unseren Besuch hier. In Wirklichkeit habe ich dich an diesen Ort gebracht, weil mich gestern einige Herren damit beauftragt haben, dich umzubringen und es wie einen Unfall aussehen zu lassen.»

Das mit dem Unfall hatte der maskierte Herr nicht gesagt, aber Señor Llewelyn fügte dieses Detail hinzu, um auf einem so speziellen Gebiet wie diesem nicht als Laie dazustehen. Señorita Baxter, die glaubte, er werde sie sogleich in die Tiefe stürzen, wich hastig vom Rand der Dachterrasse zurück und klammerte sich an einen der Schornsteine.

«Einen Schritt näher, und ich schreie!», warnte sie ihn.

«Das würde dir nichts nützen», sagte Señor Llewelyn und tat einige Schritte auf Señorita Baxter zu. «Wir sind hier ganz allein, und unten auf der Straße machen die Mopeds und

Busse einen Höllenkrach. Eben darum», fügte er hinzu und umfasste mit großspuriger Armbewegung die ganze Dachterrasse, «habe ich diesen Ort ausgewählt, um ungestört und unbelauscht mit dir reden zu können. Vielleicht sind die Telefone in der Agentur verwanzt.» Er trat noch näher und blieb dicht vor Señorita Baxter stehen, die sich weiterhin an den Schornstein klammerte. Langsam und ruhig berichtete ihr Señor Llewelyn von dem Gespräch am Abend zuvor, und Señorita Baxter, die sofort den schwarzen Wagen, den Fahrer und den Herrn wiedererkannte und verstand, dass sich Señor Llewelyn die ganze Geschichte keineswegs ausgedacht hatte, brach in Tränen aus.

«Das hätte ich mir nie träumen lassen!», rief sie schluchzend. «Sie waren so reizende alte Opas! Was war ich doch dumm und verblendet, und jetzt, wo ich es bemerke, ist es zu spät. Wirst du mich wirklich umbringen?»

Señor Llewelyn schüttelte traurig und feierlich den Kopf. Nein, sagte er. Schon als Señorita Baxter die Agentur das erste Mal betrat, war sie ihm aufgefallen und auf Anhieb sympathisch gewesen. Sie war attraktiv wie alle Models, darüber hinaus aber klug, aufgeweckt und von so fröhlichem, freundlichem Naturell, dass sie sich von ihren Kolleginnen abhob. Offen gesagt, so erklärte Señor Llewelyn, hatte er sich in Señorita Baxter verliebt, und wenn er ihr auch bislang nicht gestanden hatte, was er für sie empfand, hatte er ihr gegenüber doch mehrfach Andeutungen in diese Richtung gemacht, die sie aber nicht wahrgenommen hatte, vielleicht weil sie glaubte, er sei schwul.

«Von mir hast du nichts zu befürchten», sagte Señor Llewelyn zum Abschluss seines vielleicht etwas ungelegenen Geständnisses. «Ganz im Gegenteil. Aber das löst das Problem nicht. Wenn ich meine Vereinbarung mit dem Herrn aus dem schwarzen Wagen nicht einhalte, werden sie einen anderen schicken, und der wird nicht zulassen, dass die Liebe seine Pläne durchkreuzt.»

Señorita Baxter ließ sich am Schornstein hinuntergleiten, bis sie auf dem Boden saß.

«Das Vernünftigste wäre vielleicht», sagte Señor Llewelyn und kauerte sich vor ihr nieder, «wenn du für eine ganze Weile, um nicht zu sagen für immer, aus Barcelona verschwindest.»

«Und wo sollte ich hingehen?», fragte sie kaum hörbar. «Nach Figueras bringen mich keine zehn Pferde zurück, und um irgendwo anders hinzugehen, fehlt mir das Geld. Meine Ersparnisse reichen nicht einmal für ein Zugticket.»

Die beiden verharrten eine Zeitlang reglos und schweigend. Plötzlich wischte sich Señorita Baxter mit der Hand die Spur aus Tränen und Schminke von den Wangen, stand auf und sagte entschlossen: «Wir müssen eine andere Lösung finden.»

«Ja, aber welche?», fragte Señor Llewelyn mutlos. «Zur Polizei können wir nicht gehen. Wir wissen nicht, wer diese Herren sind, und überdies stecken einige Polizisten mit ihnen unter einer Decke. Mir ist nichts weiter eingefallen als das mit der Pedrera, jetzt bin ich mit meinem Latein am Ende.»

Ohne ihn zu beachten, begann Señorita Baxter, nachdenklich auf der Dachterrasse auf und ab zu gehen. Nach einer Weile kam sie zu Señor Llewelyn zurück.

«Ich hab's», verkündete sie. «Unterwegs kann ich dir alles erklären. Jetzt lass uns erst mal von diesem furchtbar hässlichen Ort verschwinden. Wir müssen uns an die Arbeit machen: Die Zeit drängt.»

Bevor sie die Dachterrasse verließen, nutzte Señorita Baxter die Einsamkeit, um ein wenig mit Señor Llewelyn zu knutschen und sich auf diese Weise seiner Zuneigung und Fügsamkeit zu vergewissern. Den Rest des Tages waren sie mit Vorbereitungen beschäftigt.

Señorita Baxter ging zu sich nach Hause, stopfte alles in eine Tasche, was irgendeinen Rückschluss auf ihre Herkunft, ihre Person oder ihren Verbleib zuließ, achtete beim Verlassen des Hauses sorgfältig darauf, dass der aufdringliche Portier sie nicht sah, nahm den Bus Nummer 17, lief bis zur Hafenmole, legte einen Backstein in die Tasche und warf sie ins Meer. Anschließend kehrte sie in ihre Wohnung zurück und rief Unterleutnant Asmarats an, um ihm zu sagen, dass sie von einem zwielichtigen Kerl verfolgt werde.

Señor Llewelyn seinerseits traf sich mit einem alten Schulfreund, der als Sanitäter bei einer Ambulanz arbeitete, und sagte zu ihm: «Juanito, du musst mir einen Gefallen tun.»

«Was immer du willst», sagte Juanito.

«Morgen früh um Punkt neun müssen wir mit dem Krankenwagen ein Model abtransportieren.»

«Was hat sie denn?»

«Nichts. Aber du darfst sie abhören.»

Señor Llewelyns Schulkamerad ließ sich auf den Handel ein, und die beiden verabschiedeten sich bis zum nächsten Morgen voneinander. Noch in derselben Nacht rief Señor Llewelyn bei der Telefonnummer an, die ihm der Herr im schwarzen Wagen aufgeschrieben hatte. Am anderen Ende sprang ein Anrufbeantworter an. Nach dem Piepton hinterließ Señor Llewelyn folgende Nachricht: «Guten Abend. Ich bin der Mörder von Señorita Baxter. Alles ist bereit. Sie können Ihrem Freund bei der Polizei sagen, dass er morgen früh um Punkt zehn bei dem Opfer zu Hause vorbeikommen soll. Um diese Uhrzeit», fuhr er flüsternd fort, «ist der Fisch bereits im Bräter. Wenn Sie verstehen, was ich meine.»

Um fünf vor zehn an dem Tag, an dem alles passieren sollte, stand der Krankenwagen auf der Plaza John Fitzgerald Kennedy bereit. Señor Llewelyn stieg aus, ging zu einer Telefonzelle auf dem Paseo de San Gervasio und rief Señor Larramendi an, dessen Nummer er von Señorita Baxter hatte. Señor Larramendi ging sofort dran.

«Tritt ans Fenster», sagte Señor Llewelyn mit der Stimme eines Bösewichts, «dann wirst du deine kleine Freundin im Garten entdecken. Und kein Wort, sonst bist du der Nächste.»

Er wollte dieser Botschaft noch mit einem höhnischen Lachen Nachdruck verleihen, brachte aber keins zustande. Also stieg er wieder in den Krankenwagen, und sein ehemaliger Mitschüler fuhr mit eingeschaltetem Blaulicht los. Als der Krankenwagen vor dem Haus Nummer 15 der Calle de Sant Hilari hielt, lag Señorita Baxter schon eine ganze Weile in den Büschen des Vorgartens, und Señor Larramendi lief in Unterhosen die Straße auf und ab und schrie wie besessen. Wegen des schlechten Rufs, den er sich durch sein zügelloses Verhalten erworben hatte, stellten sich die Passanten blind und taub gegenüber seinen dramatischen Hilferufen. Ohne die Sirene auszuschalten – die zum allgemeinen Tohuwabohu beitrug –, stiegen Señor Llewelyn und sein ehemaliger Mitschüler Juanito aus dem Krankenwagen, hoben den Körper von Señorita Baxter auf eine Bahre, wobei sie schrecklich eilig taten, schoben die Bahre in den Krankenwagen und rasten davon. Vom anderen Ende der Straße her kam ein Streifenwagen angefahren, aus dem Kommissar Flores und sein Assistent, Unterleutnant Asmarats, sprangen. Seine Dienstmarke schwenkend und unablässig brüllend, beschimpfte und bedrohte Kommissar Flores die Augenzeugen, schüchterte sie ein, verteilte Vorladungen, verbreitete in der gesamten Nachbarschaft Angst und Schrecken und fuhr wieder davon. Um halb elf stellten die Flüchtigen den Krankenwagen zurück in die Garage der Ambulanz, von wo sie ihn stibitzt hatten. Señor Llewelyn dankte seinem ehemaligen Schulkameraden überschwenglich, dann beschwatzte ihn Señorita Baxter, einen Totenschein für sie auszustellen, und nahm ihm das Versprechen ab, ihn beim Standesamt abzugeben. Alles in allem hatte die gesamte Operation weniger als eine Stunde gedauert und war einwandfrei verlaufen.

«Und doch sind Sie», sagte ich Jahre später, als Señorita Baxter ihren Bericht über die damaligen Ereignisse beendet hatte, «am nächsten Tag an den Schauplatz des Verbrechens zurückgekehrt, obwohl Sie Gefahr liefen, entdeckt zu werden.»

«Noch riskanter wäre es gewesen, die Hände in den Schoß zu legen», erklärte sie. «Ich kehrte zurück, weil ich mich vergewissern wollte, dass unser Schwindel funktioniert hatte. Der arme Llewelyn und ich waren die Einzigen, die Bescheid wussten, und ich konnte nicht zulassen, dass mein Held durch meine Unvernunft und Gier erneut in Gefahr geriet.»

Also setzte sich Señorita Baxter am Tag nach dem vorgetäuschten Mord eine Perücke auf, verzichtete auf Schminke und Lippenstift, kehrte in die Calle de Sant Hilari zurück und mischte sich dort unerkannt unter die Schaulustigen, die am Tatort zusammengeströmt waren, nachdem sich das Verbrechen herumgesprochen hatte. Aus sicherer Entfernung beobachtete sie meine Ankunft beim Haus, gefolgt von Señorita Westinghouses überwältigendem Auftritt in der Rolle der Tante der Verstorbenen. Señorita Baxter zog aus diesem Doppelauftritt die richtigen Schlüsse und entschied, uns zu benutzen.

«Wozu?», fragte ich. «Ich kann nicht erkennen, inwiefern wir für Sie interessant gewesen sein könnten.»

«Als Menschen gar nicht», antwortete sie. «Aber so, wie ihr beide aussaht, du und diese Vogelscheuche, und so, wie ihr dort aufgetreten seid, war mir klar, dass ihr weder Polizisten noch Journalisten, aber trotzdem an dem Fall interessiert wart. So kam ich auf die Idee, dass ihr mit meiner Hilfe vielleicht die Rädelsführer dieses Mordes ausfindig machen, sie mir vom Halse schaffen und dafür sorgen könntet, dass sie bekamen, was sie verdienten. Wenn alles gutging, sollte das heißen. Und wenn alles schiefging, würde sich die allgemeine Aufmerksamkeit auf euch konzentrieren. Natürlich konnte ich nicht wissen, dass die Polizei schon einen angeblichen Mörder fabriziert hatte und ausgerechnet du das warst. An dieser Stelle hätte ich das Ganze beinahe verbockt.»

Scharfsinnig wie sie war, heckte sie einen Plan aus und setzte ihn auch gleich in die Tat um. Während wir damit beschäftigt waren, ihre alte Wohnung zu durchsuchen, begab sich Señorita Baxter zum Sporting Club Santa Clara, wo sie Mitglied war, schrieb mit unsichtbarer Tinte die codierte Nachricht, die mich auf die Spur von AFMIDF bringen sollte, legte sie in ihren Spind und kehrte rechtzeitig zurück, um uns als angebliche Normalina Callado anzusprechen, eine enge Freundin der verstorbenen Señorita Baxter, von der sie uns, im Vertrauen auf ihre Verkleidungskünste, ein Foto zeigte.

«Zwei Dinge verstehe ich nicht», unterbrach ich sie. «Das erste ist, woher Sie die unsichtbare Tinte hatten, um die Nachricht zu schreiben, die ich in Ihrem Spind gefunden habe. Das zweite ist, wie Sie das alles innerhalb kürzester Zeit geschafft haben. Von der Calle de Sant Hilari bis zum Sporting Club Santa Clara ist es ziemlich weit.»

«Als ich ein Kind war», entgegnete sie, «erzählte meine Großmutter immer, in ihrem Heimatdorf hätten sie in Notzeiten, um Tinte zu sparen, mit Urin geschrieben. Der hinterlässt auf dem Papier keinerlei Spuren, bis er erwärmt wird. So wurden damals Briefe verfasst, die ihren Inhalt preisgaben, wenn man sie am Kaminfeuer las. Sehr romantisch. Seit es den Chat gibt, ist dieser Brauch verloren gegangen, aber ich erinnerte mich noch an ihn. Natürlich fand sich in der Sammelumkleide das bereits erwähnte Schreibmaterial in Hülle und Fülle. Die Badegäste pinkeln ja überall hin. Was mein schnelles Hin und Her betrifft, so ist daran nichts Geheimnisvolles: Ich hatte damals ein Mofa.»

In der Stille der Nacht hörte man eine Kirchturmuhr. Ich zählte die Glockenschläge nicht, aber der Morgen war nicht weit. Die Atmosphäre im Wohnzimmer der Montpensiers war angespannt.

«Ich koche uns einen grünen Tee», sagte Señorita Baxter.

Sie ging hinaus, und wir hörten sie in der Küche werkeln. Als ich mit Señor Montpensier alleine war, fragte ich ihn, was mir schon den ganzen Tag auf den Nägeln brannte. «Warum haben Sie sich der Polizei gestellt? Warum haben Sie den Mord an Señorita Baxter gestanden?»

Señor Montpensier zögerte einen Moment, dann beugte er sich nach vorn und sprach so leise, dass ich allein ihn hören konnte: «Das Problem meiner Frau, einer wunderbaren, mit vielerlei Talenten gesegneten Person», sagte er, «ist, dass sie sich für besonders schlau hält. Natürlich ist sie das auch. Sie ist die weitaus Schlauere von uns beiden. Aber sie hat nie verstanden, dass wahre Schlauheit weniger darin besteht, schlau zu sein, als vielmehr darin, keine Dummheiten zu machen. Und sie machte am laufenden Band welche. Hätte sie stillgehalten, wie ich ihr riet, wäre nichts passiert. Nachdem Señorita Baxter offiziell ohne erkennbares Motiv von einem Irren umgebracht worden war, gab es keinen Grund mehr, noch weiter an diese trübe Angelegenheit zu rühren. Die Polizei waren die Ersten, die Gras über die Sache wachsen lassen wollten. Indem meine Frau aber Sie beide in den Fall mit hineinzog und neue Hinweise lieferte, löste sie weitere Ermittlungen aus, und die Herren von AFMIDF wurden wieder nervös. Das mit Señor Larramendi brachte dann das Fass zum Überlaufen.»

«Was ist eigentlich aus Señor Larramendi geworden?», fragte ich.

«Das wissen Sie doch», sagte er. «Die Herren planten, ihn kalt zu machen wie Señorita Baxter, um die Spuren ihrer betrügerischen Aktivitäten zu verwischen. Das ging meiner Frau gegen den Strich. Ich sagte ihr: ‹Vergiss es einfach, Frau, das geht dich nichts an. Wenn sie ihn umbringen, bringen sie ihn um. Das hat er sich selbst zuzuschreiben.› Aber sie, die sich nach außen gern als hart und leichtfertig gibt, ist im Grunde ihres Herzens butterweich. Señor Larramendi hatte versucht, ihr zu helfen, als er wusste, dass sie in Schwierigkeiten steckte. Und wenn auch aus dieser Hilfe nichts wurde, ließ sie Señor Larramendi nicht etwa hängen, sondern er tat ihr leid, als sie sah, wie es um ihn stand. Frauen haben nun mal eine Schwäche für verkrachte Existenzen. Und so suchte sie ihn eines Tages auf, um ihn zu warnen. Er glaubte, einen Geist vor sich zu haben, und hätte beinahe einen Herzinfarkt erlitten. Schließlich rettete ihn ein Ninja, so erzählte es mir zumindest jemand im Gefängnis.»

11

DER VERHÄNGNISVOLLE LAUF
DER DINGE

Señor Llewelyn verstummte, als er seine Frau mit einem mit Häppchen beladenen Holztablett hereinkommen sah. Beflissen half er ihr, das Tablett auf dem Couchtisch vor dem Sofa abzustellen, während sie, die das letzte Wort des vorhergehenden Kapitels gehört hatte, tadelnd sagte: «Kaum bin ich mal für eine Minute verschwunden, schon fängst du wieder mit der alten Leier vom Gefängnis an, Schatz.»

«Nein, Liebling», widersprach er sacht. «Wie es mir im Gefängnis ergangen ist, habe ich vorhin schon grob umrissen, und mit den Einzelheiten will ich niemanden langweilen.»

Auf dem Tablett standen eine Teekanne, eine Zuckerdose, drei Tassen, drei Teelöffel und ein angeknackster Teller mit einem halben Dutzend Kekse darauf.

«Die Milch war sauer», sagte Señorita Baxter und schenkte mir ihr verführerischstes Lächeln. «Dafür habe ich in der Speisekammer noch ein paar Kekse gefunden. Ohne meine Brille kann ich allerdings nicht erkennen, ob die schwarzen Punkte Sesamkörner oder Ungeziefer sind. Probieren Sie mal.»

Ich dankte ihr für ihre Aufmerksamkeit und nahm den Faden meines Gesprächs mit Señor Llewelyn an der Stelle wieder auf, an der wir stehen geblieben waren. «Ihr Mann erzählte mir gerade …»

Señor Llewelyn fiel mir hastig ins Wort: «Ich war gerade

dabei, ihm die traurige Geschichte von Señor Larramendi zu erzählen», sagte er und zwinkerte mir verstohlen zu.

«Ah ja!», seufzte Señorita Baxter. «Der arme Señor Larramendi!»

Ich verstand, dass ich den Mund halten sollte, und so lauschte ich schweigend ihrem Bericht über das traurige Ende von Señor Larramendi, von dem ich nichts mehr gehört hatte, seit er angeblich von einem Ninja entführt worden war und ich seinen Brief mit den Anschuldigungen erhalten hatte, den Kommissar Flores gleich darauf hatte davonflattern lassen.

Nachdem er verschwunden und wieder aufgetaucht war, tauchte Señor Larramendi nach kurzer Zeit erneut unter, ohne dass jemand sich die Mühe machte nachzuforschen, was aus ihm geworden sei. Ein Jahr später war er plötzlich wieder da, und niemand erfuhr jemals, woher er kam und was er in der Zwischenzeit getrieben hatte. Er ergatterte eine mittleren Posten im kurz zuvor gegründeten städtischen Büro zur Förderung der Bewerbung Barcelonas für die Olympischen Spiele. Anfangs standen seine Kollegen Señor Larramendi misstrauisch gegenüber, weil bei ihm – im Gegensatz zu allen anderen – nicht klar war, wer ihn auf diesen Posten gehoben hatte. Im Lauf der Monate gewann er jedoch, wenn auch nicht die Zuneigung, so doch zumindest die Duldung aller, da er sich nicht nur als äußerst kompetent in seinem Fachgebiet erwies, sondern auch immer bereit war, die Fehler der anderen zu decken und sogar die Arbeit der weniger fleißigen Kollegen zu übernehmen. Und als wäre es damit nicht genug, lud er von Zeit zu Zeit in einem Akt außergewöhnlicher Freigebigkeit sämtliche Mitarbeiter seiner Abteilung – zu diesem Zeitpunkt immerhin zweihundertunddreißig Beamte – zum Essen in eine Bar ein, eine aus Schilfrohr und Wellblech zusammengezimmerte Baracke, die illegal auf dem Hügel errichtet war, wo später der Sant-Jordi-Pavillon stehen sollte. Das Essen war ungenießbar, die Musik unerträglich, und der Besitzer der Bar, ein finster dreinblickender Asiate, behandelte sie abscheulich, aber das störte niemanden, weil Señor Larramendi bezahlte.

Kurz vor Eröffnung der Olympischen Spiele im Sommer 1992 wurden die Mitarbeiter des Büros zur Förderung der Kandidatur auf andere Abteilungen verteilt, und Señor Larramendi wurde beurlaubt, bis klar war, ob er zur Müllabfuhr abkommandiert oder zum Leiter der Universidad Autónoma ernannt werden würde – je nachdem, welcher Posten zuerst frei wäre. In der Zwischenzeit machte er Badeurlaub in Tamariu, einer malerischen kleinen Bucht, die er regelmäßig besuchte, seit er sich ein kleines Appartement in Palafrugell gekauft hatte. Als er, nur wenige Meter vom Strand entfernt, ein Bad nahm, verfing sich sein Knöchel im Ende eines Taus, das von einer Yacht ins Wasser hing. Während er noch versuchte, das Tau zu lösen, fuhr die Yacht plötzlich los und zog Señor Larramendi hinter sich her. Der Motor war so laut, dass die Besatzung der Yacht seinen zornigen Protest nicht hörte, der bald zu Hilfeschreien wurde. Als die Yachtbesitzer endlich bemerkten, dass sie einen Schwimmer im Schlepptau hatten, waren sie schon näher an Mallorca als an ihrem Ausgangspunkt, sodass sie beschlossen weiterzufahren. Im Hafen angekommen, versuchten Retter des Roten Kreuzes, Señor Larramendi wiederzubeleben, doch alle Versuche waren vergebens. Da er weder Familie noch Freunde hatte und das Büro, in dem er in seinen letzten Lebensjahren gearbeitet hatte, aufgelöst worden war, bemerkte niemand sein Verschwinden oder reklamierte seine Leiche. Nach dem Verstreichen der in diesen Fällen gesetzlich vorgeschriebenen Frist wurde Señor Larramendi am 25. Juli – eben jenem Tag, an dem Barcelona unter Pauken und Trompeten den glücklichen Beginn seiner Verwandlung feierte – auf Kosten der Öffentlichkeit ohne Feier und ohne Zuschauer auf einem kleinen Friedhof in der Nähe von Son San Juan beigesetzt.

«Und das Unheimlichste an der ganzen Geschichte», sagte Señor Llewelyn, nachdem er geendet hatte, «ist der Name der Yacht: *The Squid*. Eine Laune des Schicksals? Der Gedanke macht einen schaudern, nicht wahr?»

Beim Gedanken an das traurige Schicksal ihres Beschützers vergoss Señorita Baxter stille Tränen. Der Tee war ausgetrunken, die Kekse waren bis auf den letzten Krümel vertilgt. Um die trübe Stimmung zu vertreiben, stand Señor Llewelyn auf und öffnete die Fensterläden. Sofort füllten die ersten Sonnenstrahlen das Wohnzimmer.

«Ich will Sie nicht länger aufhalten», sagte ich und stand vom Sofa auf. «Ich habe Ihre Zeit schon lange genug in Anspruch genommen.»

«Wenn Sie nichts dagegen hätten, noch eine Minute zu warten», sagte Señor Llewelyn und erhob sich ebenfalls, «ziehe ich mich schnell an und bringe Sie zur Bushaltestelle. Ich bitte Sie», wehrte er ab, noch bevor ich höflich protestieren konnte, «das macht mir keinerlei Umstände. Ich vertrete mir vor dem Frühstück immer ein wenig die Beine.»

Er ging hinaus, und Señorita Baxter und ich blieben allein zurück.

«Eine Zeitlang», sagte sie nach kurzem, unbehaglichem Schweigen, «hatte ich schreckliche Angst davor, Señor Larramendi könne nach seinem Tod auf die Idee kommen, den Besuch zu erwidern, den ich ihm nach meiner angeblichen

Ermordung abgestattet hatte.» Sie lächelte leicht, als wolle sie um Entschuldigung für diese kindische Furcht bitten, und fuhr ein wenig munterer fort: «Ich gehe zurück ins Bett. Zwar glaube ich nicht, dass ich noch einmal einschlafen werde, aber wenigstens kann ich ausruhen. Ich habe heute einen anstrengenden Tag vor mir: Unser Sohn und unsere beiden Enkel kommen zum Mittagessen.»

Als sie meine überraschte Miene bemerkte, fuhr sie fort: «Unser Sohn lebt in Alella, aber er und seine Frau arbeiten viel, und so sehen wir sie nur selten. Nicht, dass ich mich beschweren wollte. In den heutigen Zeiten … Und unsere Tochter ist in Belgien und macht dort ihren Master. Trotz aller Schwierigkeiten und Rückschläge konnten wir beiden eine gute Ausbildung ermöglichen, und das ist heutzutage das Entscheidende. Ich bin sehr froh darüber.»

Señor Llewelyn erwartete mich im Flur; er trug einen marineblauen Trainingsanzug und hatte eine beigefarbene Stofftasche über der Schulter hängen. Zum Abschied gab Señorita Baxter mir die Hand. Ich erwiderte den Händedruck, gähnend und unbeholfen, doch voller Dankbarkeit. Im Lauf meines Lebens haben einige wenige Frauen mir mehr gegeben, viele weniger, aber nur sehr wenige die Hand.

Wir gingen bis zur Haltestelle der Linie 20 an der Ecke Bailén und Rossellón.

Unterwegs hängte Señor Llewelyn sich bei mir ein und sagte, wie zu sich selbst: «Ich wollte vorhin vor meiner Frau gewisse Dinge nicht erwähnen, weil sie dann immer traurig wird. Aber ich schulde Ihnen eine Erklärung.»

«Sie schulden mir gar nichts», sagte ich. «Ich weiß, was passiert ist, und glaube, die Gründe dafür zu kennen. Gab es wirklich keine andere Lösung?»

«Keine, die in meiner Macht stand», antwortete er. «Wenn Sie weitergeforscht hätten, hätten Sie bald die Wahrheit über den vorgetäuschten Mord an Señorita Baxter herausgefunden. Und wenn man Sie vorher verhaftet hätte, hätten Sie sich vor Gericht gegen die Anschuldigungen verwahrt, und am Ende wäre alles ans Licht gekommen. In beiden Fällen wäre das Leben von Señorita Baxter keine hundertundsechsundsechzig Peseten wert gewesen. Also habe ich mich schuldig erklärt, damit der Fall erledigt war. Nachdem einmal feststand, dass es sich tatsächlich um Mord handelte, und der Mörder gefunden war, hatten weder die Polizei noch sonst irgendjemand Lust, sich weiter damit zu beschäftigen, und damit war die Sicherheit von Señorita Baxter gewährleistet. Ich saß zwar für einige Zeit im Knast, das stimmt, aber im Endeffekt war es dort gar nicht so schlimm.»

Da es noch früh am Tag war, stand außer uns niemand an der Haltestelle, und weit und breit war kein Bus zu sehen. Anstatt sich von mir zu verabschieden und zu seinem Tagwerk zurückzukehren, wartete Señor Llewelyn schweigend neben mir.

«Sie haben mir viele Jahre aufgebrummt», sagte er nach einer Weile, «aber durch eine Haftverkürzung aufgrund guter Führung und eine allgemeine Amnestie aus Anlass einer Spanienreise des Papstes kam ich nach gut vier Jahren auf Bewährung raus. In dieser ganzen Zeit hat Señorita Baxter mich kein einziges Mal besucht, mir keine Zeile geschrieben und keine Nachricht zukommen lassen, nicht einmal einen Weihnachtsgruß. Kein Mucks. Ich hatte also allen Grund anzunehmen, dass sie fortgezogen sei und mit ihrer jüngsten Vergangenheit ein für alle Mal gebrochen habe. Das wäre das Normalste von der Welt gewesen. Aber am Tag meiner Entlassung wartete sie vor dem Gefängnistor auf mich. Ohne ein Wort stiegen wir in ein Taxi und fuhren zu ihr nach Hause. Ich hatte kein Dach über dem Kopf, keine Arbeit und kein Geld. Da sie auch nicht mehr als Model hatte arbeiten können, hatte sie unter ihrem richtigen Namen eine Stelle als Sprechstundenhilfe in der Zahnklinik von Doktor Greis angenommen und für die Zeit nach meiner Entlassung gespart.»

Es waren kaum Autos unterwegs. Auf dem Bürgersteig hastete ab und zu ein Passant vorbei. Die Luft war rein, und die Sonne machte die morgendliche Kühle erträglich. Señor Llewelyn holte tief Luft und rieb sich zufrieden die Hände.

«Barcelona ist die Stadt der Nachtschwärmer», sagte er. «Das ist ein großer Fehler. Um die Nacht zum Tage machen zu können, schlafen die Barceloneser bis in den Tag hinein und verpassen so den besten Moment, den einzigen Moment, in dem die Stadt ihre stille Schönheit und ihre Würde wiedererlangt. Nur im Morgengrauen, wenn die Straßen so gut wie leer sind, kann ich Barcelona wieder so lieben, wie ich in meiner lange zurückliegenden Kindheit die Stadt zu lieben glaubte.»

«Verstehen Sie mich nicht falsch», fügte er nach einer Pause hinzu, ohne dass ich durch ein Wort oder eine Geste gezeigt hätte, was ich von seiner Bemerkung hielt. «Ich bin kein Nostalgiker und würde nie behaupten, dass früher alles besser war, ganz im Gegenteil. In meiner Kindheit und Jugend hörte ich ständig die großartige Musik jener Zeit: ABBA, Mocedades, Diana Ross, Village People. Ich mochte diese Musik nicht nur, nein ich war stolz auf diese Lieder und diese phantastischen Interpreten. Mein Gott, dieser Rhythmus! Diese Melodien! Wenn man sich dagegen heute bei YouTube YMCA ansieht, möchte man am liebsten im Erdboden versinken. Ich weiß auch nicht … Manchmal habe ich das Gefühl, alt zu sein, ohne jemals erwachsen geworden zu sein.»

Der Straßenverkehr war stärker geworden und mit ihm der Lärm. Die Bürgersteige füllten sich. Lustlose Kinder wurden von genervten Erwachsenen zur Schule gebracht. Alles in der Stadt war in Bewegung, außer den Bussen.

«Oft sehe ich mir nachts, wenn ich nicht schlafen kann», sagte Señor Llewelyn und fuhr sich mit der Hand über das Gesicht, «im Fernsehen eine Sendung namens ‹Die Standarte› an. Sie ist nicht sehr bekannt, hat aber einen legendär schlechten Ruf, und das nicht ohne Grund, weil in ihr ein ehemaliger Militärpolizist völlig grundlos über alles und jeden schimpft. Der Typ ist ein Arschloch und eine Nervensäge, das kann man nicht anders sagen, aber das ist nicht weiter verwunderlich: Jedes Land hat die Politiker, die es verdient, und das gleiche gilt für die Kritiker. Andererseits ist es nicht einfach, den Finger in die Wunde zu legen, wenn sich die Wunde eben an diesem Finger befindet, wenn Sie wissen, was ich meine. Verstehen Sie mich nicht falsch: Ich teile keineswegs die Ansichten dieses Typen von der ‹Standarte›, der nur Lügen und dummes Zeug erzählt; aber wenn ich in der Stille der Nacht so allein in meinem Sessel sitze und ihm zuhöre, identifiziere ich mich unwillkürlich mit ihm. Alles, was man uns auftischt, ist erlogen, falsche Ideologie der billigsten Sorte, Täuschung und Scharlatanerie. Aber das ist egal. In Wirklichkeit gibt es keinen Fortschritt, keine Weiterentwicklung. Sehen Sie sich doch nur den Verkehr an, ganz gleich, ob den öffentlichen oder den privaten. Unsere Vorfahren waren hoch zu Ross unterwegs, und alles war voller Pferdeäpfel. Dann kam die Kohle und mit der Kohle kamen Ruß, Smog und Lungenkrankheiten: Staublunge, Keuchhusten und so weiter. Und Sie sehen ja, was jetzt mit dem Erdöl passiert: Kriege, Terroranschläge und Erderwärmung, und noch dazu geht es zur Neige. Bleibt die Atomenergie. Tolle Alternative. Würden Sie in einen Bus steigen, der mit Kernfusion angetrieben wird? Nie im Leben! Die Menschheit bewegt sich, aber rückwärts. Wahrscheinlich war der Neandertaler vernünftiger als wir. Nicht hübscher, aber besser. Wir leben in einer unvernünftigen Welt, und als wäre es damit nicht genug, sind unsere Tage gezählt.»

Von diesem schulmeisterlichen Vortrag abgelenkt, sahen wir den Bus nicht kommen. Der Fahrer öffnete die Tür, und ich musste so schnell einsteigen, dass keine Zeit für einen Händedruck, geschweige denn eine Umarmung blieb.

«Danke für alles», brachte ich noch hervor, einen Fuß schon im Bus. «Passen Sie auf sich auf, und hören Sie nicht auf die negativen Schlagzeilen. Die glauben nicht einmal diejenigen, die sie verbreiten.»

Wäre der Bus nicht überfüllt gewesen, hätte ich mich sicherlich ans Fenster gesetzt, den Kopf an die Scheibe gelehnt und wäre, vom Geschaukel des Busses gewiegt, auf der Stelle sanft eingeschlafen. Aber da es nicht ganz einfach ist, im Stehen zu schlafen, während um einen herum geschubst und gedrängelt wird, nutzte ich die Zeit, um die Informationen zu verdauen, die ich im Lauf dieses Tages zusammengetragen hatte, und stieg auf halber Strecke an der Ronda de San Pablo, Ecke Marqués de Campo Sagrado aus. Dort wartete ich auf die Nummer 64 in Richtung Pedralbes. Während ich wartete, sah ich in der Ferne die Kabinen der Montjuïc-Seilbahn vor dem blauen Himmel vorbeiziehen. Sie waren repariert und frisch gestrichen und selbst so früh am Tag schon vollgepfercht mit Touristen, die keine Zeit vergeuden durften, wollten sie alle Wunder sehen, die diese Stadt zu bieten hat. Als der Bus endlich kam, stieg ich ein und fuhr, fiebrig und erregt, bis zur Endhaltestelle vor eben jenem ehrwürdigen Kloster von Pedralbes, dem das Viertel seinen Namen verdankt – oder umgekehrt. Die Kirchturmuhr zeigte neun, und ich musste erst um zehn bei der Arbeit sein. Ich hatte also noch eine Stunde, und selbst wenn ich zu spät kam, konnte ich immer noch leichtes Unwohlsein vorschützen, wie es die anderen Angestellten häufig taten und der Chef jeden Tag.

Ein kurzer Spaziergang durch schattige, von duftendem Gras gesäumte Straßen, in denen, wie in wohlhabenden Vierteln üblich, kein Mensch zu sehen war, führte mich zur Mauer des Hauses, das ich suchte. Am hinteren Ende der Straße lag immer noch das Tor zu dem Park, in dem ich vor Jahren Toby gesucht und eingefangen hatte. Das Gartentor war durch eine metallene Schiebetür ersetzt worden, die Klingel durch eine Gegensprechanlage mit Monitor. Ich läutete.

«Wer ist da?», quäkte eine Stimme durch den Lautsprecher neben dem Bildschirm.

«Ich bringe eine Nachricht», sagte ich.

«Ich kann Sie auf dem Bildschirm nicht sehen.»

Instinktiv hatte ich mich geduckt, um mich nicht jemandem zu zeigen, der sich vor mir verbarg.

«Ich bin sehr klein», erklärte ich.

Diese Erklärung genügte offenbar, denn es rumpelte, und das Schiebetor glitt sacht zur Seite. Ich trat ein. Der idyllische Garten, den ich von früher in Erinnerung hatte, war einer asphaltierten Fläche mit von eins bis acht durchnummerierten Parkplätze gewichen. An der weißen Wand stand zu lesen:

RESERVIERT FÜR UNSERE ANGESTELLTEN
EVERYBODY NO PARKING AT ALL TIMES

Um diese Zeit war nur einer der Parkplätze von einem weißen Lexus NX300 Hybrid belegt. Es war eher unwahrscheinlich, dass er der alten Frau gehörte, die mich in Kittel und Kopftuch, einen Wischmopp in der Hand, im Hauseingang erwartete.

«Außer Señora Campos ist noch niemand da», sagte sie, ohne sich verwundert über meine plötzlich veränderte Statur zu zeigen.

«Soll mir recht sein», sagte ich.

«Ich gebe ihr Bescheid», sagte sie abfällig, als hätte jahrelange Erfahrung sie gelehrt, dass ein Wischmopp mehr Respekt verdiente als ihre Mitmenschen.

Sie verschwand in einem Raum, und zum zweiten Mal in meinem Leben stand ich allein in der majestätischen Halle. Die Wände waren mittlerweile lachsfarben gestrichen. In einer Ecke gruppierten sich mehrere weiße niedrige Ledersessel um einen runden Tisch, auf dem Wirtschaftsmagazine ausgebreitet lagen. Ich setzte mich nicht, damit Señora Campos mich nicht schnarchend vorfand. Die gewaltigen elektrischen Kronleuchter waren durch Halogenstrahler ersetzt worden, die Gemälde durch einen riesigen Fernsehbildschirm. Ich hätte hingesehen, wenn irgendein Morgenmagazin gelaufen wäre, aber auf dem Bildschirm war nur ein Sprecher mittleren Alters in marineblauem Anzug, himmelblauem Hemd und roter Krawatte zu sehen, der lautlos den Mund bewegte, während am unteren Rand in einer Leiste Ziffern und Prozentsätze vorbeirauschten. Manchmal wurden in einem Kästchen in der oberen rechten Ecke Wolkenkratzer oder Fahnen oder freundliche Begegnungen zwischen Angela Merkel, Hollande, Cameron, Rajoy und anderen lächelnden Patriarchen eingeblendet.

«Guten Morgen», riss mich eine Stimme aus meiner Versunkenheit. «Ich bin Lola Campos. Womit kann ich Ihnen helfen?»

Gefolgt von der Putzfrau, hatte eine gut gebaute, attraktive Frau die Halle betreten. Sie war schlicht, aber elegant gekleidet, ihr Haar war sorgfältig geschnitten und gefärbt, ihr Blick ruhig und unerschrocken. In früheren Zeiten hätte sie ein leichtfertiges, flottes Mädchen aus dem Volk sein können, doch die brave moderne katalanische Gesellschaft und diverse amerikanische Universitäten hatten ihr Potential bis zur Un-

kenntlichkeit verändert. Der Eindruck, den sie nach eingehender Musterung von mir gewann, fiel wohl weniger günstig aus als umgekehrt, denn sie fragte mich mit einem spötti-
schen Lächeln: «Sagen Sie bloß, Sie interessieren sich für den
Rentenhandel?»

«Die Antwort können Sie an meinem Aussehen ablesen»,
sagte ich. «Es ist wohl kaum zu übersehen, dass ich kein
Kunde bin. Ich bin auch kein Journalist oder ein Industrie-
spion. Ich komme nicht, um ihnen etwas anzudrehen, und
auch nicht, um Arbeit oder Almosen zu erbetteln. Wenn Sie
die Freundlichkeit hätten, mir ein paar Minuten Ihrer Zeit
zu schenken, würde ich Ihnen gern ein paar Fragen zu dieser prächtigen Villa stellen, in der Ihr erfolgreiches Unternehmen seinen wohlverdienten Sitz hat. Sollte das nicht möglich
sein, gehe ich.»

«Wenn es Sie nicht stört, dass die Putzfrau dabei weiter-
arbeitet, können wir gleich hier reden», antwortete sie. «Mein
Geschäftspartner ist auf Reisen, die Praktikanten kommen,
wann sie Lust haben, und der Nasdaq öffnet erst in ein paar
Stunden. Allerdings fällt der Immobilienmarkt nicht in meinen Aufgabenbereich.»

«Der interessiert mich auch gar nicht», stellte ich klar.
«Mich interessieren nur Menschen. Bevor dieses Gebäude
Ihr vornehmes, prosperierendes Unternehmen beherbergte,
gehörte es der Familie Linier, Eigentümer von Haushaltsgeräte Linier und Fornells, ein Betrieb mit satten Gewinnen
und tadellosem Ruf.»

«Und doch hat keine dieser Qualitäten die Familie vor dem
Ruin retten können», sagte Lola Campos mit der typischen
Unbekümmertheit ihrer Branche, in der plötzliche Aufs und
Abs und brutale Veränderungen völlig normal sind. «Deshalb

haben sie dieses Haus verkauft und sich ein neues Heim gesucht, das eher ihren finanziellen Möglichkeiten entsprach.
Der Verkauf wurde von Rechtsanwälten und anderen Ver-
mittlern unter lebhafter Beteiligung der Gläubigerversamm-
lung, des Gerichts und des Finanzamts abgewickelt. Ich hatte
damit nichts zu tun. Das, was ich Ihnen erzähle, weiß ich nur
vom Hörensagen und nicht immer aus zuverlässiger Quelle.
Waren die Leute mit Ihnen verwandt?»

«Die Familie Linier?», fragte ich. «Keineswegs. Vor vielen
Jahren bin ich Señora Linier einmal flüchtig begegnet; es ging
um einen Hund, der ihr angeblich entlaufen war. Ich wurde
damit beauftragt, ihn zu finden, fand ihn, und als ich ihn ihr
zurückbrachte, stellte sich heraus, dass es gar nicht ihr Hund
war. Unmittelbar darauf wurde ich wegen Mordes verhaftet.
Aber ich will Sie nicht mit langen Geschichten langweilen.
Señora Linier behandelte uns damals, den Hund und mich,
unterschiedslos, wie es sich gehörte.»

«Ja», sagte Lola Campos, «anscheinend war die zweite Señora Linier eine ausgesprochen temperamentvolle Frau. Für
den Bankrott war aber ihr Mann verantwortlich, sie hat nie
auch nur einen Finger gerührt.»

«Die Krise hat wahrscheinlich auch den Markt für Haushaltsgeräte getroffen», vermutete ich.

«Nein», antwortete Lola Campos. «Die Haushaltsgeräte
hätten den Zusammenbruch überstanden. Sie waren schlecht
und billig, und damit kommt man immer durch. Nein, das
Unglück ereignete sich lange vor der Krise. Linier und andere
hochgestellte Persönlichkeiten starteten ein großangelegtes
Manöver zum Verschieben und Waschen von Geldern, die sie
in die Zukunft Barcelonas investieren wollten. Als Zukunfts-
vision war das gar nicht mal verkehrt, aber sie stellten sich

dabei so umständlich und dämlich an, dass am Ende alle Welt davon erfuhr. Heutzutage könnte ich mit meinem Tablet dasselbe innerhalb von fünf Minuten tun, ohne die geringste Spur zu hinterlassen. Linier und seine Kumpanen waren einfach Dinosaurier – und das meine ich keineswegs als Vorwurf. Jede Zeit hat ihre eigenen Methoden. Mir wird es im Lauf der Zeit ähnlich oder sogar noch schlimmer ergehen. So sind nun einmal die Spielregeln, und das ist auch gut so. Katalonien hat in dieser Hinsicht die Nase vorn. Der klassische katalanische Kreislauf Arm-Reich-im-Knast hält die Gesellschaft in Bewegung und verhindert, dass die Tradition übermächtig wird.»

Etwas, das gerade im Fernsehen gezeigt wurde, lenkte sie ab, und sie verstummte. Sie verdrehte die Augen, verfolgte ein paar Sekunden lang die Zahlen auf dem Bildschirm, fluchte leise und fuhr dann im gleichen entschiedenen, aber ruhigen Tonfall fort: «So ein Mist, wegen Mario Draghi werden ein paar arme spanische Normalverbraucher heute wohl ohne Nachtisch zu Bett gehen beziehungsweise gleich auf der Straße schlafen. Stellen Sie sich nur vor, was die über mich sagen werden, weil ich ihnen geraten habe, in einen bestimmten Fonds zu investieren anstatt in einen anderen. Das sei meine Schuld, meinen Sie? Natürlich ist es meine Schuld. Damit die einen gewinnen, müssen die anderen verlieren. Da sind sie nun alle große Fußballfans und wissen nicht einmal, dass für ihre Ersparnisse die gleichen Regeln gelten. Die Militärs verlieren Kriege, den Ärzten sterben die Patienten weg, und wir, die wir mit riesigen Geldsummen hantieren, sind verantwortlich, wenn alles platzt. Doch das ist immer noch besser, als den Geldkreislauf oder gar die Weltwirtschaft Banausen zu überlassen. Wir haben wenigstens studiert, verfügen über das entsprechende Know-how und Erfahrung. Und trotzdem erinnert man sich nur an uns, wenn wir Mist bauen. Was ist mit den anderen? Die Leute gehen in ein angesagtes Restaurant und zahlen ein Vermögen dafür, dass sie einen Cholesterinschock bekommen. Und regt sich darüber jemand auf? Nein, mein Herr. Die Leute nehmen es klaglos hin, und sobald es ihnen wieder besser geht, rennen sie ins nächste Restaurant.»

«Und was ist aus Señor Linier geworden?», fragte ich, als sie innehielt, um Luft zu holen.

«Ich weiß es nicht genau», antwortete sie. «Er und einige andere Mitglieder der AFMIDF kamen vor Gericht. AFMIDF war übrigens, falls Sie das nicht wissen sollten, der Name der Vereinigung, die Linier und die anderen Idioten gegründet hatten, um gemeinsam alles erfolgreich in den Sand zu setzen. Sie wurden vor Gericht gestellt, der Prozess zog sich über mehrere Jahre hin, und schließlich kam Linier hinter Gitter. Ich vermute, er hatte fest damit gerechnet, dass es nicht so weit käme, schließlich hatte er überall seine Verbindungen. Noch so ein Fehler. Ein befreundeter Minister oder Präsident auf Landesebene wird dir vielleicht bei Kleinigkeiten aus der Patsche helfen, aber wenn sie dich einbuchten, wird nicht einmal der Premierminister einen Finger für dich rühren. In einer Demokratie lässt man dir alles Mögliche durchgehen, aber Begünstigung ist schlecht angesehen. Sitzt du erst mal hinter schwedischen Gardinen, ist alles vorbei. Wahrscheinlich hat Linier nicht lange gesessen, und als er rauskam, lebte er weiter auf großem Fuß, weil er keinen Cent von dem ergaunerten Geld zurückgegeben hatte und es auch niemand von ihm forderte. Aber er war für immer draußen. Hat man dich einmal erwischt, bekommst du keinen Fuß mehr in die Tür, weder auf dem Parkett noch in der *Hola!*»

In ihrem Büro klingelten mehrere Telefone. Ohne einen weiteren Blick an mich zu verschwenden, drehte Lola Campos sich um und ging. Bevor sie im Büro verschwand, sagte sie noch zu der Putzfrau: «Blancaflor, bring den Herrn zur Tür.»

Als ich mit der Putzfrau alleine war, sagte ich zu ihr: «Sie heißen Blancaflor? Wie seltsam! Als ich das erste Mal in diesem Haus war, empfing mich ein Dienstmädchen, das genau so hieß.»

«Das war ich», sagte die Putzfrau. «Nach der Tragödie konnte sich die Familie keine Dienstboten mehr leisten, und wir wurden arbeitslos. Da ich viele Leute hier im Viertel kannte, fing ich an, in verschiedenen Häusern zu putzen, und als die Häuser dann nach und nach in Büroräume umgewandelt wurden, bot ich den Firmen meine Dienste an, und sie stellten mich ein. Eigentlich sollte ich schon in Rente sein, aber ich bin gesund und alleinstehend und wüsste gar nicht, was ich mit meiner Zeit anfangen soll. In diesen Firmen gibt es wenig zu tun. Ein bisschen saugen, Papierkörbe ausleeren und manchmal das Erbrochene eines empfindsamen Investors wegwischen.»

«Aha», sagte ich. «Erinnern Sie sich noch an die Geschichte mit dem Hund? Er hieß Toby.»

«Ja», antwortete sie. «Normalerweise wüsste ich das nicht mehr. In dieser Familie habe ich so aberwitzige Dinge erlebt, dass das mit dem Hund noch das Geringste war. Aber mit diesem Hund ist etwas Besonderes passiert. Als die Herrschaften auszogen, war Señora Linier die letzte, die das Haus verließ. Es war, als wolle sie sich nicht von dem Ort trennen, an dem sie glänzende Zeiten verlebt hatte, die nun ein für alle

Mal vorbei waren. Señor Linier und seine Söhne warteten schon im Auto. Er drückte dauernd auf die Hupe, aber sie kam nicht heraus. Endlich erschien sie niedergeschlagen, aber stolz auf der Schwelle, stakste langsam auf ihren Stilettos, die sie immer trug, durch den Garten, und trat erhobenen Hauptes zum letzten Mal durch das Gartentor. Da kam von irgendwo her ein verlauster kleiner Hund angelaufen, biss sie in die Wade und rannte in Richtung Park davon. Sie stieß einen Schrei aus, hob das Bein und stürzte der Länge nach auf den Gehweg. Da sehen Sie: Das schlaue Kerlchen hatte nur auf seine Gelegenheit gewartet. Man sagt, Hunde seien uns Menschen in vielem ähnlich, und wenn sie beißen, haben sie allemal recht.»

INHALT

TEIL 1

TEIL 2